La Voix des survivants

Lyn Smith

La Voix des survivants

Les témoignages d'hommes, de femmes et d'enfants qui ont vécu l'Holocauste

Traduit de l'anglais
par Jean Charles Provost

ÉDITIONS
FRANCE
LOISIRS

Titre original : *Forgotten Voices of the Holocaust*
publié par Ebury Press, un département de Random House, UK, Londres.

Épigraphe :
Tirée de *Le Livre du rire et de l'oubli* et reproduite avec l'autorisation de Milan Kundera ; Gallimard, 1979.

Citations d'Albert Friedlander :
Tirées de *Riders Towards the Dawn*, reproduites avec l'autorisation de Mrs. Evelyn Friedlander ; Constable, Londres, 1993.

Édition du Club France Loisirs,
avec l'autorisation des Presses de la Cité.

Éditions France Loisirs,
123, boulevard de Grenelle, Paris
www.franceloisirs.com

ISBN : 978-2-7441-9899-1

SOMMAIRE

La lutte des hommes contre le pouvoir, c'est la lutte de la mémoire contre l'oubli.

Milan Kundera

AVANT-PROPOS

La première fois que j'ai entendu parler de l'Holocauste, c'était à la fin de la Seconde Guerre mondiale, voilà soixante ans. Les images que l'on voyait dans les journaux et aux actualités cinématographiques, ces corps décharnés qu'on poussait au bulldozer pour les jeter dans les fosses communes du camp de Bergen-Belsen, m'ont bouleversée. Elles m'ont incitée à revoir dans une perspective nouvelle la guerre que j'avais vécue dans des conditions relativement confortables, en qualité d'enfant évacuée dans la campagne du Sussex. Cependant, bien que des milliers de déportés – juifs ou non – y aient succombé à la faim et à la maladie dans les conditions les plus atroces, Bergen-Belsen ne nous a pas révélé toute l'horreur de l'Holocauste. Car ce n'était pas, stricto sensu, un camp de la mort. Il n'y avait pas là de génocide organisé, de chambres à gaz, de fours crématoires. La « Solution finale » (l'extermination des Juifs et des Tsiganes) se déroulait plus à l'est, dans les six camps de la mort proprement dits, installés dans la

Pologne occupée, et dont Auschwitz est le plus tristement célèbre.

En 1978, mon travail de reporter free lance pour le compte des Archives sonores de l'Imperial War Museum (IWM), en Grande-Bretagne, m'a offert le privilège d'enregistrer les témoignages d'hommes et de femmes qui avaient été les victimes directes de l'Holocauste. Il s'agissait là d'un travail novateur sur le sujet. Il concernait entre autres les réfugiés qui avaient fui l'Allemagne hitlérienne dans les années 1930 et que l'on interna sous l'étiquette d'« ennemis étrangers » lorsque le gouvernement du Royaume-Uni eut toutes les raisons de redouter une invasion allemande en 1940. Mon enquête s'intéressait aussi bien à leur vie avant la guerre qu'à leur expérience du nazisme.

Durant deux décennies, avec d'autres chercheurs, j'ai consigné l'histoire de l'Holocauste. À l'époque, pour les Archives sonores, ce mot incluait non seulement les millions de personnes assassinées ou déportées par les nazis entre 1933 et 1945, mais aussi celles dont l'existence avait été affectée par les crimes hitlériens, ou qui avaient été témoins de persécutions ou d'atrocités. Notre enquête incluait donc les réfugiés, les familles des personnes assassinées, des survivants, ainsi que les membres du personnel humanitaire et les soldats qui avaient libéré les camps. Cette définition élargie de mon travail m'a permis de boucler la boucle le jour où j'eus l'occasion d'interroger feu Bill Essex, le soldat à qui on avait confié la tâche épouvantable de déplacer au bulldozer les monceaux de cadavres dans les fosses communes de Bergen-Belsen, en avril 1945.

Pendant la préparation de l'exposition permanente sur l'Holocauste, qui a ouvert ses portes au milieu des années 1990, le programme d'enregistrement a été développé. Les témoignages des survivants devaient jouer un rôle de premier plan dans cette exposition, que la reine Élisabeth inaugura en 2000. Aujourd'hui, les Archives sonores contiennent 785 récits relatifs à l'Holocauste. C'est dans cet ensemble considérable que nous avons choisi une centaine de voix. Afin de dresser un tableau le plus large possible, nous y avons ajouté quelques témoignages recueillis par l'United States Holocaust Memorial Museum (USHMM) de Washington.

Durant mon travail de collationnement puis de retranscription des entretiens, j'ai été impressionnée par le caractère unique de l'expérience de chacune des personnes interrogées. Chaque homme, chaque femme, chaque enfant a vécu son calvaire à sa manière : Roman Halter, par exemple, invoquant chaque soir, avant de s'endormir, les membres de sa famille assassinés pour leur raconter comment il a survécu un jour de plus ; ou George Hartman, dont la volonté de vivre est née de son désir de connaître l'amour et le sexe. L'obligation de porter l'étoile jaune a provoqué des réactions différentes : la fierté de Janine Ingram et d'Anna Bergman s'oppose à la honte et à l'humiliation décrites par Jan Hartman et Harry Lowit. Chaque individu n'a vécu que « son » propre fragment de l'Holocauste, et personne n'a une vue globale de ce système monstrueux.

J'espère que la mosaïque de ces voix rassemblées donnera une idée de la réalité humaine qui se dissimule derrière les statistiques abstraites de l'extermination et permettra au lecteur de voir au-delà du stéréotype de la « victime ». Certes, nous lisons des articles, nous voyons des films sur la violence de la nuit de Cristal, en novembre 1938, mais ce n'est jamais aussi vivant, aussi réel que lorsque nous entendons Susan Sinclair nous décrire la terreur de ses parents quand les voyous nazis font irruption chez eux et mettent leur logement à sac, avant de l'agresser et de lui arracher sa chemise de nuit. Il existe de nombreux récits de déportation à Auschwitz ou vers d'autres camps, mais écouter Trude Levi ou Barbara Stimler raconter le trajet vers Auschwitz dans des wagons à bestiaux hermétiquement fermés, sans aération, nous communique leur sentiment de promiscuité, de puanteur, de panique, et nous fait partager le choc qui les attend à l'arrivée.

La plupart des gens qui apparaissent dans ce livre ont eu beaucoup de mal à parler de ce qu'ils ont vécu. C'est la raison pour laquelle nombre d'entre eux ont gardé le silence si longtemps. Durant les entretiens, j'ai ressenti l'effort énorme que cela exigeait, ainsi que la détresse que leur récit suscitait chez eux – récit que beaucoup faisaient pour la première fois. Il était souvent trop douloureux de se rappeler certains détails, et ils ont évoqué l'incapacité du langage à exprimer les images, les sons, les odeurs, l'humiliation, l'avilissement et la terreur pure qu'ils ont connus. En outre, ils devaient se construire une nouvelle existence dans le monde austère de l'après-guerre, et ils avaient trop à faire pour s'appesantir sur le passé. Et quand les survivants voulaient parler (c'était le cas pour beaucoup, comme Kitty Hart-Moxon), peu de gens étaient prêts à les écouter. L'état d'esprit du moment inclinait plutôt à laisser la guerre derrière soi et à profiter de la vie.

Bien que le Tribunal militaire international de Nuremberg ait révélé en 1945-1946 l'horreur de la dictature nazie, on ne distingua pas le génocide des Juifs de l'ensemble de la barbarie nazie, et on ne le reconnut pas pour ce qu'il avait été : le plus grand crime contre l'humanité perpétré au XXe siècle. C'est seulement après le procès d'Adolf Eichmann, qui s'est tenu en Israël en 1961, que les choses ont changé et que le monde a commencé à y prêter attention. Les cinquantième et soixantième anniversaires de la libération d'Auschwitz et de Bergen-Belsen ont permis d'explorer encore plus à fond la question. L'Holocauste est aujourd'hui l'un des événements historiques les mieux documentés, essentiellement grâce à des témoignages individuels.

Toutefois, ces témoignages sont loin de composer un tableau de ténèbres et de désespoir absolus. Bien que la loi de la jungle règne dans les camps, comme l'explique Alfred Huberman, de nombreux exemples de soutien mutuel et d'altruisme, quantité de petits gestes d'attention apparaissent dans les récits. Qu'on se rappelle par exemple le don précieux, presque vital, d'une aiguille et d'un bout de fil que Jan Hartman reçoit d'un déporté pour rapiécer ses vêtements. On trouve des exemples innombrables de la manière dont les gens, même dans les conditions les plus insoutenables, s'accrochent à leur humanité, aux valeurs que leurs parents et leurs communautés leur ont léguées. Et beaucoup résistèrent aux nazis, ouvertement ou mentalement.

L'humour juif garde ses droits. Même si elles sont souvent macabres, les plaisanteries survivent dans les conditions les plus sombres. On s'accroche à de petits épisodes de la vie culturelle pour soulager la douleur et les angoisses de tous les jours, et des couples dérobent de précieux moments d'amour. On découvre même des gestes d'humanité de la part de certains nazis ou de leurs affidés : le membre des Jeunesses hitlériennes qui sauve la vie de Halina Kahn au retour d'une expédition interdite, ou le SS qui prend pitié de Jan Imich, épuisé par son travail, au camp de Dora. Plus remarquables encore, la tolérance et l'absence de désir de vengeance de nombreux survivants à l'égard de leurs bourreaux, même s'ils exigent que justice soit faite, même si la colère et l'indignation n'ont rien perdu de leur force. Comme l'a expliqué le regretté rabbin Albert Friedlander :

« Nous restons des victimes mutilées, nos plaies ne cicatriseront pas. Nous avons perdu des membres de notre famille. Nous avons perdu la grande communauté juive d'Europe de l'Est. Nous avons perdu la chaleur et la gaieté extraordinaires de la communauté séfarade, sur les rives de la Méditerranée. Nous avons perdu des savants et des gens simples. Et nous haïssons le mal du monde qui nous a balayés, nous, les Sinti-Roma, les homosexuels et les antinazis, tous anéantis par ce mal, dans les camps. Nous pleurons le million d'enfants, et nous nous demandons ce que le monde aurait été si leurs existences avaient pu s'épanouir. »

Ce livre est dédié à toutes les victimes de l'Holocauste. Celles qui ont été assassinées, et celles qui ont survécu.

Lyn Smith, mai 2005

REMERCIEMENTS

L'un des plaisirs qu'apporte la fin d'un livre consiste à remercier ceux qui ont aidé à le mener à bien. Je remercierai donc Robert Crawford, directeur général de l'Imperial War Museum, qui a mis à ma disposition toutes les ressources du musée. Les Archives sonores ont fourni l'essentiel des services et de la matière première, et je tiens à remercier leur conservateur, Margaret Brooks, ainsi que Peter Hart, Richard McDonough, John Stopford-Pickering et Richard Hughes pour le soutien enthousiaste qu'ils m'ont témoigné tout au long de mon travail. Je suis reconnaissante pour l'aide que m'ont apportée Rose Gerrard, Claudia Condry et Yvonne Oliver, au service photo. Le service des expositions sur l'Holocauste a soutenu mon projet, grâces en soient rendues à Suzanne Bardgett et à Steve Slack pour leurs conseils et leur aide. Terry Charman, l'historien du musée, mérite un hommage particulier pour avoir corrigé le texte avec un soin méticuleux, mais aussi pour ses conseils et son aide. Barbara Levy, à la fois mon agent et celui de l'IWM, a contribué à lancer le projet.

Elle fut tout au long de l'opération un soutien solide et précieux : merci, Barbara. Enfin, je n'aurais pu me passer de l'aide d'Elizabeth Bowers, directrice d'édition. Avec l'aide compétente de Gemma Maclagan et de Kay Trew, elle a guidé le livre à travers les étapes de sa production, jusqu'à la publication finale. Qu'elles en soient remerciées.

Je suis redevable au docteur Joan Ringelheim, directrice du département d'Histoire orale du United States Holocaust Memorial Museum, qui m'a laissée consulter ses archives. Je veux également remercier Ina Navazelskis, Michlean Amir et Maren Read pour l'aide qu'elles m'ont apportée dans la sélection (en quantité limitée, mais capitale) d'entretiens et de photos qui viennent s'ajouter aux sélections de l'IWM. Je suis également très reconnaissante envers Edita Jodonyte, Andrew Visnevski, Anita Andreasian et Nina Assauer pour leur excellent travail de traduction.

Jake Lingwood a été à la fois mon éditeur et mon directeur éditorial, et je ne pouvais mieux tomber. Je lui exprime ici toute ma gratitude, à lui et à son équipe dynamique chez Ebury Publishing, avec des remerciements particuliers à Claire Kingston, à Rachel Rayner, ainsi qu'à Caroline Newbury et à Katherine Norman-Butler.

Auschwitz, la série télévisée d'une qualité rare de Laurence Rees, diffusée par la BBC au début de 2005, a été pour moi une source d'inspiration. Je suis flattée et très reconnaissante qu'elle ait accepté d'écrire pour cet ouvrage une préface, en tout point remarquable.

J'ai beaucoup apprécié l'enthousiasme de mon mari, Peter, et de mes enfants, et je remercie particulièrement Alison pour ses commentaires pénétrants, tant sur le texte que sur les photos.

Mais ma plus grande dette concerne les survivants et les témoins qui nous ont fait part de leur expérience, et nous ont autorisés à nous servir des enregistrements et des photos. Aux survivants en particulier, je voudrais dire : « C'est un privilège inouï d'avoir pu enregistrer et présenter vos témoignages. » Je suis consciente que chacune de leurs voix justifierait un livre, que, pour chaque témoignage présenté ici, il en existe des centaines d'autres de valeur et d'intérêt identiques. Ce qui est positif, c'est que ces voix sont toutes préservées pour la postérité aux Archives sonores, preuves irréfutables contre les négations de l'Holocauste. J'espère enfin que tous les survivants accepteront la simple dédicace de ce livre comme le témoignage de mon respect et de mon affection à leur égard, et de ma compassion pour leur douleur.

Lyn Smith, mai 2005

PRÉFACE

Ce livre vous troublera profondément. Vous y découvrirez des histoires qui vous hanteront à jamais. Je vous le recommande pourtant, de tout mon cœur. Rien de paradoxal ici, car sa raison d'être est précisément de vous bouleverser. Il doit vous bouleverser au point que vous décideréz de ne jamais oublier cette histoire.

Les témoignages directs qui sont rassemblés ici, fournis par ceux-là mêmes qui furent les victimes du génocide nazi, représentent une contribution importante à notre compréhension émotionnelle de l'Holocauste. Leur effet est cumulatif. Pas un seul témoignage qui soit assez singulier pour modifier le point de vue historique global que nous avons sur le sujet. Mais si on les prend comme un ensemble – une histoire en amenant une autre –, leur lecture constitue un coup de massue accablant. Il s'agit d'un nouvel exemple du travail qu'effectue l'Imperial War Museum.

Il y a beaucoup à apprendre, dans ce livre, sur la manière dont s'exprime la nature humaine en situation de crise. J'y retrouve mon idée (développée par ailleurs dans l'introduction à mon livre récent sur Auschwitz) que l'étude de l'Holocauste ne nous apprend presque rien qui ne soit négatif. D'abord parce que nous sommes confrontés de plein fouet à l'extrême malléabilité de l'esprit humain. Ensuite parce que nous découvrons – alors que nous l'avons toujours soupçonné en espérant nous tromper – que les humains, dans leur majorité agissent le plus souvent en fonction de leur intérêt le plus étroit. John Silberman raconte par exemple comment, devant les persécutions nazies, « les amis non juifs de [ses] parents ne les ont pas soutenus. L'Allemand moyen s'en fichait. » Et Hedy Epstein revoit ce moment, au lendemain de la nuit de Cristal, où son professeur principal pointa le doigt vers elle en s'exclamant : « Sors d'ici, sale Juive ! »

Le spectacle déprimant de la nature humaine qui émerge de ces témoignages s'étend aux persécutés eux-mêmes. Un des témoignages les plus révélateurs de ce livre est celui de Susan Sinclair. Elle raconte comment son père découvrit, en arrivant au camp de Dachau, que les déportés étaient si désespérés qu'ils pouvaient se battre pour la brosse à dents d'un mort.

Pourtant, tout le monde ne pense pas qu'à soi. Nombre de témoignages montrent la possibilité d'actions courageuses face au danger. Dans le cas du Danemark, par exemple, c'est toute une société qui s'est mobilisée pour sauver les Juifs. Plus fréquents étaient les actes individuels extraordinaires. Halina Kahn a survécu parce qu'un jour, tandis qu'elle avait pris le risque mortel de sortir du ghetto de Lodz, un membre des Jeunesses hitlériennes a caché l'étoile jaune qu'elle avait laissée tomber au vu de tous. En Autriche, John Lawrence a eu la vie sauve grâce à un officier SS qui a ordonné de le laisser tranquille aux nervis qui l'agressaient. L'Allemagne, s'exclama le SS, cherche « la loi et l'ordre », pas « des voyous dans votre genre ».

Pourquoi une petite minorité agit-elle avec courage et humanité ? Une des leçons les plus importantes que l'on peut tirer de ces témoignages, c'est précisément qu'on ne peut jamais savoir. En outre, les circonstances étaient si particulières qu'il n'est pas possible d'extrapoler à partir de ces témoignages, ni de déterminer avec certitude comment chacun de nous réagirait dans une situation identique (que Dieu nous en préserve). Toivi Blatt, un survivant du camp de Sobibor, me disait que la leçon qu'il tirait de sa propre expérience de l'horreur, c'était que « personne ne se connaît soi-même ». Il pensait – et il était bien placé pour le savoir – qu'il est impossible de prévoir comment l'être humain peut se comporter dans des conditions extrêmes.

Ce livre nous apprend aussi la fragilité du monde qui nous entoure. En Allemagne, en Hongrie, en Tchécoslovaquie, les membres des minorités juives ont découvert qu'une existence confortable peut être détruite en quelques instants. Tous les Juifs qui étaient encore enfants lors de l'arrivée des nazis au pouvoir parlent de leur stupéfaction devant les persécutions, aussi brutales qu'inattendues. Edith Baneth, par exemple, fut brutalement renvoyée du cours de patinage parce qu'elle était juive. « Je ne voyais pas le rapport, dit-elle, entre le patin à glace et le fait que je sois juive. » En s'efforçant de trouver un sens à ces persécutions (qui, au bout du compte, n'en avaient pas), beaucoup ont regardé en eux-mêmes. Qu'avaient-ils fait pour mériter d'être traités ainsi ? Nous découvrons alors une conséquence insidieuse, mais peu connue, des brimades perpétrées contre les Juifs dans les années 1930 : tragiquement, un certain nombre d'enfants juifs ont eu tendance à se reprocher les souffrances qu'on leur infligeait.

Sur un plan plus positif, on peut s'émerveiller devant les multiples raisons qui incitaient les gens à surmonter l'horreur. Pour certains, c'était la volonté de rester unis au sein d'une famille dont les membres devaient se soutenir mutuellement. Pour d'autres, c'était le rêve qu'un jour ils pourraient rentrer chez eux. Pour le jeune Tchèque George Hartman, c'était le désir de ne pas mourir avant de perdre sa virginité.

Il faut apporter à tout cela une réserve importante. Non seulement en répétant, car c'est évident, que le témoignage verbal peut, par sa nature même, être partiel et fragmentaire. Mais surtout en disant que les histoires que nous avons le plus envie d'entendre ne peuvent figurer dans ce livre : elles appartiennent aux êtres que les nazis ont assassinés. Nous devons avoir à l'esprit, en lisant les témoignages rassemblés ci-dessous, que ce sont ceux d'une minorité d'individus – ceux qui, pour des raisons diverses, sont parvenus à survivre. Personne n'est revenu des chambres à gaz de Treblinka, ni des charniers du front Est, ni des amoncellements de corps décimés par la maladie dans les ghettos polonais. Quand nous lisons ce livre, nous devons faire appel à notre imagination – aussi insuffisante soit-elle – pour essayer de remplir ce gouffre.

On cherchera en vain ici la moindre théorie expliquant pourquoi certains individus ont survécu et d'autres non. Ce qu'on y découvre, en tout cas, c'est le caractère aléatoire de l'existence. Dans les camps, certains furent sélectionnés pour survivre, et ils échappèrent à la mort simplement parce qu'ils avaient « de la chance ». Imaginez une œuvre de fiction reposant sur une telle intrigue. Le héros est ballotté par un sort qu'il est incapable de contrôler, il survit ou meurt en fonction du hasard... Vous verrez à maintes reprises comment les gens font face du mieux qu'ils peuvent aux conditions terrifiantes qui leur sont imposées – sans qu'ils aient rien fait pour le mériter. Et ce n'est pas cette terrible réalité qui fait que ce livre est plus important que n'importe quelle œuvre de fiction. Ici, les « bons » – ceux à qui le lecteur devrait s'identifier – sont souvent tués, arbitrairement et injustement. La règle veut que cela n'arrive jamais dans une fiction, et c'est pour cela que l'histoire est tellement plus importante.

Il existe une autre raison qui rend ce livre indispensable. Il y a encore des gens qui prétendent que rien de tout cela n'est arrivé. Récemment, lors d'une présentation de mon livre sur Auschwitz, je me suis trouvée en présence d'un négationniste qui s'est mis à hurler. Il n'écoutait pas les arguments, s'emportait dans des théories démentes à base de complot sioniste. De tels individus existent vraiment. Et il se peut que, le jour où tous les protagonistes de cette histoire seront morts, d'autres tentent de réduire l'importance ou de nier purement et simplement ce qui s'est passé. Tous ceux qui ont accepté de contribuer à cet ensemble participent à la lutte contre de telles énormités. Chacun d'eux témoigne qu'il a existé en Europe, au milieu du XXe siècle, un régime criminel sans équivalent dans l'histoire de l'humanité. Chacun d'eux préserve à jamais le souvenir des souffrances de tous.

Laurence REES, mai 2005

PROLOGUE

« La vie était très agréable, et nous vivions comme les Allemands. »

Rudi Bamber
Écolier, Juif allemand, Nuremberg

Ma famille habitait en Allemagne depuis plusieurs générations, et chacun se considérait comme allemand avant tout. Mes parents s'étaient mariés en 1919, après le retour de mon père, qui s'était battu pendant la Première Guerre mondiale. Je suis né en 1920. Nous allions à la synagogue pour les grandes fêtes juives. Mes parents essayèrent de m'expliquer leur signification, mais nous n'étions pas une famille très pieuse. J'ai eu une enfance tranquille et agréable dans la banlieue de Nuremberg, dans une grande maison que mon oncle avait construite. Nous occupions le rez-de-chaussée, d'autres membres de la famille vivaient à l'étage. Ma sœur avait cinq ans de moins que moi. Elle avait l'air très allemande, avec des cheveux blonds, des yeux bleus et le teint clair. Quant à moi, avec mes cheveux blonds et mes yeux bleus, on disait que j'avais l'air d'un aryen.

Nuremberg était une vieille cité, très belle, pleine de bâtiments anciens. Il y avait une grande place du Marché où s'installaient, à Noël, des étals couverts de jouets et de confiseries. J'adorais traîner là. La ville était très cosmopolite, avec beaucoup de magasins et de restaurants, et un grand château. C'était la ville natale de Dürer, et aussi des Maîtres Chanteurs à qui Wagner avait consacré un opéra. Politiquement, la Bavière était très à droite, avec un antisémitisme latent fortement encouragé par l'Église catholique. Les Juifs jouaient un rôle important

Trude Levi et ses parents dans leur appartement à Szombathely (Hongrie), début des années 1930.

dans les mouvements libéraux et progressistes de gauche. C'était fort peu apprécié, dans cette communauté provinciale soumise à l'influence de l'extrême droite. C'est la raison de la présence d'un courant antisémite permanent. Ce n'est pas pour rien que Hitler lança à Munich, au début des années 1920, un soulèvement armé.

John Fink
Écolier, Juif allemand, Berlin

Je viens de Berlin. Je suis né le 12 août 1920. Mon père tenait une mercerie dans un faubourg de la ville, et il avait tout perdu durant la crise économique de 1923-1924, lorsque l'inflation était telle que l'argent ne valait plus rien. Il avait trouvé du travail dans un gros entrepôt, à Berlin. [...] Je me souviens que l'hiver 1928 avait été très rigoureux ; mon père est resté sans emploi pendant des années. Il vendait des aliments (de la margarine et des saucisses) en faisant du porte-à-porte. Le soir, mon père et ma mère rédigeaient des enveloppes pour une société de vente par correspondance. Des temps très, très difficiles.

Ruth Foster
Écolière, Juive allemande, Lingen

Je suis née en 1923 à Lingen, une petite ville de province proche de la frontière hollandaise. La famille de mon père vivait dans la région depuis 1670. Ma mère était d'origine hollandaise. Lingen, à l'époque, comptait quelque 25 000 habitants, dont à peine une vingtaine de familles juives. J'étais fille unique. Mes parents étaient des gens aisés. Mon père était négociant en bestiaux, comme la plupart des Juifs de la région.

Notre maison ressemblait à celles de toutes les familles juives classiques. Ma mère était femme au foyer, elle aimait chanter et aller au théâtre dans les villes voisines d'Osnabrück et de Münster. Nous étions une famille très unie : mes oncles, mes tantes et mes cousins vivaient tous dans la même province. L'été, nous allions cueillir des baies en forêt, dans une charrette tirée par un cheval. La vie était très agréable, et nous vivions comme les Allemands, même si nous étions très juifs dans notre cœur et dans notre foyer. Mon père chantait dans le chœur masculin local, et il appartenait au club de tir au fusil. Il avait combattu pendant la Première Guerre mondiale, ce dont il était très fier. Il avait servi dans les hussards, et avait été décoré de la Croix de Fer de première et de seconde classe pour bravoure au combat.

Je suis allée à la maternelle, puis dans une école primaire à Lingen. À onze ans, je suis entrée au collège de jeunes filles de cette ville. J'avais beaucoup d'amies, je m'entendais bien avec toutes mes voisines. J'étais très, très populaire. J'étais membre de la chorale et du club sportif. J'étais une petite fille *comme les autres*.

Sir Hans Krebs
Biochimiste, Juif allemand, Fribourg-en-Brisgau

Quand je suis arrivé à Fribourg-en-Brisgau, je menais déjà des recherches personnelles, que j'eus la chance de voir couronnées de succès. Je travaillais sur un problème simple – le mécanisme de production d'azote dans le corps humain –, et mes découvertes ont eu une importance majeure, tant en Allemagne qu'à l'étranger. Elles m'ont valu au plan international une réputation de chercheur indépendant et original. Mes premières publications scientifiques datent de 1932.

Stephen Dale
Jeune Juif allemand, Berlin

J'ai adhéré pour la première fois à un mouvement de jeunesse en 1927, à l'âge de dix ans. C'était une association de jeunes Juifs, appelée *Kameraden* [Camarades]. Les mouvements de jeunesse constituaient un phénomène très important en Allemagne après la Première Guerre mondiale. Avec l'avènement de la république de Weimar, les jeunes gens eurent l'impression qu'ils pouvaient agir comme bon leur semblait. Ils se mirent à s'habiller et à se comporter différemment. Ils avaient envie d'élargir leurs domaines d'intérêt et leurs activités, en réaction à la période précédente, où ils avaient été soumis à une discipline de fer. Il semblait donc normal que les jeunes participent à ces mouvements qui couvraient tout l'éventail politique, de gauche à droite. Plus tard, les partis se serviraient d'eux comme de terrains de recrutement.

Les nazis créèrent leur propre mouvement, les Jeunesses hitlériennes – plus exactement deux mouvements séparés pour les filles et les garçons. Comme j'étais juif, je ne pouvais pas être nazi, et je me trouvais tout naturellement engagé à gauche. Je dois préciser toutefois qu'il n'y avait aucun nazi parmi mes amis non juifs. La plupart d'entre eux méprisaient les idées nazies, qu'ils combattaient avec l'énergie du désespoir.

Else Baker
Petite fille allemande, à demi tsigane, Hambourg

J'habitais chez mes parents adoptifs. Je croyais qu'ils étaient mes véritables parents. Je vivais dans la maison dont ils étaient propriétaires, entourée d'un grand jardin. Je me rappelle les journées ensoleillées, passées à jouer au jardin. J'avais une amie, je commandais des cadeaux au Père Noël et j'attendais Noël avec impatience, je recevais des œufs à Pâques. En hiver, je jouais avec un magnifique traîneau, je me rappelle que mes amies montaient dessus. Les enfants de mes parents adoptifs étaient plus âgés que moi. J'ai eu une enfance idyllique dans la banlieue de Hambourg.

Magdalena Kusserow Reuter
Petite fille allemande, Témoin de Jéhovah, Bad Lippspringe

Je viens d'une grande famille. Une famille heureuse. J'étais la huitième de onze enfants. Nous nous amusions beaucoup. Nous faisions des excursions, chacun d'entre nous apprenait à jouer d'un instrument, et nous faisions beaucoup de musique. Mon père nous enseignait la Bible. C'était très gai, nous adorions cela. Nous allions tous nager avec mon père. Nous avions des pommiers dans le jardin. À la saison des pommes, nous nous installions autour de la table, nous préparions les fruits et nous faisions des tartes. Nous avions des bêtes : des oies, des canards et, à certaines époques, une chèvre pour le lait. J'ai commencé l'école en 1930 et, les premières années, tout allait pour le mieux.

John Lawrence
Écolier, Juif autrichien, Vienne

Je suis né le 29 mai 1922 à Vienne, dans le 9e arrondissement. Mes parents étaient tous deux de nationalité autrichienne, sans être eux-mêmes viennois. Mon père était né près de Cracovie, en Pologne. Ma mère était née dans un endroit qu'on appelait Oswiecim (aujourd'hui : Auschwitz). J'ai vécu à Vienne jusqu'à notre départ le 29 juin 1938. Nous occupions un bel appartement, je fréquentais les meilleures écoles. Comme tous les jeunes gens à l'époque, j'étais féru d'art, de musique et de théâtre, et nous allions dans les théâtres et les salles de concert les plus en vue. Il y avait très peu de Juifs à l'école ; je crois que nous étions six, sur près d'un millier d'élèves. J'avais les mêmes occupations que tous les garçons de mon âge. Nous avions des vacances merveilleuses, nous faisions du ski et nous allions sur la Méditerranée. Par bonheur, je n'ai jamais manqué de rien. J'adorais mes parents et ils prenaient bien soin de nous. Nous appartenions à la moyenne bourgeoisie. Mon père était un homme modeste, au sens où il n'aimait pas étonner la galerie. Tout en ayant les moyens de s'offrir une automobile, il acheta un taxi dans lequel il roulait, drapeau baissé en permanence. Il ne voulait pas susciter la jalousie... Voilà l'un des traits caractéristiques des Autrichiens : la jalousie.

Jan Hartman
Écolier, Juif tchèque, Prague

Mon prénom est déjà une partie de mon histoire. « Jan » est l'équivalent tchèque de « Jean ». Pendant mon enfance et ma jeunesse, j'ai toujours cru que j'étais un Tchèque comme les autres, élevé au sein d'une famille tchèque. Mais les choses n'étaient pas aussi simples. Mon père était avoué, c'était un sportif et un amateur d'art. Il était d'origine juive, mais personne ne m'en avait rien dit. Il avait épousé ma mère, elle-même d'origine juive. On me l'avait caché, tout aussi bien. [...] Nous avons reçu une éducation très libérale. Si on m'avait demandé quelle était la religion de ma mère, j'aurais dit que c'étaient ses deux enfants, c'est-à-dire mon frère George [Jerzy] et moi.

Matériellement, nous vivions dans l'aisance, nous menions une existence facile, de sorte que, lorsque la guerre éclata, nous n'étions pas prêts pour les difficultés qui s'annonçaient.

© Jan Hartman

George et Jan Hartman,
six ans et cinq ans, Prague, 1931.

Edith Baneth
Écolière, Juive tchèque, Opava

Nous étions une très grande famille, et menions une vie très agréable. Nous possédions un bel appartement dans les faubourgs d'Opava, en Silésie, nous avions une voiture et nous étions très à l'aise. La communauté juive était parfaitement intégrée, il n'y avait pas d'antisémitisme, nous étions des citoyens comme les autres. Mes parents avaient des amis juifs et non juifs, et l'idée que nous puissions être différents ne m'avait jamais effleuré l'esprit.

Nous étions quelques élèves juives, dans ma classe, et à l'heure du catéchisme nous nous contentions de sortir de la classe. Nous avions nos propres cours de religion le dimanche matin. C'était la seule différence, dans notre ville, entre les Juifs et les autres.

Jacob Pesate
Étudiant, Juif roumain, Czernowitz, Bucovine

Czernowitz était une ville pluriethnique de 120 000 habitants composée pour moitié de Juifs, et pour moitié d'Allemands, d'Ukrainiens et de Roumains. Mes parents n'ont jamais été très riches. Mon père tenait un petit magasin de textile. J'étais l'aîné de trois enfants. Mes parents m'ont offert une école privée, où j'ai passé l'examen pour entrer au « lycée royal » orthodoxe, dépendant de l'Église orthodoxe. Les élèves juifs y subissaient un assez vif antisémitisme. Beaucoup d'élèves appartenaient à des familles professant des idées nationalistes, et certains professeurs étaient membres de partis fascistes, mais ils se comportaient très correctement à l'école. J'y suis entré l'année où les Juifs y étaient encore admis. Un an plus tard, en 1932, l'Église décida qu'on n'y acceptait plus de Juifs. Nous, les garçons juifs, eûmes beaucoup de mal.

Les enfants de parents chrétiens orthodoxes, même moins studieux, avaient de meilleures notes. On nous appelait souvent « P'tit Juif », de manière très péjorative. Comme nous étions assez nombreux, il nous arrivait de riposter, et cela donnait souvent lieu à des bagarres, et ce n'était pas agréable du tout.

Roman Halter
Écolier, Juif polonais, Chodecz

Je suis né dans la petite ville de Chodecz – ce qu'en yiddish on appellerait un *shtetl*. La communauté juive, qui rassemblait 800 personnes, était constituée de gens pauvres ou très pauvres. J'avais l'impression que nous étions assez aisés, nous formions l'une des trois ou quatre familles qu'on aurait pu considérer comme riches. Mon père était marchand de bois, et négociant en charbon et matériaux de construction.

Notre synagogue comportait une enceinte intérieure entourée d'un mur, le tout construit en bois. En outre, par mesure de précaution, les fenêtres étaient protégées par des grilles métalliques. Ces grilles étaient si belles que les Juifs décidèrent de les placer à l'intérieur, et non pas à l'extérieur. L'un des nôtres était vitrier, et il se chargeait de remplacer les vitres brisées par les lance-pierres.

À nos yeux d'enfants, la synagogue était magnifique. À l'intérieur, c'était comme un instrument de musique : on avait l'impression d'entrer dans un violon pour prier. Elle était conçue de sorte que la *bimah* (l'estrade) se trouve au centre, et l'arche des *kohanim* (prêtres) légèrement en hauteur.

Le rabbin siégeait à droite, et les anciens se trouvaient à ses côtés. Mon père, qui faisait partie du conseil rabbinique et du conseil municipal, était assis à côté de lui. Je devais me tenir près de mon père et de mon grand-père, et cette situation m'obligeait à me tenir tranquille. Assis là, devant la galerie, j'avais une vue sur ma mère et sur les dames, tout là-haut. Elles portaient des châles ravissants et ressemblaient aux dames espagnoles qu'on voit sur les tableaux de Goya. S'habiller était toute une affaire, et tout le monde assistait au service de Shabbat. J'adorais m'asseoir dans la synagogue, regarder les dames, contempler les grilles et la somptueuse *bimah* de bois sculpté. Tout cela me donnait un sentiment de sécurité et de bien-être, surtout lorsque j'écoutais ces chants magnifiques. Je me disais alors : l'année prochaine, ma voix sera peut-être à la bonne hauteur et je pourrai chanter avec eux.

Ceux qui n'avaient pas de bain ni d'eau chaude allaient aux bains rituels que l'on chauffait le jeudi et le vendredi matin – une session pour les femmes, une session pour les hommes. Le bain était géré par l'homme qui lisait la Torah le samedi. Quand j'allais au bain rituel – le *mikvah* – avec mon père et mon grand-père, le *shamash* (bedeau) recevait une pièce, un peu comme un pourboire, avant de nous laisser entrer, nous nous dévêtions, il nous frottait et certains des hommes étaient fouettés avec de petites branches, ce qui lui faisait gagner un peu plus. Puis, lorsqu'on nous avait versé de l'eau sur la tête, nous pouvions descendre les marches et nous immerger dans le bain rituel. Celui-ci devait rester absolument propre, alors personne ne pouvait descendre sans s'être lavé ou avoir été lavé par le *shamash*. Tous ceux qui descendaient s'immergeaient trois fois dans l'eau fumante et sortaient. Après quoi certains se versaient de l'eau froide sur le corps et se mettaient à chanter. Grâce à la cuve métallique qui contenait l'eau du bain, comme un puits, l'acoustique était remarquable. Et ils chantaient, et ils commençaient à raconter des histoires drôles. On me faisait sortir, et je regrettais de ne pas pouvoir participer, ni écouter ces chansonnettes et ces blagues salaces. Je n'entendais que des rires étouffés. Alors j'attendais qu'ils sortent et nous rentrions à la maison, bien emmitouflés. Le rituel avait pour but de se purifier avant Shabbat. Ainsi, tout le monde était propre au moins une fois par semaine.

Le vendredi, on portait le *cholent* au boulanger. Il s'agissait de la grande marmite fermée hermétiquement et dont le couvercle était enveloppé de plusieurs chiffons. Elle contenait des pommes de terre, de l'orge, des haricots et de la viande – généralement de la poitrine de bœuf, ce qui était le mieux. On y mettait également une casserole pleine de carottes, de raisins secs et parfois de pommes : le dessert. L'ensemble était scellé et accompagné d'instructions sur l'endroit où la marmite devait être posée, au milieu, à droite ou à gauche – chaque femme savait quelle partie du four, chez le boulanger, était la plus chaude. Les enfants plus jeunes étaient chargés de l'emporter. L'hiver, on posait des rebords spéciaux sur la luge pour empêcher la marmite de tomber. En plus des instructions, j'étais censé dire au boulanger : « Faites attention qu'elle soit bien sur la gauche, pas trop loin du bord », car si on la mettait au milieu, ça risquait de brûler. On la récupérait le samedi, quand tout le monde rentrait de Shabbat. C'était un repas si copieux que tout le monde, après cela, disparaissait pour faire la sieste. Il fallait trouver un coin pour dormir deux ou trois heures. Mais c'était délicieux, et les hivers étaient si froids que ce genre de repas était merveilleux.

La vie d'alors ne souffrait aucune comparaison avec celle que nous menons aujourd'hui. C'était très dur. Nous n'avions qu'un repas par jour. Mais cela ne nous faisait pas de mal d'être minces, les os apparents. De nos jours, tout le monde est trop gros. Nous avions de l'air pur, il n'y avait pas de pollution, et la vie dans une petite ville comme Chodecz était formidable avec ses forêts, son lac. Après le copieux repas de Shabbath et notre petite sieste, parce qu'on n'avait pas le droit de faire autre chose ce jour-là, on descendait au lac à pied. Nous avions la

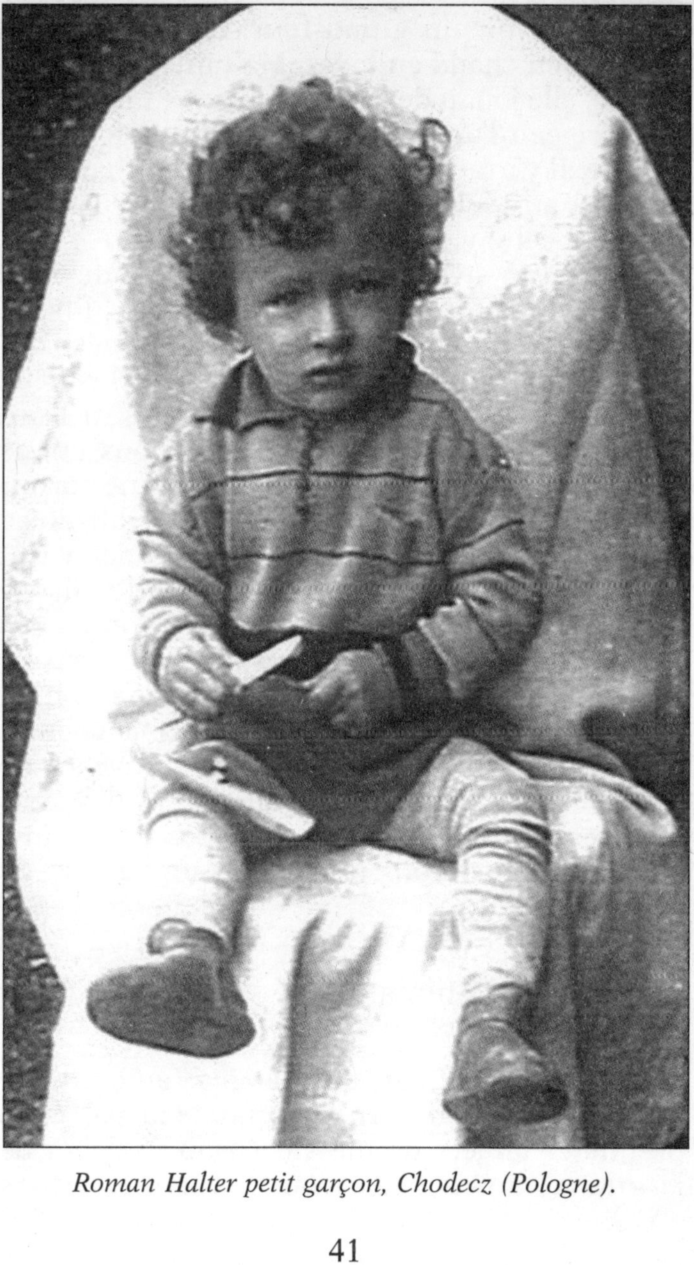

© Roman Halter

Roman Halter petit garçon, Chodecz (Pologne).

chance d'avoir un grand four, chez nous, et il faisait bien chaud en hiver. Ma tante était musicienne, elle jouait de la mandoline, et mon oncle, qui dirigeait l'orchestre des pompiers, jouait de la flûte. Il y avait de la musique et des chants, ils jouaient aux échecs, ils avaient des discussions, j'adorais cette vie-là.

Le rabbin avait décidé que nous devions disposer d'une bibliothèque de livres juifs, et il y avait quantité d'auteurs très doués, qui écrivaient des nouvelles. Mon père achetait le journal, et le vendredi, après le repas, il lisait de nombreux articles en yiddish ; nous étions tous assis autour de lui, animés d'une formidable curiosité intellectuelle. Il y avait aussi une tradition selon laquelle, lorsque des voyageurs se trouvaient dans notre ville, ils se postaient près du rabbin, le vendredi ; des familles devaient les inviter à dîner et à passer la nuit chez elles. Ils se serraient la main, mon père disait : « Venez chez nous », ils venaient à la maison et nous donnaient des nouvelles de chez eux. Et l'inverse arrivait quand des gens de chez nous allaient en voyage. C'est ainsi que nous entendions parler du monde hors de Chodecz.

Lili Stern-Pohlmann
Petite fille, Juive polonaise, Cracovie

Je suis née à Lvov, en Pologne (aujourd'hui, cette ville se trouve en Ukraine). J'ai passé les premières années de ma vie, jusqu'au début de la guerre, à Cracovie – sauf pour mes visites annuelles à mes grands-parents, à Lvov. Cracovie était une petite Florence, une belle cité médiévale, très ancienne, au patrimoine architectural intact. Au début nous vivions près du quartier juif, appelé Kazimierz, puis nous avons emménagé rue Pijarska, en face de la porte Saint-Florian, dans le quartier historique. Notre appartement se trouvait au deuxième étage et nous offrait une belle vue sur le Barbican. Il s'y passait beaucoup de choses fascinantes : des événements historiques hauts en couleur, des fêtes, etc.

J'étais une petite fille très vive, très indépendante, je ressemblais à mon père, qui m'emmenait souvent avec lui dans ses déplacements. Nous nous amusions beaucoup ensemble. Nous nous promenions, nous allions dans les cafés, nous aimions tous les deux la musique. Il m'emmenait aux thés dansants et je dansais avec lui, perchée sur ses chaussures. Nous prenions beaucoup de bon temps. Ma famille était très assimilée, et n'a pas eu à subir ce qu'ont peut-être subi les habitants du quartier juif. Mon père était un homme très intelligent, très beau, très sportif, et il parlait parfaitement polonais.

Stanley Faull
Écolier, Juif polonais, Varsovie

Ma famille habitait à Varsovie, dans la rue Twarda : mon père, ma mère, mon frère et ma sœur aînée. L'été, il faisait très chaud, et nous allions souvent à un endroit où il y avait une rivière et des arbres, et où les enfants pouvaient jouer. Nous étions une douzaine de personnes, en comptant mes tantes et mes oncles, et nous passions des moments merveilleux. La famille de mon père était religieuse, mais lui était un Juif moderne, il ne portait pas la barbe. Du côté de ma mère, même chose : une famille juive, mais pas traditionnelle. Nous appartenions à la bourgeoisie, nous avions une bonne, nous occupions un très grand appartement. Mon père avait hérité une fonderie de son propre père. J'étais fasciné par le spectacle des ouvriers prenant un lingot qu'ils faisaient fondre avant de verser le métal liquide pour le transformer en un objet beau et utile. Nous parlions surtout polonais, mais notre seconde langue était le yiddish. J'aimais beaucoup l'école, j'aimais les professeurs et tous les gens que j'y fréquentais.

Maria Ossowski
Écolière polonaise, Varsovie

Je dois insister sur le fait que nous avions des amies dans des familles juives et que personne ne voyait vraiment de différences. Les gens qui n'appartenaient pas à notre religion ne venaient pas dans la classe à l'heure de la prière. C'était la seule différence. Nous jouions toutes ensemble, et nous allions les unes chez les autres.

Kitty Hart-Moxon
Écolière, Juive polonaise, Bielsko-Biala

Je vivais à Bielsko-Biala, un ville très proche des frontières avec l'Allemagne et la Tchécoslovaquie. En raison de cette situation géographique particulière, tout le monde parlait trois langues : l'allemand, le polonais et le tchèque. Mes souvenirs d'enfance ? Une époque très, très heureuse. Ce qui nous passionnait, c'était le sport, et je ne savais rien de la politique, de la guerre ni de l'antisémitisme. Je m'intéressais au sport et à rien d'autre. Nous avions des clubs d'athlétisme, des clubs de gym, des clubs de natation. Comme la montagne n'était pas loin, nous allions aux sports d'hiver, nous avions des patinoires, nous faisions des randonnées en montagne. En fait, le week-end, tout le monde allait à la montagne.

Mon plus ancien souvenir de la vie de famille, c'est peut-être l'image du dos de mon père, en randonnée dans les montagnes. On m'avait

© Mme Kitty Hart-Moxon

Kitty Hart-Moxon (au centre) participe à une manifestation sportive, avant la guerre.

inscrite dans une école catholique des plus strictes. C'était incroyablement difficile pour moi, mais je me disais que cela m'était très utile. J'ai beaucoup appris avec les religieuses. Pas seulement à cause de la discipline, mais parce que j'ai appris à *résister* à la discipline, et à toute tentative pour me soumettre.

Marsha Segall
Écolière, Juive lituanienne, Siauliai

Je suis née le 16 janvier 1922 à Siauliai, en Lituanie, dans une famille juive aisée, traditionnelle mais pas religieuse. La communauté juive était peu importante : peut-être 7 % de la population de ce petit pays. J'ai eu une enfance très heureuse, dans un foyer très heureux. J'avais deux sœurs : l'aînée avait deux ans et demi de plus que moi, l'autre environ cinq ans de moins que moi. Mon père, un industriel, représentait American Oil en Lituanie. Maman était une femme très gaie, qui adorait recevoir, aimant les gens, chantant sans cesse. Il régnait chez nous une atmosphère de bonheur. Nous avions tout ce que nous désirions.

Leon Greenman
Homme d'affaires, Juif britannique, Rotterdam

Ma famille avait quitté l'Angleterre pour la Hollande deux mois après ma naissance, en 1910. Voilà comment je me suis retrouvé à Rotterdam. Mon père travaillait dans le négoce du cigare, puis dans le polissage des diamants, et il a été finalement représentant en vêtements de marin. J'ai fréquenté l'école juive jusqu'à l'âge de treize ans. Mon grand-père était un Juif très orthodoxe. Je me rappelle aussi que mon père disait les prières avant et après les repas ; nous,

Leon Greenman avec sa femme et son fils, Rotterdam, 1940.

les enfants, nous n'avions pas le droit de sortir de table avant la fin de la prière. Et elle nous semblait *terriblement* longue. Plus tard, je suis retourné à Londres, dans l'East End, où j'ai travaillé comme coiffeur. Mais je suis revenu en Hollande après mon mariage avec Else van Dam, en 1935. J'avais un commerce de livres anciens, et j'effectuais de fréquents allers-retours à Londres afin d'acheter ou de vendre des livres rares. C'est ainsi que j'ai pu développer mon affaire.

Steven Frank
Écolier, Juif hollandais, Amsterdam

Nous habitions dans un très joli quartier d'Amsterdam, au sud de la ville. Nous avions une grande maison de deux étages. Il devait y avoir quatre ou cinq chambres à coucher et un garage, ainsi qu'une balançoire dans le grenier, où nous allions jouer. Il y avait une école, en face de chez nous, devant laquelle se dressait une statue d'Érasme, et il nous arrivait souvent de grimper dessus. C'était un quartier très décontracté, nous avions beaucoup d'amis dans la rue, avec qui nous allions jouer, et aucun de nous ne se préoccupait de religion.

Nous disposions d'un parc récemment aménagé. J'ai appris à patiner presque avant de savoir marcher. Je me rappelle qu'en hiver on me poussait sur la glace avec les patins fixés aux pieds, au moyen d'une petite chaise grâce à laquelle je pouvais avancer. Parfois, on avait droit à une boisson chaude… c'était une époque

© Steven Frank

Steven Frank (à gauche)
et ses frères Carel (au milieu) et Nick (à droite),
devant la maison familiale, Amsterdam, 1938.

délicieuse, très heureuse. Nous n'étions pas religieux, pas le moins du monde. À Noël, nous avions même un sapin à la maison. Ma mère, qui était née en Angleterre, en avait toujours eu un chez elle. Je n'avais aucune idée de ce qu'était le judaïsme, ni même le fait d'être juif. Mes deux frères et moi avions été circoncis par un *mohel*, selon le rituel, mais ça n'allait pas plus loin. Il n'y avait chez nous ni fêtes juives ni menora [chandelier à sept ou huit branches, selon les cas], ni aucun signe révélant que nous étions juifs. Mon père était un avocat très réputé en Hollande, un grand humaniste.

Janine Ingram
Écolière, Juive grecque, Thessalonique

Je suis née en 1923. Mes parents étaient des Juifs d'ascendance espagnole. Leurs deux familles avaient quitté l'Espagne cinq cents ans plus tôt pour fuir l'Inquisition et s'étaient établies en Grèce. Nous étions une communauté très liée – une ville de 200 000 habitants, dont 60 000 Juifs. Je n'ai jamais eu le sentiment d'être différente, ni même d'être juive. Non, j'ai toujours pensé que j'étais grecque. J'ai reçu une éducation française au lycée. Je voyais mes amies au club de voile et de tennis, j'avais l'impression que nous étions identiques. Je n'ai jamais ressenti le moindre antisémitisme. Je n'allais jamais à la synagogue, sauf pour les mariages. Mes parents n'étaient pas religieux, mais ils célébraient la fête de *Pessah* [Pâque juive]. Il y avait à l'époque de grandes différences au sein de la communauté juive. D'un côté, des gens comme nous vivaient dans le confort – nous possédions une grande maison et tout ce dont nous avions besoin. De l'autre, des Juifs extrêmement pauvres qui habitaient en banlieue. Totalement dénués d'instruction, ils ne parlaient que l'espagnol.

John Dobai
Écolier hongrois, Juif catholique, Budapest

Selon les critères britanniques, nous menions une confortable existence de petits-bourgeois. Nous vivions dans le 3e arrondissement de Budapest, un beau quartier à l'ouest de la capitale.

Mon père travaillait pour une banque qui entretenait des liens avec l'Angleterre. Ma mère avait un talent remarquable pour le tissage, et elle s'occupait des enfants. Notre vie était ponctuée par les saisons. À l'automne, nous partions en excursion dans les bois ; nous marchions beaucoup. Si nous avions de la neige, nous faisions du ski (j'ai commencé à l'âge de quatre ans). Avec le printemps revenait la saison des longues promenades, et l'école s'achevait en juin. Durant les vacances d'été, nous descendions au lac Balaton pour un mois, et mon père nous y rejoignait pendant une semaine ou deux.

Je suis né en 1934. Trois ans plus tôt, mes parents s'étaient convertis au catholicisme et avaient changé leur nom en « Dobai », qui sonnait plus hongrois que « Kupferstein ». Dès 1931, les plus lucides voyaient que les événements qui se déroulaient en Allemagne, et qui s'étendaient en Autriche et dans une certaine mesure en Hongrie, ne présageaient rien de bon pour les Juifs. Mes parents et beaucoup d'autres crurent que leur conversion au catholicisme leur serait utile. Malheureusement, ce ne fut pas le cas.

1933-1936

LES PERSÉCUTIONS

« À partir de 1933, tout le monde acceptait le fait que si vous étiez un enfant juif, vous risquiez à tout moment d'être battu, malmené, ou de subir tout ce qu'ils voulaient. Inutile d'appeler un policier ou un professeur, parce qu'ils n'étaient pas censés intervenir, ils n'étaient même pas censés vous venir en aide, parce que vous étiez un ennemi de l'État. »

Le racisme et la haine de Hitler à l'égard des Juifs et d'autres groupes se manifestèrent bien avant le 30 janvier 1933, date de l'accession au pouvoir du parti ouvrier national-socialiste allemand (NSDAP, ou parti nazi). Le prétendu conflit universel entre les « aryens » et les Juifs constituait un thème majeur de *Mein Kampf*, le livre que Hitler publia en 1925-1926. Les Juifs (et les communistes, auxquels il les identifiait) étaient censés menacer les fondements de la culture allemande et « aryenne », les aryens étant des « Européens d'origine non juive ». Hitler s'était assigné pour mission d'alerter l'Allemagne et le monde entier, afin de neutraliser ce « danger ».

On admet en général que les premières victimes juives de l'ère nazie furent les huit personnes assassinées le 1er janvier 1930 par les SA. Mais ce n'est qu'avec la *Machtergreifung* (la prise du pouvoir par Hitler), en janvier 1933, que l'on ressentit l'effet des mesures antijuives. De plus en plus isolés par la propagande antisémite, mis en quarantaine par diverses lois spéciales, les Juifs allemands en furent victimes dans les années 1933-1936. On assista aussi à une certaine contagion antisémite dans les pays voisins de l'Allemagne.

Pendant cette période, les violences crois-

Une banderole à l'entrée de Rosenheim, en Bavière, le village natal de Goering : « Nous ne voulons pas de Juifs ici ! »

santes à l'égard des Juifs allemands peuvent sembler relativement timides en comparaison des campagnes massives des années ultérieures, même si elles annoncent ce qui suivra. C'est ainsi que le 1er avril 1933 fut décrété le boycottage pendant une journée des magasins juifs, dont les vitrines furent recouvertes de slogans antisémites, tandis que des SA armés empêchaient les clients « aryens » d'entrer dans ces commerces. On organisa également des purges de livres signés par des Juifs allemands, des communistes et autres ouvrages censés exercer une « influence perturbatrice ». Le mouvement culmina avec les destructions massives de livres par le feu, le 10 mai 1933 – autodafés organisés par Joseph Goebbels et ses cohortes nazies.

L'une des premières tâches que s'assigna le parti nazi en arrivant au pouvoir est de mettre en place le système des camps de concentration. Celui de Dachau ouvre dès mars 1933 ; les premiers déportés sont essentiellement des communistes, des sociaux-démocrates et autres ennemis politiques des nazis. En 1934, le chef de la *SchutzStaffel* (SS) Heinrich Himmler crée une Inspection générale des camps de concentration placée sous le commandement de Theodor Eicke, le *Lagerführer* SS de Dachau. L'objectif est de réorganiser le système des camps. Désormais toutes les unités vont opérer sous un commandement unifié, et les gardiens, qui appartiennent au bataillon SS *Totenkopfverbände*, suivront un entraînement spécifique. L'ordre du jour est l'organisation totale de l'existence des prisonniers, fondée sur un régime de punition très brutal.

© IWM NYP 68048

On brûle des livres dont les nazis prétendent qu'ils renferment des idées « antiallemandes », Berlin, 10 mai 1933.

Durant cette phase, on formule et on met en œuvre une législation visant à restreindre l'activité économique et professionnelle des Juifs, ainsi qu'à réglementer leurs relations avec les « aryens ». Le 11 avril 1933 voit la publication de la « loi de la Restauration de la fonction publique » et de la loi établissant un numerus clausus pour l'accès de Juifs au métier d'avocat. Plus de cinquante décrets seront promulgués entre cette date et septembre 1935, chacun couvrant un secteur d'activité différent. Le 15 septembre, on vote les « lois de Nuremberg » lors d'une session extraordinaire du Reichstag, siégeant pendant le spectaculaire congrès du parti nazi qui se tient dans cette ville. Elles provoqueront une onde de choc chez les Juifs allemands et européens. Ces textes définissent qui doit être considéré comme juif et révoquent les quelques droits dont les Juifs jouissaient encore. Toutes ces mesures furent soutenues par une propagande antisémite et raciale de plus en plus venimeuse de la part des médias contrôlés par les nazis, et menée par *Der Stürmer*, le journal de Julius Streicher (le « Gauleiter de Franconie »). Entre-temps, la situation incite les Juifs à émigrer. En dépit des difficultés pour obtenir l'autorisation de se rendre dans un endroit sûr, plus de 35 000 d'entre eux partent en 1933 pour la Palestine, l'Europe de l'Ouest, le Royaume-Uni et les États-Unis.

Ludwig Baruch
Écolier, Juif allemand, vivant à Londres

Mon père était venu en Angleterre en 1928 afin de diriger une compagnie allemande à Liverpool. En septembre 1930, j'ai quitté Hambourg pour rejoindre mes parents. L'arrivée des nazis au pouvoir, en 1933, a provoqué un traumatisme dans notre famille. Ma mère était effondrée. Elle pleurait des journées entières, terrifiée par les menaces de guerre et par ce que cela signifiait pour les Juifs et les Allemands. C'était une intellectuelle réputée en Allemagne, et elle était bouleversée par l'arrivée au pouvoir de Hitler. À l'époque, en Allemagne et ailleurs, la résistance aux nazis était le fait des communistes. J'étais très impressionné, surtout en tant que Juif. Je pensais que les communistes étaient seuls capables de s'opposer aux nazis.

John Fink
Apprenti électricien, Juif allemand, Berlin

Quand Hitler est arrivé au pouvoir, j'ai dû quitter mon école. Je me suis inscrit pour un an dans une école juive, puis mes parents ont décidé – car il était inutile de poursuivre mes études – que je devais apprendre un métier. Ils m'ont trouvé un emploi d'apprenti dans une petite entreprise juive : il n'y avait que le patron et moi. J'avais quatorze ans. Nous possédions une moto avec un side-car, et nous faisions de la plomberie et des installations électriques. En 1936, le patron, qui était marié à une « aryenne », dut fuir l'Allemagne. Il partit pour l'Afrique du Sud et je perdis mon travail. J'eus la chance de trouver un autre emploi à Berlin, près du Kurfürstendamm, dans une autre entreprise d'électricité, où j'achevai mes quatre années d'apprentissage.

Ruth Foster
Écolière, Juive allemande, Lingen

Quand Hitler accéda au pouvoir, la situation changea. Certains de nos professeurs étaient pronazis (ils allaient chaque année aux congrès du parti à Nuremberg), et j'étais la seule élève juive du collège. L'un de mes professeurs en particulier m'en a fait voir de toutes les couleurs. Elle interdisait aux autres filles de m'adresser la parole. Les camarades avec lesquelles j'avais l'habitude de venir à l'école le matin et celles que je voyais après les cours se mirent à m'ignorer totalement, par peur de ce professeur. Celle-ci fit en sorte que je sois assise au fond de la classe, contre le mur, isolée par deux rangées de bancs inoccupés. C'est alors qu'on édicta une loi – plus ou moins au même moment que les lois de Nuremberg – stipulant que les enfants juifs ne pouvaient plus fréquenter les collèges et les universités allemands.

Je me souviens d'une campagne de boycottage, et des SA qui affichaient des grands slogans, comme « *Deutsche, kauft nicht von Juden, die Juden sind unser Unglück !* » [« Allemands, n'achetez rien aux Juifs, les Juifs sont malheur. »] C'était un peu après l'arrivée de Hitler au pouvoir. Ils brisaient les vitrines et saccageaient les magasins. Les paysans n'osaient plus vendre leurs produits aux Juifs, même s'ils étaient plutôt sympathiques, et la vie est devenue difficile. Ma mère a dû vendre ses bijoux pour avoir un peu d'argent. Les temps étaient durs.

Gudrun Kübler
Femme allemande, Berlin

Il fallait être très prudent. Il fallait que je sois prudente, surtout à cause du travail de mon mari à l'état-major de la Luftwaffe. Si j'avais fait des achats dans une boutique juive, par exemple, cela aurait été une catastrophe.

Magdalena Kusserow Reuter
Écolière allemande, Témoin de Jéhovah, Bad Lippspringe

Quand Hitler arriva au pouvoir, ils voyaient bien que nous ne disions pas « Heil Hitler ! ». Chaque année il devenait encore plus difficile de ne pas le dire. Mon père décida de nous enseigner lui-même la religion, et il nous retira du catéchisme. Un professeur fit cette remarque : « Ces enfants Kusserow, ils ne sont pas pour Hitler. Ils n'ont qu'à partir pour Moscou, ce sont des communistes. » Alors les autres enfants se moquèrent de nous : « Allez à Moscou, vous n'êtes pas des nôtres, vous n'êtes pas pour Hitler. » Mon père nous expliqua que « Heil Hitler ! » signifie que le salut vient de Hitler, alors que la Bible nous enseigne qu'il ne peut venir que de

© IWM HU 6334

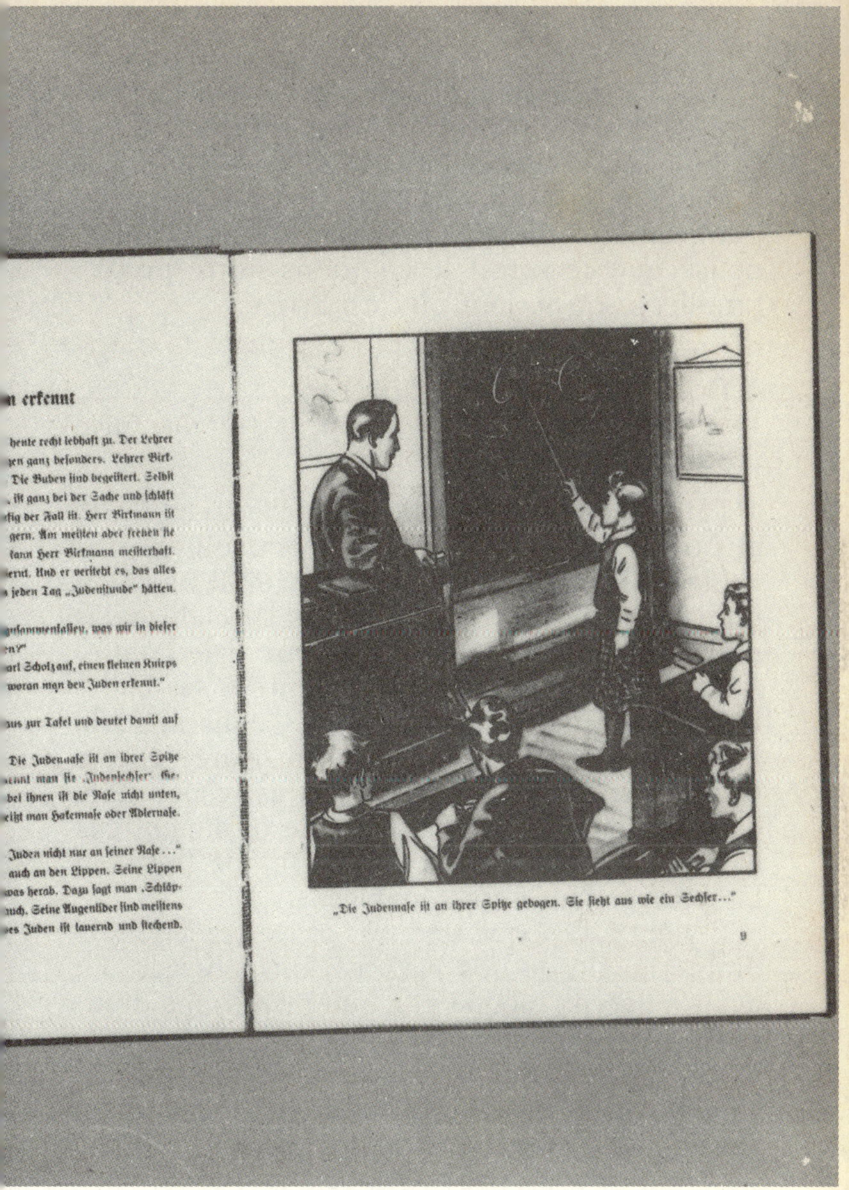

Un livre d'école antisémite :
Le Champignon vénéneux.

Jésus-Christ. Il ajouta que nous devions choisir, que les vrais chrétiens seraient persécutés, que ce jour-là nous serions peut-être persécutés, car la Bible dit que certains mourront pour leur foi, pour leur croyance en Jésus. Je n'aurais jamais pensé que ce serait le cas dans notre propre famille, jusqu'au jour où c'est arrivé.

Docteur Edith Bulbring

Médecin allemand, partiellement d'origine juive ou « *Mischlin* », Berlin

J'ai obtenu mon diplôme de médecin en 1928, et quand Hitler est arrivé au pouvoir, je travaillais à l'hôpital Virchow de Berlin. Il y avait là un professeur juif très célèbre, un spécialiste des maladies infectieuses, le docteur Friedmann. Après 1933, le docteur Friedmann et ses collaborateurs juifs furent renvoyés. J'étais la seule à n'avoir pas été mise à la porte, parce que je n'étais pas totalement juive. J'étais responsable de trois cents lits, et peut-être de trente entrées et sorties par jour. Les conditions de travail à l'hôpital étaient inimaginables.

Il y eut à l'époque une très grave épidémie de diphtérie. Un de nos patients, un petit garçon, avait le larynx bloqué par une membrane diphtérique, et il fallait pratiquer une trachéotomie. Nous apprîmes qu'il n'y avait plus de médecin capable de le faire. L'infirmière me demanda si j'avais déjà procédé à cette opération.

« Non. Et vous, avez-vous déjà assisté une trachéotomie ?

— Oui, très souvent, me dit-elle.

— Eh bien, parfait, faisons-la. Je sais comment procéder. »

Ainsi, nous avons sauvé ce garçon. J'étais ravie. Un peu plus tard, je reçus un coup de fil. L'administrateur de l'hôpital voulait me voir. « Docteur Bulbring, me dit-il, nous lisons dans votre CV que vous avez du sang juif. Nous devons par conséquent nous passer de vos services. »

Il ne restait plus un seul médecin dans cet hôpital.

Sir Hans Krebs
Biochimiste, Juif allemand, Fribourg-en-Brisgau

Le premier vrai changement, après l'arrivée de Hitler au pouvoir, intervint début avril 1933. Beaucoup d'entre nous furent relevés de nos fonctions, officiellement pour satisfaire les gens qui ne toléraient plus la présence de Juifs aux emplois que nous occupions. J'en fus directement affecté. J'étais payé, mais je n'avais le droit ni de voir mes patients ni d'accéder à mon laboratoire. Cela annonçait la fin. Je partis au milieu de mes expériences – on m'obligea à partir – du jour au lendemain.

Beate « Bea » Green
Écolière, Juive allemande, Munich

Un jour, en 1933, j'attrapai un gros rhume. J'avais huit ans. Ma mère me fit garder la chambre. J'étais donc au lit lorsque j'entendis s'ouvrir la porte d'entrée. D'habitude, quand mon père rentrait, il ouvrait d'un seul coup, il sifflait, et mon frère et moi nous précipitions dans le couloir pour être le premier à l'embrasser. Or ce n'était pas l'heure à laquelle il rentrait d'habitude. J'en conclus que c'était ma mère ou la bonne, qui était sortie. Mais personne ne vint dans ma chambre, comme je m'y attendais. Au bout d'un moment, je descendis de mon lit et jetai un coup d'œil dans le couloir. Devant la porte de la salle de bains, je vis les vêtements de mon père, déchirés et couverts de sang.

Pour une fillette de huit ans, c'était un choc. Et il n'y avait à proximité aucun adulte à qui j'aurais pu demander ce qui se passait. Je traversai donc le couloir, vers la chambre de mes parents. La porte était fermée. Je fis alors une chose que je n'avais jamais faite : je frappai et j'ouvris la porte. Je vis mon père tirer les draps jusqu'à ses yeux. Avec le recul, je sais que c'était pour m'empêcher de voir son visage tuméfié. Il me dit simplement : « Attends que ta mère rentre à la maison. » Ce qui était bizarre, parce qu'il ne disait jamais « ta mère », mais *Mutti*, maman... Et ma mère finit par rentrer. À partir de cet instant, j'eus le sentiment qu'on me protégeait de la vérité. Ils croyaient que s'ils me cachaient ce qui était arrivé, je ne m'inquiéterais pas. Alors qu'un enfant s'inquiète beaucoup plus s'il ignore la vérité, aussi dure soit-elle à accepter.

J'appris plus tard que mon père, qui était avocat, était allé ce jour-là (le 10 mars 1933) au siège de la police pour porter plainte au nom d'un de ses clients juifs. Celui-ci, qui possédait l'un des grands magasins de Munich, avait été arrêté. À son arrivée, quelqu'un lui a dit : « Docteur Siegel, on vous attend dans tel bureau. » Le bureau en question se trouvait au sous-sol. Quand il y est entré, la pièce était pleine de voyous en chemise brune qui ont commencé à le battre. Ils lui ont brisé les dents et fait éclater les tympans. La seule chose qui lui faisait vraiment peur, c'était qu'ils lui abîment les reins. Il se protégea donc le dos avec les bras, laissant sa tête à découvert, d'où les blessures multiples. Par bonheur, nous avons la tête dure dans la famille. Même s'il a été roué de coups, couvert de sang, les dents cassées, il a échappé à la fracture du crâne.

Après quoi, ils coupèrent les jambes de son pantalon, lui ôtèrent ses souliers et ses chaus-

Le docteur Siegel (le père de Bea Green) contraint de défiler dans les rues de Munich. Sur le panneau : « Je suis juif, et je n'irai plus jamais me plaindre aux nazis. » 10 mars 1933.

settes, et le promenèrent dans les rues de Munich avec une pancarte autour du cou, sur laquelle on pouvait lire : « Je suis juif, et je n'irai plus jamais me plaindre aux nazis. » Au bout d'une heure, ils se sont lassés et l'ont relâché près de la gare. Au moment où il montait dans un taxi, un homme s'est approché de lui et lui a dit, avec un léger accent américain :

« Je viens de vous prendre en photo. Est-ce que vous acceptez que le cliché soit publié ?

— Faites comme vous voudrez », lui a répondu mon père.

Ce n'était pas le genre de chose qui le préoccupait à ce moment-là. La photo a été diffusée dans le monde entier, grâce au groupe de presse de William Randolph Hearst.

Rudi Bamber
Écolier, Juif allemand, Nuremberg

Quand les nazis organisèrent leurs gigantesques rassemblements dans notre ville, j'étais en proie à des sentiments contradictoires. C'était très excitant, très attrayant : le tape-à-l'œil, les colonnes en marche, toutes ces couleurs... Les nazis étaient très forts pour ce genre de choses, impressionnantes et spectaculaires, et il était difficile de ne pas les... je pense que « admirer » n'est pas le mot correct... mais il est certain que j'étais impressionné. Le pouvoir, la force étaient partout évidents. Il y avait des drapeaux nazis absolument partout, à chaque fenêtre – une orgie de couleurs. Les dirigeants du parti traversaient la ville en cortège d'autos découvertes, et les gens se massaient et criaient en les regardant passer, parfaitement visibles dans les voitures. J'avoue que je me joignis à la foule, comme un idiot, et que je restai pour jouir du spectacle. J'ai vu Hitler, Goebbels, Goering, Hess… ils étaient tous là, dans leurs voitures. Mes parents, bien sûr, auraient été épouvantés s'ils avaient su ce que je faisais. D'une certaine manière, j'étais moi-même un peu contaminé par la propagande nazie. Les gens me disaient : « Tu es juif, mais tu as raison, ce sont les autres Juifs, toute la juiverie internationale, qui sont mauvais, prêts à tout pour détruire l'Allemagne. » J'étais pris d'une sorte de schizophrénie. D'un côté, je savais qu'on me haïssait, qu'on me méprisait. De l'autre, pourtant, je sentais qu'à titre personnel, les gens disaient : « Oh, toi, tu es bien, tu n'es pas comme eux. »

Else Baker
Petite fille allemande, à demi tsigane, Hambourg

Hitler ? Il était impossible d'*échapper* à Hitler. Même une petite fille de deux ans pouvait tomber dans le piège de Hitler, à l'époque. Le jour de son anniversaire et à d'autres occasions, tout le monde devait déployer les drapeaux, et quand il parlait à la radio, tout le monde devait l'écouter avec attention. Je n'avais jamais été en contact avec des Tsiganes ni avec des Juifs. Je crois que je menais une vie très protégée, provinciale… les différences raciales et ethniques n'avaient aucune signification pour moi. J'avais entendu parler des Tsiganes, parce qu'il y avait cette chanson en allemand qui racontait comment ils vivaient dans les bois, qu'ils ne payaient pas d'impôts et qu'ils menaient la belle vie. J'avais entendu aussi des histoires de Tsiganes volant du linge en train de sécher, mais je n'en avais jamais rencontré. C'était juste une sorte de cliché, auquel je n'étais pas complètement insensible. J'aimais mes parents adoptifs comme ma vraie mère et mon vrai père. On ne m'avait rien appris d'autre.

© USHMM 14222

Une famille de Tsiganes, Zoliborz (quartier de Varsovie).

Sergei Hackel
Écolier, Juif allemand, Berlin

Je me rappelle que chaque matin, à l'école, nous devions nous lever et faire le salut hitlérien, le bras tendu. En guise de prière, il fallait remercier le Führer de nous donner une si belle journée. On comptait sur notre loyauté, on nous inculquait la loyauté, il n'y avait rien d'autre que la loyauté. Je me rappelle les manuels scolaires. Les auteurs avaient assez de talent pour que l'endoctrinement ne semble pas trop agressif, ni corrosif. Quand on ouvrait son livre d'alphabet ou son cahier de textes, la première image qu'on voyait était celle du Führer, un Führer très gentil, bienveillant, en civil. Je pense qu'il se trouvait au Tyrol, sur une pente parsemée de fleurs, et il tenait deux enfants par la main, un garçon et une petite fille. Et je me souviens que l'image était surmontée d'une légende : « Les deux choses que le Führer aime par-dessus tout : les enfants et les fleurs. » À l'époque, cela semblait une chose très amusante que le Führer se préoccupe de cela, et ça nous mettait à l'aise.

Mes parents, quant à eux, se tenaient tranquilles. Ils observaient une sorte de silence abattu. Si je rapportais à la maison des propos indulgents sur le nazisme, ils ne me disaient pas : « Tais-toi, je ne veux pas entendre des idioties pareilles chez moi ! », mais plutôt : « C'est formidable que tu apprennes toutes ces choses merveilleuses à l'école. » Par crainte des conséquences, ils avaient adopté une position neutre, intermédiaire.

John Silberman
Écolier, Juif allemand, Berlin

Je n'avais que sept ans, en 1933, et j'avais commencé l'école l'année précédente. Mes parents et d'autres personnes m'avaient mis en garde contre le risque de me laisser entraîner dans des bagarres avec des membres des Jeunesses hitlériennes. Il s'agissait, pour le dire poliment, d'une sorte d'association de boy-scouts. Bien entendu, les Juifs n'y étaient pas les bienvenus. Les Juifs devaient être poursuivis et passés à tabac. À partir de 1933, tout le monde acceptait le fait que si vous étiez un enfant juif, vous risquiez à tout moment d'être battu, malmené, ou de subir tout ce qu'ils voulaient. Inutile d'appeler un policier ou un professeur, parce qu'ils n'étaient pas censés intervenir, ils n'étaient même pas censés vous venir en aide, parce que vous étiez un ennemi de l'État. Cela se grava dans mon esprit et renforça mon instinct de conservation. Nous étions prudents. Dans les transports en commun, en allant à l'école juive, nous voyagions par deux ou trois, ce qui nous donnait un sentiment de sécurité. Mais nous évitions de nous déplacer par groupes trop nombreux, ce qui aurait pu apparaître comme une provocation : comme nous ne portions ni croix gammée ni uniforme des Jeunesses hitlériennes, nous étions facilement repérables. Le harcèlement et les agressions verbales n'étaient pas seulement le fait des enfants. Il n'était pas rare qu'un adulte vous insulte ou vous donne un coup de pied. Nous étions sans cesse persécutés, et tout le monde tolérait cela.

John Lawrence
Écolier, Juif autrichien, Vienne

Dès l'âge de six ans, j'ai commencé à entendre parler des socialistes et des nazis, et comment !

Je dois avouer que même si nous avions une vie de famille agréable, nous n'avons pas eu de jeunesse. Nous devions nous battre presque tous les jours, à l'école, dans la rue... Il régnait à Vienne un antisémitisme endémique, et il en avait toujours été ainsi. Même avant l'arrivée de Hitler sur la scène autrichienne, nous savions ce qui se préparait. Je me bagarrais presque chaque jour.

Ma mère, une femme très astucieuse, a engagé un ancien champion de boxe pour m'apprendre à me défendre. J'ai découvert la boxe et le jiu-jitsu ! À la rentrée, après les vacances d'été, un type d'un mètre quatre-vingts, qui avait l'habitude de me persécuter, a recommencé à me chercher des noises, et je l'ai envoyé au tapis. Il s'appelait Bum !

Stephen Dale
Jeune Juif allemand, Berlin

Quand Hitler est arrivé au pouvoir, j'ai commencé à militer. Rien de très important, mais j'ai pris cela au sérieux, je me suis livré avec mes amis à certaines activités illégales. Cela consistait surtout à imprimer des brochures et à coller sur les lampadaires des affichettes antinazies. Il n'y avait rien d'organisé ni de très profond. C'était plutôt une réaction spontanée, l'expression de notre désir d'agir concrètement. En janvier 1934, j'ai été arrêté par la Gestapo. On m'a conduit d'abord à son quartier général de Berlin, puis dans une prison pour criminels politiques, où j'ai passé une semaine en isolement total. Une expérience marquante pour un garçon de seize ans.

Jan Hartman
Écolier, Juif tchèque, Prague

Vers 1933-1934, nous allions faire du ski sur la plus haute montagne de Tchécoslovaquie et, de là-haut, nous regardions l'Allemagne. C'était déjà un pays dangereux, hostile, d'où pouvait venir le malheur. C'était la première fois que j'étais confronté à une question politique.

Lili Stern-Pohlmann
Petite fille, Juive polonaise, Cracovie

Nous ne subissions aucune discrimination évidente, mais mon père avait parfois du mal à trouver un emploi parce qu'il était juif – alors qu'il était aussi compétent, dans son domaine, que n'importe qui. À part cela, je me rappelle qu'à la mort de Pilsudski, en 1935, nous avons aperçu le cortège funèbre depuis les fenêtres de notre deuxième étage. Derrière le cortège, j'ai vu des policiers frapper des gens à coups de matraque. J'ai demandé à mon père ce qu'ils avaient fait. « Ils n'ont rien fait de mal, ma petite fille, me répondit-il. On les bat simplement parce qu'ils sont juifs. »

Roman Halter
Écolier, Juif polonais, Chodecz

L'antisémitisme qui sévissait en Pologne venait simplement de l'enseignement de l'Église catholique. Tous les Juifs, y compris les enfants, étaient accusés (surtout en période de Noël et à Pâques) d'avoir tué le Christ. À Pâques, je

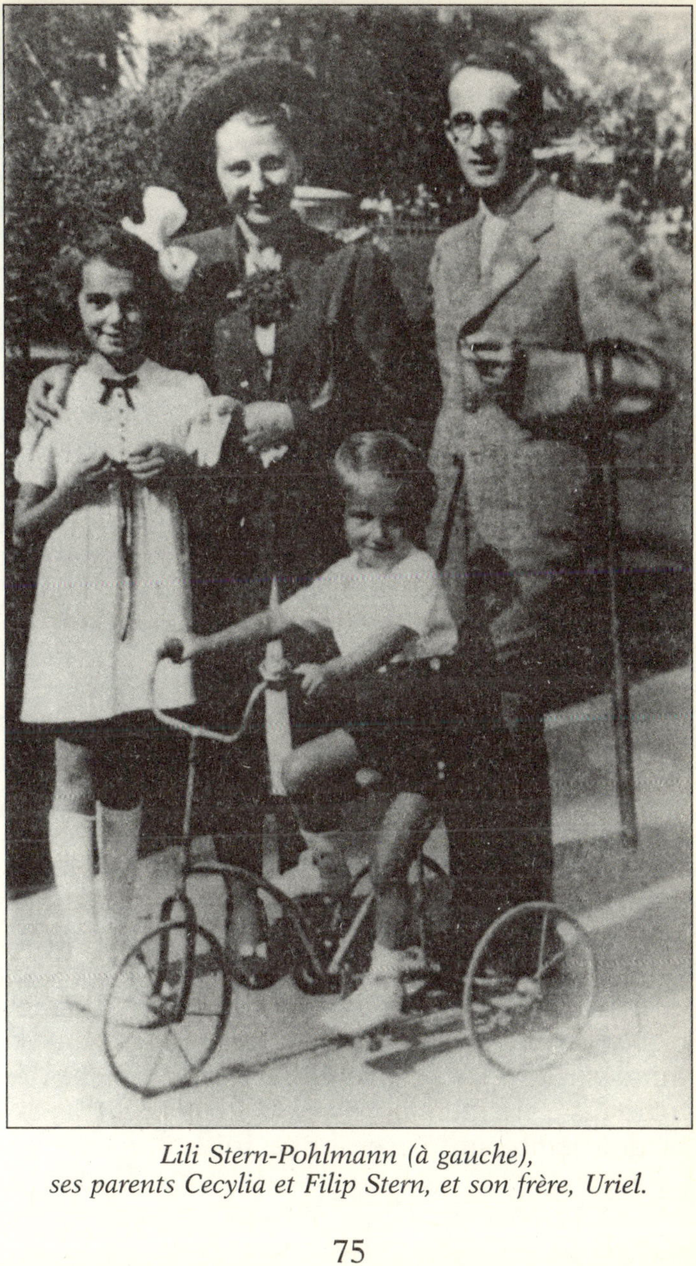

Lili Stern-Pohlmann (à gauche),
ses parents Cecylia et Filip Stern, et son frère, Uriel.

devenais un « assassin du Christ ». Mon grand-père m'apprit comment je devais, à la sortie du cours de religion, défaire ma ceinture, m'adosser au mur et la balancer d'un côté à l'autre pour dissuader les élèves de me battre. Et puis, dès qu'il y avait une brèche, foncer dehors.

Gertrud « Trude » Levi
Petite fille, Juive hongroise, Szombathely

Le dimanche, mon père m'emmenait faire une promenade. Il connaissait bien les plantes et les insectes, et c'était toujours fascinant de l'écouter. Je me rappelle que, ce dimanche-là, je portais un beau manteau rouge, des chaussettes blanches et des souliers noirs. Il m'annonça qu'il voulait faire un détour pour voir une femme qui avait accouché pendant la nuit. Nous sommes allés dans un quartier très pauvre de la ville. Il m'a laissée au milieu d'une grande cour, et il est entré voir sa patiente. Tout à coup, des portes se sont ouvertes, des enfants sont sortis, et les garçons les plus âgés se sont mis à me jeter des pierres en me traitant de « sale truie juive ». Le temps que mon père ressorte de la maison, je saignais et j'étais en pleurs. « Je ne suis pas une truie, lui dis-je, parce que c'est un animal. Et je ne suis pas sale, parce que j'ai pris un bain. Mais *juive*, qu'est-ce que ça veut dire ? » Je n'avais jamais entendu ce mot. Il m'expliqua ce qui se passait avec les minorités, et la manière dont les Juifs étaient parfois victimes de mauvais traitements. « Eh bien, lui ai-je dit, à partir de maintenant je serai une Juive. »

Jacob Pesate
Étudiant, Juif roumain, Czernowitz, Bucovine

Il y avait en Roumanie un parti fasciste. C'était la Garde de Fer, une petite unité à l'origine, qui était devenue une menace pour la démocratie. Ses hommes paradaient, vêtus d'uniformes qui rappelaient ceux des nazis, et ils attaquaient les meetings organisés par les partis au pouvoir. C'est ainsi que la Garde de Fer était omniprésente, peu nombreuse mais très active, belliqueuse, singeant les nazis allemands. Ses chefs allaient s'entraîner en Allemagne, et ils revenaient avec des programmes qui n'avaient rien à envier au *Mein Kampf* de Hitler.

Gisela Eisner
Écolière, Juive allemande, Berlin

On voyait les manchettes du journal *Der Stürmer*, plein d'horreurs antisémites, toujours bien en évidence dans les vitrines prévues à cet effet. Impossible de ne pas les voir. Nous nous arrêtions pour lire les articles et regarder les dessins (des caricatures de Juifs). C'était extraordinaire, parce que nous ne connaissions personne qui ressemblait à cela, personne qui eût un nez, ou des oreilles, ou des lèvres comme celles des caricatures. Je me rappelle avoir lu que les Juifs sentaient l'ail et l'oignon... mais je ne connaissais personne comme ça.

Peter Kronberg
Jeune homme autrichien, partiellement d'origine juive ou « *Mischling* », Berlin

Je me souviens d'un incident curieux, en cours de biologie. Nous avons appris à reconnaître la forme d'un crâne « aryen », et le professeur m'a pris comme exemple. Je pense qu'il l'a peut-être fait exprès. C'est la seule fois où je me rappelle avoir été pris en exemple. J'étais très, très conscient d'être en partie juif, et je me suis regardé dans la glace pour voir si j'avais le « profil juif ». Vous savez, cette physionomie typique, comique, qu'on voyait constamment dans les journaux. J'étais très inquiet.

Peter Bielenberg
Avocat allemand, Hambourg

Un soir, je rentrais d'une réception avec le fils du maire de Hambourg. Il n'avait qu'un quart de sang juif, mais il était très « typé ». Nous nous trouvions devant chez son père, lorsque trois SA surgirent derrière nous. L'un d'eux se précipita sur mon ami juif. Avant que nous sachions ce qui se passait, il le frappa au visage en criant : « Encore un sale youpin ! » Machinalement, je lui balançai un coup de poing sans viser vraiment – c'était un réflexe, sous le coup de la surprise, et je le frappai au plexus solaire. Mais le coup était assez fort pour le faire tomber à genoux, le souffle coupé. Mon ami était un excellent sportif, et j'étais moi-même assez costaud, ce qui nous permit de donner aux deux autres une vraie raclée. Quand on estima qu'ils en avaient eu assez, je leur ai dit de disparaître et d'emmener avec eux leur copain étalé sur le sol.

Eva Mitchell
Écolière, Juive allemande, Münster

Mon père avait un chauffeur, un homme très gentil, dont le rêve était d'être pilote. Un jour, il demande à mon père :

« Est-ce que ça vous dérange si je rejoins les SA ? Trois jours par semaine. On m'a dit que chez eux, je pourrais apprendre à piloter.

— Non, bien sûr, ça ne me dérange pas », lui répondit mon père.

Qu'aurait-il pu dire d'autre ? Le soir même, l'homme entrait dans les SA, et on lui interdit immédiatement de travailler plus longtemps pour un employeur juif. « Je n'ai jamais eu meilleur patron que vous, dit-il à mon père, le cœur brisé. Mais je ne peux plus travailler pour vous. » À partir de ce jour-là, on le vit conduire dans les rues de la ville le SS *Gruppenführer* dans son horrible grosse voiture ornée de la croix gammée.

Gerda Williams
Écolière allemande, Berlin

Je ne crois pas qu'on m'ait beaucoup parlé des Juifs à l'école. Évidemment, nous avions beaucoup d'amis juifs. Ceux qui pouvaient se permettre de partir ne tardèrent pas à venir nous dire au revoir. Bien sûr, ceux qui n'avaient pas d'argent devaient rester. Et quand on venait vous annoncer : « Nous partons pour Shanghai », « Nous partons en Amérique », « Nous partons pour... », où que ce soit, vous saviez qu'ils ne partaient pas de bon gré, mais parce qu'ils y étaient obligés.

Sir Hans Krebs
Biochimiste, Juif allemand, Fribourg-en-Brisgau

J'ai été un peu surpris de recevoir une lettre d'un confrère allemand qui travaillait à Cambridge, en Angleterre, me disant que le bruit courait que j'avais des difficultés. Il me disait que si j'avais envie de venir à Cambridge, je devais écrire à Hopkins [Frederick Gowland Hopkins, ordre de l'Empire britannique, biochimiste anglais], et que j'étais sûr de recevoir une réponse favorable. J'écrivis donc à Hopkins, dont la réponse me toucha beaucoup. Sa lettre commençait ainsi : « J'admire tant vos travaux que je tiens à vous aider... » J'ai décidé d'émigrer. J'ai quitté l'Allemagne le 19 juin 1933. J'ai eu la chance de pouvoir emporter l'équipement de base dont j'avais besoin – vingt caisses au total... Je suis donc arrivé avec mon matériel.

Christabel Bielenberg
Femme anglo-irlandaise, Hambourg

Ce médecin était un homme très occupé. Un jour, mon fils, Nicky, est tombé malade. Il est tout de même venu, et il est resté toute la nuit avec mon garçon et moi. Au matin, le petit allait mieux. J'étais très étonnée que le docteur ait pris le temps de veiller l'enfant avec moi. En partant – je précise qu'il était juif –, il m'a dit :

« Je dois vous informer, madame Bielenberg, que je ne pourrai plus soigner votre enfant. Vous devrez trouver un autre médecin. »

Cela me causa un choc.

« Un autre médecin, mon Dieu, mais pourquoi ?

— Comme vous le savez, me dit-il, je dirigeais ma clinique, où j'ai investi une grande partie de mes revenus personnels. On m'a jeté dehors. On m'a pris ma clinique, et on m'a écrit qu'il m'était interdit désormais de poser la main sur un enfant "aryen". »

Magdalena Kusserow Reuter
Écolière allemande, Témoin de Jéhovah, Bad Lippspringe

Vers 1936, la police commença à fouiller la maison. Mon père avait beaucoup de brochures de notre Église, sur le Royaume de Dieu, *La Tour de garde* et *L'Âge d'or*, que nous appelons maintenant *Réveillez-vous*. La police et la Gestapo sont venues fouiller la maison peut-être seize ou dix-huit fois. Les hommes de la Gestapo ne portaient pas l'uniforme, mais mon frère Siegfried les reconnaissait toujours et se mettait à crier : « Voilà la Gestapo, voilà la Gestapo ! » Alors nous cachions la Bible dans le placard, et les brochures sous le plancher, parce que ma mère disait toujours : « Ils sont trop fainéants, ils n'aiment pas se baisser. »

Mon père a été arrêté à de nombreuses reprises. La première fois, c'était en 1936. Ma mère a été arrêtée elle aussi. On les emmenait à Paderborn, mais on relâchait ma mère au bout d'une semaine, parce qu'elle avait beaucoup d'enfants.

John Silberman
Écolier, Juif allemand, Berlin

Le temps passant, je finis par comprendre que mon père avait de plus en plus de mal à mener ses affaires. Je ne comprenais pas pourquoi, mais des pressions s'exerçaient sur les clients pour qu'ils n'achètent plus chez un fabricant juif, et sur les fournisseurs pour qu'ils montent leurs prix ou refusent de traiter avec des Juifs. Mon père n'était pas le seul dans ce cas, c'était une situation de plus en plus banale. C'était moins une règle imposée par le gouvernement, dans le domaine du commerce et de l'industrie, qu'une manière de profiter individuellement de la situation : il est juif, et si nous le pressurons un peu, qu'est-ce qu'il pourra faire contre ça ?

Nous vivions sous la menace permanente d'être dénoncés à la Gestapo et arrêtés si on ne se soumettait pas aux exigences des non-Juifs. On entendait toujours parler de gens qui disparaissaient ou qui étaient arrêtés. Ils revenaient une semaine plus tard, ils avaient été passés à tabac, ou on les avait envoyés aux travaux forcés, parfois même on les avait assassinés – ce qui est devenu fréquent à partir de 1937. Déjà, on parlait beaucoup de la Gestapo.

1937-1939

EN QUÊTE D'UN REFUGE

« Tout le monde comprenait qu'il *fallait* émigrer. Mais c'est seulement en novembre 1938, après le tournant décisif de la nuit de Cristal, que mes parents se sont dit, comme 90 % des Juifs allemands : "On ne peut pas rester, ils vont nous tuer." La survie, au sens littéral du terme, voilà la seule chose qui comptait. »

Après 1938, la campagne visant à créer une économie *Judenrein* [nettoyée de ses Juifs] commence pour de bon. Nombre de lois et de décrets publiés entre 1937 et 1939 entraînent une spirale toujours grandissante de violence antisémite, qui détruit toutes les racines de la communauté juive en Allemagne. Conséquence de la rhétorique antisémite au-delà des frontières allemandes, les Juifs des pays voisins s'inquiètent de plus en plus.

La mainmise nazie sur l'Autriche (l'Anschluss), le 13 mars 1938, aggrave encore l'angoisse. Si le processus de discrimination et de violence à l'égard des Juifs allemands a été relativement progressif, la persécution des Juifs autrichiens est immédiate et implacable. Du jour au lendemain, ils se trouvent privés de leurs droits civiques. On leur fait subir, surtout à Vienne, toute sorte de violences et d'humiliations extrêmes.

À l'automne 1938, des milliers de Juifs polonais sont expulsés d'Allemagne par la force, et rassemblés dans les zones frontalières entre l'Allemagne et la Pologne. Le 28 octobre, par exemple, près de 17 000 Juifs allemands d'origine polonaise sont privés de leur nationalité et déportés dans le no man's land près de Zbaszyn. En réaction contre cette ignominie, Herschel Grynspan, le fils d'un des déportés, assassine Ernst von Rath, premier secrétaire de l'ambassade d'Allemagne à Paris. Son geste provoque à son tour une vague d'agressions antisémites à travers l'Allemagne, l'Autriche et les Sudètes. C'est ce qu'on appelle la nuit de Cristal, durant laquelle 7 500 magasins juifs sont démolis, et d'innombrables synagogues et objets religieux profanés ou détruits. À la suite de la nuit de Cristal, 30 000 Juifs allemands seront raflés et emprisonnés dans des camps de concentration. Tandis que la population des camps se modifie, les Juifs remplaçant peu à peu les « indésirables » et les « criminels », les conditions d'existence se détériorent au point d'atteindre bientôt un degré d'inhumanité inédit. Au plan international, la nuit de Cristal aura des conséquences énormes, contribuant à faire basculer l'opinion publique contre la politique d'apaisement. La violation des accords de Munich, en mars 1939, incite la Grande-Bretagne et la France à réagir pour tenir leurs promesses à l'égard de la Pologne, qui est probablement la prochaine cible de Hitler.

Alors que la guerre approche, les Juifs cherchent désespérément à se mettre hors d'atteinte d'une menace désormais évidente. Les parents sont impatients de placer leurs enfants en lieu sûr. C'est dans ce contexte que la Grande-Bretagne accepte, fin 1938, au lendemain de la nuit de Cristal, d'accueillir 10 000 enfants juifs. Un peu plus de 9 000 y parviendront, grâce au plan *Kindertransport*, le dernier groupe arrivant à la veille de la guerre.

Malgré les politiques d'immigration rigoureuses des éventuels États d'accueil, l'émigration hors du *Grossdeutsches Reich* [le Grand Reich allemand] fait un bond spectaculaire tout au long de l'automne et de l'hiver 1938-1939. Le

© USHHM 12556

Panneaux apposés sur une parfumerie de Vienne : « Magasin aryen », « Ici nous ne servons pas les Juifs ».

Bureau central pour l'émigration juive, placé sous le commandement d'Adolf Eichmann, situé à Vienne puis à Berlin, commence à abandonner sa politique de persuasion au profit d'une politique d'intimidation. Les Juifs sont soumis à toute sorte d'humiliations, passés à tabac, enfermés dans des camps de concentration, voire assassinés. Ces méthodes, tout comme les lois antijuives, s'étendent à la Tchécoslovaquie, occupée à partir de mars 1939. En septembre 1939, près de la moitié des 500 000 Juifs d'Allemagne ont quitté ce pays, comme 125 000 Juifs d'Autriche et 20 000 des territoires tchèques récemment envahis. Des dizaines de milliers d'autres restent pris au piège.

John Silberman
Écolier, Juif allemand, Berlin

L'entreprise de mon père a tout simplement disparu. Personne ne voulait plus traiter avec des Juifs. Pas de livraisons, pas de clients, impossible de trouver quelqu'un qui accepte de travailler pour vous. Si vous trouviez quelqu'un, vous étiez à sa merci, car ils n'en faisaient qu'à leur tête. Ils pouvaient vous voler, partir avec le matériel, vous n'aviez aucun recours. Un Juif n'avait aucun droit. Les amis non juifs de mes parents ne les ont pas soutenus. L'Allemand moyen s'en fichait. Plus on se débarrassait des Juifs, plus il lui serait loisible de mettre la main sur leurs biens. La masse du peuple allemand était entièrement satisfaite de ce qui se passait. Elle a soutenu Hitler sans réserve tant qu'elle a cru à sa victoire.

John Fink
Électricien, Juif allemand, Berlin

Les nazis savaient comment nous torturer, comment augmenter la pression. D'une semaine sur l'autre, des nouvelles lois s'ajoutaient aux précédentes. Il a fallu par exemple quitter les quartiers ouest de Berlin, pour aller s'entasser dans des quartiers plus pauvres. Nous vivions dans des deux pièces, dans une de ces « maisons juives » contrôlées par les nazis.

Fritz Moses
Petit garçon allemand, Strehlen, Silésie (Allemagne)

Nous n'étions pas juifs, et certains membres de notre famille avaient décidé de changer de patronyme [« Moses » signifie « Moïse »]. Mais mon père refusait de l'abandonner. Mon nom m'a valu quelques problèmes à l'école primaire et durant mes deux premières années de collège. On avait tendance à me surnommer « Pinkus », ou « Abraham ». En outre, je n'aimais pas beaucoup le sport, ce qui était considéré comme un sérieux handicap sous le IIIe Reich.

Anna Bergman
Étudiante, Juive tchèque, Prague

Le fait que Hitler, en Allemagne, soit en train de boucler les Juifs ne me tracassait pas du tout. J'étais si jeune ! J'avais des petits amis, et personne ne parlait de politique. La vie était merveilleuse. En 1938, au moment de l'Anschluss, je skiais en Autriche avec un groupe d'amis. Nous étions tchèques, avec des passeports tchèques, et nous ne nous sommes pas inquiétés. C'est alors que je me suis rendu compte que les Allemands n'étaient pas considérés comme une armée d'occupation. Ils étaient accueillis avec des fleurs, des accolades et des cris de bienvenue. Tout à coup, il y a eu des drapeaux nazis partout. C'était le premier signe. J'avais vingt et un ans. Il est inimaginable que nous n'ayons pas pris de précautions, que nous n'ayons rien fait.

John Lawrence
Jeune Juif autrichien, Vienne

J'ai été arrêté le lundi de Pâques 1938, et l'on m'a conduit à la caserne la plus proche. Ils m'ont roué de coups de crosse, ils m'ont fait m'allonger sous un matelas, à même le sommier à ressorts, et quatre d'entre eux ont sauté sur le matelas. Puis on m'a obligé à monter à l'étage supérieur, après m'avoir fait mettre en sous-vêtements. Ils me retenaient à l'extérieur de la fenêtre. « On le lâche, ou pas ? » J'avais à peine seize ans... Ils m'ont ramené en bas. « On avait oublié quelque chose. Les chiottes ont besoin d'être nettoyées ! » Trois types me tenaient, et j'ai nettoyé les toilettes avec ma tête, avec mes cheveux... C'était horrible. Je ne pouvais pas me défendre. Si je vous racontais en détail ce qui s'est passé dans cette caserne, vous ne me croiriez pas ! Et ils étaient tous autrichiens. Un officier supérieur SS, un Allemand, est arrivé et m'a sauvé d'une mort certaine. Il a dit aux Autrichiens que les nazis voulaient la loi et l'ordre. « Pas des voyous dans votre genre ! » Il est indiscutable que je lui dois d'être encore en vie.

© IWM NYP 38064

À Vienne, pendant l'occupation allemande, des habitants juifs sont contraints de frotter les rues.

Herbert Elliott
Jeune Juif autrichien, Vienne

Quelques jours après l'arrivée au pouvoir de Hitler, le concierge de votre immeuble vous donnait un seau et une serpillière, et vous intimait l'ordre de nettoyer l'escalier. Vous vouliez aller au travail, mais il n'y avait rien à faire. Même si ce n'était pas très éprouvant physiquement, c'était humiliant.

J'étais stupéfait d'apprendre que je n'avais aucun recours, mais on m'expliqua que si j'essayais d'appeler un policier ou un soldat à la rescousse, je risquais d'être envoyé dans un camp de concentration ; ou bien on me battrait et il n'y aurait aucune discussion possible.

Gertrud « Trude » Levi
Écolière, Juive hongroise, Szombathely

Certains professeurs de notre école pouvaient être très, très violemment antisémites. En Hongrie, les Juifs avaient tendance à garder profil bas, à ne pas mettre en avant leur judéité. Mais j'étais juive, et à l'occasion je faisais en sorte que tout le monde le sache. Cela me valait des réflexions, en particulier de mon professeur d'histoire. Notre ville se trouvait à la frontière autrichienne. L'Anschluss de 1938 nous affecta beaucoup, car nous étions les prochains sur la liste. À partir de cette époque, nous avons vu arriver en Hongrie des réfugiés fuyant les pays voisins, l'un après l'autre, à mesure qu'ils étaient occupés.

Roman Halter
Écolier, Juif polonais, Chodecz

En 1937 et en 1938, les glapissements de l'Allemagne nazie étaient plus désagréables et plus aigus que jamais. À cette époque, les négociants qui allaient d'un marché à l'autre voyageaient en convoi avec le fils du boucher à l'arrière et l'homme le plus costaud à l'avant. On racontait beaucoup d'histoires de gens dévalisés, de marchandises volées, de femmes violées. Des comptes rendus publiés dans les journaux juifs attristaient la communauté.

Ils se sentaient piégés parce qu'ils n'avaient ni argent ni ressources. Ils ne pouvaient pas vendre leurs affaires ni obtenir des passeports. Les portes leur étaient fermées, tout ce qu'ils pouvaient faire, c'était espérer et prier, croire en Dieu, croire que cela finirait un jour. Dans ma famille, la discussion était ouverte depuis 1934. Mon père avait soixante ans alors que j'en avais neuf. Ma mère était sa seconde épouse, de vingt ans sa cadette. Il n'avait plus assez d'allant pour laisser derrière lui tout ce qu'il avait édifié et émigrer en Palestine, comme l'avait fait une partie de la famille. Nous apprîmes également que depuis la mort de mon oncle en Palestine, la famille vivait là-bas dans une extrême pauvreté. Les gens des grandes villes qui en avaient les moyens s'arrangeaient d'une façon ou d'une autre pour partir, mais personne de chez nous.

Jan Hartman
Écolier tchèque, Prague

Quand Hitler occupa l'Autriche, mon père fit venir des gens bizarres. Ils avaient l'air très drôles, tous vêtus de noir, avec des cheveux noirs. Je n'avais jamais vu des gens de ce type à

Prague. Je compris qu'il s'agissait de Juifs fuyant l'Autriche. Je crois que mon père essayait de leur venir en aide.

Janine Ingram
Jeune femme, Juive grecque, Thessalonique

Mes parents étaient parfaitement au courant de ce qui se passait en Europe, et je me suis souvent demandé pourquoi ils avaient l'air si sombre. Et je regrette de devoir avouer que cela ne m'intéressait pas. J'avais quatorze, quinze ans, je ne pensais qu'à mes cours et à mon petit copain. Il est très difficile d'imaginer qu'un jour vous deviendrez une non-citoyenne, que vous aurez tellement peur que vous devrez vous cacher pour échapper à la mort... Cela dépassait l'imagination.

Marsha Segall
Écolière, Juive lituanienne, Siauliai, Lituanie

Je n'ai pas beaucoup ressenti d'antisémitisme explicite durant mon enfance, en tout cas pas au début. Plus tard, en 1937 et en 1938, beaucoup de jeunes Lituaniens nous disaient : « Va donc en Palestine ! » En général, ça ne nous inquiétait pas. Depuis 1933, on entendait régulièrement les discours de Hitler contre les Juifs, mais on y était habitués, on se disait que ce n'était que de la politique, ce mal local spécifique à l'Allemagne. Nous étions loin de penser que cela se répandrait, que nous serions *occupés* par l'Allemagne.

Josef Perl
Écolier, Juif tchèque, Veliky Bochkov

Dès leur arrivée, après avoir annexé leur partie de la Tchécoslovaquie fin 1938, les nazis ont mis nos professeurs à la porte et les ont remplacés par des Hongrois antisémites d'expression allemande. Le premier jour, nous sommes venus à l'école. Le lendemain, ils ont interdit aux enfants chrétiens d'avoir le moindre contact avec nous. Même ces derniers ne comprenaient pas pourquoi nous étions tout à coup si différents, alors que nous avions partagé nos jeux, que nous avions été amis. Je ne réalisais pas combien il était facile d'influencer l'esprit de quelqu'un. Quelques jours plus tard, un de mes amis – nous jouions ensemble, nous faisions du foot, nous étions invités mutuellement à dîner par nos parents – s'est mis à me traiter de « sale Juif ». Mon poney m'a été confisqué après l'arrivée des Hongrois. Un jour, en rentrant de l'école, je suis tombé sur un groupe de soldats assis sur le trottoir. Comme je respectais la tradition religieuse, mes cheveux bouclés me tombaient sur les épaules. Un des soldats s'est levé, il s'est dirigé vers moi et a coupé une de mes boucles avec sa baïonnette. Je suis rentré chez moi en tremblant. J'avais l'impression d'avoir été amputé d'une partie de mon corps. Dès lors, j'ai refusé de retourner à l'école. Je n'avais pas neuf ans. Mon éducation était finie.

Hugo Gryn
Écolier, Juif ruthène-slovaque, Berehovo, Ruthénie

Je garde un souvenir très vif des événements de 1938, quand la Tchécoslovaquie a été démantelée et que nous avons été « libérés » par les Hongrois. C'était en novembre. La quasi-totalité des habitants de notre ville se pressait sur la route qui venait de Hongrie. Il s'agissait d'une intervention militaire. Les gens se mirent à agiter des drapeaux hongrois. Ce qui me hante aujourd'hui, c'est que le rabbin de notre communauté – un homme très digne, avec une allure magnifique – avait revêtu l'uniforme d'officier austro-hongrois qu'il portait durant la Première Guerre mondiale, avec toutes ses décorations. Un de mes oncles, comme d'autres hommes qui avaient été officiers pendant ce conflit, avait fait de même. Ils accueillaient d'une curieuse façon leurs vieux compagnons d'armes. J'avais huit ans, et je crois avoir été l'une des seules personnes qui pleuraient. Je trouvais cela tellement triste…

LA NUIT DE CRISTAL

Susan Sinclair
Écolière, Juive allemande, Nuremberg

Des hommes, entre sept et dix heures, firent irruption dans notre maison et se mirent à briser tout ce qui leur tombait sous la main. Ils enfermèrent mes parents dans la salle de bains, et ceux-ci se demandaient ce qui allait arriver à leurs filles. Deux d'entre nous seulement vivaient à la maison, à l'époque. Ma sœur aînée était à l'université. Ma petite sœur et moi partagions une grande chambre. Je vis que son lit était plein de morceaux de verre, tout était cassé, les meubles avaient été renversés. Ils me tirèrent du lit et déchirèrent ma chemise de nuit... j'étais timide, à quinze ans. Ces jeunes hommes riaient bruyamment. Ils avaient l'air ivre. « Eh bien, habille-toi, me dirent-ils, où sont tes vêtements ? » Je leur montrai une lourde commode. « Alors, prends-les ! » Quand je m'approchai, ils passèrent derrière le meuble et le renversèrent. J'aurais été tuée, s'ils n'avaient retourné une grande table. Celle-ci retint l'armoire quelques secondes et j'eus le temps de ramper en dessous. Mes parents hurlaient, ils ne savaient pas ce qui nous arrivait. Puis ils s'en allèrent, pour détruire la maison de quelqu'un d'autre. C'est ce jour-là que prit fin la vie que je connaissais.

Freddie Knoller
Écolier, Juif autrichien, Vienne

Le 9 novembre, nous avons reçu un coup de fil d'un ami très proche qui habitait devant la synagogue. Il nous expliqua que celle-ci était en flammes et que les SA ne laisseraient pas les pompiers éteindre l'incendie, qu'ils s'assureraient simplement que l'eau de la pompe empêcherait le feu de se propager aux maisons voisines. Nous étions tous très inquiets. Je levai les yeux au plafond : il était rouge à cause des flammes de l'incendie dans la rue voisine. Vers onze heures, ce soir-là, nous entendîmes du bruit dans notre cour. En regardant par la fenêtre, nous vîmes que des SA parlaient à notre concierge. Il les fit entrer dans l'immeuble. Ma mère devint hystérique. « Qu'est-ce qu'ils vont faire ? Où vont-ils ? Est-ce qu'ils viennent chez nous ? » Mon père éteignit la lumière, plongeant l'appartement dans l'obscurité. Nous entendîmes soudain un cri perçant poussé par une voix de femme, puis une vitre brisée. Il y eut un bruit sourd dans la cour. Un corps gisait sur le sol. Nous comprîmes de qui il s'agissait lorsque Mme Epstein, du premier étage, descendit dans la cour en hurlant, et courut vers le corps de son mari.

Gudrun Kübler
Femme allemande, Berlin

C'étaient aussi des êtres humains. On ne pouvait pas faire cela à des gens, détruire tout ce qui était à eux, plutôt que de leur laisser leurs synagogues et leur liberté religieuse, leurs maisons et leurs magasins ! Certains d'entre eux ont été attaqués, leurs vitrines brisées. En d'autres termes, on voyait cela régulièrement. Les gens opprimés, avec leur étoile de David, et tout le reste. C'était de notoriété publique.

Une synagogue en ruine
au lendemain de la nuit de Cristal, 8-9 novembre 1938.

Hedy Epstein
Écolière, Juive allemande, Kippenheim

Je me rappelle que le soir du mercredi 9 novembre 1938, avant que j'aille me coucher, mon père m'a dit :

« Si tu entends des bruits anormaux pendant la nuit, lève-toi immédiatement et va te cacher dans l'armoire du couloir.

— Pourquoi ? lui ai-je demandé. Quel genre de bruit ?

— Ne pose pas de question, fais ce que je te dis. »

Cela ne lui ressemblait pas. Mon père m'avait toujours encouragée à poser des questions et il me donnait des réponses. Je suis allée me coucher, et j'ai mis un certain temps à m'endormir. Je tendais l'oreille, sans savoir pourquoi. Je finis par trouver le sommeil. À mon réveil, le lendemain matin, j'avais tout oublié, et je me préparai à aller à l'école.

Je partis comme tous les jours, à sept heures dix, sur mon vélo, avec le seul autre élève juif de Kippenheim. Sur le chemin, nous passions devant une maison où habitait un dentiste juif. Je remarquai que toutes les vitres étaient brisées. Sans savoir pourquoi, je me dis que c'était parce qu'il était juif. En arrivant à l'école, après avoir garé nos vélos, je sentais dans l'air qu'il y avait quelque chose de nouveau. J'ignorais ce que c'était, mais j'avais trop peur pour demander. Je me contentai de rejoindre ma classe, tout comme mon condisciple. Les cours commencèrent comme d'habitude. Une demi-heure plus tard, le principal entra dans la classe et fit un long discours. Plus tard dans la journée, je fus incapable de me rappeler exactement ce qu'il avait dit, mais à un moment, il avait pointé un doigt vers moi en déclarant : « Sors d'ici, sale Juive ! »

J'avais entendu, mais je n'en croyais pas mes oreilles. Comment cet homme si gentil, si aimable, dont la fille était dans la même classe que moi, avait-il pu prononcer ces mots ? Je lui ai demandé : « Pouvez-vous répéter, s'il vous plaît ? Je n'ai pas bien entendu. » Non seulement il répéta ce qu'il avait dit, mais il se dirigea vers moi, me prit par le coude et me traîna jusqu'à la porte. Je restai là, dans le couloir, l'esprit traversé de doutes. « Qu'ai-je fait ? Je n'ai pas écouté ? J'ai bâillé ? Que vais-je dire à mes parents ? » On m'a expliqué plus tard que c'était le genre de questions que se posent toujours les victimes : « Qu'ai-je fait ? » Plutôt que d'admettre que le problème venait d'une cause extérieure.

Hannah Hyde

Écolière allemande, non-Juive, Uelzen

Sur le chemin de l'école, je passais devant une grande maison, une villa, qui appartenait à des Juifs. Les propriétaires avaient une affaire de literie. Dans le jardin, près de la porte d'entrée, ils avaient installé une vitrine où ils exposaient des échantillons : duvets, oreillers, diverses qualités de plumes. Je me souviens que le matin qui suivit cette nuit de Cristal, je suis passée devant chez eux – c'était le trajet le plus court pour aller à l'école : j'ai vu que la vitrine avait été démolie. Il y avait du verre partout sur le trottoir. Les plumes et les objets divers jonchaient le sol dans toutes les directions. J'ai gardé en mémoire l'image d'une jeune fille pâle dans le jardin, devant la maison. Elle avait sans doute deux ou trois ans de plus que moi, car elle semblait plus grande – très mince, cheveux noirs, un joli visage. Je revois cette fille seule, triste, dans le jardin devant chez elle…

John Richards
Écolier, Juif autrichien, Vienne

Même s'ils arboraient la croix gammée, nos amis viennois n'étaient pas trop méchants. Quelques-uns d'entre nous restèrent de bons amis jusqu'au 9 novembre, où la situation changea du tout au tout. Ce jour-là, mon père me demanda de passer chez mon oncle. Sur le chemin, je vis tous les livres qu'on avait brûlés dans les rues, puis la synagogue en feu. J'entendis un homme qui appelait à l'aide. Il se faisait rosser par des jeunes gens et deux ou trois hommes en uniforme noir. Mon oncle avait une canne très reconnaissable, avec une poignée en os et un embout poli. Quand je vis la canne par terre, je courus vers eux. L'homme que l'on battait n'était autre que mon oncle. J'avais onze ans et je n'étais pas très courageux – j'avais l'habitude de fuir les bagarres –, mais je donnai quelques coups de pied avec mes bottes et j'essayai d'aider mon oncle. Malheureusement je n'y gagnai moi-même qu'une raclée. Je parvins en tout cas à l'aider à se remettre sur pied, et nous réussîmes à nous en aller. Je connaissais bien le quartier. Alors qu'on nous poursuivait, des gens qui avaient vu ce qui se passait nous firent entrer chez eux.

John Fink
Électricien, Juif allemand, Berlin

Le mot allemand *Kristallnacht* semble propre et net, mais il ne reflète pas la réalité des événements. La nuit de Cristal ne fut rien d'autre qu'un pogrome, au cours duquel on tua et on arrêta beaucoup de gens, et où l'on incendia nombre de synagogues et de magasins dans toute l'Allemagne et l'Autriche. C'était un plan parfaitement organisé pour détruire les biens des Juifs. Après cela, les choses sont devenues très, très sérieuses.

Stephen Dale
Jeune marin, Juif allemand, Hambourg

Après ce qu'on appela la nuit de Cristal, je fus arrêté au foyer juif de Hambourg, conduit dans une prison à l'extérieur de la ville et enfin au camp de concentration de Sachsenhausen, au nord de Berlin. J'y suis resté jusqu'à la veille de Noël, avec les milliers de Juifs raflés en même temps que moi.

À Sachsenhausen, ce ne fut pas une partie de plaisir. C'était la troisième fois, depuis 1934, que je me retrouvais entre les mains de la Gestapo. Je n'étais donc pas vraiment surpris par les événements. On nous a fait rester debout pendant vingt-quatre heures au moins, puis on nous a pris nos vêtements, qui devaient être marqués soigneusement à notre nom. Ensuite, on nous a donné un uniforme rayé et on nous a conduits à une baraque. Il y avait des tables pour manger, une salle d'eau et de la paille sur le sol. Nous dormions par terre avec une couverture chacun, mais il n'y avait pas assez de place pour s'allonger, ce qui nous obligeait à dormir sur le flanc. Tout était organisé. Chaque baraque avait son responsable. Dans notre cas, c'était un prisonnier politique – une personnalité très forte, dont la simple présence suffisait à maintenir notre moral. On nous faisait sortir pour travailler, pour ce que ça valait. Ce n'était pas un travail très constructif : nous creusions des trous. Puis, pour nous occuper, ils nous faisaient courir d'un point à l'autre, par relais. Il y avait un homme, plus âgé que nous, que tout cela exaspérait, et qui ne cessait de crier : « J'étais officier pendant la dernière guerre ! » Pour lui, c'était non seulement une tâche épuisante, mais surtout une insulte à sa dignité.

On faisait l'appel deux fois par jour, et il fallait rester debout pendant une éternité dans le froid glacial. Les gardiens faisaient aussi accomplir certaines corvées par des détenus. Les Juifs portaient un triangle jaune sur leur veste. Pour les prisonniers politiques, il était rouge, vert pour les « droit commun » et rose pour les homosexuels. Les chefs d'équipe étaient des « droit commun » ou des politiques, de sorte qu'il existait une hiérarchie dans l'humiliation des détenus. Extraordinaire ! C'était la fin de 1938. Je crois qu'ils voulaient nous organiser, et apprendre comment procéder, en vue de la réalisation de leurs projets.

Susan Sinclair
Écolière, Juive allemande, Nuremberg

Après la nuit de Cristal, mon père fut déporté à Dachau. Avec l'aide d'un avocat, ma mère parvint à le faire libérer. Il nous parla de ce qu'il y avait vécu. On leur disait par exemple : « On peut essayer de se suicider si on en a envie. Il y a la clôture électrifiée. Mais si on échoue, le châtiment est très sévère. » Il nous raconta qu'un soir, dans sa baraque, il y avait un chanteur d'opéra à la voix extraordinaire. Mon père, qui adorait la musique, fut profondément touché par son chant. Mais dans l'ensemble il nous épargna les détails les plus horribles. Il nous expliqua que les gens ne tardaient pas à s'avilir. Quelqu'un était mort, par exemple, et deux ou trois hommes se battaient pour sa brosse à dents. Mon père était stupéfait, car il s'agissait d'hommes cultivés, avec une belle situation. Il avait du mal à croire qu'on puisse devenir si abject en si peu de temps.

Il a changé physiquement. En partant là-bas, il avait de beaux cheveux noirs ondulés. Après qu'on l'eut rasé, ce n'était plus que du chaume gris. Il est devenu très amer. À l'époque, les hommes portaient un chapeau en hiver, et lui se promenait tête nue en plein mois de décembre. J'étais un peu gênée par son apparence. Aujourd'hui, les gens se rasent le crâne, mais en ce temps-là ce n'était pas le cas. « Papa, mets ton chapeau ! » lui répétais-je, et lui : « Non, je n'ai pas honte. Ce sont eux qui doivent avoir honte de ce qu'ils m'ont fait. Je n'ai rien fait de mal, il faut qu'on le sache. »

Susan Sinclair, en des temps plus heureux.

Hedy Epstein, août 1938.

J'appris par la suite que ma mère était allée au poste de police avec les décorations qu'il avait reçues pendant la guerre. « Si vous êtes capables de le coller dans un camp de concentration, leur avait-elle dit, vous devez savoir que faire de ça. » Et elle leur avait jeté les décorations.

Fritz Moses
Petit garçon allemand, Strehlen, Silésie (Allemagne)

Mes parents eurent des problèmes à cause de notre nom, « Moses ». En 1938, des enfants en expédition dans les rues de la ville jetèrent des excréments devant notre magasin, croyant que nous étions juifs. Mon père était mortifié. Tout d'abord, il était très fier d'appartenir au parti nazi. Je me rappelle encore que quand j'étais petit, toutes sortes de gens venaient chez nous, le soir, et lui donnaient des coupons pour obtenir de la nourriture et divers produits. Il s'intéressait au domaine social. Il pensait que Hitler faisait ce qu'il fallait. Il serait faux d'affirmer que tous les membres du parti étaient impliqués dans les meurtres, et qu'ils voulaient la guerre.

Leon Greenman
Homme d'affaires, Juif britannique, Rotterdam

J'ai effectué des allers et retours à Londres. Je me rappelle avoir vu, en 1938, des gens creuser des tranchées-abris dans les rues. Ils faisaient aussi la queue pour des masques à gaz. Je ne comprenais pas pourquoi, mais on m'en a donné un. J'ai commencé à m'affoler, et je suis rentré en Hollande avec l'intention de faire sortir ma femme du pays – et sans doute aussi sa grand-mère. Puis j'ai entendu Chamberlain déclarer qu'il avait rencontré Hitler et qu'il n'y aurait pas de guerre entre l'Angleterre et l'Allemagne. Alors j'ai dû me rendormir, car je leur ai dit : « Bon, inutile de partir demain. Nous partirons dans six mois. » La vie continuait.

LES *KINDERSTRANSPORT*

John Silberman
Écolier, Juif allemand, Berlin

Durant les années qui suivirent 1933, mes parents renoncèrent à l'espoir que le régime nazi ne durerait pas. Ils comprirent que la vie allait être difficile, que nous devions mettre la barre un peu moins haut pendant quelque temps, nous concentrer sur le cercle de famille et tenter de survivre financièrement. Mais avec les lois de Nuremberg, il devint évident que les Juifs n'avaient pas d'avenir en Allemagne. C'est à cette époque que les gens commencèrent à penser sérieusement à émigrer. Mais ce n'était pas de gaieté de cœur.

Essayons de le dire avec des mots d'aujourd'hui. Vous avez la quarantaine ou la cinquantaine, vos enfants vont à l'école, vous avez un foyer, une situation, et quelqu'un vient vous dire : « Une menace se profile à l'horizon, vous ne pourrez peut-être pas maintenir votre mode de vie. Pourquoi n'émigrez-vous pas en Uruguay, ou en Islande ? » Et vous dites : « Ça paraît logique, je vais y réfléchir. » Cela décrit exactement l'atmosphère de l'époque. Les Juifs savaient qu'il n'était pas raisonnable de rester sur place, mais les endroits où ils pouvaient émigrer n'étaient pas très excitants. Sans oublier qu'il y avait un problème de langue et un problème économique : les nazis avaient déjà promulgué des lois interdisant aux Juifs d'emporter des biens ou des capitaux à l'étranger. Si vous partiez, vous alliez vous retrouver sans rien dans un monde qui sortait à peine de la grande crise économique de 1929.

Ainsi, entre 1935 et 1938, vous étiez en concurrence avec la population locale pour gagner votre vie, trouver un emploi ou lancer une affaire. Tout le monde comprenait qu'il *fallait* émigrer. Mais c'est seulement en novembre 1938, après le tournant décisif de la nuit de Cristal, que mes parents se sont dit, comme 90 % des Juifs allemands : « On ne peut pas rester, ils vont nous tuer. » La survie, au sens littéral du terme, voilà la seule chose qui comptait. Personne ne comprenait encore très bien ce que les Allemands réservaient aux Juifs – le génocide. On ne voyait qu'une mainmise générale sur leurs biens, une incitation à partir.

Margareta Burkill
Civile britannique, non-Juive, Cambridge

Après la nuit de Cristal, en novembre 1938, l'idée a traversé la Grande-Bretagne comme une traînée de poudre. Dans la moindre ville, le moindre village d'Angleterre, on se disait : « Nous devons sauver les enfants. » Des gens qui n'avaient jamais pensé aux nazis réagirent ainsi quand on leur parla des meurtres et des incendies. À Cambridge, nous fûmes très tôt sur le pont. J'ai commencé, et puis Sybil Hutton s'est jointe à moi. Nous étions responsables de nombreux enfants placés dans différents endroits, dans de petits villages de la région de Cambridge. Durant les neuf mois précédant la guerre, le *Kindertransport* avait fait sortir un peu moins de 10 000 enfants non accompagnés. Nous aurions atteint le quota de 10 000 si un train de Tchécoslovaquie n'avait été arrêté en Allemagne juste au moment de la déclaration de guerre. Il s'agissait d'orphelins tchèques. Ils ont disparu, bien entendu.

John Richards
Écolier, Juif autrichien, Vienne

Avant de monter dans le train, je me suis approché de mon père et je l'ai pris par le cou.

« Pardonne-moi pour le pantalon déchiré, papa. Je ne veux pas partir. Je t'aime trop.

— Je te pardonne, me dit-il après m'avoir embrassé. Essaie de te conduire comme il faut, et sois un bon garçon. »

Je suis allé vers ma mère, qui m'a embrassé à son tour. Elle n'était pourtant que ma belle-mère, mais je vis ses yeux pleins de larmes, et elle me dit qu'elle m'aimait. J'ai pris mon demi-frère Heini dans mes bras et nous sommes tombés à genoux. Nous portions des chaussettes hautes comme on n'en voit pas en Angleterre. Il m'a embrassé, m'a serré contre lui et m'a *supplié* de ne pas partir. La petite Zilla était là, je l'ai embrassée, j'ai dit adieu à tout le monde, et nous sommes montés dans le train.

Je tenais ma sœur par la main. Nous avons trouvé un compartiment. Ils avaient fermé la portière au moment où nous embarquions. Nous avons essayé d'ouvrir les vitres, mais les uniformes noirs sont apparus tout à coup, et ils ont repoussé nos parents. Papa a essayé de crier quelque chose, mais l'émotion nous empêchait de l'entendre. Les plus petits se sont mis à pleurer. Je ressentais à la fois du soulagement, beaucoup de tristesse, et de la colère. « Suis-je un enfant si mauvais, me demandais-je, pour qu'on m'arrache ainsi à mon père et à ma mère ? Est-ce que j'aurai la chance de les revoir ? » Quand je pense à toutes les émotions qui m'ont envahi ! Les larmes. Pour une raison que j'ignore, ma sœur n'a pas pleuré. Beaucoup plus tard dans son existence, elle m'a dit que, le jour où nous avions quitté la gare du Nord, à Vienne, elle s'est détachée définitivement de son passé.

Hedy Epstein
Écolière, Juive allemande, Kippenheim

Mes parents essayaient de me dresser un tableau merveilleux de l'Angleterre. Je vais dans une grande ville. J'irai à l'école. « Tu apprendras une nouvelle langue, tu te feras de nouveaux amis, et nous serons bientôt de nouveau réunis, en Angleterre ou plus tard aux États-Unis. C'est provisoire. » J'avais envie de le croire, mais j'étais en proie à des sentiments contradictoires. Et puis l'idée me vint que mes parents avaient envie de se débarrasser de moi. Je leur en fis part, ce qui a dû les peiner, même s'ils ne le montrèrent jamais. En outre, d'autres Juifs devaient le leur dire : dans des moments pareils, on ne se sépare pas des siens. Les familles doivent rester soudées.

En me mettant dans le train, ils souriaient toujours, en parlant de cet endroit merveilleux où je me rendais. La vitre était ouverte, et nous bavardions encore. Ultimes recommandations : sois toujours bien polie, n'oublie pas de dire « s'il vous plaît » et « merci » – deux des rares mots que je connaissais. Puis quelqu'un cria : « *Alles einsteigen !* » En voiture ! On entendit le halètement de la locomotive, un coup de sifflet, et le train s'ébranla. Mes parents, qui affichaient toujours ce sourire artificiel, avancèrent au rythme du train qui accélérait pour quitter la gare. Ils couraient de plus en plus vite, le visage baigné de larmes, agitant leurs mouchoirs dans un geste d'adieu. C'est alors que je sus qu'ils m'aimaient vraiment. Ce qu'ils venaient de faire, c'était un immense acte d'amour. Je ne les quittai pas des

© Weiner Library

Une fillette arrivant à Harwich,
dans un groupe d'enfants originaires
surtout de Berlin et de Hambourg, 2 décembre 1938.

yeux, ils étaient de plus en plus petits, ils ne furent bientôt que deux points, puis ils disparurent. Je ne savais pas encore que je ne les reverrais jamais. Mais je me suis assise et je leur ai écrit sur-le-champ une lettre où je leur demandais de me pardonner. Je leur écrivais que je savais qu'ils m'aimaient, que c'était pour cela qu'ils m'envoyaient au loin. Plus tard, ils me répondirent, et je sus qu'ils avaient reçu ma lettre.

John Silberman
Écolier, Juif allemand, Berlin

Je me rappelle qu'il y avait dans le même wagon que moi un enfant de deux ou trois ans qu'on avait confié à une jeune fille. « Prends soin de lui jusqu'à ce que vous soyez en Angleterre. » Quel courage avait-il fallu à ces parents ! Depuis Berlin, nous avons roulé pendant plusieurs heures avant d'arriver à la frontière hollandaise. Là-bas, je me trouvais dans une situation inextricable, avec les mauvais traitements, le harcèlement, un état vulnérable, un statut de victime… et tout à coup la frontière hollandaise ! Les trains s'arrêtaient d'un côté de la frontière pour permettre aux fonctionnaires allemands de faire leur travail, puis ils passaient du côté hollandais, où les choses se répétaient. Mais avec une différence. Les fonctionnaires hollandais étaient accompagnés d'un groupe de femmes en uniforme gris – c'était la première fois depuis de nombreuses années que des gens qui n'étaient pas juifs nous parlaient gentiment. Elles nous donnèrent du chocolat et des boissons. Elles nous remirent aussi des cartes postales que nous devions envoyer à nos parents pour qu'ils sachent que nous avions passé la frontière. Quelqu'un s'était donné beaucoup de mal pour comprendre de quoi ces enfants auraient besoin. Nous ne nous y attendions pas. J'ai gardé, depuis ce jour-là, une profonde affection pour les Hollandais.

Bertha Leverton
Petite fille, Juive allemande, Munich

Nos parents avaient mis nos meilleurs vêtements dans nos valises, et ils avaient gardé les vieilleries, parce qu'on ne pouvait pas emporter beaucoup de choses. D'une certaine manière, cela nous jouerait un mauvais tour, en Angleterre, parce que nous ne ressemblions pas à l'idée que les Anglais se faisaient des réfugiés. On s'attend que les réfugiés soient débraillés, qu'ils aient un air de chien battu – ce qui n'était pas notre cas. Très souvent, en fait, nous étions mieux vêtus que les gens chez qui nous allions, et cela ne nous valait pas toujours l'affection de nos familles d'accueil.

Warren Mitchell
Écolier juif, Londres

Mon père me montra des photos de la nuit de Cristal, des destructions de magasins juifs. Sur l'une d'elles, on voyait un Juif passé à tabac par des passants, devant sa boutique. Mon père était épouvanté qu'on puisse commettre de telles atrocités. C'est sans doute avec la nuit de Cristal que l'on a compris quelle sorte d'horreur était en train de se répandre à travers l'Europe.

J'ai commencé à m'engager lorsqu'on a demandé à des familles juives britanniques d'accueillir des enfants juifs. Les organisations collectaient de l'argent, le redistribuaient et faisaient évacuer des enfants par pleins bateaux. Mon père répondit à un article paru dans la *Jewish Chronicle*. Un dimanche matin de 1939, je l'accompagnai à la gare de Liverpool Street pour accueillir un de ces trains. Quelque cinq ou six cents enfants en descendirent. Ils étaient si effrayés, si traumatisés par ce qu'ils avaient subi... C'était déjà assez dur pour les enfants d'être évacués, mais certains de ces enfants-là étaient persécutés depuis des mois, comme la petite Ilse, la fillette qui venait chez nous. Elle n'était pas sortie de chez elle pendant six mois, tellement elle avait peur.

Ilse est venue vivre chez nous. Elle était tellement secouée qu'elle n'a pas prononcé un mot pendant une semaine. Son père se trouvait dans un camp de concentration. Elle apprit très vite à parler anglais. Elle commença à nous raconter ce qui s'était passé. Le plus terrible, c'est qu'il ne s'agissait pas des nazis – la Gestapo ou les SS. C'étaient les voisins, les gens ordinaires, qui se comportaient de manière abominable avec les Juifs. Ilse et sa sœur Lotte s'en étaient sorties. Elle pleurait beaucoup. Elle se disait qu'elle ne reverrait plus ses parents. Elle a reçu deux lettres via la Croix-Rouge internationale. Très vite, elle parla couramment l'anglais. Elle avait des résultats remarquables à l'école. Ilse fut pour moi une deuxième sœur. Nous jouions au Monopoly ensemble, nous nous disputions et nous nous battions comme n'importe quels frère et sœur.

Sir Hans Krebs
Réfugié, Juif allemand, Cambridge

Un certain nombre de réfugiés allemands travaillaient à Cambridge. L'un des professeurs de l'université, J. B. S. Haldane, un homme très célèbre en Angleterre, prêta sa maison gratuitement à ces réfugiés – un geste reflétant la générosité ambiante. Mais nous décidâmes qu'il serait peu indiqué que nous vivions tous ensemble. Il valait mieux que nous nous mêlions aux Britanniques, pour nous initier à la vie anglaise, sans former un groupe isolé. Cela aurait présenté un avantage financier, mais nous avons estimé qu'il valait mieux nous intégrer le plus vite et le plus efficacement possible. Rester entre nous aurait ralenti notre intégration.

Stephen Dale
Jeune marin, Juif allemand, Hambourg

Quand j'ai quitté Sachsenhausen, je savais que j'irais en Angleterre. Ignorant le moment du départ, j'ai un peu tourné en rond. J'arrivai finalement en Angleterre à bord d'un navire en provenance de Hambourg. J'avais déjà souvent embarqué à Hambourg et les dockers me connaissaient. Ils me firent les adieux les plus chaleureux – c'était vraiment formidable, et très, très touchant. Ils savaient que j'étais juif, mais personne n'y fit allusion. J'ai gardé un souvenir impérissable des gens liés à la mer, en Allemagne. Ils étaient tolérants et compréhensifs.

Martin Parker
Ingénieur électricien, Juif polonais, Varsovie

Il n'y avait aucun moyen de partir pour l'étranger et d'y rester. Je ne pouvais pas. Quelques-uns étaient partis, deux de mes amis l'avaient fait, mais ce n'était pas facile avec un enfant de trois ans. Je n'avais pas le choix. Mon jeune beau-frère, qui était étudiant en chimie, venait de finir l'université. « Va en Russie », me dit-il. Mais je ne voulais pas. Où pouvais-je aller ? En Argentine ? On nous y accepterait. Ou le Brésil ? Mais c'étaient des pays pauvres. Nous ne vivions pas dans le luxe, à Varsovie, mais comparé à ces pays... En outre, nous n'avions pas assez d'argent pour partir si loin.

Edith Baneth
Écolière, Juive tchèque, Opava

Je me souviens de l'incident qui a représenté le premier choc, pour moi. Je fréquentais un club de patinage dans notre ville. J'adorais le patin à glace, j'y étais assez bonne. Un jour, le professeur de patinage m'appelle. « Je suis désolée, mais c'est la dernière fois que tu viens. Nous n'acceptons plus les Juifs parmi nos membres. » Je ne voyais pas le rapport entre le patin à glace et le fait que je sois juive. Après ce choc, des amis de mes parents, qui émigraient, ont proposé de m'emmener avec eux. Mon père ne voulait pas croire que la situation pouvait empirer à ce point. « Personne ne peut me nuire, disait-il. Je n'ai rien fait de mal. Je paie mes droits à la retraite et, si je partais, je perdrais tout. »

Harry Lowit
Petit garçon, Juif tchèque, Oleska

Quand les Allemands entrèrent en Tchécoslovaquie, en 1939, nous quittâmes Prague pour aller habiter avec notre grand-mère dans un endroit appelé Oleska. Nous y avions une petite maison, juste devant la boutique de ma grand-mère. Oui, notre vie a changé. Les Juifs étaient moins nombreux, et beaucoup de gens ne cachaient pas leur antisémitisme. Les enfants étaient très cruels. Je me souviens des huées, très insultantes, parce que nous étions juifs. Les Tchèques ont tendance à suivre le courant, ils aiment se trouver du côté du manche. Je dois avouer que j'ai du mal à l'admettre. Je pense qu'ils se sont très mal comportés. Cela dit, dans ce petit village d'Oleska, quelques personnes très bien nous ont soutenus.

J'avais huit ans, et je ne comprenais pas ce qui se passait. Je trouvais simplement désagréable de devoir renoncer à notre foyer et à notre existence confortable, pour habiter cette petite maison d'Oleska, dans un cadre plus modeste. Plus tard, on nous imposa le port de l'étoile de David, et cela ne me plaisait pas. Personne n'aime qu'on l'humilie. Je me souviens de l'invasion de la Pologne. Cela inquiétait mon père. Il avait un visa pour Bogotá. Il décida finalement de ne pas partir. Il est probable que cela leur coûta la vie, à lui et à ma mère.

Zdenka Ehrlich
Petite fille, Juive tchèque, Rokycany

C'était un mercredi de mars 1939, vers six heures du matin. Nous étions cinq : trois enfants et les parents. Mon père vint nous réveiller. « Vite, vite, les enfants. Venez à la fenêtre. Il y a des colonnes de motocyclistes de l'armée allemande qui pétaradent dans toute la ville. » Les enfants sont curieux. Nous nous sommes précipités vers la fenêtre pour regarder. Ils avaient l'air très menaçant, avec leurs casques. Ils défilèrent sous nos yeux en grondant, formant de longues colonnes, telles des fourmis noires. Nous ignorions ce que cela présageait, mais nous sentions le danger. Puis nous avons écouté la radio, d'où émanait un sentiment oppressant. On répétait sans arrêt : « Restez à l'écoute, restez à l'écoute ! » Quand nous avons appris qu'ils avaient atteint Prague, qu'ils occupaient le château et que leur arrivée provoquait un grand chambardement, nous avons compris que c'était le commencement de la fin.

Jan Hartman
Écolier, Juif tchèque, Prague

Aucun des amis de mon père n'était juif. Je ne savais même pas ce qu'était un Juif. Je n'ai fait le lien que le 15 mars 1939, le jour où les Allemands ont investi Prague. Après quoi tout est allé très vite. Deux ou trois semaines plus tard, mon père était arrêté. Les enfants d'origine juive tombaient sous le coup des lois de Nuremberg. Ne plus aller à l'école a été un choc. J'avais treize ans. J'ai fini l'année scolaire, et je ne suis plus retourné à l'école. On nous a tout pris, une chose après l'autre : radios, chiens, bijoux, il fallait tout déclarer. On nous a dépouillés de tout.

Edith Baneth
Écolière, Juive tchèque, Prostejov

Nous sommes partis pour Prostejov, en Moravie, à cause du travail de mon père dans l'industrie du vêtement. Et quand la Tchécoslovaquie tout entière a été occupée, nous nous sommes sentis piégés. Mes parents ont compris que rester était une erreur, que nous aurions dû partir pour le Canada. Mais nous ne le pouvions plus, et la situation empirait de jour en jour.

John Fink
Électricien, Juif allemand, Berlin

Nous, les Juifs allemands, subissions les nazis depuis 1933. Les peuples des pays envahis par l'Allemagne, comme la Pologne et la Tchécoslovaquie, n'ont appris à les connaître qu'à partir de 1939. Mais les épreuves ne sont venues que petit à petit, et quand ils ont vraiment serré la vis, on a entendu parler de gens qui se suicidaient, ou d'autres qu'on déportait dans les camps de concentration. Tout le monde savait comme c'était dur de tomber entre les mains de la Gestapo. Ce n'était un secret pour personne. Les Juifs ne sont pas les seuls à avoir souffert. Beaucoup d'Allemands – surtout les sociaux-démocrates et les communistes – ont été déportés et ne sont jamais revenus.

1939

LA GUERRE

« Juste après le début de la guerre, quelques avions allemands furent abattus. On exhiba un pilote et son équipage dans les rues de Varsovie. C'était la première fois que je voyais un pilote et un équipage en uniforme. J'ai pensé que ces garçons de dix-neuf ou vingt ans avaient l'air très gentil dans leur uniforme allemand. »

Les accords de Munich, qui livrent la Tchécoslovaquie au IIIe Reich, donnent à Hitler l'assurance que l'Angleterre et la France n'oseront pas l'affronter s'il poursuit son expansion vers l'Est. Mais après l'occupation par les nazis du reste de la Tchécoslovaquie (mars 1939), la Grande-Bretagne et la France promettent qu'elles viendront en aide à la Pologne si Hitler menace son indépendance. Pendant l'été 1939, avec la question de la ville libre de Dantzig et du Corridor polonais, les menaces nazies se précisent. Le 23 août, Hitler signe un pacte de non-agression avec Staline, ce qui lui donne le feu vert pour envahir la Pologne. Le 1er septembre, les forces armées allemandes lancent leur *Blitzkrieg*, ou guerre éclair.

Le dimanche 3 septembre 1939, après le refus de Hitler de retirer ses troupes de Pologne, la Grande-Bretagne et la France honorent leur promesse, et déclarent la guerre à l'Allemagne.

Tandis que les nazis poursuivent leur invasion de la Pologne, des actes de violence – meurtres, destructions et incendies – sont commis par les unités mobiles SS qui pénètrent sur le territoire en même temps que la Wehrmacht. L'objectif est de terroriser l'ensemble de la population et de monter les Polonais (dont beaucoup sont antisémites) contre les Juifs.

John Silberman
Écolier, Juif allemand, Londres

Les nuages annonciateurs s'amoncelaient. Tout le monde savait que la guerre était probable, mais tout le monde était également persuadé que le conflit serait bref parce que le puissant Empire britannique – qui avait gagné la Première Guerre mondiale – s'était allié à la France. Quelles chances pouvait avoir l'Allemagne, vingt ans après avoir été écrasée ? Par conséquent, espérions-nous, il faudrait peu de temps pour en finir avec le mal qui régnait en Allemagne. Peut-être ne serions-nous pas obligés d'aller en Amérique comme prévu. Nous pourrions retourner en Allemagne pour y retrouver ce que nous y avions laissé. Selon l'état d'esprit général, seule la guerre pouvait mettre de l'ordre dans cette situation.

© John Silberman

John Silberman à Londres, 1939.

Michael Etkind
Écolier, Juif polonais, Lodz

Nous écoutions la radio allemande, parfois en polonais, parfois en allemand. [Plus tôt cette année-là], elle avait diffusé un discours de Hitler. Ma mère l'avait écouté. Je ne comprenais pas bien l'allemand à l'époque. Elle m'expliqua une phrase qu'elle venait d'entendre : « Les Juifs doivent disparaître d'Europe. » Je compris que nous étions condamnés à mort.

Marsha Segall
Jeune femme, Juive lituanienne, Siauliai

J'ai terminé mes études secondaires en 1939. Cela allait entraîner ma ruine, car j'avais l'intention de poursuivre mes études en France. Ma sœur, qui avait fini le secondaire en 1937, était partie étudier à Londres, à la London School of Economics. Je devais partir à la date fatidique du 1er septembre 1939 avec un couple d'amis qui vivaient à Paris et passaient les vacances en Lituanie avec leurs parents. Ni eux ni moi ne quittâmes la Lituanie, parce que la guerre éclata et que l'armée allemande attaqua la Pologne.

Lili Stern-Pohlmann
Petite fille, Juive polonaise, Cracovie

Pendant l'été 1939, nous étions en vacances à Poronin, près de Zakopane. Tous étaient mal à l'aise. Ils lisaient les journaux et écoutaient la radio. Mon père disait : « La guerre est imminente. » Mes parents décidèrent d'écourter nos vacances et de rentrer à Cracovie. À notre arrivée, mon père nous déclara : « Je vous envoie chez vos grands-parents, à Lvov, je vous rejoindrai dans quelques jours. » Le 31 août 1939, il nous mit dans le train, ma mère, mon petit frère et moi. Nous ignorions encore que c'était le dernier train reliant Cracovie à Lvov.

Ce train était rapide, d'habitude, mais ce jour-là il s'arrêtait dans toutes les petites gares, où des foules énormes attendaient pour embarquer. À l'arrivée en gare de Lvov, en regardant par la vitre pour chercher mon grand-père, qui ne manquait jamais de venir nous accueillir, je vis une scène que je n'oublierai jamais. Des soldats polonais étaient couchés sur les quais, serrés les uns contre les autres, endormis... Les quais en étaient littéralement recouverts. Durant la nuit du 31 août au 1er septembre, les Allemands avaient bombardé la gare de Lvov, et tué tous ces pauvres garçons.

Anna Bergman
Étudiante, Juive tchèque, Prague

La panique a commencé en 1939. J'avais un passeport valide, une autorisation délivrée par les Allemands pour quitter l'Allemagne, plus un visa britannique et un emploi en Angleterre. Bref, je possédais tous les documents nécessaires. J'étais célibataire, sans liens familiaux, mais je ne voulais pas m'en aller, car je ne pouvais imaginer qu'il nous arriverait quelque chose. Je me souviens que le 1er septembre 1939, nous sommes allés nous baigner dans le fleuve. Une de mes amies avait tous les papiers qu'il fallait pour partir en Australie, et nous étions là, en train de nous embrasser et de nous congratuler, célébrant le fait que nous ne *pouvions* plus partir. C'était fou. Nous vivions une illusion, nous étions heureuses de rester.

Adam Adams
Écolier, Juif polonais, Lublin

La vie a changé en septembre 1939, quand j'ai remarqué les grandes affiches pour la mobilisation. Je me suis dit : « Parfait, je ne serai plus obligé d'aller à l'école. » Comme j'étais immature ! J'ignorais ce que la guerre impliquerait, pour nous. Et quand l'armée allemande est entrée, comme à la parade, j'étais sur le trottoir pour la regarder passer. Je me revois, chantant en les voyant arriver, une chanson qui disait plus ou moins ceci : « Aimer et être aimé, et avoir vingt ans... » Je ne me rendais pas compte à quel point la vie allait changer quelques semaines plus tard. Pas des mois, des *semaines*.

John Fink
Électricien, Juif allemand, Berlin

Je me rappelle le jour où la guerre a éclaté. La radio pérorait à propos des raids des bombardiers sur Varsovie, sur le fait que les Slaves ne méritaient même pas de vivre, qu'ils seraient tous défaits. Le mot du jour était *Lebensraum* [espace vital] – davantage de place pour les Allemands... C'est alors que j'ai perdu mon emploi et qu'on m'a envoyé travailler quelque temps au ministère de l'Air.

Michael Etkind
Écolier, Juif polonais, Lodz

Les Allemands sont arrivés en force après le 1er septembre. Ils étaient partout. Les Panzer défilaient dans toutes les rues importantes. On n'avait jamais vu tant de trafic, tant de véhicules dans les rues !

Martin Parker
Ingénieur électricien, Juif polonais, Varsovie

J'avais survécu à la Première Guerre mondiale, et je connaissais les problèmes de rationnement. J'achetai deux tonnes de pommes de terre, trois tonnes de charbon, cent kilos de sucre et cent kilos de farine, et cela nous fut très utile. J'ai entrepris de changer en or l'argent qui me venait de mon entreprise. Grâce au père d'une amie de ma femme, qui était joaillier, j'ai pu acheter des bijoux d'occasion, boucles d'oreilles, bagues, chaînes... le genre de choses qu'on peut revendre facilement. J'en avais un kilo et demi, ce qui était beaucoup pour l'époque. Plus tard, le prix de l'or a monté.

Soldats allemands défilant dans Varsovie.

Stanley Faull
Écolier, Juif polonais, Varsovie

Quand la guerre a éclaté, tout s'est brusquement arrêté. Je ne suis pas allé du tout à l'école entre 1939 et 1945. À l'époque où la Tchécoslovaquie fut envahie, mon père et d'autres membres de la famille en discutaient, le soir. Je me rappelle avoir entendu mon père s'étonner que les Américains, les Britanniques et les Français ne les attaquent pas. « Il avance, et il se sert. » « Il », c'était le caporal, le peintre décorateur. Ils avaient l'habitude de se moquer de Hitler, d'en parler comme d'un imposteur. Même quand la guerre éclata, ils continuaient d'affirmer qu'elle ne durerait pas plus de six mois, parce qu'« il » était incapable de résister à la Grande-Bretagne et à la France. Je me souviens d'avoir entendu mon père dire ceci : « Il est impossible qu'il étende l'Allemagne comme il en a l'intention, car ils l'arrêteront. » J'étais encore un enfant, je pensais : « Puisque papa le dit, c'est que c'est vrai. »

Juste après le début de la guerre, quelques avions allemands furent abattus. On exhiba un pilote et son équipage dans les rues de Varsovie. C'était la première fois que je voyais un pilote et un équipage en uniforme. J'ai pensé que ces garçons de dix-neuf ou vingt ans avaient l'air très gentil dans leur uniforme allemand. Je ne voyais pas où il pouvait y avoir un problème. Je reste convaincu que ceux qui appartenaient à l'aviation et à la Wehrmacht étaient des gens bien. Seule la machine nazie (la Gestapo et les SS) était responsable de l'extermination – non seulement des Juifs, mais aussi des Tsiganes et des Russes.

Adam Adams
Écolier, Juif polonais, Lublin

Dans ma mémoire, un instantané succède très, très vite au précédent. Notre maison avait été attribuée à un officier allemand. Il était beau comme un dieu, dans son uniforme magnifique. C'était un homme très cultivé, originaire de Vienne. Je me le rappelle, jouant du piano, toujours très beau dans son uniforme fantastique. Je le dévorais des yeux, je l'admirais.

John Richards
Réfugié du *Kindertransport*, Juif autrichien, Londres

Le matin, cette personne est venue me chercher et nous avons pris le train pour Londres à Bury (Lancashire), où l'on m'avait envoyé tout d'abord. Je me rappelle la date : c'était le 3 septembre 1939, le jour où la guerre a éclaté. Nous étions à table, chez la personne en question. Je comprenais quelques mots d'anglais. La radio était allumée. Une voix d'homme annonça : « Notre pays est en guerre contre l'Allemagne. » J'ai regardé les gens qui étaient dans la pièce, et demandé à l'homme qui était venu me chercher : « Ça veut dire que je ne pourrai plus rentrer chez moi, que je ne reverrai plus ma mère et mon père ? » Il essaya très gentiment de m'expliquer la situation, puis : « Si Dieu le veut, peut-être reverras-tu ta mère et ton père. Peut-être. » Ce sont les mots qu'il a employés...

Clive Teddern
Réfugié du *Kindertransport,* Juif allemand, Édimbourg

J'étais arrivé en Grande-Bretagne en mars 1939, à l'âge de quinze ans, dans un des transports d'enfants. Je me rappellerai toute ma vie le communiqué, à la radio, ce dimanche matin-là. La famille chez qui je vivais à Édimbourg était très émue. On savait que la guerre allait éclater. D'une certaine manière j'en étais presque satisfait, et je voulais faire ce qui était en mon pouvoir, modestement, pour soutenir l'effort de guerre – remplir des sacs de sable, ce genre de choses. J'étais heureux, si je puis dire, que les choses en soient arrivées à un point de non-retour... enfin, pas vraiment heureux, car il y avait d'autres considérations – je réalisais que je perdrais le contact avec mes parents. Je n'ai pas prévu l'Holocauste. J'avais l'impression que la guerre ne durerait pas longtemps. Tout cela prendrait fin et j'irais retrouver mes parents. Je me voyais déjà à bord d'un navire remontant l'Elbe...

Stephen Dale
Jeune marin, réfugié, Juif allemand, Londres

Quand la guerre a éclaté, j'allais passer l'examen pour être officier de la marine marchande.

Désormais, avec les nouveaux règlements en vigueur, je n'en avais plus le droit. Je ne pouvais même pas rembarquer comme matelot dans la marine marchande.

« Eh bien, je vais m'engager dans la Royal Navy...

— Vous plaisantez ! La Navy ne prend pas des gens comme vous, mais vous pouvez vous engager dans l'armée. »

Mais ce serait dans le Pioneer Corps, où on n'a pas le droit de porter des armes, et je n'avais pas envie de me retrouver dans une unité de seconde classe. De toute façon, en 1940, mes amis réfugiés et moi savions que nous allions être internés. Les « ennemis étrangers » devaient se présenter devant un tribunal qui les classait dans une des catégories, A, B ou C. Les A étaient internés sur-le-champ, les B avaient droit à la liberté conditionnelle et les C, comme moi, étaient libres de leurs mouvements à condition de prévenir la police en cas de déplacement de plus de vingt-quatre heures.

Ludwig Baruch
Jeune communiste, Juif allemand, Liverpool

En septembre 1939, on me convoqua à la police, et l'on m'avisa que je n'avais pas le droit de posséder ou de conduire ni moto ni vélo, ni d'avoir de carte, et que je devais leur signaler tous mes déplacements. En octobre, au tribunal, on m'étiqueta « catégorie A » et l'on m'arrêta sur-le-champ. Mon père fut interné le même jour. Cela a fait pas mal de bruit à Liverpool, car je présidais à l'époque la commission « Jeunesse » du Trades Council [chambre de commerce] local, j'étais membre du comité régional du parti communiste, et très proche du parti travailliste de Liverpool. J'étais connu comme Allemand antifasciste.

On nous a conduits à Clacton. Nous étions escortés par trois jeunes types. Ils étaient stupéfaits, car on leur avait dit que nous étions de dangereux nazis, mais en nous regardant, mon vieux père et moi, ils voyaient bien qu'on leur avait raconté des bobards. En arrivant à la gare de Liverpool Street, sur le chemin de Clacton, ils nous ont dit qu'ils avaient faim et soif. « Écoutez, il faut qu'on aille manger un morceau, nous posons nos affaires ici, avec nos fusils. » Ils sont allés acheter à manger, et nous avons dû surveiller leurs armes et leur équipement ! C'était absolument ridicule.

Le premier camp d'internement était celui de Butlin, à Clacton. Un bordel absolu, on n'a jamais rien vu de tel. Un chaos total.

Fin octobre, on m'a transféré au camp d'internement de Seaton. J'y suis resté de fin 1939 au 1er juillet 1940. Il y avait là des Allemands antifascistes de toute tendance, quelques prêtres et autant de rabbins, ainsi que des marins allemands capturés par la Royal Navy après la déclaration de guerre. Il y avait quelques nazis et des Allemands nationalistes, et même des nazis de haut rang. Il y avait enfin des groupes de communistes allemands et autrichiens.

Nous, les antifascistes, exigions d'être séparés des nazis. Les Britanniques refusèrent, car ils ne pouvaient admettre qu'il y eût des antinazis parmi les internés. Mais nous n'avons eu aucun problème, même avec les nazis de haut rang. Nos rapports étaient toujours corrects. Il n'y eut pas le moindre accrochage. Depuis que le *Graf Spee* avait été envoyé par le fond, le 17 décembre 1939, ils avaient le moral au plus bas.

Leon Greenman
Homme d'affaires, Juif britannique, Rotterdam

Ma femme me rappela que je lui avais promis que nous aurions un enfant.

« Il vaut mieux pas, lui dis-je, car je continue à penser que nous allons avoir la guerre. Je ne sais pas pourquoi, mais je le sens.

— Tu as promis, me dit-elle.

— D'accord, nous aurons un enfant. »

Aussi simple que ça. Quand la guerre éclata, je me trouvais encore en Hollande, à me demander quoi faire. J'allai au consulat britannique à Rotterdam.

« Que se passe-t-il ? Que disent les rumeurs ?

— Oh, nous ne pouvons répondre à cela. Mais vous pouvez partir sous le régime A ou B, c'est-à-dire dans quelques semaines, ou sous le régime C, c'est-à-dire quand le personnel du consulat partira.

— Parfait, répondis-je. Nous partirons en même temps que le personnel du consulat. »

Je pensais à mon stock de livres, et à ma femme qui était enceinte.

Michael Etkind
Écolier, Juif polonais, Lodz

Diverses affiches firent leur apparition. Par exemple, il était interdit aux Juifs d'emprunter la rue principale, rebaptisée « rue Adolf-Hitler ». L'accès aux jardins publics, piscines, cinémas et théâtres leur était interdit. Leurs comptes bancaires étaient gelés, toutes leurs propriétés immobilières confisquées. Puis on leur imposa le port d'un brassard portant l'étoile jaune. Quelqu'un se mit à en fabriquer, on pouvait en acheter au coin des rues. La plus légère infraction à l'ordre entraînait la mort. On pendait des gens

Des nazis humilient un Juif orthodoxe, en Pologne occupée.

pour un rien – simplement pour terroriser la population. Moi qui suis assez délicat, je trouvais bizarre que les passants, poussés par une curiosité morbide, aillent contempler les cadavres pendus sur la place.

Adam Adams
Écolier, Juif polonais, Lublin

Au début, on ne faisait aucune allusion aux Juifs. Mon souvenir suivant – toujours sous forme d'instantané – me montre une vingtaine de personnes assises dans notre salon, discutant de choses et d'autres. Elles se rappellent que, durant la Première Guerre mondiale, rien n'était arrivé aux femmes. Seulement aux hommes. On estima que tous les hommes partiraient et que les femmes pouvaient rester, qu'elles ne risquaient rien. Nous partîmes, à une vingtaine, sur la Bug. Nous avons loué un bateau, ainsi que les services d'un paysan juif qui serait notre guide, et nous avons commencé la traversée de la rivière. Je me rappelle qu'il faisait nuit. Nous étions à bord de ce bateau, et tout à coup nous nous sommes trouvés sous le feu des projecteurs. Il y avait des soldats allemands sur les deux rives, et ils nous ont capturés.

Taube Biber
Écolière, Juive polonaise, Mielec

C'était la veille du Nouvel An juif, et comme notre communauté était très pieuse, tout le monde se préparait pour la fête. Les Polonais, bien sûr,

Taube Biber (à l'extrême droite)
avant que sa famille ne soit dispersée.

collaboraient avec les Allemands et leur faisaient visiter les lieux : « Les synagogues sont là, et voici le bain rituel. » Les Allemands allèrent au bain rituel, ils rassemblèrent les gens dans la cour, versèrent de la paraffine sur eux et y mirent le feu. Cela ne leur suffisait pas. Les trois synagogues se trouvaient sur la place. Nous habitions dans la même rue. En écartant légèrement le rideau, nous pouvions voir ce qui se passait. Ils encerclaient les maisons, enfonçaient les portes, arrêtaient tous les hommes et les rassemblaient, les bras au-dessus de la tête, devant les synagogues en feu.

Michael Etkind
Écolier, Juif polonais, Lodz

Deux ou trois fois par semaine, quelqu'un frappait à la porte. Invariablement, c'était un soldat allemand, souvent accompagné d'un *Volksdeutsche* [Polonais d'origine allemande] arborant la croix gammée au revers du veston. Ils venaient simplement nous voler. Ils prenaient l'alliance au doigt de ma mère, ils ouvraient les placards et s'emparaient de ce dont ils avaient envie. Il était fréquent qu'un soldat fasse équipe avec un type du quartier, qui lui disait où habitaient de riches Juifs, chez qui ils venaient se servir.

Helen Stone
Jeune femme, Juive polonaise, Bedzin

Ils ont incendié notre synagogue alors que des gens se trouvaient à l'intérieur. Devant la synagogue, il y avait une église. À deux heures du matin, le prêtre a entendu que la synagogue était en flammes. Il a couru à son église, dont il a ouvert les portes, pour le cas où quelqu'un parviendrait à s'échapper de l'enfer. Ce fut le cas pour un certain nombre de personnes, à qui ce prêtre sauva la vie. J'ai été déplacée neuf ou dix fois, à Bedzin, à l'époque où ils « nettoyaient » la ville de ses Juifs.

Roman Halter
Écolier, Juif polonais, Chodecz

Un peu après le début de la guerre, la femme du *Sturmbahnführer* SS pour laquelle je travaillais me dit un jour : « Il faut que tu viennes cet après-midi, je veux que tu portes un message. » Elle me donna un morceau de papier et ses instructions, et j'allai faire la course dont elle m'avait chargé. Sur le chemin du retour vers la maison du *Sturmbahnführer* avec le sac à dos qu'on m'avait donné, j'entendis des coups de feu. Je coupai par les bois et me dirigeai vers l'endroit d'où venait le bruit ; je connaissais les lieux comme ma poche. Il y avait une ravine. Je m'approchai du bord et regardai en contrebas.

On tuait mes amis juifs. Les assassins étaient les hommes recrutés par le *Sturmbahnführer* : les gendarmes étaient en grande tenue, les jeunes recrues en uniforme. Le cordonnier avait des jumeaux, un garçon et une fille. On les amena contre un monticule. Le garçon ne voulait pas être séparé de sa sœur. « Fracassez-lui le crâne », ordonna le *Sturmbahnführer*, et ils lui brisèrent le crâne. Tout cela se produisit sous mes yeux.

Sa sœur se mit à hurler. Ils les traînèrent tous les deux un peu plus loin et les fusillèrent.

J'étais paralysé. C'étaient des gens de mon âge... Cela se passait relativement tôt, nous étions en 1939. Je réalisai que s'ils me surprenaient là, je serais fusillé sur-le-champ. Je rampai d'un buisson à l'autre, et je fis un grand détour pour retourner en ville et donner le sac à dos à la femme du *Sturmbahnführer*. Puis je suis rentré chez moi. Je n'ai rien dit, je ne voulais pas en parler à mes parents. J'ai gardé le secret, mais j'ai fait des cauchemars pendant longtemps.

1940-1941

L'EXPANSION DU IIIe REICH

« Tout à coup, alors que je me trouvais à cinq ou six rangs de l'avant de la colonne, je vis ma mère et mes quatre sœurs dans la file devant moi. Avant que j'aie eu le temps de crier : "Maman !", elles étaient déjà mortes. »

Après avoir conquis la Pologne, Hitler se tourne vers l'Ouest. En avril 1940, il envahit le Danemark et la Norvège ; un mois plus tard, le Luxembourg, les Pays-Bas, la Belgique et la France. L'année suivante, il conquiert la Yougoslavie et la Grèce. En mai 1941, l'Allemagne domine le Vieux Continent. Des millions de Juifs sont pris dans le piège nazi.

Après la chute de la France, la Grande-Bretagne envisage sérieusement l'hypothèse d'une invasion nazie. La peur d'une « cinquième colonne » allemande incite le gouvernement de Churchill à rafler et à interner des « ennemis étrangers » toujours plus nombreux, parmi lesquels des réfugiés juifs venus en Grande-Bretagne pour échapper aux persécutions nazies.

En 1940-1941, pendant les six premiers mois

de l'occupation de l'Europe occidentale, les nazis prennent encore peu de mesures à l'égard des Juifs, qu'ils bercent dans un sentiment de sécurité trompeur. En Pologne, en revanche, plus de deux millions de Juifs vivent sous la férule nazie et sont soumis quotidiennement à de nouvelles brutalités. Les Juifs vivent dans une terreur permanente des rafles pour le travail forcé, des arrestations arbitraires et de l'emprisonnement, de la confiscation de leurs biens, des passages à tabac et des meurtres. C'est à cette époque que sont affichés les décrets organisant leur enfermement dans des ghettos.

Une clause secrète du pacte de non-agression germano-soviétique (23 août 1939) prévoit l'occupation par les Russes de la Pologne orientale, où l'Armée rouge pénètre le 17 septembre 1939. À la fin du mois, l'Allemagne et l'URSS ont consommé la partition de la Pologne. De nombreux Juifs fuient la zone d'occupation allemande vers les territoires annexés par les Soviétiques, où ils espèrent trouver une relative sécurité. Plus de 200 000 d'entre eux seront déportés dans des camps de travail un peu partout en Union soviétique. En dépit des conditions d'existence effroyables, notamment dans les camps de Sibérie, un nombre élevé d'entre eux survivront à la guerre. Ils rejoindront en grand nombre les forces de la Pologne libre, après l'entrée des nazis en Union soviétique.

Le 22 juin 1941, la Wehrmacht se tourne vers l'Est et entreprend la conquête d'immenses territoires dans la partie occidentale de l'URSS. Par contraste avec les pays occupés d'Europe de l'Ouest (comme la Norvège, le Danemark ou les Pays-Bas), Polonais et Russes sont considérés, à l'instar des Juifs et des Tsiganes, comme des *Untermenschen* [sous-hommes]. On leur impose un esclavage impliquant aussi bien l'effacement de leur identité culturelle et de leur autonomie politique, que la confiscation ou la destruction de leurs biens. En retour, leurs territoires fourniront au Reich le *Lebensraum* [espace vital] dont aura besoin une population allemande en nombre croissant. Or, parmi ces ennemis désignés, les Juifs constituent une catégorie à part. Ils sont l'ennemi racial absolu.

Leon Greenman
Homme d'affaires, Juif britannique, Rotterdam

Juste avant les bombardements de Rotterdam, je suis allé chez le consul britannique, mais la maison était fermée et déserte. Nous étions coincés. Je ne comprends toujours pas pourquoi ils ne nous ont pas dit qu'ils partaient. Le 10 mai, les premières bombes sont tombées près de chez nous. Je regardai par la fenêtre : quatre ou cinq avions tournaient au-dessus de nous et lâchaient leurs bombes. Derrière moi, j'entendis un bruit de chute. Ma femme était en train de baigner le bébé. Il avait glissé entre ses doigts savonneux et il était tombé par terre. Sans un mot, je le soulevai et le posai entre ses bras. Je regardai ma femme. Nous n'avons pas dit un mot. Ainsi, la guerre était commencée.

Steven Frank
Écolier, Juif hollandais, Amsterdam

Je n'avais pas tout à fait cinq ans, en mai 1940, quand j'ai vu pour la première fois des soldats allemands défiler dans les rues d'Amsterdam. Ils marchaient avec leurs capotes, le fusil à l'épaule, le paquetage sur le dos, casque sur la tête et baïonnette dans un fourreau au côté. Très excités, nous les suivions partout où ils allaient. On s'est même perdus, un jour, au point qu'on a eu du mal à retrouver le chemin du retour. Mais la première fois que j'ai pris conscience d'être différent, c'est le jour où nos parents nous ont dit de faire très attention. Puis l'apparition des premières affiches nous a ouvert les yeux : « *Voor Joden Verboden* ». À cause d'elles, nous ne pouvions plus aller au jardin public. « Interdit aux Juifs ».

Quand la guerre éclata, 140 000 Juifs vivaient en Hollande, pétrifiés à l'idée d'être bientôt déportés pour travailler dans l'Est. Toutes les ruses pour rester en Hollande étaient bienvenues.

La « liste Barneveld » reprenait les noms de notables de la société hollandaise. On y trouvait des musiciens, des chefs d'orchestre, des savants, des professeurs, des peintres : le gratin de la bonne société juive du pays, plus quelques personnes de rang un peu moins élevé dans l'échelle sociale, mais possédant des relations. Trois personnalités non juives de la ville, qui étaient déjà intervenues sans succès pour plaider en faveur de mon père, s'étaient arrangées pour que nous figurions sur la liste.

Barneveld se trouvait au sud-est de la Hollande. Nous vivions dans le château, au milieu d'un décor magnifique, sans gardes ni barbelés. On pouvait sortir se promener. L'endroit finit par être tellement bondé qu'on en ouvrit un autre, du même genre, dans une ville proche. Tout le monde était très heureux d'être là. Un peu comme un troupeau de moutons. Le groupe donne une impression de sécurité.

Anna Bergman
Étudiante, Juive tchèque

En septembre 1941, juste avant l'arrivée de Heydrich en Tchécoslovaquie, en qualité de « protecteur » du Reich en Bohême-Moravie, on introduisit le port de l'étoile jaune. J'étais sans doute la seule Juive à ne pas m'en préoccuper et à garder la tête haute. J'avais un très beau costume avec une veste de daim et l'étoile s'adaptait fort bien à la poche. Un jour, je tombai sur une de mes amies, qui marchait tête baissée. « Ne les laisse pas te détruire », lui ai-je dit. Mais je devais être la seule à penser cela.

Jan Hartman
Écolier, Juif tchèque, Prague

J'avais honte de porter cette étoile. C'était une chose que les Allemands avaient réussie, dans le but d'imposer l'idée qu'ils appartenaient à la race supérieure. « Race » est un mot bizarre. Quand j'entends quelqu'un le prononcer aujourd'hui, je frissonne en pensant au sens que lui donnaient les Allemands. Je rejette l'idée d'une race supérieure, mais quand vous avez vécu avec ces gens-là, avec leur façon de penser, elle s'est gravée sous votre peau. Vous avez une réaction assez bizarre à leur égard : vous les détestez parce qu'ils sont mauvais, et pourtant vous les admirez un petit peu.

Janine Ingram
Jeune femme, Juive grecque, Thessalonique

Plus tard, on nous a imposé le port de l'étoile. Je suis une femme obstinée et orgueilleuse, et je considérais que porter l'étoile de David était un défi, alors, au lieu de baisser la tête, je l'arborai avec fierté. J'avais le sentiment qu'il n'y avait rien de mal à être juif. Je n'avais aucun désir particulier d'être juive – comme je n'étais pas pieuse, je ne savais pas ce que cela voulait dire – mais puisque je l'étais de naissance, eh bien c'était ainsi. La présence de cette étoile ne m'affectait donc pas, et je n'ai sans doute pas réalisé le danger – l'étoile était le seul moyen de nous amener là où ils le voulaient.

GRANDE-BRETAGNE : L'INTERNEMENT DES « ENNEMIS ÉTRANGERS »

Clive Teddern
Jeune réfugié, Juif allemand, Édimbourg

Je ne m'attendais pas à cela. Quand j'avais appris l'invasion de la Hollande et de la Belgique, j'étais loin de faire le lien avec des événements me concernant. Je ne sais plus si c'est ce jour-là que j'ai entendu dire que les Allemands envoyaient des parachutistes déguisés en réfugiés, ou si je l'ai découvert plus tard, mais je me le rappelle très clairement. C'était un dimanche, le 12 mai 1940, et je faisais mes devoirs dans la cuisine. Quelqu'un s'est présenté à la porte, qui voulait me voir. Il m'a demandé mon nom et m'a dit : « J'ai le regret de vous arrêter. Veuillez vous munir de sous-vêtements et de chaussettes de rechange, de votre certificat d'étranger », etc.

Pour moi, c'était une grande aventure. J'étais très heureux, je trouvais cela très excitant, cela ne m'inquiétait pas du tout. En fait, j'étais heureux de m'éloigner de cette famille chez qui j'étais si malheureux, si seul et où j'avais le mal du pays. J'avais aussi l'impression que cela m'impliquerait plus profondément dans la guerre. Alors je m'empressai, plutôt gaiement, d'aller rassembler mes affaires. La famille était très émue, tout le monde était bouleversé, mais je ne voyais pas pourquoi. J'allais vivre une grande aventure. J'étais prêt. J'étais l'un des plus jeunes parmi les internés. J'avais tout juste seize ans.

On m'emmena d'abord dans un camp d'internement à Édimbourg, puis dans un camp installé sur le champ de courses de Lingfield. De là, les internés allemands furent conduits au port de Liverpool, où l'on nous fit embarquer à bord du *Duchess of York*. Nous ne savions pas où nous allions. Cela pouvait être l'île de Man, mais il était étonnant qu'on prenne un si gros navire pour cela.

Nous n'étions pas en convoi. Il était très choquant de voir des gens en uniforme allemand ; assez bizarrement, les internés civils allemands étaient bien pires que les militaires. Dès qu'on entra en mer d'Irlande, il fut évident que nous n'allions pas sur l'île de Man. Beaucoup d'Allemands, qui servaient dans la marine, avaient une idée précise de notre destination, et la nouvelle se répandit à bord : « L'Angleterre a été envahie ! Ils nous envoient au Canada pour qu'on ne puisse pas nous libérer ! Mais nous n'irons pas au Canada, parce que la guerre prendra fin quand nous serons à mi-chemin, le navire sera libéré et nous vous jetterons tous par-dessus bord ! »

Stephen Dale
Jeune marin, réfugié, Juif allemand, Londres

En juin 1940, après le bombardement de Dunkerque, beaucoup de gens ont fui la France et l'Europe de l'Ouest. Mais le gouvernement ne savait pas qui était qui, alors Churchill aurait ordonné d'arrêter tout le monde. C'est ainsi que mon ami Rudi et moi avons été arrêtés. Nous avons échoué à Huyton, près de Liverpool. De là, beaucoup d'entre nous étaient envoyés à l'île de Man, et beaucoup d'autres au Canada. Un navire en route vers le Canada, l'*Arandora Star*, fut torpillé et il y eut de nombreuses victimes. Quant à moi, on me fit embarquer à bord du *Dunera*, en partance pour l'Australie.

Ludwig Baruch

Communiste allemand, Juif, à bord de l'*Arandora Star*

Après le camp de Seaton, j'ai été embarqué sur l'*Arandora Star*, dont le port d'attache était Liverpool. Le navire était sens dessus dessous. On s'en était servi pour évacuer les troupes britanniques de Bordeaux. En me promenant un peu à bord et en examinant le bateau, je compris que le voyage allait être très dangereux. Nous avons levé l'ancre. La première personne que je rencontrai au mess n'était autre qu'Abrahams, de la Ligue des jeunes communistes de Liverpool.

« Tu sais où on va ? lui demandai-je.

— Au Canada.

— Eh bien, j'espère qu'on aura de la chance. »

Je dormais par terre sur une couverture, avec mon gilet de sauvetage en guise d'oreiller, quand on nous torpilla. Il y eut un énorme raffut, et l'impact me fit bondir. Les lumières s'éteignirent et le navire se mit à gîter. Nous avions de la chance, car notre cabine était proche de l'accès à un pont. Là-haut, c'était la panique. « Il n'y a qu'une chance de s'en sortir, dis-je à mes amis : il faut plonger. » Le pont était bouclé avec du fil de fer barbelé. Je fonçai et sautai par-dessus bord en tenant mon gilet de sauvetage, que j'enfilai dans l'eau. Je nageai le plus vite possible pour m'éloigner du bateau, et parvins à m'accrocher à une banquette retournée, à laquelle étaient fixés de gros flotteurs. Un soldat me rejoignit bientôt, ainsi que deux autres personnes, et nous réussîmes à nous asseoir en occupant chacun un coin. Ce n'était pas inconfortable. C'était une belle journée, avec une petite brise, et l'eau n'était pas froide. Un hydravion Sunderland nous a repérés. Il y avait une vaste zone couverte de débris, beaucoup de corps, vivants ou morts, flottant çà et là, et nous savions qu'on viendrait nous chercher.

Après qu'un destroyer canadien nous eut secourus, nous avons atterri à Greenock puis à Édimbourg, où nous sommes restés une dizaine de jours, après quoi on nous ramena à Liverpool.

Cela dit, cet embarcadère à Liverpool fut ma pire expérience de la guerre, pour ce qui concerne l'armée britannique en tout cas. Il y avait près de 15 000 internés, venus de toutes sortes de camps, que l'on finit par déporter en Australie. Il y avait aussi sur l'embarcadère un groupe de soldats du Pioneer Corps. Certains internés avaient des bagages et de l'argent... comme ils les ont traités ! Ils les ont passés à tabac et dépouillés. La cupidité mettait ces soldats dans une sorte de transe hystérique. J'en ai vu, l'uniforme déformé par l'argent dont ils bourraient leurs poches, ouvrir des valises, voler et frapper. Tout était éparpillé sur le sol. Je ne possédais absolument rien, comme les autres survivants de l'*Arandora Star*.

Quand on nous embarqua sur le *Dunera*, on continuait à dépouiller les gens. Le plus grave, c'est que des policiers en civil avaient vu ce qui se passait. Des officiers du Pioneer Corps étaient présents également. Ce fut l'incident le plus scandaleux auquel j'ai assisté pendant toute la guerre.

Stephen Dale
Jeune Juif allemand, à bord du *Dunera*

Les premiers jours furent terribles, parce que nous avons eu un temps de chien en mer d'Irlande, tout le monde était très malade et les conditions de navigation étaient abominables. Dès l'embarquement, nous avons été maltraités, fouillés, nos bagages ont été forcés et nous avons été dépouillés de nos effets personnels par les marins, à qui on avait dit que nous étions des prisonniers de guerre. J'aimerais être sûr qu'ils nous auraient traités un peu mieux si on leur avait expliqué que nous étions des internés et non des nazis ; mais, mal informés, ils nous considéraient comme des ennemis. Vu les brutalités subies dès le départ, ainsi que le temps et les conditions déplorables, l'atmosphère était affreuse. Je suis resté debout devant un hublot ouvert pour échapper à la puanteur. On pouvait lever les yeux au ciel, mais on était toujours derrière du fil de fer barbelé.

Je détestais cette situation, je détestais être à

la merci de ces soldats incultes. C'était le Pioneer Corps – où se manifestait la forme de vie la plus primitive. On y acceptait les gens qui ne pouvaient pas aller dans d'autres unités. Quand j'ai été incorporé dans le Pioneer Corps, un peu plus tard, j'ai pu voir combien ils constituaient la lie de l'humanité.

Ludwig Baruch
Communiste allemand, Juif, à bord du *Dunera*

Sur la route de l'Afrique, quelque chose heurta le navire, ce qui provoqua une panique à bord. Je me dis que c'était une torpille, mais il n'y eut pas de suites. Plus tard, quand nous dépassâmes Le Cap, nous sûmes que nous allions en Australie. Nous n'avions aucun contact avec l'équipage. Nos gardiens appartenaient au Pioneer Corps ; certains d'entre eux étaient plutôt sympathiques. Nous étions nourris, les conditions de vie n'étaient pas trop mauvaises. Les cales étaient peu confortables. Je dormais par terre, certains sur les tables, d'autres dans des hamacs. Tout le problème était de se distraire. Il y avait beaucoup de discussions, dans ma cale, nous étions tous juifs et antifascistes, nous avions de la chance. Nous avions des jeux d'échecs. J'y ai joué durant tout le voyage vers l'Australie. Une fois par jour, on nous permettait de nous promener sur le pont. J'ai vécu une expérience terrible : un jour, un copain a sauté par-dessus bord sous mes yeux. Il s'est tué le jour où expirait son visa pour l'Argentine. C'est le seul suicide dont j'aie été témoin durant mon internement.

Nous sommes arrivés à Melbourne le 16 septembre 1940. Personne, en Angleterre, ne savait où nous étions. Ma fiancée n'en avait pas la moindre idée. À Melbourne, on nous a sortis des cales un par un. J'étais en haillons, je ne possédais plus rien. J'ai traversé l'embarcadère escorté par des hommes armés. On m'a mis dans un train et j'ai fini au camp de Tatura, en Australie, où je suis resté interné jusqu'en 1942.

LA « GRANDE ALLEMAGNE » 1940-1941

Fritz Moses

Petit garçon allemand, Strehlen (Allemagne)

Mon père a eu des doutes (sur le parti nazi) quand on a déporté les Juifs, et aussi quand les handicapés ont commencé à disparaître. Autrefois, chaque ville avait… comment dire ? Aujourd'hui, on dirait ses « idiots du village ». Dans notre ville, nous avions Marie la Folle. Il y avait aussi un homme avec des mains palmées. Il se tenait devant la porte des magasins, et il mendiait, le bras tendu. Il récoltait toujours un peu d'argent. Il y en avait trois ou quatre comme lui, omniprésents. Je me souviens d'avoir entendu ma mère demander un jour à mon père :

« Konrad, cet homme avec des doigts palmés… Il y a longtemps que je ne l'ai pas vu.

— Ils l'ont arrêté, lui aussi », répondit mon père.

Les gens savaient ce qui se passait : l'euthanasie, la déportation. Mais ils s'efforçaient de chasser cela de leur esprit.

Magdalena Kusserow Reuter
Jeune femme allemande, Témoin de Jéhovah, Bad Lippspringe

Un jour de 1940, la Gestapo est venue me chercher. J'étais heureuse, parce que toute ma famille était en prison et que j'étais restée seule, avec la Gestapo en permanence sur les talons. J'ai passé près de deux mois dans la prison de Bielefeld. Mon père, ma mère et ma sœur Hildegard y étaient également détenus. Mes deux frères aînés avaient été assassinés. Les petits avaient été placés dans un institut avec des enfants délinquants. À la prison, nous occupions des cellules différentes et nous ne pouvions pas nous voir.

Au bout de deux mois, ils nous ont condamnés : mon père, à cinq ans de prison et cinq ans de camp de concentration ; ma mère, à trois ans ; ma sœur, à deux ans dans une prison pour mineurs. Comme j'étais mineure, j'ai été condamnée à six mois. Je suis restée en isolement dans une cellule jusqu'à la fin de mes six mois. À l'issue de ma peine, la surveillante m'a dit : « J'ai reçu une lettre de la Gestapo. Si tu signes et que tu t'engages à ne plus être Témoin de Jéhovah, je te libère. » Je lui expliquai que ce n'était pas possible. Elle était très triste, au bord des larmes. « Ah, c'est dommage ! Je suis désolée. » On m'a envoyée à la Gestapo, qui m'a demandé de signer. « Non, leur ai-je dit, je crois en la Bible, je continuerai. » La mort de mes frères Wilhelm et Wolfgang me donnait la force de résister. Ils m'ont gardée encore quatre mois, jusqu'à mes dix-huit ans. Puis ils m'ont envoyée en camp de concentration.

Fritz Moses
Petit garçon allemand, Strehlen (Allemagne)

Mes parents ne parlaient qu'en privé du IIIe Reich et des Juifs. J'étais curieux et je tendais l'oreille. Un jour, ma grand-mère, de retour de Breslau, dit à mon père : « J'attendais sur le quai de la gare lorsque j'ai vu arriver un train très long, plein de femmes et d'enfants. Une femme à la fenêtre m'a crié : "Chère madame, je vous en prie, donnez-moi un peu d'eau." » Ma grand mère est allée chercher de l'eau à un distributeur, où se trouvaient des gobelets en carton, et l'a apportée à cette femme. Un SS, qui patrouillait le long du train, a fait tomber le gobelet d'un revers de la main et lui a dit : « Faites attention, ce sont des Juifs ! » Le train s'est remis en marche. Au moment où il quittait la gare, la femme a baissé de nouveau sa vitre et crié dans le silence de mort qui régnait dans la gare : « Que tous les enfants de Breslau soient maudits ! » Et ma grand-mère a conclu : « Mon Dieu, qu'est-ce qu'ils vont nous faire, *à nous*, à l'avenir ? »

Barbara Stimler
Petite fille, Juive polonaise, Kutno

En février 1940, j'étais au lit avec la grippe. Vers minuit, j'entendis des coups très violents frappés à la porte. D'habitude, quand ils venaient, nous nous disions qu'ils ne touchaient pas aux femmes, qu'ils ne cherchaient que les hommes. C'est pourquoi mon père et son ami se sont enfuis. Mais ils sont venus directement dans notre chambre. Ma mère m'a crié : « Cours ! » J'étais en chemise de nuit, j'ai couru pieds nus dans la neige. Je voulais aller chez nos amis, de l'autre côté de la voie ferrée. Mais ils se sont emparés de ma mère, dans la rue, et ont commencé à la frapper. Plus tard, elle m'a expliqué qu'ils exigeaient qu'elle m'appelle, mais qu'elle ne voulait pas que je fasse demi-tour. Pourtant, en l'entendant hurler de douleur sous les coups, je suis revenue vers elle. Ils m'ont ramenée dans la cuisine. Là, ils m'ont arraché ma chemise de nuit, et les bijoux que j'y avais épinglés sont tombés par terre. Mais je voyais bien que ce n'était pas ça qui les préoccupait. Il y avait autre chose. Ils m'ont ordonné de monter sur le lit. Je ne vous dirai pas ce qu'ils m'ont fait. Mais ils ne m'ont pas violée. Ma mère est entrée dans la chambre. Quand elle les a vus, penchés sur moi, elle s'est ruée dans la cuisine pour prendre un couteau, elle voulait poignarder l'un d'eux. Puis nous avons entendu des voix, en allemand, et de nouveaux venus sont entrés. Je ne peux pas en dire plus. J'étais dans un tel état que j'ai été malade pendant six semaines...

En mai 1940, on nous a emmenés dans une usine de tabac désaffectée. Il n'y avait qu'un peu de paille par terre. Nous étions couchés sur la paille lorsqu'ils sont arrivés. Ils ont appelé mon père. Ils lui ont ordonné de se déshabiller et de danser. Mon père était un homme assez corpulent. Ils lui ont donné un livre de prières et lui ont posé une arme sur la tempe. Nous étions sûrs qu'ils allaient le tuer. Mais ils se sont placés autour de lui, trois SS d'un côté, trois SS de l'autre, et ils ont joué avec lui comme avec un ballon de football, à coups de pied. Quelle humiliation ! Enfin, ils l'ont jeté sur la paille. Quelques jours plus tard, ils nous ont réveillés au milieu de la nuit et nous ont fait marcher jusqu'à une raffinerie de sucre abandonnée. Tous les Juifs de Kutno étaient là, soit environ 11 000 personnes. Au début ce n'était pas trop mal, mais il a plu, tout était inondé, nous devions monter sur les tables et les chaises. Au bout de quelques semaines, tout le monde a souffert de la faim. Ils ont commencé à nous jeter du pain par-dessus la clôture. Ceux qui pouvaient l'attraper avaient à manger. Les autres n'avaient rien.

Taube Biber
Petite fille, Juive polonaise, Mielec

La Pâque juive est toujours l'occasion de réunions familiales. C'est la commémoration de la sortie d'Égypte. Je n'oublierai jamais mon père, lisant la *Haggadah*, le commentaire sur l'Exode, le visage couvert de larmes, comme s'il

Des soldats allemands, dans une forêt, conduisent des Polonaises à la mort.

savait que c'était notre dernier *seder* (repas rituel) ensemble. Je ne l'oublierai jamais.

Andrew Bakowski
Enfant polonais, campagne polonaise

Nous avions l'habitude de jouer dehors, dans la cour. Un jour, trois hommes, deux jeunes et un plus âgé, traversèrent le village, conduits par des soldats en uniforme vert. Ils allaient d'une démarche un peu désinvolte, et nous nous approchâmes de la clôture qui sépare le village pour les regarder descendre le chemin de terre. Quatre ou cinq cents mètres plus loin, le chemin frôlait le bois et continuait à gauche, laissant les arbres sur la droite. Le petit groupe s'engagea dans le bois. Les plus grands nous dirent : « Vous allez voir, ils vont les tuer. Ils vont les fusiller. » On a repris nos jeux – lancer de cailloux et compagnie. Un peu plus tard, on a entendu les coups de feu dans le bois. La propriétaire les avait entendus, elle aussi, et elle nous a fait entrer dans la maison. Nous n'étions autorisés à aller dans le bois qu'en compagnie de garçons plus âgés. Les Allemands y effectuaient des manœuvres, et nous y allions pour chercher des douilles de fusil. Quand nous y sommes retournés, nous avons vu qu'à l'endroit où les hommes avaient été tués, on avait remué le sol. L'un de nous trouva même une dent. Mon souvenir le plus vif de cet incident ? Je n'ai pas trouvé la moindre douille. Il n'y en avait pas. Trois hommes avaient été assassinés – des Juifs – et je n'en ai gardé que ce souvenir superficiel.

LES DÉPORTATIONS EN UNION SOVIÉTIQUE

Alicia Adams
Petite fille, Juive polonaise, Drohobycz

Tous ceux qui venaient de l'ouest de la Pologne, pour s'installer dans ce qui était devenu la partie russe du pays, devaient s'inscrire. Mon père, se croyant plus malin, nous a enregistrés à Lvov, la grande ville voisine ; lorsqu'ils ont commencé à envoyer des gens en Sibérie, en 1940, les Russes nous ont cherchés à Lvov et non à Drohobycz. Ce qui était dommage, parce que, en Sibérie, nous aurions eu plus de chances de survivre. Nombre de nos amis et parents qui ont été déportés en Sibérie ont survécu. Dans des conditions terrifiantes, il est vrai. Mais ils ont survécu.

Wolf Albert
Jeune Juif polonais, mer Blanche, Sibérie

Polonais et Juifs, nous étions ensemble. Même là, l'antisémitisme sévissait... Après avoir parcouru en wagons à bestiaux la distance énorme qui sépare la Pologne de la région de la mer Blanche, nous avons marché jusqu'au bord d'un large fleuve. Nous avons embarqué sur des péniches. Nous étions environ un millier – dont un garçon qui n'avait pas plus de quinze ans. Les seuls qui étaient déjà venus dans le coin avaient délimité l'endroit où on allait construire le chemin de fer. Nous nous trouvions à des kilomètres de tout être vivant, de toute civilisation, au milieu d'une immense forêt parsemée de marécages et de collines. Nous avions des morceaux de pain noir et dur pour toute nourriture, et nul endroit pour dormir.

On finit par nous apporter des pioches, des scies, des pelles et des brouettes. Nous devions défricher la forêt, et nous servir du bois pour construire notre futur camp et sa clôture. Quand ce fut fait, leur premier geste fut de placer un panneau disant : « Là où vous travaillez, il ne pleut jamais. » Ce qui voulait dire que nous ne serions pas autorisés à interrompre notre travail, quel que soit le temps. Nous ne pouvions pas nous changer. Nous ne disposions d'aucune commodité. On ne tolérait ni les conversations entre nous, ni les discussions, ni les réclamations. L'un des commandants, particulièrement fielleux, nous déclara : « Voici votre Varsovie, voici votre Pologne. C'est ici que vous finirez vos jours. Mieux vous arrangerez les lieux, mieux vous vivrez. »

À l'automne, il se mit à pleuvoir. Il a plu sans discontinuer pendant un mois. Nous n'avions aucun moyen de nous protéger. Nous allumions des feux, un par groupe de vingt-cinq. Nous dormions sur de grosses poutres de bois. On se plaçait face au feu pour se réchauffer, le dos trempé jusqu'aux os, puis on se tournait pour réchauffer l'autre côté. Au matin, nous partions sous la pluie pour défricher les collines avec des pelles et des pioches. Ensuite, le temps s'est mis à la neige. Un peu plus tard, un groupe a commencé à construire des quartiers d'habitation : des trous de deux mètres de profondeur entourés de planches et recouverts d'un toit en bois, et, à l'intérieur, des planches horizontales sur lesquelles nous allions dormir. Nous n'avions rien pour nous protéger du froid, pas même une couverture, absolument rien.

Six mois après notre arrivée, il ne restait plus en vie que la moitié d'entre nous. Nous sortions travailler par des températures descendant jusqu'à – 40 °C. Pendant quelques jours, il a même fait – 50 °C. Les vieux et les plus fragiles étaient morts les premiers. Puis ce fut le tour des jeunes. Il y avait des camps tous les huit kilomètres, reliés les uns aux autres. Nous n'avions aucune chance de nous échapper.

Jacob Pesate
Ouvrier, Juif roumain, Bucarest

Le 27 juin 1940, l'Union soviétique posa un ultimatum à la Roumanie, exigeant son retrait de Bessarabie et de la Bucovine du Nord. Les Roumains cédèrent, et l'Armée rouge pénétra sur ces territoires. Quand j'ai appris la nouvelle à la radio, j'ai dit adieu à mon patron, j'ai rassemblé mes quelques possessions et j'ai sauté dans un train. J'étais à Czernowitz avant l'arrivée des troupes soviétiques. J'avais été bien inspiré : dans les jours qui ont suivi, les hommes de la Garde de Fer (les fascistes roumains) organisèrent des pogromes dans le train, tuant plusieurs centaines de personnes. Le 28 juin, j'étais dans la foule qui accueillait l'Armée rouge à Czernowitz avec des fleurs.

LE 22 JUIN 1941

Wolf Albert
Jeune Juif polonais, mer Blanche, Sibérie

Le bruit courut que l'Allemagne avait attaqué la Russie. C'étaient les premières nouvelles que nous recevions depuis notre arrestation. Un peu plus tard, il fut acquis que les prisonniers pouvaient s'engager dans l'armée polonaise. Deux jours plus tard, on nous libérait. C'est à cette époque que j'ai dû recevoir des soins, parce que j'étais atteint de cécité.

John Dobai
Écolier, Juif catholique hongrois, Budapest

Je sentis pour la première fois les conséquences de la guerre en 1941, le jour où l'on mobilisa mon père, après l'ouverture des hostilités entre la Hongrie et la Russie. Mais il revint quelques mois plus tard, à cause des lois antijuives interdisant aux Juifs (et aux personnes ayant une ascendance juive) de servir dans les forces armées hongroises, sauf dans le Service du travail sur le front Est. Il a repris son travail à la banque, mais nous étions de plus en plus inquiets.

Joseph Harmatz
Jeune homme, Juif lituanicn, Vilnius

Quand la guerre éclata entre la Russie et l'Allemagne, j'avais seize ans et demi. Un jour, lors d'unc promenade à l'extérieur de la ville, nous entendîmes les bombes. À notre retour, on nous expliqua que la Russie et l'Allemagne étaient en guerre. Mais personne ne s'attendait que les Allemands entrent à Vilnius deux jours et demi plus tard. Nous pensions que les Russes étaient une grande force militaire. Les Lituaniens soutenaient l'Allemagne. Ils avaient été contre l'occupation russe et collaboraient donc avec les Allemands contre les Juifs. Pour nous, la surprise fut terrible, car nous vivions jusque-là comme les meilleurs amis du monde. Nous avons vu et entendu des choses incroyables. En juillet-août 1941, ils tuèrent des Juifs dans presque chaque ville et village. Seuls quelques-uns survécurent dans les ghettos de Vilnius, de Kaunas et de Siauliai. Sans leur collaboration, les Allemands ne seraient jamais parvenus à un tel résultat.

Marsha Segall
Jeune femme, Juive lituanienne, Siauliai

La Wehrmacht arriva en tête, et les premiers Allemands que je vis étaient ceux qui avaient de grands chiens et cherchaient des soldats russes. Quand nous avons aperçu les Allemands, nous avons pensé : ça y est ! Et nous sommes retournés à notre appartement. Les lois de Nuremberg furent tout de suite appliquées. Cela signifiait qu'on ne pouvait plus sortir à certaines heures, ni faire des courses dans certains magasins, ni marcher sur le trottoir. Il nous fallait aussi arborer des étoiles jaunes d'une certaine dimension, à l'emplacement du cœur et dans le dos, pour que tout le monde sache, des deux côtés, que nous étions juifs. Impossible de ne pas les mettre, parce que la population collaborait avec les Allemands, impossible de feindre d'être quelqu'un d'autre parce que tout le monde nous connaissait et nous aurait dénoncés. Ils arrêtaient les gens dans la rue ou chez eux pour leur imposer toutes sortes de tâches humiliantes. Ils brûlaient aussi les livres des bibliothèques juives et des écoles hébraïques, sur place, pas comme en Allemagne. Un jour de Shabbat, on frappa des coups violents à la porte, et deux miliciens lituaniens entrèrent. Ils avaient une liste sur laquelle figurait le nom de mon père. Ils l'ont emmené sans lui laisser le temps de nous dire adieu. Je ne l'ai plus jamais revu.

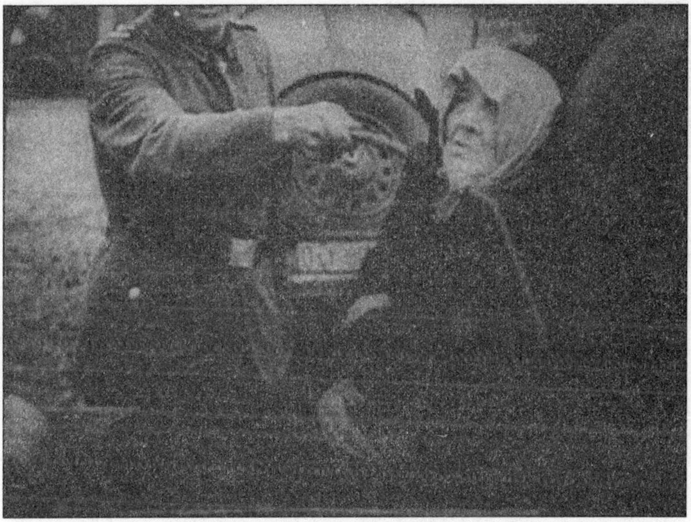
© USHMM 76009

Un officier allemand menace une vieille femme juive, dans les territoires de l'Est.

Alicia Adams
Petite fille, Juive polonaise, Drohobycz

Les Allemands sont entrés dans notre ville lors de l'invasion de l'Ukraine en 1941. Ce fut l'expérience la plus terrifiante de ma vie. Je les ai vus arriver à moto, je les ai regardés et je suis rentrée chez moi en courant. Ils n'ont pas pris possession de la ville immédiatement. Ils ont laissé les Ukrainiens se déchaîner et organiser le premier pogrome à Drohobycz. Toute la famille se cacha dans l'appartement, nous les entendions au rez-de-chaussée, ils étaient venus pour voler et tuer. Après trois ou quatre jours, les Allemands ont pris le contrôle de la ville. Auparavant, nous avions de bons rapports avec les Ukrainiens. J'avais vécu en contact avec eux, à la campagne, j'avais joué avec leurs enfants. Je n'avais pas pris la mesure de leur antisémitisme. Mais les Ukrainiens qui se sont livrés aux pogromes n'étaient pas des paysans. C'étaient des gens de la ville. Ils détestaient aussi les Russes, ils avaient détruit les portraits de Lénine et de Staline au centre-ville.

Jack Shepsman
Jeune Juif polonais, Nowogrodek, Biélorussie

Un jour, les Allemands sont arrivés avec des camions. Ils ont rassemblé tous les Juifs et les ont jetés dans les camions. Voyant ce qui se passait, je suppliai mes parents : « Venez avec moi ! Je ne monte pas dans ce camion. » Nous avions un jardin tout en longueur, qui montait vers le sommet d'une butte. De là-haut, je regardai la route en contrebas, et je vis ce qui se passait : ils rassemblaient les gens qui criaient, pleuraient. Je vis ma famille sortir de la maison, les soldats qui les frappaient en hurlant : « Vite,

vite, dans le camion. » Puis tout est devenu calme. Je me suis caché pendant quatre jours dans le foin, dans un abri. Je ne suis sorti qu'au soir du quatrième jour. J'appris plus tard que ma famille n'avait pas eu la moindre chance. On les avait emmenés à la lisière de la forêt, où on avait creusé de longues fosses. Dès qu'ils descendaient des camions, ils tombaient sous le feu des soldats armés de mitrailleuses. Ceux-ci tiraient jour et nuit, sans interruption. Ils ont tué près de 50 000 personnes venues de Nowogrodek et de toute la région avoisinante.

Des Juifs sont contraints de balayer les rues de Riga après l'invasion de l'URSS par les nazis, 1941.

Juozas Aleksynas
Membre des 12e et 13e bataillons de la police lituanienne [force paramilitaire sous les Allemands], Biélorussie

Les Juifs reçurent l'ordre de se rassembler en certains endroits, comme les jardins publics et les places de marché. La police locale les sortait de chez eux. Les Allemands avaient des listes des notables juifs, comme les médecins et les ingénieurs. On les isolait, et tous les autres étaient conduits sur le lieu de leur exécution. Les fosses étaient déjà creusées, hors de la ville, souvent dans les collines. Les Lituaniens étaient chargés de conduire les Juifs jusqu'aux fosses, tandis que les Allemands encerclaient la ville.

Quand les Juifs étaient rassemblés dans ce vaste espace, on les faisait s'allonger au fond des fosses avant de les fusiller. Une partie des soldats restait sur le bord pour tirer, les autres amenaient les Juifs vers les fosses. Nous tirions sur eux dès qu'ils s'étaient allongés au fond. Puis d'autres se couchaient sur eux et nous recommencions. À la fin, on a jeté sur eux de l'eau de Javel. Puis nous sommes partis. Nous ne pouvions pas refuser de tirer. Si quelqu'un ne pouvait pas tirer parce qu'il se sentait mal, les Allemands lui faisaient prendre le pouls ou la température, mais pas quand nous étions prêts pour la fusillade. S'il disait : « Je ne peux pas », les Allemands le faisaient fusiller avec les autres, sans autre forme de procès.

On nous donna des fusils et des pistolets russes. Les vêtements des Juifs étaient brûlés.

Cela dégageait une odeur infecte. C'était dégoûtant. Il faut avoir vécu cela pour comprendre. Ils étaient tous morts, le plus souvent d'une balle dans la poitrine ou la tête... Il pouvait y en avoir un millier, ou seulement cent ou deux cents. Nous n'avions pas eu besoin d'emmener les Juifs de force. On leur en avait donné l'ordre et ils étaient venus comme des moutons, sans résister le moins du monde. Leurs enfants étaient là avec eux, les petits et les grands, tout le monde a été tué – une mère, un père et leurs enfants gisaient parfois côte à côte. Nous nous demandions ce que ressentaient des parents dont l'enfant était tué sous leurs yeux. Nous tirions d'abord sur les parents car l'enfant s'en rendait moins compte. Parfois les femmes pleuraient, mais c'était rare. Elles criaient rarement, aussi. Les Allemands prenaient des photos de toutes ces exécutions. Nous nous sentions très mal, nous les maudissions.

Les officiers ne tiraient pas. Ils se contentaient de donner les ordres. Sauf à la fin, s'ils voyaient que quelqu'un était encore vivant, ils l'achevaient d'un coup de pistolet. Nous allions à ces exécutions comme des robots. Nous n'avions aucune idée de ce que nous faisions. Horrible.

Josef Perl

Jeune Juif tchèque, camp non identifié dans l'Est

À la fin de l'été 1941, un SS m'a arrêté et conduit jusqu'à ce camp, le fusil dans le dos. Dix minutes après y être entré, j'ai vu arriver une colonne, en rang par cinq, de personnes entièrement nues.

Des femmes, des hommes, des gens âgés, des jeunes. Quand la colonne m'eut dépassé, le SS m'ordonna de me déshabiller et de les suivre. Nous avons marché jusqu'à une forêt où l'on avait creusé une immense fosse tout en longueur. J'ignore ce qu'il y avait dedans, mais je voyais de la vapeur s'élever au-dessus du trou. J'entendais des rafales de mitrailleuses.

Tout à coup, alors que je me trouvais à cinq ou six rangs de l'avant de la colonne, je vis ma mère et mes quatre sœurs dans la file devant moi. Avant que j'aie eu le temps de crier : « Maman ! », elles étaient déjà mortes. On a parfois l'impression que le temps peut s'arrêter. On se transforme en statue de sel. Mais ce qui me secoua, ce fut la vue de mes cinq neveux et nièces ; les assassins eurent le culot de leur demander de se tenir la main. L'impact des balles souleva les enfants à un mètre au-dessus du sol, et ils retombèrent dans la fosse. Mon tour allait venir lorsque les bombardiers apparurent. On nous ordonna de nous coucher à plat ventre, mais tout le monde se mit à courir en tous sens. Je parvins à m'enfuir dans la forêt.

Aleksandra Nizie
Petite fille polonaise, Trawniki (Pologne)

Il faisait encore jour, nous y sommes allées dès qu'ils [les tueurs] sont partis… « Viens, dis-je à ma sœur, allons voir ce qui se passe là-bas. » Nous sommes allées au bout du verger… Nous avons regardé. La terre bougeait. « Regarde, Jula, comme la terre bouge ! » Et le sang coulait à flots. Quand ils les ont fait venir [les Juifs] au camp de travail, c'étaient des gens bien nourris, beaux et bien habillés, ce n'était pas n'importe qui. À Trawniki, il y en avait aussi quelques-uns comme ça. Ils avaient belle allure.

Ils avaient comblé la tranchée sans attendre. Et ils devaient avoir répandu de la chaux, quelque chose qui ressemblait à des cendres blanches. Mais le sang de tous ces morts remontait à la surface. Et le troisième jour, ils s'étaient mis à les brûler. Ils laissèrent derrière eux quelques Russes qui, je crois, aidèrent ces Ukrainiens. Ils les soulevaient par la tête et les jambes, et les jetaient dans le feu. Ils avaient fabriqué une sorte d'échafaudage métallique… Je l'ai vu, je l'ai

© IWM HU 86369

Un peloton de la mort nazi près de Dubossari, dans le sud de l'Ukraine.

vu... oui, je l'ai vu ! Pas seulement moi, des centaines de personnes l'ont vu. Ils ont brûlé pendant deux semaines, peut-être plus. La puanteur était horrible.

Alicia Adams
Juive polonaise, travail forcé, Drohobycz

J'ai travaillé un temps comme femme de ménage chez un homme de la Gestapo. Il appartenait au groupe qui avait massacré des gens à la mitrailleuse dans les bois de Bronica. Ils avaient tué près de 2 000 personnes. Il buvait toujours, avant. Un jour, il m'a dit : « Tu es très jolie. Je ne te tuerai pas avec les autres. » Puis, me montrant un bel arbre en fleur, il ajouta : « Je te tuerai à part, et tu seras enterrée sous cet arbre. » Plus tard, j'ai peint mon autoportrait, avec cet arbre. J'ai vendu la toile, que j'avais intitulée *Souvenirs d'enfance*. Je suis certaine que l'acheteur n'a jamais su de quels souvenirs il s'agissait.

Jacob Pesate
Jeune Juif roumain, Czernowitz

Le 1er juillet 1941, après le choc provoqué par l'invasion allemande (22 juin), j'ai pris le train de l'Est, vers Moscou. Ma famille est restée là-bas. Czernowitz était de nouveau occupé par les Roumains, qui étaient revenus avec une division SS. Allemands et Roumains se comportaient avec une extrême brutalité. On tuait les gens dans la rue. On arrêta pour les fusiller sur-le-champ une centaine de personnalités juives, à commencer par le grand rabbin. Des restrictions furent imposées aux Juifs.

Mon père fut arrêté à la fin du mois d'août. En octobre, un décret obligea l'ensemble de la communauté juive (environ 50 000 personnes) à se regrouper dans un ghetto occupant un quartier limité de la ville. Ma mère s'y installa chez une parente éloignée, avec mon frère et ma sœur.

Un peu plus tard, un autre décret fut publié. Les Juifs allaient être déportés, on les emmènerait à la gare dans des camions. Surprise ! Mon père s'y trouvait déjà ! Ils voyagèrent tous à bord du même train, vers la Transnistrie, cette région située entre le Dniestr et la Bug. C'était le mois de novembre 1941 et l'hiver était très rigoureux. De nombreux malades moururent pendant le voyage. On jetait leurs cadavres hors du train à cause du surpeuplement. Les gens avaient des poux, ils attrapaient le typhus et autres maladies mortelles. Ils durent s'arrêter devant le Dniestr, parce qu'il n'y avait aucun pont pour traverser le fleuve. On leur fit franchir le fleuve sur des péniches. De l'autre côté, ils durent marcher longtemps dans un froid intense, y compris les enfants, les vieux et les femmes, portant tout ce qu'ils pouvaient emporter, dans des conditions inhumaines.

De l'autre côté du Dniestr, ils retrouvèrent de nombreux membres de la famille de la Bucovine du Sud, avec lesquels ils avaient perdu le contact depuis un an. Mon frère était diabétique. Faute d'insuline, il mourut peu après l'arrivée. Ma mère contracta le typhus et mourut durant le voyage, ainsi que mon oncle et ma grand-mère. Mon père et ma sœur atteignirent le village de

Berchad, où ils furent accueillis par une famille juive ukrainienne. De là, mon père m'écrivit une lettre qui me parvint à Buguruslan, en URSS. On finit par les enfermer dans un camp où ils n'avaient pas le droit de travailler, ni d'avoir le moindre contact avec le monde extérieur. On ne leur donnait aucune nourriture, et la seule façon de survivre était d'échanger leurs maigres possessions contre les aliments que leur donnaient les paysans. Officiellement, ils ne se trouvaient pas dans un camp d'extermination. Ils mouraient de faim et de maladie. De temps à autre, les Allemands avaient besoin d'ouvriers pour effectuer des travaux lourds de l'autre côté de la Bug. Mais ceux qui traversaient la Bug ne revenaient jamais. Ils étaient tous assassinés.

Ruth Foster
Jeune femme, Juive allemande, Lingen

En décembre 1941, mes parents reçurent des instructions : ils seraient déportés « vers l'Est », le 10 ou le 12 décembre. Comme j'étais enfant unique, je proposai de partir avec eux. Entretemps, les Juifs durent abandonner leurs foyers pour occuper des maisons *Juden* [réservées aux Juifs]. Le couvre-feu était en vigueur de dix-huit heures à sept heures du matin. On nous avait remis des cartes de rationnement spéciales portant la lettre « J », et nous ne pouvions faire nos achats qu'à certaines heures et dans certains magasins. [...] Notre train était surnommé le « Transport Bielefeld ». Nous avons fini par échouer dans le ghetto de Riga, en Lettonie.

John Fink
Électricien, Juif allemand, Berlin

Dans toute l'Allemagne, les Juifs ont été mis au travail. Mon père a dû travailler aux voies ferrées, ma mère a été envoyée en usine et ma sœur travaillait comme tailleuse. Nous savions que des gens étaient envoyés au loin, début 1941. Certains étaient enlevés, surtout les vieux, et personne ne savait ce qu'ils devenaient. Nous entendions dire qu'on les envoyait « vers l'Est ». À l'époque, nous savions peu de choses sur les pays étrangers, ni même où se trouvait l'« Est ». Nous ne savions pas qu'ils étaient déportés à Riga ou à Lubin et enfermés dans des ghettos. En 1943, Goebbels décida d'offrir un cadeau d'anniversaire à Hitler, en lui annonçant que Berlin était *Judenfrei* – « nettoyé » de ses Juifs. Je quittai Berlin le 12 mars 1943, par un des derniers grands transports.

Docteur Friedrich Carl Scheibe
Petit garçon allemand, Suhl-Heinrichs, Thuringe

Un matin, en allant à l'école, je vis que de nombreux badauds se tenaient immobiles au bord du chemin. Une étrange colonne apparut, où tout le monde marchait d'un pas de vieillard, plaçant prudemment un pied devant l'autre. J'eus le sentiment qu'ils portaient trois pardessus enfilés l'un sur l'autre. Beaucoup, incapables de marcher, étaient allongés sur une charrette. Un jeune homme marchait en avant du groupe. Un grand panneau suspendu à son cou portait ces mots :

« Le départ des derniers Juifs de notre ville ». Un groupe de SA suivait la colonne en criant : « Debout, l'Allemagne, le judaïsme crève ! » Des centaines de personnes les regardaient passer. C'était mortellement calme. Personne ne reprenait les slogans des SA. Il n'y eut aucune discussion, après cela. Personne n'en parla.

Fritz Moses
Petit garçon allemand, Strehlen, Silésie (Allemagne)

Nous avons cessé d'avoir des problèmes à cause de notre nom, parce qu'il ne restait aucun Juif. Ils étaient tous dans les camps de travail.

Déportation de Juifs de Baden (Allemagne), parmi lesquels les parents de Hedy Epstein, de Kippenheim.

1939-1942

LE GHETTO I

« Au début, la vie dans le ghetto apporta un relatif soulagement. »

À mesure que Hitler, en 1940-1941, étend son pouvoir sur l'Europe, tant à l'Ouest qu'à l'Est, les nazis sont confrontés au problème du nombre croissant des Juifs passés sous leur férule. Ils décident de renouer avec la pratique médiévale qui consiste à les isoler dans des ghettos. Cette ségrégation leur permettra de renforcer leur contrôle sur la communauté, et facilitera l'exploitation du travail des Juifs au service de leur effort de guerre.

Les premiers ghettos apparaissent en Pologne. Ils représentent le modèle à suivre pour le réseau qui sévira bientôt dans toute l'Europe. En octobre 1939, sur une directive de Reinhard Heydrich, chef de la Police de sécurité, le premier ghetto voit le jour à Piotrkow. Il est suivi en décembre par celui de Randomsko. À la mi-1941, la quasi-totalité des Juifs vivant dans la Pologne occupée sont confinés dans des ghettos, y compris ceux de Lodz et de Varsovie (1940), de Cracovie et de Lublin

(1941). Novembre 1941 voit l'ouverture du ghetto modèle – conçu pour être montré – dans la forteresse du XVIIIe siècle de Terezin (en allemand : Theresienstadt), en Tchécoslovaquie occupée. Après l'invasion de l'URSS par les troupes allemandes, d'autres ghettos seront établis, notamment à Kovno, Riga, Vilnius et Minsk, où se concentrent les grandes communautés juives de l'ouest de l'Union soviétique et des États baltes.

En règle générale, les ghettos des grandes villes sont hermétiquement fermés et surveillés. Leurs habitants se voient coupés du monde extérieur. Seules les rares personnes qui travaillent pour les Allemands disposent d'un laissez-passer. Pour les communautés juives plus modestes, les quartiers désignés sont souvent ouverts, mais les mouvements des habitants sont limités par le couvre-feu. Avec l'afflux de Juifs d'autres régions et, plus tard, d'autres pays, les ghettos de toutes tailles seront encore plus surpeuplés, et les conditions d'existence de plus en plus sordides.

En 1940-1941, au lieu d'assassiner immédiatement les Juifs, les nazis attendent que les conditions de vie, dans les ghettos fermés, opèrent une première sélection. Celles-ci sont épouvantables. À Varsovie, par exemple, s'il faut en croire les statistiques nazies, 73 seulement des 1 800 rues de la ville appartiennent au ghetto, et 30 % des habitants de la capitale vivent dans 2,40 % de sa surface totale, avec une moyenne de six ou sept personnes par pièce. Le ghetto de Varsovie, le plus grand, abritera jusqu'à 490 000 Juifs et quelques centaines de Tsiganes. Sans parler de la surpopulation chronique, les Juifs sont méthodiquement réduits à la famine, et contraints de travailler jusqu'à ce que mort s'ensuive. Médicaments et combustibles sont rares, parfois inexistants, et l'accès à l'eau potable fait l'objet de restrictions. Les conditions d'hygiène, qui n'ont jamais été bonnes, empirent rapidement, tandis que la famine et les maladies se répandent. À Varsovie, le marché noir avec l'extérieur du ghetto permet d'améliorer quelque peu la situation. Juifs et Polonais s'y livrent à leurs risques et périls : la mort attend celui qui se fait prendre. Près de 100 000 personnes (soit 20 % de la population juive de Varsovie) meurent entre septembre 1939 et juillet 1942 (dont 61 000 entre janvier 1941 et juillet 1942). Le taux de mortalité n'est pas moins élevé dans les autres ghettos.

À Lodz, le marché noir est exclu, le ghetto étant hermétiquement clos. Le taux de survie relativement élevé jusqu'en juillet-août 1944 peut être attribué à la politique du « travailler pour vivre » adoptée par son *Judenrat* (Conseil juif). En tout, 500 000 Juifs mourront dans les ghettos – de faim, de froid, d'épuisement et de maladie.

Des dirigeants juifs – des hommes pour la plupart – sont désignés pour constituer les *Judenräte* placés sous la direction d'un *Judenälteste*, lui-même nommé par les nazis. On crée une force de police auxiliaire juive (*Ordnungsdienst*) pour maintenir l'ordre et appliquer les règlements. Bien accueillies à l'origine, ces structures joueront un rôle controversé au sein des ghettos. Tout en s'efforçant de rendre l'existence aussi supportable que possible, les *Judenräte* sont contraints de coopérer avec les nazis. La distinction entre coopération et collaboration placera les dirigeants juifs devant des dilemmes insurmontables. Entre mars 1942 et février 1943, lors de l'intensification du rythme des déportations vers l'« Est », les nazis formulent une exigence affolante : que les *Judenräte* dressent eux-mêmes les listes des déportés. Persuadés que c'est la mort, et non le travail, qui attend les Juifs « déplacés », certains préféreront se suicider plutôt que d'être complices des crimes nazis. Ce sera le cas d'Adam Czerniakow, du ghetto de Varsovie. D'autres, comme Chaim Rumkowski, au ghetto de Lodz, iront jusqu'à la collaboration pure et simple, arguant qu'ils essaient de sauver une partie de la communauté.

En dépit des conditions de survie épouvantables et de l'angoisse permanente, tous les Juifs ne renoncent pas à leur dignité, à leur humanité, devant les tentatives des nazis pour les humilier et les dégrader. Certains parviennent, avec les moyens dont ils disposent, à organiser des soupes populaires. On ouvre des écoles clandestines, on maintient la vie religieuse et les activités culturelles dans de nombreux ghettos. Des orphelinats voient le jour, le plus célèbre étant celui de Janusz Korczak dans le ghetto de Varsovie. Des historiens juifs constituent des archives secrètes, où la vie du ghetto est consignée pour la postérité : l'*Oneg Shabbat*, d'Emanuel Ringelblum, en est l'exemple le plus célèbre. Des habitants soumis à la terreur dans le ghetto de Kovno (Lituanie) ont rassemblé et enterré des archives considérables sur les crimes commis par les Allemands contre leur communauté. Des dizaines d'hommes, de femmes et d'enfants des ghettos de l'Europe entière ont décrit leur expérience dans des lettres, des journaux intimes et des dessins. Autant d'activités qui indiquent une résistance spirituelle d'une grande partie du peuple juif.

Rena Quint
Petite fille, Juive polonaise, ghetto de Piotrkow

Le ghetto fut créé en 1939, je crois que c'était le premier. Je me rappelle les gens qui s'étaient installés dans notre appartement, dans la zone du ghetto, je me rappelle aussi qu'il était bondé. Beaucoup étaient malades, d'autres étaient affamés et agonisaient. Le principal incident qui s'est gravé dans ma mémoire, à cette époque-là, date du jour où il y a eu une *Aktion* [rafle]. Je me rappelle les femmes qui hurlaient, les enfants qui pleuraient quand on les séparait de force pour les rassembler dans un grand bâtiment ; je sais maintenant que c'était la synagogue. Je me trouvais là, avec ma mère et mes frères. Si quelqu'un faisait le moindre geste, c'était une pluie de cris et de coups. Je me souviens de cette impression de désordre indescriptible. Il y avait une porte dans cette salle, et j'ai vu un homme de l'autre côté. Il m'a fait signe, en criant : « Cours ! Cours ! » J'étais très jeune, et naïve. Je ne sais pas comment une petite fille peut quitter sa mère. Je ne sais pas si c'est elle ou la main de Dieu qui m'a poussée, mais j'ai couru, couru vers cet homme. Je n'en ai aucune preuve, mais je crois qu'il s'agissait de mon oncle. Toute cette cargaison humaine a été expédiée à Treblinka.

Dès que je suis sortie de la synagogue en courant, l'homme m'a ramenée à mon père. Tout d'abord, celui-ci m'a cachée dans une cave. Le jour où cela devint impossible, il m'a coupé les cheveux, m'a donné un autre nom et m'a habillée en garçon. Chaque jour, j'allais avec lui travailler à la fabrique de verre. J'ai dû apprendre à penser et à me conduire en garçon. La fabrique était une ancienne usine polonaise réquisitionnée par les Allemands. Mon travail consistait à apporter de l'eau pour la fabrication du verre et à déplacer des bocaux. Nous travaillions tout le jour… des journées de quatorze heures. J'étais avec mon père et avec ces autres hommes que j'appelais « oncles ». Les gens qui nous surveillaient étaient des sadiques. Ils étaient là pour nous obliger à travailler un maximum.

Michael Etkind
Jeune Juif polonais, ghetto de Lodz

Au début de mars 1940, des affiches nous informèrent qu'un ghetto allait être constitué à Lodz. Mon oncle, un homme très entreprenant, alla dans le quartier du futur ghetto. Il trouva une grande pièce au deuxième étage d'un important ensemble d'appartements. Puis on nous informa que les Juifs qui vivaient dans les autres quartiers de la ville devraient s'installer dans le ghetto en avril. Quelques jours avant la date fixée, des soldats et des policiers allemands firent irruption dans des appartements des zones plus cossues de la ville et exécutèrent près de 200 personnes pour nous faire aller dans le ghetto au plus vite. Dès lors, on put voir des centaines de personnes se diriger vers le ghetto sur des traîneaux collectifs – le sol était encore enneigé – ou en poussant des charrettes à bras.

Mon oncle emménagea avec sa femme et ses deux enfants dans la grande pièce qu'il avait trouvée, bientôt rejoint par ma mère et ses trois enfants. Nous troquions un appartement de quatre ou cinq chambres contre une demi-pièce.

Le ghetto se situait dans le quartier le plus pauvre de Lodz, près du cimetière juif. Cela rappelait un peu l'East End londonien. Je dirais que la moitié de la population juive de la ville y vivait avant la guerre, et que l'autre moitié a dû s'y serrer, ce qui signifie que le quartier était surpeuplé. En outre, les gens devaient quitter les rues desservies par les trams. Une population de 250 000 personnes s'entassait donc dans un quartier prévu pour en accueillir 80 000.

Au début, la vie dans le ghetto apporta un relatif soulagement. On pouvait marcher dans la rue sans être terrorisé par un gosse polonais qui vous montrait du doigt en vous traitant de sale Juif, un membre des Jeunesses hitlériennes qui pouvait vous ordonner n'importe quoi, ou un soldat allemand qui vous embarquait, sans espoir de retour. Et puis les Juifs sont de grands optimistes. Lorsque la guerre éclata, tout le monde affirmait qu'elle serait finie au printemps 1940. Et quand on ouvrit le ghetto… « Ne vous inquiétez pas, attendons encore deux ou trois mois. » La rumeur affirmait que les Russes avaient parachuté leur armée à dix kilomètres de la ville et que la libération était une question de jours. Il y avait toujours quelqu'un pour entretenir l'espoir. D'où, au départ, une illusion de sécurité.

Roman Halter
Jeune Juif polonais, ghetto de Lodz

Quand nous sommes entrés dans le ghetto, en 1940, nous avons été les premiers à nous voir assigner un endroit. Il mesurait à peine trois mètres sur deux, et nous étions près de l'entrée de cette maison de bois : les autres familles devaient passer par « chez nous » pour entrer dans leur propre local. Mon père, qui avait plus de soixante ans, partit dans un foyer, ainsi que mon grand-père. C'était dur pour nous, car nous savions que c'était le début de la fin. Ma belle-sœur, qui vivait avec nous, parvint à nous trouver des rations de survie. Et la vie commença à s'organiser dans le ghetto de Lodz.

Nous n'avons pas tardé à perdre beaucoup de poids. Je rendais visite à mon père et à mon grand-père. Il était plus facile de parler à ce dernier, car mon père ressassait sans fin la pendaison de mon frère et la perte de sa famille. Il déplorait aussi d'avoir été arraché à la communauté ; il disait que nous étions tous des Polonais, chrétiens et juifs, puisque nous avions partagé notre existence dans cette petite ville de Chodecz.

Nous nous arrangions pour racler quelques fragments de nos maigres rations afin de les lui donner ; tout à coup, les gens de plus de soixante ans commençaient à recevoir des rations encore plus légères que les nôtres.

Andrew Bakowski
Petit garçon polonais, Varsovie

Les premiers indices ne sont apparus que lentement. À l'origine, nous ne savions pas ce qu'était le ghetto, personne n'en parlait en employant ce mot. Puis les choses ont changé. On a construit des murs autour du ghetto. La gare voyait passer de plus en plus de transports de Juifs. Au début, je ne savais pas trop que c'étaient des Juifs. Mais nous n'avons pas tardé à le savoir. C'est le genre de choses dont on ne parle pas avec ses parents, mais qui alimentent les discussions entre gosses. « Ce sont des Juifs... » Les trains arrivaient et de longues colonnes passaient devant chez nous, vers l'ouest de la ville. Puis ils bifurquaient vers le nord, dans le ghetto. Ils se déplaçaient calmement, en ordre. On les voyait de nos fenêtres, on pouvait entendre leurs conversations, on apercevait les gardes, peu nombreux, qui les accompagnaient. Certains portaient un insigne – l'étoile de David –, certains portaient l'uniforme, c'étaient des chauffeurs de bus ou des facteurs, des familles, des gens avec des valises. Ils s'arrêtaient de temps en temps pour laisser passer un tram. Puis ils entraient dans le ghetto.

Danny Falkner
Détenu, Juif polonais, ghetto de Varsovie

La communauté juive de Varsovie se composait surtout d'artisans. Il y avait aussi des hommes d'affaires et des ouvriers, mais c'étaient pour l'essentiel des artisans qui avaient joué un rôle important dans la vie économique de la Pologne. Ils étaient maintenant rassemblés dans le ghetto, et les Polonais étaient privés de leurs produits : cordonnerie et maroquinerie, ébénisterie, vêtements sur mesure. C'est pourquoi un double marché noir se développa : des matières premières étaient « importées » dans le ghetto tandis que des produits finis en étaient « exportés ». Ces activités permirent à des gens de subsister.

© IWM HU 6285

Le ghetto de Varsovie vu de l'extérieur.

Un marché dans le ghetto de Varsovie, été 1941.

Jerry Koenig
Enfant, Juif polonais, ghetto de Varsovie

Dans le ghetto de Varsovie, la situation était terrible. Il n'y avait ni eau, ni provisions, et l'hygiène était épouvantable. On ne pouvait pas se laver, les gens étaient affamés, et leur extrême faiblesse les rendait d'autant plus vulnérables aux maladies. C'était stupéfiant de voir ce qui arrive quand on n'a pas de quoi satisfaire ses besoins fondamentaux. Mon frère et moi étions dispensés d'aller à l'école, et nos seuls loisirs étaient nos promenades à pied. Incroyable, le nombre de cadavres que l'on voyait dans les rues ! De retour à la maison après une promenade, nous étions obligés de nous déshabiller entièrement pour chercher les poux, responsables du typhus et de la fièvre typhoïde. La seule façon de survivre était d'enrichir son régime avec des produits achetés au marché noir. Mais on savait que le prix serait très élevé, parce que le vendeur risquait sa vie pour nous fournir ces produits. Il était donc évident, dans la famille, que nos ressources financières n'allaient pas tarder à se tarir et que nous finirions par nous trouver dans la même situation que tout le monde autour de nous.

Roman Halter
Jeune Juif polonais, ghetto de Lodz

Au foyer, les résidents commencèrent très vite à mourir de faim. Mon grand-père se doutait qu'il ne supporterait pas cette existence. Un jour, alors que je lui rendais visite, je vis qu'il allait très mal, qu'il ne pouvait pas se tenir debout. Mais il avait l'esprit parfaitement clair.

« Tu sais qu'on assassine notre peuple. La vie dans le ghetto, ce n'est pas pour moi. Je suis assez âgé maintenant, tu ne dois pas être fâché. Je vais vous dire adieu. Veille à ce que je sois enterré dans les règles, et dis le *Kaddish* pour moi.

— Ne dis pas cela, grand-père.

— Non, écoute-moi. Rappelle-toi, quand tu étais petit, j'avais déjà cette montre à gousset. Je veux qu'elle te revienne, ainsi tu ne m'oublieras pas. »

C'était le genre de montre qu'on ouvre en pressant le couvercle. C'est alors que je lui racontai le massacre de mes amis, dans la ravine, à Chodecz.

« Quand tu auras survécu à tout cela, reprit-il – je dis bien “quand”, pas “si”… quand tu auras survécu, il faudra que tu racontes au monde exactement ce qui s'est passé, car c'est la première fois que de telles barbaries arrivent dans l'histoire, et les gens ne le croiront pas. »

Szmulek Gontarz
Jeune Juif polonais, ghetto de Lodz

C'était comme une vraie ville. Il fallait que le ghetto dispose de sa propre organisation, de sa propre police, de ses propres fonctionnaires et officiers, et le tout à l'avenant. Ils faisaient tourner les usines où nous travaillions, même si les produits étaient destinés aux Allemands. Tout cela exigeait une certaine organisation, et il y avait un Conseil juif, le *Judenrat*, pour s'en occuper.

Au début, ses membres étaient très solidaires des habitants, mais, comme l'expérience l'a prouvé dans maintes situations comparables, les gens changent. Ils étaient juifs, mais leur compassion avait disparu. On nous traitait très mal. On ne voyait plus les Allemands, qui restaient à l'extérieur du ghetto, on ne voyait plus que les nôtres, qui malmenaient leur propre peuple.

Janina David
Petite fille, Juive polonaise, ghetto de Varsovie

Les écoles étaient interdites, mais les parents organisaient des groupes d'élèves, quatre ou cinq à la fois, et nous ne manquions pas de professeurs. On se retrouvait chez l'un de nous une ou deux fois par semaine. Nous changions d'endroit chaque semaine, car, si nous étions pris, c'était la mort pour les enfants, les professeurs, les parents et pour tous les occupants de la maison. Nous n'avions que des cours de base, nous ne pouvions apprendre correctement la physique ou la chimie en l'absence de labos pour les travaux pratiques. Nous apprenions dans des manuels un peu désuets, imprimés avant la guerre, mais nous le faisions avec beaucoup d'enthousiasme. On apprenait les langues étrangères : latin, grec, allemand, français, anglais. Certains continuaient leurs études de haut niveau. Nous avions des professeurs d'université qui donnaient aussi des cours dans toutes les matières.

Abraham Zwirek
Jeune homme, Juif polonais, ghettos de Plock et de Suchedniow

On n'était pas censé pratiquer sa religion, mais les coutumes religieuses étaient devenues très fortes chez le peuple juif, même si elles restaient discrètes. Je crois qu'il y avait plus de gens pieux qu'avant la guerre. Moi y compris. Comme nous ne pouvions pas aller à la grande synagogue, il fallait organiser des prières dans divers foyers. Si vous n'aviez pas de rabbin, il y avait toujours des gens érudits – comme mon grand-père – pour conduire les prières comme il fallait, et les fidèles venaient en nombre. Un ou deux hommes restaient à l'extérieur pour guetter l'arrivée éventuelle des Allemands, puisque nous n'avions pas le droit de nous réunir pour prier.

Anna Bergman
Jeune femme, Juive tchèque, ghetto de Theresienstadt

Fin novembre 1941, un premier groupe d'hommes fut envoyé à Terezin pour construire le camp. C'était une ville de casernes, mais l'endroit avait été vidé de ses habitants non juifs. Il était réservé désormais aux Juifs et à l'administration allemande. Mon mari est parti en novembre, et je l'ai rejoint fin décembre. À notre arrivée, quatorze jeunes gens ont été pendus sans raison. Je crois que les nazis voulaient nous effrayer, nous faire comprendre qu'ils ne plaisantaient pas. Nous étions les premiers, des pionniers, en quelque sorte. Les Allemands nous ont promis – toujours très prudents dans leur manière de s'exprimer – que si des « transports » quittaient Terezin, nous serions autorisés à rester. Ils firent cette promesse aux premiers arrivants, un groupe âgé de dix-huit à trente-cinq ans, les jeunes gens les plus valides, et ils ont tenu parole pendant trois ans. Nous étions parmi les rares personnes qui n'avaient pas à s'inquiéter des transports.

Maria Ossowski
Jeune femme polonaise, Varsovie

Le drame des enfants qui sortaient du ghetto pour mendier leur nourriture tenait à ce qu'ils ne parlaient pas polonais. Ils venaient de villages isolés du fin fond de la Pologne et ne s'exprimaient qu'en yiddish. Il était donc très difficile de leur venir en aide. Un jour, un de ces gosses est apparu dans notre rue. Ma tante l'a fait entrer, lui a donné un bain – le pauvre petit était couvert de poux et de crasse –, elle l'a lavé et nourri. J'ai dû courir chez une de mes amies chercher des vêtements à sa taille, sans dire pourquoi j'en avais un besoin si urgent. Nous l'avons simplement remis à la rue avant le couvre-feu. Il n'y avait rien d'autre à faire. Il est parti dans la seule direction qu'il connaissait. Nous espérions le revoir, mais il n'est jamais revenu. La Pologne était le seul pays où aider un Juif était puni de mort, et le châtiment s'appliquait à vous et à votre famille.

Helen Stone
Jeune femme, Juive polonaise, ghetto de Kamionka

Nous nous sommes mariés le 1er janvier 1941. Afin que Bedzin soit *Judenrein* (« nettoyé » de ses Juifs), on nous envoya dans le ghetto de Kamionka, juste à l'extérieur de la ville. Nous fabriquions des uniformes pour les Allemands, dans une immense usine de couture. Nous possédions une carte prouvant que nous avions un emploi. Mon mari travaillait, lui aussi, il faisait quelque chose en rapport avec le bois, c'était dans ce domaine qu'il avait son entreprise. Je suis tombée enceinte. Si je n'avais pas avorté, l'enfant aurait été âgé de trois semaines quand je suis partie pour Auschwitz, et je ne serais pas ici pour vous parler, aujourd'hui.

Ruth Foster

Jeune femme, Juive allemande, ghetto de Riga

Lorsque nous sommes descendus du train, nous étions ankylosés. Nous pouvions à peine marcher, car il faisait – 20 °C et beaucoup d'entre nous étaient gelés. Il nous fallut abandonner nos bagages, dont on fit un grand tas. Le vent hurlait, la route était couverte de glace et de neige. On nous mit en rang par cinq, et on nous fit marcher jusqu'au ghetto de Riga. Des SS armés de fusils, avec des matraques et des grands chiens, nous pilotaient. Ils criaient dans des mégaphones : « Pour tous ceux qui ne peuvent pas marcher… les personnes âgées, les mères avec des enfants… pas besoin de continuer. Des camions vous attendent. Montez dedans, vous retrouverez très bientôt vos proches. »

Nous saurons plus tard que ces véhicules étaient des chambres à gaz mobiles : les gens y étaient gazés et conduits dans la forêt, où ils étaient enterrés sur-le-champ, alors que certains vivaient encore. Mais nous savions seulement que ces camions gris n'arrivaient jamais au camp. Un incident ignoble eut lieu durant le trajet. Devant nous, il y avait un jeune couple, qui habitait non loin de Lingen. Le père tenait son enfant par la main, sa femme tenait un plus petit dans ses bras. Un SS s'approcha d'eux et demanda au gamin :

« Tu veux un bonbon ?

— Oui, répondit le petit d'une voix timide.

— Alors ouvre la bouche », fit le SS.

L'enfant obtempéra, et l'Allemand lui tira une balle dans la bouche.

« Mon Dieu, s'écria mon père, qu'est-ce qui nous attend, là-bas ? »

Ezra Jurmann
Jeune Juif allemand, ghetto de Riga

À notre arrivée au ghetto, on nous conduisit vers des maisons qui, visiblement, avaient été abandonnées à la hâte. Tout était sens dessus dessous, elles étaient désertes et n'avaient pas été chauffées. On trouva dans un garde-manger une marmite de pommes de terre durcies par le gel. On avait jeté par terre, un peu partout, des plats, des poêles, des assiettes. Le chaos absolu. C'était de mauvais augure. Quelqu'un avait écrit sur un mur : « Adieu, maman ». Ma mère le vit sans doute, mais elle n'en montra rien. Elle se mit à nettoyer la maison, frotta le sol, trouva du bois et alluma le feu dans la cuisinière. M. et Mme Levi et une autre femme devaient partager les lieux avec ma mère, mon frère et moi. Ma mère lava le sol, nettoya, mit de l'ordre, installa ce qui pouvait passer pour des lits. Il y avait des couvertures et des matelas en désordre dans la maison. « Des Lettons vivaient ici », nous informa la jeune femme qui nous aidait avec nos bagages et nous avait amenés là. Elle n'avait pas dit des « Juifs », mais des « Lettons ». Je me suis vaguement demandé, un instant, ce qui était arrivé à ces Lettons, où ils étaient maintenant.

Ruth Foster
Jeune femme, Juive allemande, ghetto de Riga

Nous apprîmes plus tard que, trois jours avant notre arrivée, ils avaient assassiné 30 000 Juifs lettons regroupés dans le ghetto, originaires de Riga et des villes voisines. Ils les avaient conduits dans une forêt des environs, après que les prisonniers russes y eurent creusé des fosses communes. Les Juifs avaient dû se déshabiller complètement, arranger proprement leurs vêtements. Puis on les avait amenés au bord des fosses, où ils s'étaient bientôt écroulés, fauchés par les mitrailleuses. À notre arrivée dans le ghetto de Riga, nous occupions les maisons d'où ces pauvres gens avaient été chassés pour être assassinés.

Margie Oppenheimer
Jeune femme, Juive allemande, ghetto de Riga

C'est en décembre 1941 que j'ai été déportée de ma ville natale d'Oelde, en Allemagne, vers le ghetto de Riga, en Lettonie. Nous sommes arrivés le 15 décembre. Au début, j'ai travaillé comme infirmière. C'était très difficile, parce que nous n'avions rien à donner aux patients. Pas de médicaments, pas de pansements, rien. Et la plupart étaient gelés. Ils perdaient des doigts et des orteils. Je me rappelle par exemple un gamin de neuf ans. Tous ses orteils étaient noirs à cause de la gangrène. Je les ai coupés avec des ciseaux. Il n'a rien senti, et il s'en est tiré. Une autre fois, une femme, avec la gangrène jusqu'aux genoux... Elle était mourante. J'appelai le médecin. Puis je suis partie d'un fou rire hystérique, incapable de me contrôler. Une réaction que j'avais du mal à comprendre. C'est cette nuit-là que j'ai décidé que je ne serais plus jamais infirmière.

Ezra Jurmann
Jeune Juif allemand, ghetto de Riga

Nous avons dormi, la première nuit. Nous étions épuisés. Au moins avions-nous de l'eau, désormais. Il y avait parfois un point de distribution, et nous recevions une tranche de pain et de la margarine. De temps en temps, nous avions quelques feuilles de chou. Les feuilles extérieures. À la fin du printemps, c'étaient parfois de la rhubarbe et des têtes de poisson. Quoi d'autre ? Une poignée de farine de blé noir ou de ce gruau qu'on appelle *kasha*. La nourriture était vraiment insuffisante, surtout si l'on considère le froid et le travail qu'il fallait accomplir.

Il fallait sortir, mais on était de plus en plus faibles, on bougeait de plus en plus lentement. La faim provoquait certains maux, comme l'œdème pulmonaire – les jambes gonflées, l'eau dans les chevilles… Avec de la chance, la pneumonie se déclarait et vous emportait.

Kitty Hart-Moxon
Jeune femme, Juive polonaise, ghetto de Lublin

Le surpeuplement, dans le ghetto de Lublin, était terrible. En 1942, les Allemands y amenèrent des milliers de personnes d'autres pays : des gens qui ne parlaient pas polonais, qui étaient incapables de communiquer avec la population locale et n'avaient aucun point de chute. Du moins parlions-nous polonais, et nous nous arrangions, car mon père possédait encore quelques objets que nous pouvions troquer. Mais les déportés venus des autres pays ne pouvaient en faire autant. Ils n'avaient aucun moyen de gagner leur vie ou de trouver de la nourriture. À maintes reprises, je me suis fait prendre alors que j'étais en quête de provisions. La plupart du temps, j'avais été dénoncée par des Polonais. Les Allemands n'étaient pas capables d'identifier les Juifs, mais les Polonais s'empressaient de le faire à leur place. Quand j'allais chercher à manger du côté « aryen », en essayant de troquer des biens que mon père m'avait confiés (peut-être avait-il encore quelques bijoux que je devais vendre), c'étaient les Polonais qui s'exclamaient : « Une Juive ! Oh, vite, voilà une patrouille, on ferait mieux de la dénoncer. » Très souvent, on me livrait donc à la patrouille. On me passait à tabac avant de me ramener brutalement au ghetto sans me laisser rapporter quoi que ce soit... Ou bien on me conduisait au quartier général allemand, où j'étais condamnée à récurer les sols.

La période du ghetto se caractérise par une peur effroyable. Mais on finissait par s'habituer à la peur. On profitait des occasions, on devenait téméraire. J'ai assisté à de nombreuses exécutions, dans le ghetto, le plus souvent pendant les rafles. Les gens étaient précipités par les fenêtres et ceux qui résistaient étaient tués d'une balle, ou bien à coups de crosse. Ils mouraient avant même d'embarquer sur les camions.

Halina Kahn
Jeune femme, Juive polonaise, ghetto de Lodz

Comme je n'avais pas l'air « juif », j'allais souvent au marché noir. Je décrochais l'étoile jaune de mon manteau et j'entrais dans les magasins en criant : « Heil Hitler ! » Un dimanche matin, j'achetai cinq ou six kilos de pommes de terre. Dans le tram, je les posai à mes pieds. Quand le contrôleur s'approcha de moi, je sortis de ma poche l'argent du voyage et l'étoile tomba par terre. Un garçon des Jeunesses hitlériennes se tenait à côté de moi. Il posa sa botte sur l'étoile pour que le contrôleur ne la voie pas. Après le départ du contrôleur, il me la rendit. J'étais stupéfaite. Un membre des Jeunesses hitlériennes m'avait sauvé la vie !

Daniella Hausman
Jeune femme polonaise, Varsovie

Quand les Allemands firent des descentes dans notre pâté de maisons, pour expulser les familles juives, nous avons compris ce qui se passait. Nous savions ce qu'était le ghetto, qui n'était pas très loin de chez nous. Nous avions l'habitude de les voir sortir du ghetto pour aller au travail, chaque matin, encadrés par les Allemands. Il était interdit de s'approcher de la colonne juive, mais on essayait de leur lancer des colis de nourriture. J'étais triste pour eux. De la fenêtre de l'appartement, je voyais l'entrée du ghetto. Un jour, je reconnus des Juifs qui avaient habité auparavant dans notre quartier. D'autres personnes les reconnurent aussi, et tout le monde descendit pour essayer de leur parler. Ils avaient vraiment mauvaise mine, ils étaient très amaigris. Tous, nous nous efforçâmes de leur donner de la nourriture ou des vêtements.

Martin Parker
Détenu, Juif polonais, ghetto de Varsovie

Autour de nous, il y avait de tout. Des centaines de personnes allaient au hasard des rues et mendiaient. Certaines étaient vêtues de haillons. Deux sœurs erraient en chantant des airs que j'étais très étonné d'entendre, dont un extrait des *Contes d'Hoffmann*. Des musiciens professionnels, des gens qui jouaient de la grande musique, traînaient dans les rues et mendiaient leur subsistance. Les gens leur jetaient des pièces par les fenêtres pour qu'ils puissent s'acheter à manger.

Je m'inquiétais en permanence pour ma famille, mais ils ne sortaient jamais de la maison. Et quand la famine s'est répandue, ma femme – comme d'autres, qui en avaient les moyens – prépara des repas, à la maison, pour les affamés. Elle les servait chaque jour entre deux et trois heures. Ils faisaient souvent le pied de grue depuis une heure. C'était leur seul repas de la journée. Les gens partageaient, il y avait une sorte de comité qui collectait de la nourriture chez ceux qui pouvaient donner quelque chose. Par bonheur, nous avions des vivres à distribuer, un peu de ci, un peu de ça, du charbon et des pommes de terre.

© IWM HU 60665, avec la permission de Mme Betty Scharf pour les Archives du Dr R. F. Scharf

Trois déportés dans une rue
du ghetto de Varsovie, été 1941.

Jerry Koenig
Enfant, Juif polonais, ghetto de Varsovie

Un des biens les plus importants de ma famille était une ferme, assez grande selon les critères polonais, près de la petite ville de Kosow. Papa s'était lié d'amitié avec une famille de paysans du voisinage, les Zylberman. Lorsque nous étions dans le ghetto de Varsovie, papa correspondait avec Mme Zylberman. « Je ne comprends pas pourquoi ça va si mal, disait M. Zylberman. La situation est normale, ici. » Il suggérait que nous nous enfuyions pour aller chez lui, vivre avec eux et peut-être donner un coup de main aux travaux de la ferme.

Un tramway traversait le ghetto. La règle voulait que les passagers en descendent lorsqu'il entrait dans le ghetto. Tant qu'il se déplaçait à l'intérieur, rien ne nous empêchait d'y monter si nous avions de quoi payer le billet. Mais tout le monde devait redescendre avant qu'il ne franchisse les limites du ghetto. Nous connaissions quelqu'un qui avait les contacts nécessaires. Nous lui donnâmes un pot-de-vin, et il nous fit monter dans le tramway. Au bon moment, on fit disparaître les brassards qui faisaient de nous des Juifs, tout le monde regarda ailleurs, et soudain nous étions de l'autre côté. Nous allâmes à Kosow, en partie à pied, en partie par le train. À notre arrivée, nous comprîmes que M. Zylberman n'avait pas exagéré. C'était une excellente surprise pour nous tous : tout était absolument normal, là-bas. Nous ne le savions pas encore, mais un minuscule village des environs avait été choisi pour abriter un camp de la mort. Il s'appelait Treblinka.

Stanley Faull
Jeune juif polonais, ghetto de Varsovie

La solution la plus simple était de se présenter à la gare, pour avoir le travail promis à l'Est, et de se dire : « Nous aurons du pain, du travail, nous resterons ensemble, la famille restera réunie, et si nous devons participer à l'effort de guerre, eh bien participons, au moins nous survivrons. » Des dizaines de milliers de personnes y sont allées, et on n'a plus jamais entendu parler d'elles.

Le « travail » n'était pas un travail, c'était l'extermination. Ils partaient pour Treblinka et autres. En 1942, quelques déportés ont pu s'évader de ces camps, et ils sont revenus nous raconter ce qu'ils avaient vu. Les aînés de la communauté écoutèrent leur histoire et répondirent : « C'est incroyable. Nous ne pouvons pas imaginer qu'une race aussi cultivée que les Allemands ait décidé de gazer les gens pour les brûler. Ce n'est pas *possible*. »

Je les écoutais – j'avais une douzaine d'années à l'époque – et aujourd'hui encore je les revois. J'avais l'impression qu'ils nous racontaient cette histoire pour nous effrayer, tellement ces choses-là paraissaient inhumaines. Les entasser dans des wagons à bestiaux, les trier, leur prendre leurs vêtements, les gazer et puis les brûler ! En

1942, la vérité était inimaginable. « Quoi qu'il en soit, répétait mon père, même s'ils disent vrai, nous resterons ici aussi longtemps que possible. »

Des trams traversaient le ghetto de Varsovie.
Hors du ghetto, ils étaient interdits aux Juifs.

Barbara Stimler

Jeune femme, Juive polonaise, ghetto de Lodz

Je suis parvenue à trouver une chambre pour ma mère et moi, et je lui ai procuré du travail aux cuisines. Ainsi, elle aurait droit à la soupe ; seuls ceux qui travaillaient étaient nourris.

Elle est soudain tombée malade. Elle s'est mise à gonfler, à cause de la malnutrition, ses jambes lui faisaient mal, elle pouvait à peine marcher, elle avait des douleurs affreuses au côté. On l'a conduite à l'hôpital. Quand elle en est sortie, elle était paralysée d'un côté. C'est là que mes ennuis ont commencé : elle avait des vers dans une jambe, qui était maigre à faire peur. Un jour, ils ont bouclé la rue (pour les rafles avant la déportation), mais je pouvais passer grâce à mon uniforme d'infirmière. Vous savez ce que j'ai fait en partant pour le travail ? J'ai pris ma mère dans mes bras, je l'ai déposée dans un trou dans le jardin en priant Dieu qu'elle y soit encore à mon retour. Elle était là, Dieu merci, et je l'ai ramenée. Je devais la laisser dans la chambre quand j'allais travailler. J'y installais deux chaises, posais un bassin hygiénique sur l'une, quelque chose à manger sur l'autre, car j'étais au travail toute la journée. À l'hôpital, les gens étaient gentils, ils m'ont donné le bassin, et ils m'offraient un peu de soupe pour ma mère quand je rentrais chez moi.

Michael Etkind
Jeune Juif polonais, ghetto de Lodz

J'ai fini par travailler au bureau de poste, comme facteur. Dans le ghetto, un uniforme présentait toujours des avantages. À la fin de 1941, de plus en plus de gens sans travail étaient expulsés. Ils recevaient des notifications, on leur coupait les vivres et on leur ordonnait de se rendre à la gare, où ils devaient s'entasser dans des wagons à bestiaux. Personne ne savait exactement ce qui se passait, mais personne ne voulait être expulsé du ghetto. En tant que facteur, j'étais un de ceux qui leur délivraient ces notifications. On nous appelait les *Malchamoves* – l'Ange de la mort biblique.

Le travail n'avait rien d'agréable. Quand on leur apportait les notifications, ils éclataient en sanglots. Il s'agissait des personnes qui ne pouvaient pas travailler : trop vieux, trop jeunes ou simplement inaptes parce que la faim les avait affaiblis. On apercevait parfois une savonnette avec les lettres « RIF ». La blague qui circulait dans le ghetto voulait que ce soit l'acronyme de « Véritable Graisse Juive » en yiddish. Les Juifs seraient déportés et transformés en savon. Ces blagues firent leur apparition en 1941, début 1942. Ce qui veut dire qu'à l'époque les rumeurs d'extermination circulaient déjà.

Roman Halter
Jeune Juif polonais, ghetto de Lodz

Au printemps de 1942, on procéda à une sélection, à l'issue de laquelle les malades, les sans-emploi et les jeunes devaient être déportés. Le ghetto était divisé en deux zones contrôlées par les SS et la police juive. Nous formions une file et les SS passaient devant nous en jetant des « À droite ! », « À gauche ! ». La femme du médecin de notre ville, qui m'avait envoyé à l'hôpital me faire opérer de l'appendicite, vivait dans notre zone. C'était une grande dame. Elle avait sa fillette avec elle. Le SS qui faisait la sélection la fit sortir du rang. La femme se dirigea vers lui. « Je n'ai plus qu'elle au monde. Je vous en prie, épargnez mon enfant. » Comme le SS la repoussait, elle ajouta : « Dans ce cas, prenez-moi aussi. » Il la repoussa de nouveau sur le côté. Elle arracha son corsage et, exposant sa poitrine, elle s'écria : « Alors tuez-moi ! » Il sortit son pistolet et la tua sur-le-champ. La fillette hurlait. Sa mère gisait sur le sol, baignant dans son sang. Soudain, le SS en eut assez et il fallut interrompre la sélection.

Un autre prit le relais. Ma mère et moi avons été embarqués sur l'une des charrettes. Ma mère avait les jambes très gonflées, presque jusqu'aux pieds, et elle avait beaucoup de mal à marcher. « Tu dois te sauver », me dit-elle lorsque nous fûmes sur la charrette. Elle m'expliqua que, lorsque nous passerions le coin, elle me dirait à quel endroit sauter. Je devais ôter mes sabots de bois et courir en zigzag. Il n'y avait pas à reculer : elle me parlait comme si nous étions seuls sur cette charrette surchargée. Elle ajouta quelque chose comme : « Que Dieu te protège ! » Nous passâmes le coin. « Même s'ils hurlent, même s'ils tirent, ne t'arrête pas ! »

Tout au bout de l'allée, il y avait des latrines en bois. Je passai sous la voûte en courant en zigzag et parvins à la clôture. De l'autre côté, c'était la brigade de pompiers juifs : le début d'une autre zone. Je bondis et me collai contre la clôture comme ma mère me l'avait dit. Lorsque les hommes de la police juive arrivèrent en courant, ils crurent que j'avais sauté dans la fange, sous les latrines. Ils soulevèrent le couvercle et tirèrent quelques coups de feu à l'intérieur. Je m'allongeai tout contre la clôture, de l'autre côté. Au bout d'un moment, j'allai chez les pompiers et leur expliquai que je m'étais échappé.

« Je vous en supplie, ne me trahissez pas.

— Très bien, tu peux rester ici jusqu'à la nuit. »

Quand je rentrai à l'endroit où nous habitions, l'édredon se trouvait encore sur le lit. Je me suis glissé en dessous et j'ai dormi très longtemps.

Martin Parker

Détenu, Juif polonais, ghetto de Varsovie

En juillet 1942, au début des grandes déportations, ils ordonnèrent à la police juive de rassembler chaque jour 6 000 personnes qui partiraient « pour l'Est ». S'ils n'amenaient pas le nombre demandé, on irait chercher leurs parents et amis. Ces policiers devinrent impitoyables. Ils venaient avec des carrioles tirées par des chevaux, bouclaient les maisons une par une, et tout le monde devait descendre. Ils allaient de porte en porte, faire sortir les gens. Personne ne les aimait. Nous savions que c'étaient des traîtres, nous les détestions parce qu'ils collaboraient avec les Allemands. Pour rien au monde je n'aurais fait comme eux. Ils travaillaient parce qu'ils croyaient sauver leur vie et celle de leurs familles, et obtenir des bons de nourriture. Plus tard, quand il leur fut difficile d'atteindre les quantités demandées, ils enfonçaient les portes, tiraient les habitants et les poussaient dans les escaliers, vers les charrettes qui les attendaient en bas.

Edyta Klein-Smith
Petite fille, Juive polonaise, ghetto de Varsovie

À l'époque où se multipliaient les rafles de sélection, en 1942, ils s'efforçaient d'arrêter les gens qui se hâtaient de rentrer chez eux après le travail. Ce jour-là, alors que nous courions, nous comprîmes que nous ne parviendrions pas à notre maison. Mon beau-père se souvint que quelqu'un avait aménagé une cache dans un immeuble du quartier. Nous nous sommes précipités dans l'immeuble en question. La cache était toute petite, et elle était déjà bondée, mais nos cousins étaient là et ils nous ont fait entrer. La cloison s'ajustait si parfaitement qu'on ne pouvait rien voir de l'extérieur. Les Allemands couraient en tous sens dans l'immeuble, hurlant et cognant contre les portes. Une femme tenait un bébé, qui s'est mis à pleurer. Personne ne dit mot. La femme elle-même ne prononça pas un mot, elle se contenta d'étouffer les cris du bébé. Ce n'est qu'après la fin de l'alerte, lorsqu'on ouvrit la cloison, que je réalisai qu'elle l'avait tué. Elle nous regarda simplement et s'en alla.

Danny Falkner
Déporté, Juif polonais, ghetto de Varsovie

À l'époque, je me cachais dans une cave, dans une rue menant à l'Umschlagplatz, la grande place d'où partaient les déportés de Treblinka. C'était une chaude journée d'été. Korczak marchait en tête d'un groupe d'enfants, peut-être cent ou deux cents, en direction de l'Umschlagplatz.

Médecin de profession, Korczak ne voulait pas pratiquer la médecine normalement en ne soignant que ceux qui pouvaient le payer. Il voulait donner à la société ce dont, selon lui, elle avait besoin. Il était devenu le directeur d'un orphelinat juif, puis d'un orphelinat mixte accueillant des enfants juifs et non juifs. Dans le ghetto, faute d'argent, il avait beaucoup de mal à maintenir son orphelinat en activité, mais il avait pris l'habitude de circuler, muni d'un sac, et de collecter de la nourriture pour les orphelins. Il était célèbre dans les milieux scientifiques et universitaires, il avait rédigé de nombreux articles sur l'éducation des enfants et la pédiatrie. On m'a raconté que les Allemands l'avaient intercepté avant qu'il n'arrive à l'Umschlagplatz. Ils lui ont dit qu'il pouvait avoir la vie sauve, mais que les enfants devaient partir. Il avait refusé leur proposition : « Là où vont mes enfants, j'irai avec eux. » Il est mort à Treblinka.

Christabel Bielenberg
Femme anglo-irlandaise, Dahlem, Berlin

Je me trouvais à Berlin après la naissance de Christopher, mon bébé. Nous dînions ce soir-là avec une très bonne amie à moi. Un ami hollandais, directeur d'Unilever, à l'époque, devait se joindre à nous. Il arriva très en retard. « Avant de m'asseoir, nous dit-il, je veux vous raconter quelque chose. » De retour d'un voyage dans l'Est, il était passé par la Tchécoslovaquie. Lors d'un arrêt en gare, il était descendu sur le quai pour se dégourdir les jambes. Il avait été interpellé par deux SS. Avant de remonter dans son train, il avait remarqué un autre convoi, sur le quai voisin : un train à bestiaux. Et il avait vu des mains d'enfants tendues entre les planches des wagons. Je me rappelle le silence consterné qui s'est abattu sur nous. Nous étions incapables de manger quoi que ce soit.

Michael Etkind
Jeune Juif polonais, ghetto de Lodz

Mon insigne et ma casquette de facteur me permettaient d'aller où bon me semblait, et j'ai pu observer les sélections. J'assistai plusieurs fois à des scènes terribles où Fucks, le chef de la Gestapo, jouait un rôle actif. Je me souviens de cette maison… Tous les occupants descendirent pour la sélection. Les jeunes avaient moins peur. L'un d'eux s'avança, presque certain qu'il ne serait pas choisi pour la déportation. Fucks dégaina son revolver et lui ordonna de s'agenouiller. À vingt mètres de là, j'ai vu clairement toute la scène. Le jeune homme s'est mis à genoux. Fucks a fait mine d'hésiter et a dit lentement, tenant toujours son revolver : « Lève-toi, tourne-toi, remets-toi à genoux. » Et il a commencé à compter : « Un, deux, trois… », puis il s'est éloigné. Il ne l'a pas tué. Il se contentait de jouer avec lui. Plus tard, après le crépuscule, alors que les sélections du jour étaient finies, nous sommes allés voir le jeune homme. Il était au lit. Ce garçon en pleine santé, jeune, tremblait encore, terrifié.

© USHMM 50328

Déportation d'enfants du ghetto de Lodz, septembre 1942.

Esther Brunstein
Jeune femme, Juive polonaise, ghetto de Lodz

Nous avons vu les Allemands avec leurs gros camions. Tout le monde hurlait, autour de moi, car tout le monde avait quelqu'un là-bas : une mère, un père. J'ai vu de mes propres yeux qu'on jetait des nouveau-nés par les fenêtres, vers les gros camions. Du deuxième ou du troisième étage. On les jetait, tout simplement. Nous pouvions voir le sang jaillir, et les Allemands qui riaient.

Roman Halter
Jeune Juif polonais, ghetto de Lodz

À un moment donné, les SS vinrent informer Rumkowski [le chef du Conseil juif] qu'il devait leur fournir tel nombre d'enfants. Rumkowski convoqua une assemblée à laquelle nous devions assister. Il vint sur la place de Lodz et déclara : « Je vous supplie de me donner vos enfants. Ils l'exigent. Si vous voulez survivre, vous devez donner vos enfants. » Ce sont les mots qu'il a prononcés. Je me suis dit que ce discours était intolérable. À un certain moment, il faut répondre : « Non, je ne le ferai pas. Non, je ne le dirai pas. »

Michael Etkind
Jeune Juif polonais, ghetto de Lodz

Certains en voulurent à Rumkowski pour le rôle qu'il avait joué dans le ghetto, mais beaucoup pensèrent le contraire. S'il avait survécu, il aurait été assassiné après la guerre. En l'occurrence, il a été assassiné à Auschwitz. Mais grâce à lui, indirectement, beaucoup de gens ont survécu dans le ghetto de Lodz plus longtemps que dans n'importe quel autre. Non pas ceux qu'il aurait voulu voir survivre – lui-même, sa famille, ses amis –, mais des gens comme moi. Certes, il collaborait. Mais auriez-vous accusé de collaboration les soldats britanniques qui construisaient le pont sur la rivière Kwaï ? Tous ceux dont il écrivait le nom sur les listes de déportation, au motif qu'ils ne travaillaient pas, le haïssaient.

Mais tous ceux qui ont survécu grâce à cet homme lui en sont reconnaissants.

Czerniakow, dans le ghetto de Varsovie, se trouvait dans la même situation, et quand le dernier délai pour les déportations de masse est arrivé, plus ou moins au moment où le ghetto de Varsovie a été liquidé, il s'est empoisonné. Que penser d'un capitaine qui, au moment où son navire coule, avale du poison et saute par-dessus bord ? Il est *impossible* de juger.

Halina Sand (fille de Martin Parker)
Petite fille, Juive polonaise, ghetto de Varsovie

Depuis qu'on leur avait dit qu'on prenait les enfants, mes parents étaient désespérés. J'avais peur. Ils essayèrent un moment de me cacher, en me poussant sur l'une des charrettes à bras et en empilant les bagages au-dessus de moi. Je me rappelle qu'il faisait chaud ce jour-là, c'était en septembre 1942, mes vêtements trempés de sueur me collaient à la peau. Quand ils commencèrent à fouiller les carrioles, mon père me fit descendre. Les Allemands les obligèrent à se mettre en rang dans la rue pavée. Tout le monde devait s'agenouiller, en rang par quatre. Il est très difficile de rester à genoux sur les pavés. Ma mère me garda près d'elle et m'enveloppa dans son manteau, qu'elle posa comme un paquet. Les personnes qui se trouvaient à côté se plaignirent. « Vous ne pourrez jamais la cacher, et ils vont emmener toute la rangée ! » J'ignore combien de temps cela a duré. Ça me semblait interminable. Je savais que ma mère était là, à côté de moi, mais mon père était dans une autre rangée. Ils remontaient la colonne, un rang après l'autre, et faisaient sortir toutes les femmes qui leur semblaient inaptes au travail. Et on ne les reverrait jamais. La plupart des enfants avaient déjà été pris. J'étais presque... je devais être la dernière. Je ne voyais pas ce qui se passait, parce que j'étais enveloppée dans le manteau. Ce que je vous raconte maintenant, c'est ce que ma mère m'a dit par la suite, pas ce que j'ai vu de mes yeux.

Les Allemands passaient d'un rang à l'autre et les examinaient l'un après l'autre. Et toute personne qu'ils jugeaient trop faible pour rester en vie était arrachée à la colonne, non sans avoir reçu au visage quelques coups de leurs énormes matraques. Mon père, qui les voyait approcher, à quelques rangs derrière nous, m'a dit que s'il avait vu frapper ma mère, il se serait jeté sur l'Allemand responsable. Cela aurait été la fin pour nous tous. Mais cela ne se passa pas comme cela, j'ignore pourquoi. Peut-être avait-elle bonne mine ce jour-là. Elle portait sur le dos un sac très lourd. Les Allemands passèrent devant elle sans lui prêter attention. Ceux qui se trouvaient juste devant elle et juste derrière furent tirés hors du rang. Puis tout le monde reçut l'ordre d'avancer et de combler les trous qui s'étaient formés dans la colonne. Ma mère avança, toujours à genoux. Ce faisant, elle heurta le manteau, qui se déplia, et je tombai. Je m'en souviens parfaitement, à cause de la lumière qui m'aveugla.

Cela ne dura qu'une seconde. Quelques instants plus tard, elle m'avait de nouveau enveloppée dans le manteau. Elle me raconta qu'un Allemand se trouvait là, juste à côté d'elle, et elle ne comprend toujours pas pourquoi il ne m'a pas repérée, car j'étais parfaitement visible.

Ils reçurent enfin l'ordre de se relever et de retourner chez eux, dans le ghetto. Je ne pouvais plus être un paquet, maintenant que j'étais debout. Ma mère me jeta son manteau sur la tête, d'autres personnes y ajoutèrent le leur, et ils me poussèrent en avant. J'étais devenue une sorte de colis sur pied. Ils refermèrent les rangs derrière moi, sur le chemin du retour vers le ghetto. Mon père réapparut soudain. Nous avons regagné notre appartement vide. Mon père, je m'en souviens, s'assit sur le lit sans draps et se mit à pleurer. C'est la seule fois de ma vie où je l'ai vu pleurer. Et quand je dis pleurer… il émettait des sanglots affreux, sans larmes. Je ne l'oublierai jamais.

Adam Adams
Jeune Juif polonais, ghetto de Lublin

Généralement, les *Aktionen* (les rafles pour la déportation) avaient lieu la nuit. Nous avions une cachette, derrière l'armoire, où nous nous serrions pour la nuit. Ils entraient dans la pièce, hurlant et tirant des coups de feu, il y avait des flammes dans tous les sens. Je ne puis vous décrire cela. Imaginez une nuit d'hiver, vous entendez soudain du bruit, des voix, des coups de feu, il règne une peur indescriptible, on se met à courir en tous sens, tout le monde se bouscule. Dans une telle situation, l'être humain est emporté par son instinct de survie. Vous ne regardez pas ce que vous faites, vous courez, peut-être marchez-vous sur des gens, mais vous vous en fichez. Et le plus horrible, c'est que vous renoncez à votre dignité humaine.

Michael Etkind
Jeune Juif polonais, ghetto de Lodz

Vers 1942, on créa le camp pour les Tsiganes à la limite du ghetto. Je pense qu'on en incarcéra près de 5 000. C'était l'hiver, il faisait très froid. Ils choisirent un groupe d'appartements, dont ils brisèrent toutes les fenêtres pour que les Tsiganes crèvent de froid. Un des postiers, qui passait devant en allant au cimetière, vit ce qui se passait. D'abord, on les affama. Plus tard, les hommes de la *Kripo* [la Police criminelle,

Déportés juifs du ghetto de Lodz
sur le chemin du camp de la mort de Chelmno.

branche de la police allemande] entrèrent et les tuèrent, parfois à l'arme blanche. Ce faisant, ils obligèrent certains Tsiganes à jouer du violon. Le postier nous raconta des histoires horribles pendant les deux ou trois semaines que durèrent les massacres. Puis les cochers juifs durent aller chercher les cadavres avec leurs carrioles et les porter au cimetière, où on les enterrait dans des fosses communes. Des hommes, des femmes et des enfants, morts de faim ou de froid, assassinés, plusieurs centaines de cadavres chaque jour. Un jour – les Allemands étaient de garde entre le ghetto et le camp des Tsiganes –, l'un d'eux jeta un bébé enveloppé dans une couverture. Ce garde lui donna des coups de pied comme dans un ballon de football, jusqu'à ce qu'il reste accroché aux barbelés.

Ruth Foster

Jeune femme, Juive allemande, ghetto de Riga

Si nous étions détenus dans le ghetto, nous étions en famille, entre amis, avec des cousins et des oncles qui avaient été déportés, eux aussi. Mon père rencontra nombre d'amis qu'il n'avait pas vus depuis longtemps. Que pouvions-nous faire ? Nous ne faisions presque rien, nous n'avions pas envie de nous amuscr, nous ne pouvions pas danser, ni rien. Nous allions travailler, nous étions heureux de recevoir un morceau de pain. Nous restions enfermés entre nos quatre murs, car le *Kommandant* faisait des rondes dans les rues, et quand il voyait des Juifs en train de se promener, il les emmenait au vieux cimetière juif de Riga et les tuait sans autre forme de procès.

Mon père connut le sort de ces pauvres gens. Il travaillait pour les SS (il sciait du bois), place de Washington, à Riga. Un jour, un soldat allemand originaire de notre ville l'aperçoit.

« Qu'est-ce que tu fais ici, Wilhelm ?

— Apporte-moi du pain ! »

Le soldat lui en apporta. Le soir même, sur le chemin du retour au ghetto, le groupe de mon père fut contrôlé par une patrouille. Un garçon qui travaillait dans les cuisines des SS avait pris quelques épluchures de pommes de terre pour que sa mère essaie d'en faire quelque chose. Un autre ami de mon père avait reçu un sandwich d'un soldat. Tout cela fut découvert lors du contrôle. On les emmena, menottes aux poignets. La police juive vint à notre logement : ma mère et moi devions aller à l'*Appellplatz*, où quantité de gens étaient déjà rassemblés. On dut se mettre au premier rang. Les trois hommes menottés furent amenés devant nous, à cinq ou dix mètres de distance. Le *Kommandant* passa derrière eux et les tua à bout portant avec son revolver. Ils sont morts sous nos yeux. Telle fut la fin de mon père.

Ryvka « Rcnc » Salt

Petite fille, Juive polonaise, ghetto de Zdunska Wola

Le vrai cauchemar commença un matin d'août 1942, très tôt. Nous avons été réveillés par des hurlements : « Tous les Juifs dehors ! Dans la rue ! » Il fallut s'habiller à toute vitesse. La rumeur prétendait qu'ils tuaient les vieux et les enfants. Persuadés que nous allions revenir, nous avons caché au grenier nos grands-parents et notre cousin, âgé de trois ans. Les rues étaient déjà pleines de monde. Nous avons suivi le mouvement. Quand tout le monde fut rassemblé, ils nous ordonnèrent de nous asseoir. Puis une voix dans les haut-parleurs enjoignit aux parents de leur donner les enfants de moins de dix-huit ans. Quiconque n'a pas assisté à la scène est incapable d'imaginer les cris des mères. « Dieu tout-puissant, aide-nous ! » On vit les enfants courir vers les officiers, les plus grands tenant les petits par la main. Pendant tout ce temps, ma mère essayait de nous dissimuler, ma sœur cadette d'un côté et moi de l'autre. Ils ne tardèrent pas à s'emparer de ma sœur, non sans battre violemment ma mère. Ma sœur, qui avait dix ans, dit à l'officier : « Ne la battez pas, je vous en prie. Ce n'est pas ma mère. » On me raconta plus tard qu'elle partit en courant, le visage baigné de larmes.

Quand ils eurent emmené tous les enfants, ils nous mirent en rang par cinq, et nous partîmes vers le cimetière juif, où ils firent une sélection : à droite pour vivre, à gauche pour le convoyage. Cela se poursuivit jusqu'à la nuit. On est restés là, assis sur les tombes, pendant trois jours et trois nuits. Ils installèrent des projecteurs autour du cimetière et continuèrent la sélection. On fit l'impossible pour me vieillir. Quelqu'un me donna un foulard et du fond de teint. Juste avant qu'on nous laisse aller, un officier allemand me repéra. Il me montra du doigt. « Toi, debout ! Quel âge as-tu ? » J'étais trop nerveuse pour répondre. « Oh, fit mon père, je la connais. Elle a dix-huit ans. » L'officier me toisa et vit que ce n'était pas vrai – j'avais douze ans et en paraissais huit. « Tu peux t'asseoir », dit-il enfin. Personne n'en croyait ses oreilles. C'était la volonté de Dieu. Quand nous avons quitté le cimetière, il n'y avait plus que trois enfants parmi nous, j'étais l'un d'eux. Je n'oublierai jamais cela : le sentiment de culpabilité qui m'a envahie, parce qu'ils avaient pris ma sœur, et non pas moi.

1943-1944

LE GHETTO II

« Je me réjouissais à l'idée que les Juifs avaient tiré les premiers coups de feu. Nous avions pu vérifier que les Allemands n'étaient pas immunisés contre la violence, que celle-ci pouvait se retourner contre eux. Nous savions qu'il était impossible de vaincre, et même de leur résister indéfiniment, nous savions que notre sort était scellé, mais nous avions l'intention de tuer le plus d'Allemands possible. »

En dépit des représailles aveugles et de la violente répression exercée par les nazis sur la Résistance juive, on en recensera de nombreuses manifestations, tant individuelles que collectives. Des mouvements clandestins de résistance voient le jour dans nombre de ghettos. Les groupes, menés par des membres de mouvements politiques et de jeunesse d'avant-guerre, se développent souvent à l'insu des *Judenräte*. Des courriers clandestins aident à lier en réseau des ghettos isolés et rassemblent des informations locales. Ils organisent également la contrebande d'armes dans la perspective d'évasions collectives et de soulèvements armés – qui se déclencheront généralement à la veille de la liquidation du ghetto concerné.

Le soulèvement du ghetto de Varsovie est peut-être le plus célèbre. Depuis que des informations sur les assassinats collectifs dans les chambres à gaz étaient parvenues au ghetto, l'Organisation du combat juif préparait une révolte armée. Dès le début de la liquidation du ghetto, le 19 avril 1943, les 750 membres de l'OCJ, hommes et femmes sous-équipés et mal armés, se lancent dans un combat sans espoir contre les 2 000 Waffen SS aguerris et leurs auxiliaires ukrainiens. Ils se battront pendant vingt jours, utilisant un important réseau de caves, de bunkers, d'égouts et de toits. Le 16 mai, la résistance a pratiquement cessé et les Allemands commencent à raser le ghetto : 56 000 Juifs ont été arrêtés et envoyés dans les camps de concentration, et près de 7 000 tués pendant le soulèvement. L'histoire de ce soulèvement va se répandre. Elle donnera du courage aux Juifs déportés dans toute l'Europe et deviendra le symbole d'une lutte héroïque.

Danny Falkner
Déporté, Juif polonais, ghetto de Varsovie

Le premier signe de la Résistance fut le meurtre, dans le ghetto, du chef de la police juive. Les Allemands durent comprendre le message, parce qu'il y eut une pause de trois mois dans l'élimination forcenée des Juifs. Octobre, novembre, décembre : il n'y eut aucune rafle. Pendant ce temps, les jeunes gens constituèrent de petites unités et organisèrent la Résistance. J'étais vaguement engagé dans l'un des groupes. Un soir, après le couvre-feu, un jeune homme, dont nous savions qu'il travaillait pour la Gestapo, vint me dire : « Je ne peux pas vous donner de détails, mais je dois vous prévenir : soyez sur vos gardes cette nuit, il pourrait se passer quelque chose. »

Je fis longtemps les cent pas dans ma chambre en me demandant quoi faire de cette information. Un peu plus loin dans la rue, il y avait un hôpital juif temporaire, dont le directeur était un de mes amis. En dépit du couvre-feu, je décidai d'aller lui transmettre l'information. Je gagnai l'hôpital en faisant très attention. Je lui expliquai qu'il allait peut-être se passer quelque chose. Il n'en crut pas un mot, car le calme régnait depuis trois mois. « À toi de décider en conscience si tu dois faire quelque chose pour cacher les gens que tu abrites », lui dis-je. Il s'agissait de plusieurs intellectuels et personnalités, qui avaient un « emploi » dans son hôpital.

À quatre heures du matin – je crois que c'était le 5 janvier 1943 –, on entendit au loin des bruits de bottes. Dès qu'elle eut franchi les portes du ghetto, la colonne de soldats se scinda en deux : une partie alla droit sur la rue Mila, l'autre sur l'hôpital juif. On entendit des coups de feu et des explosions. Plus tard, les troupes repartirent du même pas. J'appris que les premiers coups de feu venaient de la rue Mila, où une unité de la Résistance juive avait attaqué les troupes. Quand ils avaient tué des soldats allemands, les résistants avaient ressenti pour la première fois l'exaltation de la victoire.

Je me rendis à l'hôpital pour voir mon ami. J'appris que les Allemands étaient entrés dans l'hôpital avec des mitrailleuses. Ils avaient tué tous les patients dans leur lit, des deux côtés de la grande salle. Ils avaient également massacré le personnel de l'hôpital. Les seuls survivants étaient ceux qui s'étaient dissimulés dans diverses caches, au sein de l'hôpital. C'était la première tentative des Allemands pour exterminer le ghetto. Et ils savaient maintenant que les Juifs étaient armés et qu'ils avaient l'intention de se battre.

Je me réjouissais à l'idée que les Juifs avaient tiré les premiers coups de feu. Nous avions pu vérifier que les Allemands n'étaient pas immunisés contre la violence, que celle-ci pouvait se retourner contre eux. Nous savions qu'il était impossible de vaincre, et même de leur résister indéfiniment, nous savions que notre sort était scellé, mais nous avions l'intention de tuer le plus d'Allemands possible.

Martin Parker
Détenu, Juif polonais, ghetto de Varsovie

Au bout du compte, nous avons compris que nous devions sortir du ghetto. Plusieurs personnes avaient remarqué que ma femme avait l'air « aryen ». Nous entreprîmes de convaincre M. Idzikowski, mon ancien associé en affaires, de nous trouver un endroit où nous cacher, dans une datcha à l'extérieur de Varsovie. Un couple accepta sa proposition de cacher quelques Juifs, et on leur promit qu'ils seraient bien payés. L'arrangement prévoyait que ma femme et ma fille Halina iraient là-bas les premières. Nous leur

Un enfant affamé dans le ghetto de Varsovie.

trouvâmes des papiers, qui coûtèrent une fortune. Puis ma belle-mère et ma belle-sœur partirent le 3 avril 1943, mon beau-frère et moi le 8 avril. Nous sommes tous sortis du ghetto clandestinement, à bord d'un camion. Nous sommes arrivés à Otwock, dans une maison où Jozef et Ola Jaworska nous ont cachés pendant un an et demi.

Maria Ossowski
Jeune femme polonaise, prison de Pawiak, ghetto de Varsovie

Finalement, comme beaucoup de gens de ma génération ou plus âgés, j'ai été arrêtée par la Gestapo et détenue à la prison de Pawiak, au milieu du ghetto. J'étais chargée de l'entretien des cours dans la prison des femmes. En avril 1943, quand le ghetto se souleva, ma tâche devint impossible. Les Allemands luttaient contre les résistants juifs en incendiant les maisons l'une après l'autre. Durant tout le soulèvement, le ghetto brûla de part en part, et les rues proches de Pawiak n'étaient pas moins affectées que les autres. J'étais censée nettoyer ce qui retombait dans les cours : papiers, morceaux de bois, toute sorte de fragments noirs et poussiéreux. Ma situation me permettait de voir ce que les détenues enfermées dans les cellules ne pouvaient voir. Je vous affirme que j'ai vu de mes yeux des gens sauter des étages supérieurs des maisons, promis à une mort certaine, pour échapper aux flammes. De toutes les horreurs de la guerre, rien n'est plus clair dans mon esprit que le souvenir de ces scènes-là.

Stanley Faull
Enfant, Juif polonais, ghetto de Varsovie

J'étais présent lors du soulèvement, j'ai vu des jeunes garçons et des filles courir en tous sens au milieu de la nuit, se déplacer sur les toits, dans les égouts, se rassembler et même discuter de la situation. Beaucoup de gens avaient quitté le ghetto, il y avait donc des meubles et des objets à troquer, non contre de la nourriture mais contre des armes. La Résistance polonaise nous aidait, mais elle ne nous fournissait que des armes datant de 1914, trop rouillées pour servir. Je me rappelle avoir vu des garçons et des filles âgés de dix-sept ou dix-huit ans tuer des Allemands pour leur prendre leur mitraillette. « Nous pouvons offrir notre vie, disaient-ils, si cela permet à d'autres de sauver la leur. »

Daniella Hausman
Jeune femme polonaise, Varsovie

Je me souviens très bien du soulèvement du ghetto. Ce fut une tragédie. Nous pouvions voir ce qui se passait depuis mes fenêtres, car le ghetto commençait juste derrière notre pâté de maisons. J'ai vu des choses horribles. J'ai vu une silhouette de femme pousser un enfant dans le feu, en contrebas.

Martin Parker
Détenu, Juif polonais, ghetto de Varsovie

Pendant le soulèvement, les Allemands allaient d'une maison à l'autre et ordonnaient aux habitants de sortir, sans quoi ils bombarderaient les maisons, et les gens se tuaient en sautant par les fenêtres. Ma femme, qui était parvenue à s'échapper, vit de ses propres yeux des Juifs sauter par les fenêtres. Elle entendit des Polonais, non loin d'elle, qui disaient : « On fait frire les Juifs. » Si je ne m'étais pas enfui quand j'en ai eu l'occasion, j'aurais péri moi aussi, parce que le ghetto était encerclé, et tous ses occupants tués ou déportés. On avait mobilisé une armée pour combattre les Juifs, et les Allemands ont battu plusieurs fois en retraite avant qu'on leur envoie des renforts. Les Juifs vivaient dans les égouts. Des hommes et des femmes sortaient, tiraient sur les Allemands et redescendaient dans les égouts. Il fallait leur montrer que les Juifs n'étaient pas des lâches.

Stanley Faull
Garçon, Juif polonais, ghetto de Varsovie

Finalement, le ghetto fut détruit par le feu. La fumée empêchait de respirer. Autour de nous et au-dessus de nous, tout brûlait. Nous avions besoin d'air. Le mur de brique provisoire derrière lequel nous étions cachés fut abattu. Je suis sorti avec ma mère, pour la première fois depuis des semaines. Il y avait là des gens en uniforme allemand. Ils parlaient russe : ils n'étaient donc pas allemands. On nous a envoyés directement au camp de Majdanek. À ce moment-là nous avons été séparés de mon père. Je ne sais pas ce qui lui est arrivé. Ma sœur était partie avec la Résistance, et mon frère aîné se trouvait en Angleterre avec mon oncle. Il ne restait plus que ma mère et moi.

Andrew Bakowski
Petit garçon polonais, Varsovie

La situation dans le ghetto atteignit un point de non-retour le jour où l'on m'ôta les amygdales. Nous revenions de mon opération, et nous tournions dans Jerozolimskie, en venant de la Marsazlkowska, lorsque nous avons vu une file de voitures de pompiers devant chez nous, tournées vers l'ouest. La fumée commençait à monter au-dessus du ghetto. Le soulèvement avait commencé. Nous entendions des fusillades. La partie du ghetto la plus proche de nous fut assez vite maîtrisée. En fait, tout fut réduit en cendres. Je ne me rappelle pas avoir vu d'autres transports après cela. Seulement que le ghetto a brûlé pendant assez longtemps. La nuit, on voyait la lueur des incendies. Les adultes en parlaient, mais ils se taisaient quand on entrait dans la pièce.

Jack Shepsman
Jeune Juif polonais, ghetto de Nowogrodek

En 1943, la situation dans le ghetto devint désespérée. On finit par nous donner le feu vert pour creuser le tunnel. Une centaine de personnes seulement étaient au courant. Nous avions besoin d'elles pour creuser et pour coudre les sacs servant à évacuer la terre. Nous avons commencé à creuser. Des gens restaient dans le tunnel pour passer la terre vers l'arrière, où elle était ensachée et évacuée. Elle devait être soigneusement cachée. Nous la mettions dans les greniers, en veillant à ce que les sacs ne soient pas trop lourds. Nous avions des charpentiers, qui commencèrent à voler du bois aux Allemands et à démonter des cabanes ; on s'en servait pour renforcer les parois et le plafond du tunnel. Des plans nous indiquaient dans quelle direction et sur quelle distance il fallait creuser.

Nous avons travaillé pendant six à huit mois, jour et nuit. Nos électriciens installaient des lampes à l'intérieur du tunnel, et des hommes s'entraînaient pour rester au fond le plus longtemps possible sans s'évanouir. Quand on entendait du bruit, on dissimulait l'entrée du tunnel en la fermant avec un couvercle sur lequel on

© USHMM 26537

Des Juifs arrêtés pendant le soulèvement du ghetto de Varsovie sont conduits vers l'Umschlagplatz pour être déportés.

© USHMM 39066

Vue d'une rue du ghetto de Cracovie après sa liquidation, mars 1943.

plaçait un lit en bois. Nous avons creusé des marches aux deux ouvertures et le tunnel était assez profond pour résister, sans s'affaisser, au poids d'éventuels camions.

Le 10 février 1943, la décision fut prise de sortir. Nous avions prévu d'évacuer les 250 personnes d'un coup, afin de vider le ghetto une fois pour toutes. C'était tout ce qui restait de la population juive de la région. On donna à chacun le nom de la personne derrière laquelle il devait sortir. Personne ne devait rester. Jack Kagan et quelques autres se cachèrent parce qu'ils ne pouvaient pas marcher. J'étais au milieu.

Nous sommes tous sortis. Une soixantaine de personnes partirent dans la mauvaise direction.

Au lieu d'entrer dans la forêt, ils retournèrent vers la ville et furent repris. Les autres, soit 190 personnes, rejoignirent les partisans. Nous apprîmes par la suite (toute la région ne parlait que de cela) quel choc ce fut pour les Allemands de découvrir que les Juifs avaient filé sous leur nez.

LA VIE DANS LE GHETTO

Le ghetto modèle de Terezin [Theresienstadt] a été construit en novembre 1941 pour satisfaire un seul objectif. Le but de l'opération, comme l'expliquera Eichmann, est de « sauver la face ». On trouve parmi les détenus des personnalités « importantes » : des Juifs allemands de plus de soixante-cinq ans, des Juifs invalides de la Première Guerre mondiale ou ayant reçu la Croix de Fer. Fort de son statut de vitrine, le ghetto va s'ouvrir, sous la supervision directe d'Adolf Eichmann, à des délégations de la Croix-Rouge allemande (28 juin 1943) et du Comité international de la Croix-Rouge (23 juin 1944).

Les visites donnent lieu au tournage de deux films de propagande. En acceptant de ne visiter que des zones soigneusement sélectionnées et soumises au *Verschönerungsaktionen* [embellissement], les délégués font le jeu des nazis. Ils accordent une certaine respectabilité à Terezin, à l'époque où les Allemands expédient les détenus dans les chambres à gaz d'Auschwitz-Birkenau, principal camp de la mort.

La « ghettoïsation » puis la déportation des Juifs de Thessalonique ont lieu au printemps 1943. La déportation des Juifs de Grèce centrale, occidentale et méridionale, plus ceux de Rhodes et de Corfou, se déroule au printemps et à l'été 1944. En tout, plus de 85 % de la communauté juive qui vivait en Grèce avant la guerre – quelque 80 000 personnes – sont victimes de l'Holocauste.

Les derniers ghettos sont ceux que les Allemands mettent en place en Hongrie après l'occupation de ce pays, en mars 1944. À ce moment-là, la plupart des ghettos plus anciens ont été vidés de leurs occupants : les habitants en bonne santé ont été sélectionnés pour le travail forcé, la majorité déportée pour être exterminée.

Le ghetto de Lodz, très utile à l'effort de guerre allemand, ne sera liquidé qu'en août 1944. Terezin sera maintenu en activité jusqu'à la fin de la guerre.

Janine Ingram

Jeune femme, Juive grecque, ghetto de Thessalonique

Deux mois environ après notre arrivée au ghetto, nous avons été arrêtés. Toute la famille. C'était le 1er mai 1943. Deux soldats allemands et un fonctionnaire juif sont venus nous chercher pour nous conduire à la Gestapo. On nous a fait attendre pendant cinq heures, debout face au mur. Personne ne disait mot. Nous n'avions pas le droit de parler entre nous. Il faisait très chaud. Je regardais ma mère du coin de l'œil – ma mère que j'adorais –, je voyais combien elle avait l'air tendu. Aujourd'hui encore, je me rappelle la grande tache de transpiration qui descendait le long de son dos. Elle semblait prête à s'évanouir. Au bout de cinq heures, un officier allemand entra dans la pièce. Sans raison apparente, il tira mon père vers lui et le battit jusqu'au sang. Mon père était diabétique, et une hémorragie trop importante pouvait lui être fatale. Nous étions inquiets, mais il nous était interdit de nous pencher vers lui, ou même de le regarder. Nous devions garder le visage collé au mur.

Nous étions épuisés. Je crus que j'allais mourir ce jour-là. Je suis née le 29 mai : je devais avoir vingt ans à la fin du mois. Je ne voulais pas mourir. Cela aurait été trop injuste. Je me rendis compte que je n'avais encore jamais prié Dieu. Je m'adressai à lui pour m'excuser. « Si vous m'écoutez vraiment, aujourd'hui, envoyez-moi un signe. Sortez-nous de là, je vous en prie. » J'ai honte d'avouer que j'étais en train de *marchander* avec lui.

Marsha Segall

Jeune femme, Juive lituanienne, ghetto de Siauliai

En 1943, nous avions appris qu'on prenait les enfants des ghettos de Vilnius et de Kaunas. Nous espérions sauver certains des nôtres. Nous avons essayé les églises, les monastères, des gens un peu partout, en espérant qu'ils accueilleraient les enfants, mais nous nous heurtions à un mur. Et le 5 novembre 1943, nous nous sommes retrouvés encerclés par trois sortes de gardes : des Lituaniens, des Allemands et surtout des Ukrainiens. Ils nous ont dit que personne ne devait sortir du ghetto. Puis ils ordonnèrent que tous ceux qui avaient un emploi partent travailler, et beaucoup de parents pensèrent que le moment était venu... qu'on allait leur prendre les enfants. Ils firent leur possible pour les cacher dans les caves ou les greniers, ils essayèrent d'introduire en cachette les plus grands sur leur lieu de travail.

Il est très difficile de décrire ce qui s'est passé un peu plus tard. Dès qu'on ouvrit les portes du ghetto pour laisser sortir les ouvriers, des centaines d'Ukrainiens sautèrent des camions et se mirent à courir d'une maison à l'autre, arrachant les enfants aux bras de leur mère et les poussant vers l'endroit où étaient garés les camions.

Après trois années passées dans le ghetto, les enfants avaient une peur instinctive des gardes allemands et lituaniens. Ils se débattaient pour retourner vers leurs mères. Et les hurlements des mères ! Il n'y a pas de mot pour décrire cette situation. Et les bébés, les petits enfants... Les gardes fouillaient partout, ils ouvraient la moindre cave, fouillaient les greniers, les jardins, en extrayaient les enfants comme autant de lapins. Des mères essayaient de leur offrir leurs alliances, tout ce qu'elles possédaient. Impossible de décrire la manière dont les enfants furent traînés vers les camions. Dans notre maison, il y avait une famille. Le garçon était un enfant magnifique aux grands yeux gris-bleu, à qui j'avais l'habitude de raconter des histoires, le soir. Je l'adorais. Ils l'ont trouvé, dans le jardin, derrière les buissons, et ils l'ont emmené. Il a sauté du camion. Alors nous avons compris qu'on ne pouvait rien pour les enfants : ils lui tirèrent une balle dans la jambe. Je n'ai pas besoin de vous décrire la réaction des mères, qui découvrirent, en rentrant du travail ce soir-là, que leurs enfants avaient été emmenés.

Rena Quint
Petite fille, Juive polonaise, ghetto de Piotrkow

Quand ils n'eurent plus besoin de nous au ghetto, ils firent de nouvelles rafles et nous entassèrent dans des wagons à bestiaux. À un certain moment du voyage, on nous fit descendre sur un quai et on annonça que les hommes et les femmes allaient être séparés. J'ignorais ce que cela signifiait. Mais mon père avait dû comprendre qu'on devait se déshabiller en entrant dans le camp. « Tu ne peux pas venir avec moi, dit-il. S'ils nous font passer à la douche, ils verront que tu n'es pas un garçon. » Il aborda une femme qui était professeur dans notre ville, lui demanda de me prendre avec elle et de s'occuper de moi. Il lui donna quelques objets de valeur et des photos, et me promit qu'on se reverrait à Piotrkow. Il n'a pas tenu parole.

Lili Stern-Pohlmann
Petite fille, Juive polonaise, Lvov

Le 31 mai 1943, alors que je me cachais chez Mme Wieth, une fonctionnaire civile, nous vîmes soudain que le ciel était rouge au-dessus du ghetto : un rouge peu naturel, au milieu du jour. Nous eûmes le sentiment bizarre qu'il se passait des événements épouvantables. Un peu plus tard, ma mère arriva du ghetto, hors d'elle. « Le ghetto brûle, nous dit-elle, j'ai pu m'enfuir au dernier moment. »

Sa mère – ma grand-mère –, voyant que les nazis commençaient la liquidation du ghetto, lui avait dit : « Va-t'en, va rejoindre Lili. » Ma mère avait d'abord refusé, arguant que j'étais en sécurité. Mais ma grand-mère insistait… À un moment donné, alors que ma mère lui tournait le dos, elle avait ouvert la fenêtre et sauté du troisième étage. Vous imaginez cela ? Elle a agi ainsi pour que ma mère soit libre de venir me retrouver. Mais elle n'était pas morte. Ma mère a appelé une ambulance et demandé au docteur de l'aider à en finir, à abréger ses souffrances. Le médecin a accepté et emmené ma grand-mère. C'était une femme au courage exceptionnel, et pourtant si modeste…

Jan Hartman
Jeune Juif tchèque, ghetto de Theresienstadt

Terezin fut le premier chapitre, c'est là qu'on a commencé à comprendre. Ma mère avait étudié la peinture. C'est ce qui lui a permis de contacter la direction SS de Terezin et d'être engagée au « service des peintures ». Voici de quoi il s'agissait : Terezin était conçu pour aider à l'effort de guerre de l'Allemagne. Il abritait notamment un atelier qui produisait des peintures destinées au peuple allemand. On y peignait un peu comme des ouvriers travaillant à la chaîne – comme Chaplin dans *Les Temps modernes*. L'un était spécialiste du ciel, l'autre des forêts, un troisième des maisons, des personnes, des mains, des cochons, etc. J'exagère à peine ! Mais le travail effectué par cette petite équipe de six ou sept personnes était de piètre qualité. Ma mère parvint à y faire entrer mon père. Ensuite, comme j'étais assez douée pour la peinture et le dessin, elle finit par m'y faire entrer à mon tour.

Pour moi, ce ne fut pas une époque trop dure. Signe des temps : ma croissance s'est interrompue, à l'instar de celle de mon frère et d'autres jeunes gens. Nos cheveux ne poussaient plus, pas plus que nos ongles, et les transformations physiques liées à la puberté s'interrompirent. Les gens mouraient de faim, surtout les vieux. C'est peut-être la chose la plus horrible dont je me souvienne : voir les morts devant les maisons. Chaque jour, on sortait les morts dans la rue et ils restaient là, sur le sol.

Anna Bergman
Jeune femme, Juive tchèque, ghetto de Theresienstadt

Toutes les femmes cessèrent d'avoir leurs règles. On dit que c'est un symptôme classique chez les détenues. Leur cycle cessa, et toutes crurent qu'elles étaient enceintes. Les miennes réapparurent normalement environ deux mois plus tard. À Auschwitz, la question ne s'est pas posée pour moi parce que j'étais enceinte, mais je crois que c'est arrivé à toutes les femmes.

C'est à Terezin que je suis tombée enceinte de mon premier enfant. Cinq autres couples se trouvaient dans la même situation. On avait le droit d'être enceinte en arrivant, ou de venir avec un nouveau-né. Mais tomber enceinte... c'était un crime ! Ils voulurent d'abord nous faire avorter, mais notre grossesse était trop avancée. Alors ils nous firent signer un document, où nous donnions notre accord pour que les enfants nous soient enlevés (ils employaient le mot « euthanasie »). Mais cela n'arriva pas. Les enfants vinrent au monde et vécurent. Mon petit garçon mourut d'une pneumonie à l'âge de deux mois. Il n'a pas été tué.

Comment ces enfants avaient-ils été conçus, puisque hommes et femmes étaient séparés ? Cela peut paraître incroyable, de la part de petits bourgeois bien élevés : nous étions douze filles dans notre dortoir, et il est arrivé que douze hommes y dorment aussi. On perd toute inhibition. Personne n'écoute, personne ne regarde son voisin. C'est incroyable mais vrai. C'étaient les seuls moments agréables que nous avons connus là-bas. Nous étions tous jeunes et en bonne santé. Mais quand je regarde derrière moi... tous ces garçons et ces filles, vingt-quatre personnes faisant ce que nous faisions...

Zdenka Ehrlich
Jeune femme, Juive tchèque, Theresienstadt

À Theresienstadt, l'art est un phénomène unique. Je me suis jointe au mouvement. On nous a autorisés à produire des pièces, des concerts, tout était permis. Tout le monde s'est mis au travail. Les décorateurs occupèrent un grenier qu'ils transformèrent pour en faire une scène, et nous avons monté des pièces, parfois traduites. J'ai joué dans six d'entre elles. Je me rappelle qu'on avait traduit Shakespeare, notamment *Peines d'amour perdues*. On a monté des pièces originales, écrites pour l'occasion, parfois par des auteurs tchèques. Beaucoup de poésie. Un atelier de théâtre a été mis en place par un producteur, personnalité connue du Théâtre national. Nous avons organisé des concerts, composé de la musique, on a autorisé l'introduction d'instruments. Tout cela créait une situation unique.

Je dois dire, même si cela semble ridicule, qu'il régnait une atmosphère idéale pour un artiste. Aucun problème matériel, pas d'impôts à payer, pas d'inquiétude quant au logement ou à la nourriture... On n'avait qu'à consacrer à son art toute son énergie, son amour et son enthousiasme. Mais cela ne constituait qu'une partie de notre travail. Moi, par exemple, je travaillais à la cuisine. Un des aspects les plus importants de notre théâtre était la satire, qui échappait à l'attention des Allemands. Il y avait un homme en particulier, un certain Karel Svenk... Il était communiste, très à gauche, et bourré de talent. Il composa une chanson qui devint presque un hymne national des déportés : « Tout est possible, ne désespérez pas, gardez la tête haute, bientôt tout cela sera fini et nous en rirons... » Sans aucune tristesse.

Anna Bergman
Jeune femme, Juive tchèque, ghetto de Theresienstadt

On organisa une représentation du *Requiem* de Verdi, c'était la première représentation publique, et les Allemands vinrent écouter ce que les Juifs étaient capables de faire. De plus, l'interprétation en soulignait le sens caché. À la fin de la représentation, tout le monde attendit, attendit... Le chef d'orchestre se retourna, tout le monde attendit. On applaudit ou pas ? Et puis les Allemands ont commencé à applaudir. Peut-on imaginer la stupidité absolue de la situation ? Les Allemands sont venus à la représentation, ils ont applaudi et ils sont repartis. Et les Juifs ont applaudi, tout le monde était en larmes. J'ai assisté à une représentation de *La Fiancée vendue* de Smetana par l'Opéra national tchèque, et maintenant, je l'entendais *là-bas* ! Il y a un passage où l'on voit le couple qui s'inquiète : vont-ils se marier ou pas ? « Comment cela finira-t-il ? » demande-t-elle. Et il lui répond : « Cela finira bien. » Tout Terezin était bouleversé en entendant cela.

Zdenka Ehrlich
Jeune femme, Juive tchèque, ghetto de Theresienstadt

Le quartier général allemand présentait Theresienstadt comme un ghetto modèle. Un jour, Eichmann nous a rendu visite avec une délégation de la Croix-Rouge. Tout était organisé dans le moindre détail, bien entendu. Avant leur arrivée, on a reçu l'ordre de nettoyer la ville. Les habitants ont littéralement lavé les rues à genoux, avec des brosses et du savon, jusqu'à ce qu'elles soient immaculées. Les gens qui vivaient dans des magasins (certains dormaient même derrière les vitrines) furent évacués. On disposa des objets dans les vitrines comme s'il s'agissait de *véritables* vitrines. On fit répéter les enfants ce qu'ils devraient dire à l'arrivée du *Lager Kommandant*. Ils devaient se presser autour de lui, et il leur donnerait à chacun une boîte de sardines.

Nous, les jeunes, on nous fit constituer un groupe d'athlètes. On nous autorisa à traverser le fleuve à la nage – à condition de revenir, bien sûr – pour prouver que nous étions libres ! En temps normal, nous n'avions pas le droit de nager dans le fleuve. On jouait de la musique dans le parc, les gens se promenaient comme s'ils étaient en cure, tout était arrangé. Et l'on vit arriver une voiture découverte qui traversa la ville, avec Eichmann debout au milieu. Tout cela faisait partie de la propagande allemande. Après cela, il y eut des transports tous les jours. De plus en plus de gens arrivaient et partaient. Quant à leur destination, ils ne connaissaient que deux mots : « Vers l'Est ».

Edith Baneth
Jeune femme, Juive tchèque, ghetto de Theresienstadt

C'était l'hiver 1943, il faisait très froid, il neigeait. Pour une raison ou pour une autre, les Allemands décidèrent de faire le compte du ghetto tout entier. On nous fit sortir, et nous avons marché pendant près de deux heures, jusqu'à une immense prairie. On nous fit mettre en rang et nous attendîmes, interminablement, toute la journée. Il était interdit d'aller aux toilettes, nous devions nous soulager sur place. Il faisait froid à pierre fendre, il neigeait, nous n'avions rien à manger, rien. Le soir tomba, et personne ne venait nous compter, ni rien. Nous avions le sentiment que quelque chose de terrible se préparait. Beaucoup s'écroulaient, des vieux s'évanouissaient. Ma mère et moi étions blotties l'une contre l'autre pour partager notre chaleur. Mon grand-père se trouvait loin de nous, avec les vieillards, nous ne pouvions pas l'aider. Nous sommes restés là plus de vingt-quatre heures. Puis, soudain, l'ordre est venu. « Rentrez chez vous ! » Après ce jour-là, beaucoup de gens sont tombés malades, et de nombreux vieillards sont morts. Chaque matin on découvrait les morts qu'on avait jetés dans les rues. Chaque matin, il fallait les ramasser et les faire disparaître.

Mon grand-père est tombé très malade, il avait la dysenterie, ce dont il n'a jamais guéri. Je lui ai rendu visite peu avant sa mort, à l'endroit où se trouvaient les vieillards. Je n'oublierai jamais cette salle abjecte et son odeur d'urine. Mon oncle est parvenu à le faire entrer dans ce qu'on appelait l'hôpital, mais il est mort le 20 mars 1943. Ma tante m'a accompagnée à l'enterrement. J'adorais mon grand-père, et voir ainsi ses mains et ses pieds dépasser de la charrette... Il ne lui restait plus que la peau et les os. Et nous ne pouvions pas aller au-delà des limites du ghetto. D'une certaine manière, ma mère et moi étions presque contentes. Il avait soixante ans à sa mort. Nous nous disions qu'il valait mieux partir ainsi que de continuer à souffrir. Comme nous étions pragmatiques !

Halina Kahn
Jeune femme, Juive polonaise, ghetto de Lodz

Je travaillais à la gare d'où partaient les déportations. Nous préparions les seaux que l'on mettait dans les wagons. Les sélections se poursuivaient jour et nuit, et nous ignorions où les nôtres partaient. Les Allemands disaient qu'ils les envoyaient vers des usines mieux organisées, mais ils allaient tous à Auschwitz et à Majdanek. Nous ne savions pas à quoi ressemblaient ces endroits. Quand les trains revenaient vides, nous devions nettoyer les wagons pour le groupe suivant. C'étaient des fourgons à bestiaux, avec de minuscules ouvertures en haut.

Les transports partaient jour et nuit. Au bout de quelques mois, nous avons découvert de petits morceaux de papier coincés dans un recoin du wagon. Quelqu'un avait écrit : « Il fait chaud. Ça brûle. » Au retour, les wagons à bestiaux étaient dans un état épouvantable. Il n'y avait qu'un ou deux seaux pour soixante-dix ou quatre-vingts personnes, et elles se soulageaient dans le wagon. Nous devions nettoyer cela très vite avec du désinfectant afin que ce soit prêt pour les suivants. Quand nous avions le temps, nous y laissions de l'eau potable, parce que personne ne leur en donnerait, et on les entendait hurler : « De l'eau, donnez-nous de l'eau ! » Nous faisions ce que nous pouvions. Nous les entendions parfois chanter *Hatikvah* (le dernier chant) pendant qu'ils attendaient dans les camions fermés. Lorsque ma mère fut déportée, alors qu'elle se trouvait dans le camion avec toute la famille, elle me dit par la petite fenêtre (c'est une allusion à un dicton juif) : « Mon enfant, quand tu auras survécu, j'espère que tout au long de ta vie tu n'auras besoin ni de médecin ni d'avocat. » Désolée, mais ce n'est pas toujours vrai.

Gertrud « Trude » Levi
Jeune femme, Juive hongroise, ghetto de Szombathely

Après le 19 mars 1944 et l'arrivée des Allemands, tout est allé très vite. Il a fallu leur donner nos bicyclettes, puis on nous a pris nos bijoux, nos livrets d'épargne et, enfin, la plus grande partie de notre argent. Le 7 mai, on nous a ordonné de partir dans le ghetto, avec un bagage par personne.

Le ghetto était constitué de deux rues clôturées par du fil de fer barbelé. Nous avions de la chance : nous n'étions que six dans une pièce. D'autres chambres accueillaient jusqu'à quinze

Un détenu du ghetto de Lodz avant sa déportation vers le camp de la mort de Chelmno.

personnes : des femmes, des hommes, des enfants, des étrangers jetés là tous ensemble. L'atmosphère était si tendue que mon amie et moi sortions les enfants, âgés de deux et six ans, dans la cour de la synagogue, pour éviter qu'ils ne restent enfermés au milieu de ces adultes. [...] Nous sommes restés dans le ghetto jusqu'à la fin juin. Puis on a dû marcher jusqu'à notre premier camp de concentration. Il se trouvait en périphérie de la ville, dans une usine à moteurs désaffectée, crasseuse et pleine de graisse.

John Chillag
Jeune Juif hongrois, ghetto de Gyor (Hongrie)

Quand les nouvelles lois sont entrées en application, fin avril 1944, les hommes des Croix fléchées étaient non seulement les plus violents, mais ils aidaient les nazis à rassembler et à forcer la population juive à s'entasser dans les ghettos.

Étant né et ayant grandi en Autriche, je me trouvais dans une situation bizarre. Comme j'étais bilingue, le Conseil juif m'employait comme coursier vis-à-vis des autorités allemandes. J'avais le droit de garder ma bicyclette, de sortir du ghetto à vélo pour effectuer diverses courses auprès des autorités allemandes. J'en profitais aussi pour rendre visite à des parents dans d'autres quartiers. Je suis allé très souvent à la prison de la ville pour apporter de la nourriture à mon oncle et bavarder avec lui. J'étais en « service commandé », il n'y avait aucun risque. Un jour – le 6 juin 1944, le jour du débarquement en Normandie ! –, je suis allé chez un officier allemand, pour une raison que j'ai oubliée. La radio diffusait en allemand des informations sur l'arrivée des Alliés. J'ai oublié les mots exacts, mais il m'a dit quelque chose comme : « Ce ne sera plus très long pour toi. » J'avais à peine eu le temps de descendre un étage que j'entendis un coup de feu. J'appris par la suite qu'il s'était suicidé. [...] Il m'arrivait aussi d'apporter des messages aux SS. Ils me traitaient, si on peut dire... « correctement ». Ils me considéraient comme un détritus, une ordure, mais personne ne me maltraitait. Pour eux, j'avais une position officielle.

Mais tout cela n'était qu'illusion, et cette situation ne dura que quelques semaines. Un jour, tous les occupants du ghetto, y compris moi-même, furent rassemblés sur la place centrale, où on les soumit à une fouille corporelle approfondie. On nous fit rejoindre à pied, à l'autre bout de la ville, un endroit où ils avaient installé un ghetto régional pour regrouper les Juifs de tout le district. Les conditions de vie y étaient bien pires que celles qui régnaient dans le premier (bondé, mais supportable).

Un dimanche matin, on rassembla la moitié des habitants de ce second ghetto, qui dut se rendre à pied à la gare de triage de la ville. Sous les coups de crosse et de bâton, on s'entassa dans des wagons à bestiaux. J'avais dix-sept ans. Chose curieuse (comment fonctionne l'esprit humain !), je me rappelle que je regardais par une fente à l'extérieur du wagon. Je me suis dit que le paysage – les montagnes et le reste – que nous traversions était le plus beau que j'aie jamais vu de ma vie.

Le lendemain, nous nous arrêtions devant une rampe de déchargement. Nous arrivions à un endroit qui s'appelait Auschwitz – endroit dont personne n'avait entendu parler, et surtout pas nous.

Roman Halter
Jeune Juif polonais, ghetto de Lodz

En 1944, nous étions devenus une usine sidérurgique assez importante. Nous faisions un travail de plus en plus délicat et de plus en plus précis, et beaucoup pensaient que cela augmentait nos chances de survie. Au début de l'été, on nous informa que nous allions subir une inspection de très haut niveau, que tout devait être impeccable, en ordre de marche. Il y avait parmi nous un couple arrivé récemment d'Allemagne. L'homme était un ingénieur très qualifié, un homme très compétent et très créatif. Nous, nous faisions la queue pour recevoir notre part de soupe dans nos récipients en aluminium, et nous nous éloignions très vite pour l'engloutir sans attendre. Cet homme et son épouse – qui travaillait elle aussi à l'usine – s'asseyaient convenablement, disposaient des serviettes sur la table, versaient d'abord le bouillon puis posaient les patates sur une planche, salaient et poivraient, coupaient enfin leurs pommes de terre et mangeaient en bavardant. Cela me fascinait, et en même temps je trouvais cela ridicule. Un jour, je leur demandai des explications. « Si vous renoncez à votre dignité, me répondit l'homme, vous êtes fichu, et vous devenez ce qu'ils veulent. Des *Untermenschen* [sous-hommes]. »

Cet ingénieur venu d'Allemagne connaissait tout ce qui concernait les métaux. Il avait inventé une machine pour fabriquer des balles très vite et sans les abîmer. Lors de la visite d'inspection, tous les responsables de l'usine étaient alignés autour de l'ingénieur. Albert Speer, le ministre allemand de l'Armement et de la Production de guerre, arriva avec des hommes de son ministère et quelques SS. Il passa en revue la rangée des cadres de l'usine, sans serrer la main à quiconque. On lui expliqua que cet ingénieur était l'inventeur de la machine à fabriquer les balles. L'ingénieur, amaigri, se tenait droit devant lui. Il avait épinglé sur son torse la plus haute décoration allemande, qu'il avait gagnée pendant la Première Guerre mondiale. Speer l'interrogea. Bien entendu, l'ingénieur parlait un bon allemand, il se sentait absolument allemand, et sa famille vivait en Allemagne depuis des siècles. Ils bavardaient presque comme des égaux.

L'équipe d'inspection continua son chemin. Puis le colonel SS vit cet homme qui arborait sa décoration. Il s'arrêta devant lui.

« Où avez-vous acheté cela ?

— Je l'ai gagnée au combat », répondit l'ingénieur en énumérant les endroits où il avait servi.

Le colonel dit quelque chose au SS qui se trouvait derrière lui. Celui-ci arracha la médaille. L'ingénieur s'effondra à terre. Le SS posa le pied sur sa poitrine et tira dessus. Speer observait la scène, impassible, comme s'il regardait des oies

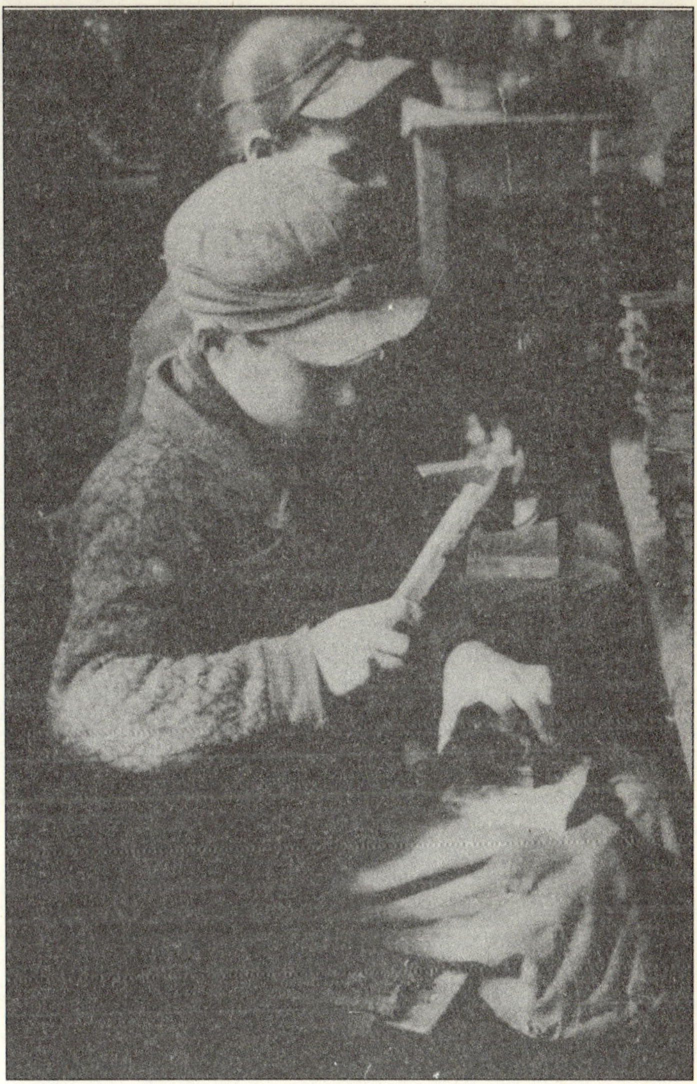

© IWM HU 75019

Enfants ouvriers dans le ghetto de Lodz.

passer au-dessus de lui. Il ne dit absolument rien. Son visage n'exprimait ni surprise, ni chagrin ni sympathie. Il était là, simplement. Quand on eut arraché la Croix de Fer de l'ingénieur, notre directeur prit la parole : « Nous donnerez-vous la permission de l'emmener, parce qu'il doit nous expliquer comment fonctionne sa machine ? »

L'homme mourut le lendemain, et sa femme deux jours plus tard. On lui avait arraché le cœur en même temps que sa médaille.

Halina Kahn
Jeune femme, Juive polonaise, ghetto de Lodz

Lorsque les derniers occupants quittèrent le ghetto, en 1944, mon mari et moi étions parmi les sept cents personnes qui restaient. Quelques mois avant l'arrivée des Russes, les gardes vinrent chercher les hommes à l'usine et les menèrent au cimetière juif pour y creuser des fosses communes. Ils travaillèrent toute la nuit, avec l'ordre de ne rien dire. Quand mon mari rentra, au matin, je le trouvai silencieux, très affecté.

« Quel travail vous fait-on faire en pleine nuit ? lui demandai-je.

— Rien d'important. Je suis là. »

J'apprendrais plus tard qu'on leur avait fait creuser sept fosses pour nous, les sept cents derniers. Une fosse pour cent personnes.

Jan Hartman
Jeune Juif tchèque, ghetto de Theresienstadt

Le bruit courut que des transports partaient pour la Pologne, vers Auschwitz. L'image que j'en avais était celle d'un endroit comme Terezin, où l'on fabriquait certains produits. Mon père et ma mère restaient à Terezin. Au moment du départ, nous nous trouvions dans une sorte de couloir large comme une porte d'écluse, bordé de tous côtés par des planches. Mais j'aperçus un trou et je fis demi-tour pour dire adieu à nos parents. Mon père, qui était chasseur, me dit : « Rappelle-toi comment fait le lièvre pour échapper à la battue. S'il court en zigzag, les chasseurs finissent toujours par l'avoir. Mais si le lièvre se cache dans son trou, il survivra. Souviens-toi de ça. » C'est la règle qui nous a permis, à mon frère et moi, de survivre. Ne jamais nous porter volontaires pour quoi que ce soit.

Anna Bergman
Jeune femme, Juive tchèque, ghetto de Theresienstadt

Je suis tombée enceinte à nouveau, cette fois délibérément. Écoutez bien cette merveilleuse philosophie ! À la mort de mon premier enfant, nous avons décidé d'en avoir un autre – c'était après l'invasion de juin 1944 –, nous nous disions que si nous retournions à Prague après la guerre, il n'y aurait rien pour nous là-bas, et que nous y réfléchirions à deux fois avant d'avoir un enfant. Mais si je tombais enceinte et si j'avais un bébé, eh bien l'enfant serait là. Mon mari a été déporté le 28 septembre 1944, et il n'a jamais su que j'étais enceinte, car à cette date-là je n'en étais pas encore sûre.

Quand les hommes sont partis, les Allemands nous ont dit que nous pouvions suivre nos maris de bon gré, que nous les retrouverions dans un endroit nommé Auschwitz, qui était un peu comme Theresienstadt. J'ai été l'une des premières à partir. Je n'étais pas obligée, parce que j'avais un travail protégé, à l'époque. J'aurais pu rester là où j'étais jusqu'à la fin de la guerre, je le savais. Mais en octobre 1944, j'ai été l'une des premières à partir volontairement pour Auschwitz, un camp dont je ne savais rien.

1940-1944

LES CAMPS I

« Je me trouvais avec une amie dont les parents étaient dans le même transport que nous, mais qui avaient été dirigés de l'autre côté quand Mengele avait fait sa sélection. Quand nous sommes arrivées à notre baraque, elle a demandé aux femmes : "Où sont mes parents ? Quand les reverrai-je ?" Elles ont toutes éclaté de rire. "Espèce d'idiote, ils sont déjà dans la cheminée, à l'heure qu'il est !" Nous nous sommes dit qu'elles étaient folles. Et elles pensaient la même chose à notre sujet. »

Le 1er septembre 1939, le système des camps de concentration est assez développé pour prendre en charge près de 25 000 déportés. L'ensemble compte sept camps principaux : Dachau, Buchenwald, Sachsenhausen (ex-Oranienburg), Flossenburg, Mauthausen, Neuengamme et Ravensbrück (réservé aux femmes et aux enfants). Il existe de nombreux camps satellites. Tous opèrent de manière identique, sous un commandement unifié. Tous les gardes ont suivi le même entraînement et forment une unité spéciale de la SS, la *Totenkopfverbände*. Lorsque les nazis occupent la quasi-totalité de l'Europe, un réseau très dense de plusieurs milliers de camps couvre le continent. Ils sont organisés en vingt-trois catégories principales et hébergent environ deux millions de prisonniers.

Les catégories les plus importantes sont les *Konzentrazionslager* (*KZ* ou *KL*, camps de concentration), les *Arbeitslager* (camps de travail), les *Durchgangslager* (camps de transit) et les *Vernichtungslager* (camps d'extermination). Ces derniers ont pour objectif unique d'appliquer la « Solution finale » d'annihilation, dont les Juifs constituent l'immense majorité.

Les victimes sont transportées de diverses manières vers leur destination. Les déportés issus de certaines régions du *Grossdeutsches Reich* et des pays d'Europe de l'Ouest s'entassent dans des trains de voyageurs ordinaires. Les Juifs d'Europe de l'Est voyagent dans les wagons fermés et bondés des convois de marchandises ou de bestiaux, le plus souvent sans nourriture ni eau potable, sans aération et dans des conditions d'hygiène épouvantables. Beaucoup de déportés meurent pendant le trajet. Quel que soit le mode de transport, le système est conçu pour harceler dès leur arrivée les prisonniers épuisés, terrifiés, soumis à leur descente du train à une procédure de réception à deux vitesses. Le rituel est accompagné par les hurlements des gardes distribuant les ordres, le sifflement des fouets et des matraques, et les aboiements des chiens, tout cela contribuant à humilier et à désorienter les arrivants.

Les conditions d'existence dans les camps de concentration sont bien en deçà de ce que l'on considère d'habitude comme les conditions minimales de survie. Les déportés souffrent de la faim, du froid en hiver et de la chaleur en été, de l'excès de travail et de l'épuisement. Des conditions d'hygiène effroyables sont la norme, les soins médicaux sont rares, la plupart du temps inexistants. La brutalité et la dégradation de l'être humain ajoutent encore à l'horreur. Les déportés ne jouissent d'aucun droit individuel. Ils ne sont plus identifiés par leur nom. Ils sont marqués comme du bétail, un numéro tatoué sur l'avant-bras ou cousu sur leur tenue rayée. La vie des déportés dans un camp de concentration se caractérise par l'incertitude, la peur et la terreur. Ils peuvent subir des souffrances supplémentaires dans les camps où des médecins nazis mènent de prétendues « expériences médicales », généralement sans anesthésie.

Dans un camp, tous les prisonniers ne sont pas logés à la même enseigne. Nombre de déportés, y compris des Juifs, occupent des positions « privilégiées » qui leur donnent droit à un complément de nourriture et de vêtements. Mais il ne faut pas les confondre avec les Kapos – des prisonniers chargés par les SS de surveiller les autres détenus ou de diriger un *Kommando* (détachement pour un travail déterminé). Il s'agit le plus souvent de condamnés de droit commun, parfois même d'individus qui sont considérés comme des fous criminels. Il y a sans doute des exceptions, mais la plupart des Kapos, hommes ou femmes, se conduisent avec la plus grande brutalité, et les déportés les craignent souvent plus encore que les SS.

La main-d'œuvre disponible est exploitée par le secteur privé de l'économie allemande. En 1942, d'importants groupes industriels ont implanté des usines à l'intérieur ou à proximité des camps, ce qui leur procure une main-d'œuvre renouvelable à volonté. Sous couvert de ce système, près de 9 000 camps de travail s'ouvrent dans le Reich et les territoires occupés. Une fois le travail accompli, le camp est liquidé. Les déportés juifs, s'ils ont encore assez de forces pour travailler, sont transférés là où on pourra continuer à exploiter leurs compétences. Quand ils cessent d'être utiles au Reich, le même sort les attend : ils sont expédiés à Auschwitz ou dans un autre camp d'extermination, où ils seront gazés et conduits au four crématoire.

Auschwitz-Birkenau est un conglomérat de quarante camps satellites. C'est à la fois un camp de concentration et un camp d'extermination ; il est le seul, avec Majdanek, à assurer cette double fonction. De tous les camps nazis, c'est le plus célèbre. En plus des Juifs, on y trouve des représentants de nombreuses communautés : prisonniers de guerre, prisonniers politiques, intellectuels de Pologne et d'autres pays européens, condamnés de droit commun allemands et autrichiens, Tsiganes. Les Juifs viennent de toute l'Europe ; la plupart d'entre eux sont envoyés dès leur arrivée aux chambres à gaz et aux fours crématoires. Seuls les plus « sains » sont sélectionnés par un médecin SS – à partir de 1943, ce sera souvent le docteur Mengele – qui décide qui peut vivre et qui doit mourir. Mais la survie provisoire n'implique rien d'autre que le travail forcé jusqu'à l'épuisement, et, au bout du compte, la descente de la *Himmelstrasse* [la rue du Paradis] menant aux chambres à gaz. On estime que 1 100 000 personnes ont été gazées à Auschwitz à partir de février 1942 ; 90 % d'entre elles étaient des Juifs.

Le quartier industriel d'Auschwitz ajoute au camp une dimension supplémentaire. Pendant la guerre, le groupe IG Farben exploite la main-d'œuvre forcée de milliers de Juifs et d'autres détenus (comme les prisonniers de guerre britanniques), et gère l'usine Buna à Monowitz, également appelée Auschwitz III. Le zyklon B, le gaz le plus utilisé dans les chambres à gaz des camps d'extermination, est fabriqué par une filiale d'IG Farben, la firme Degesch.

Contrairement à Auschwitz et à Majdanek, Belzec, Chelmno, Sobibor et Treblinka sont classés exclusivement comme des camps d'extermination, dont la seule fonction est l'assassinat des Juifs. Chaque camp possède quelques ateliers au service du contingent SS et de leurs auxiliaires ukrainiens. Tous ces camps, à l'instar d'Auschwitz et de Majdanek, se trouvent en Pologne occupée.

Les nazis ont perfectionné leur maîtrise du gaz mortel depuis fin 1939, avec l'application du programme « T4 » d'euthanasie contre les Allemands jugés mentalement ou physiquement inaptes. Avec la Solution finale, l'objectif sera d'éliminer le plus grand nombre de Juifs, aussi vite et aussi économiquement que possible. Chaque *Vernichtungslager* utilise une méthode différente pour gazer les déportés. Aucun survivant n'a pu témoigner de l'horreur de la Solution finale. Mais des membres des *Sonderkommando* (les déportés chargés de l'enlèvement des cadavres) ont décrit les monceaux de corps emmêlés, indiquant le combat désespéré pour trouver de l'air et rester en vie alors que le gaz montait du sol et se répandait dans l'atmosphère.

Des chambres à gaz opèrent également, sur une moindre échelle, dans les camps de concentration de Mauthausen, Sachsenhausen, Ravensbrück, Neuengamme, Stutthof, Natzweiler et Dachau. On en a même construit une à Terezin début 1945 afin d'y gazer les derniers survivants, mais elle n'a jamais été utilisée.

Quelles que soient l'échelle et la méthode d'extermination, les déportés sont soumis, à toutes les étapes du processus d'assassinat collectif, à une entreprise de tromperie visant à maintenir l'ordre et le calme. Tout est fait par exemple pour dissimuler la véritable fonction des chambres à gaz. Lorsqu'on ordonne aux victimes de se déshabiller, on prétend qu'ils vont prendre une douche ou être désinfectés avant leur transfert vers d'autres camps.

Les nazis poursuivront systématiquement et méthodiquement leur campagne d'extermination des Juifs. Son aspect exceptionnel réside dans le caractère industriel de son organisation et de son application.

John Lawrence
Écolier, Juif autrichien, Vienne

La famille de ma mère vivait à Oswiecim depuis plus de trois cents ans. Elle y possédait un très grand domaine. Quand la télévision a commencé à montrer des images, j'ai vu le nom de ma famille – Jakob Gross fils – barré à la peinture noire, dans la gare de triage. La quasi-totalité de la propriété a été utilisée pour le camp de concentration, ainsi que pour Birkenau et tous les camps qui y étaient rattachés. Oswiecim était une ville ravissante, un endroit charmant traversé d'une rivière. Nous y allions chaque année à Noël. Mon oncle, un homme très généreux, nous prêtait toujours une luge et des poneys shetlands. Notre dernier séjour là-bas date de décembre 1937. « La maison est grande, nous disait-il. Pourquoi ne venez-vous pas vous installer ici ? Hitler va envahir l'Autriche d'un jour à l'autre. Venez vivre ici. » Dieu merci ! nous ne l'avons pas écouté. Mon oncle était le maire d'Auschwitz et, bien qu'il fût laïque, il était le chef de la communauté juive. Il a été envoyé à la chambre à gaz. Il fut un des derniers à y aller. Ils l'ont arrêté parce qu'il refusait de divulguer des cachettes.

Barbara Stimler
Jeune femme, Juive polonaise, Auschwitz-Birkenau

Ils nous donnèrent du pain avant que nous montions dans les fourgons. Au milieu de chaque wagon, il y avait un tonneau plein d'eau.

Nous étions serrés comme des sardines. Un jeune couple avec un bébé était assis dans un coin. Ils faisaient chauffer un peu de lait ou d'eau avec une bougie pour donner quelque chose à boire au bébé. La puanteur était indescriptible. Il est *impossible* de se représenter le spectacle. Nous étions comme des animaux. J'ignore combien de temps a duré le voyage. Lodz et Auschwitz ne sont pas très éloignés. Je suppose que nous avons roulé pendant un jour et une nuit, car il faisait encore sombre quand nous sommes arrivés à Auschwitz. Ils nous ont ordonné de descendre du train et de laisser nos bagages : on pourrait les récupérer plus tard. Ils séparaient les hommes et les femmes. Ces hurlements ! Pouvez-vous imaginer un mari séparé de sa femme, un fils arraché à sa mère ?

J'avais laissé ma mère au ghetto. Je me sentais mal, j'avais la diarrhée. J'étais dans un état lamentable. Ils nous comptaient et nous recomptaient sans arrêt. Quand il a fait un peu plus clair, j'ai vu les baraquements entourés par les fils électrifiés. Une fille est sortie d'une des baraques. Elle avait une robe très courte, pas de cheveux, pieds nus. Je me suis dit que c'était un hôpital psychiatrique. J'ignorais que deux heures plus tard j'aurais exactement le même aspect.

Maria Ossowski
Jeune femme polonaise, Auschwitz-Birkenau

Il est arrivé quelque chose, pendant le voyage, dont le souvenir m'amuse encore aujourd'hui. Nous ne disposions d'aucun sanitaire pour satisfaire nos besoins naturels. Certaines d'entre nous avaient des colis, emballés dans du papier brun. Nous nous mettions dans un coin et nous nous servions de ce papier. Au bout d'un certain temps, bien sûr, ça sentait très mauvais. À un moment, ils ont ouvert la porte. Comme je me trouvais à côté, j'ai attrapé l'un de ces « paquets », j'ai visé soigneusement et je l'ai jeté hors du wagon. À ma grande surprise, un soldat allemand s'est précipité, a levé sa baïonnette et l'a pris... Inutile de vous dire ce qui est arrivé à son bras et à ses vêtements ! C'est le genre de petits événements qui vous arrachent un sourire quand vous y repensez après tout ce temps.

Leon Greenman
Déporté, Juif britannique, Auschwitz-Birkenau

Le voyage en train, de Westerbork à Auschwitz, dura près de trente-six heures, sans manger ni boire. Nous étions simplement assis là, et nous prenions le bébé à tour de rôle. On ne dormait pas beaucoup, on pensait et on sommeillait.

« Si je ne revenais pas, dis-je à ma femme, tu pourras te remarier. Trouve un homme bon qui prendra soin de l'enfant.

— Si je ne revenais pas, me dit-elle, si je suis malade, prends une femme qui sera gentille avec l'enfant. »

Helen Stone
Jeune femme, Juive polonaise, Auschwitz-Birkenau

Sur le trajet d'Auschwitz, mon père remarqua que la robe de ma mère n'avait pas de ceinture. Il voulait qu'elle soit jolie. « Si tu es jolie, tu as l'air plus jeune », lui disait-il. Je me rappelle qu'il acheta une ceinture à une autre femme. Il la donna à ma mère, qui avait l'air adorable… à *cinquante* ans ! C'était âgé, à l'époque.

Roman Halter
Jeune Juif polonais, Auschwitz-Birkenau

Il y avait des fentes dans les parois en planches du wagon. Quand on regarda à travers, on vit le soleil percer la brume de l'aube – le soleil était magnifique –, et l'on découvrit qu'on se trouvait dans un camp. Soudain, on sentit l'odeur de la peur se répandre dans le compartiment, les gens ne parlaient presque plus, certains priaient, d'autres serraient leurs proches dans leurs bras.

Leon Greenman
Déporté, Juif britannique, Auschwitz-Birkenau

On nous fit descendre brutalement du train, et il fallut attendre debout. Il était peut-être deux heures et demie du matin. Il faisait sombre, seule une lueur bleuâtre éclairait le quai. Quelques SS allaient et venaient. Ils séparaient les femmes et les hommes. Je me tins à l'avant du groupe des hommes pour voir ma femme, le bébé dans les bras. Elle m'envoya un baiser et me montra le bébé. Tout à coup, une femme se mit à courir vers son mari, comme folle. Peut-être avait-elle senti quelque chose. Un SS la rattrapa à mi-chemin et lui frappa la tête d'un coup de matraque. Elle tomba par terre. Il lui donna un coup de pied dans le ventre.

Plus tard, un prisonnier en uniforme rayé nous ordonna de le suivre. Après avoir tourné à gauche, nous avons marché pendant deux ou trois minutes. Un camion s'arrêta près de nous. Les femmes, les enfants et les bébés se trouvaient à bord de ce camion, y compris ma femme et mon enfant, au milieu. Ils restèrent dans la lumière comme si c'était calculé – pour que j'aie le temps de les reconnaître. Je n'oublierai jamais cette image. Ils étaient censés partir aux douches, se laver, manger et vivre. On allait leur ordonner de se dévêtir et d'entrer dans les chambres à gaz. Deux heures plus tard, toutes ces personnes ne seraient plus que cendres, y compris ma femme et mon enfant.

Stefan Kucharek
Conducteur de locomotive, Polonais, Treblinka

Lorsque mon superviseur m'apprit que je devais conduire le train à Treblinka, je compris qu'ils y expédiaient les Juifs. Que pouvais-je dire ? Rien. Quelqu'un devait y aller. J'ai laissé la moitié du train à Malkini, et conduit l'autre moitié à Treblinka. Il y avait des wagons de marchandises, mais aussi des voitures pour voyageurs, comme celles qui venaient de France.

Je le savais grâce aux indications portées sur les wagons. Je pouvais voir l'intérieur des voitures après qu'ils les avaient vidées. C'était une horreur indescriptible – des excréments, de l'urine partout. On prenait des risques, vous savez. Comme cette fois-là, le 15 septembre 1942. Ça s'est passé en gare de Treblinka. J'étais en train de contrôler le train, lorsque j'ai vu une femme, une Juive, qui me faisait de grands signes. Elle avait faim, je suppose. J'avais un sandwich au jambon. Je savais que les Juifs ne mangent pas de jambon, mais je me suis dit que quelqu'un qui est affamé peut manger n'importe quoi. J'ai donc quitté la locomotive. Je suis passé sur le charbon (la femme se trouvait dans le premier wagon), je lui ai jeté le sandwich, et elle l'a attrapé. Mais ces fils de pute d'Ukrainiens le lui ont volé.

Zdenka Ehrlich

Jeune femme tchèque, Auschwitz-Birkenau

Autour de moi régnait un désordre total. Des gens hurlaient, d'autres pleuraient. Il y avait des enfants. Il y avait des chiens, il y avait les gardes qui frappaient tout le monde à la tête en hurlant : « Descendez, descendez ! » Quand tout le monde eut sauté des wagons, on forma une longue colonne, et on nous ordonna de nous mettre en marche. Ce n'était pas une gare, il n'y avait pas de quais, juste des baraques, des barbelés, nulle part où aller… C'était vraiment le bout de la ligne. Sur la droite, on apercevait des créatures en haillons, des femmes presque nues. « Qu'est-ce qu'elles font là ? me demandai-je. Impossible que je sois comme elles, un jour. » Je vis, de l'autre côté, des hommes en tenue rayée. Et entre les deux, nous n'avions qu'une chose à faire : éviter les gardes, les matraques et les chiens. Alors on restait en rang et on marchait. On était portés par le flot, sur presque deux kilomètres.

Trois hommes apparurent devant nous. Uniformes immaculés, bottes luisant comme des miroirs. Je n'oublierai jamais l'impression que me fit l'homme au milieu. Le docteur Mengele. Je jetai un coup d'œil dans sa direction. Il avait belle allure. Il n'avait pas l'air menaçant, plutôt… pas vraiment bienveillant, mais pas menaçant. Je me rappelle ses bottes si brillantes, son habit tellement impeccable. Il portait des gants blancs. Pas comme un agent de la circulation, non, c'était plutôt un signe de distinction et de pouvoir. Il levait la main quand chacun de nous passait devant lui et indiquait, d'un mouvement très lent et très léger : « À droite, à gauche, à gauche, à gauche, à droite, à gauche, à droite… »

Ils nous firent entrer dans une salle gigantesque pour nous compter – cinq, cinq, cinq. Après quoi une femme armée d'un fouet nous chassa dans la salle suivante, et là il y avait des montagnes… des *montagnes* de hardes. Des vêtements que nous n'avions jamais vus nulle part, même dans des garde-robes de théâtre. Au pied de chaque tas se tenait une gardienne, elle aussi munie d'un fouet. Nous devions courir vers le tas, elle saisissait quelque chose et nous le jetait. Le tas suivant, c'étaient les chaussures, des chaussures d'hommes et de femmes, le tout mélangé. Une paire était choisie au hasard et on vous la jetait. Je me retrouvai avec le costume le plus extraordinaire qu'on puisse imaginer : une robe de bal vert olive en tissu léger avec des perles et un ourlet irrégulier (peut-être un accessoire pour une pièce de Tchekhov ou de Dostoïevski), une veste si courte qu'elle avait sans doute appartenu à une fillette de dix ans. Et des chaussures qui me sauveront la vie. Une paire d'énormes souliers d'homme vernis, noirs, pour salle de danse. C'est dans cet accoutrement que je suis sortie du bâtiment. C'est dans cet accoutrement que j'ai vécu jusqu'à la fin de la guerre.

Helen Pelc
Jeune femme, Juive polonaise, Auschwitz-Birkenau

Ils nous ont ordonné d'ôter nos vêtements, ils nous ont déshabillées. On ne nous a rien laissé. Cette déchirure dans mon oreille, ici... Ils n'ont pas eu la patience d'ôter ma boucle d'oreille. Après ça, les douches. Puis nous sommes restées debout, nues, les bras levés, et ils nous ont rasé tout le corps. Nous sommes passées de l'autre côté et ils nous ont jeté un ballot de vêtements. J'avais des galoches de bois et une longue robe dans laquelle je ne pouvais même pas marcher. J'appelai ma mère. Je l'ai à peine reconnue, et elle ne m'a pas reconnue, parce que nous avions le crâne rasé. Moi qui avais de si jolis cheveux roux ! Ils nous ont fouillé tout le corps, la bouche, les oreilles, jusqu'aux parties les plus intimes de l'anatomie féminine. Comment le tube de rouge à lèvres de ma mère avait-il survécu ? Comment avait-elle fait ? Où était-il dissimulé ? Il était si petit, ce tube de rouge à lèvres, à peine trois centimètres... Par la suite, il allait se révéler fort utile.

Roman Halter
Jeune Juif polonais, Auschwitz-Birkenau

Il y avait une immense bassine pleine d'un désinfectant qui évoquait de l'iode, dans lequel il fallait s'immerger. Si vous n'y entriez pas totalement, un SS vous y enfonçait la tête avec son pied botté. Comme on nous avait rasés très sommairement, ceux qui avaient des coupures souffraient terriblement en trempant la tête dans ce produit agressif. Ensuite, on nous a dirigés vers les douches. Après nous avoir remis un uniforme, on nous alloua un numéro et on nous a conduits à nos blocs respectifs. Les femmes ne partaient pas pour les blocs des femmes, mais dans le grand bloc voisin du nôtre. Les Kapos et leurs aides vinrent les violer durant la nuit. On entendit des hurlements et des grognements. Dans notre bloc, les maris sanglotaient en reconnaissant les voix. C'était une mêlée générale, une sorte de récompense offerte aux criminels, aux psychopathes allemands détenus à Auschwitz-Birkenau et qui étaient responsables des blocs.

Jan Hartman
Jeune Juif tchèque, Auschwitz-Birkenau

Nous sommes entrés dans un baraquement. Il faisait nuit. Là, dans ce baraquement, nous étions plus d'un millier de personnes... si nombreux que personne ne pouvait s'asseoir. Nous sommes restés debout pendant des heures. Non loin de moi se trouvait quelqu'un qui devait avoir certaines dispositions religieuses. Il parlait d'une voix profonde, comme s'il prêchait, affirmant que c'était une épreuve à laquelle nous devions nous soumettre. C'était la preuve que nous valions quelque chose et qu'il fallait tenir bon, etc. Dans ces conditions difficiles, il essayait de nous exhorter, de nous dire qu'on survivrait. Dieu sait qui c'était. Après être restés debout pendant des heures et des heures – tout le baraquement, ce millier de personnes –, nous pûmes nous asseoir sur les genoux des uns des autres. C'est alors que je compris que je me trouvais à Auschwitz-Birkenau, côté Birkenau, un endroit immense, couvrant des kilomètres et des kilomètres carrés.

Anna Bergman
Jeune femme, Juive tchèque, Auschwitz-Birkenau

Je me trouvais avec une amie dont les parents étaient dans le même transport que nous, mais qui avaient été dirigés de l'autre côté quand Mengele avait fait sa sélection. Quand nous sommes arrivées à notre baraque, elle a demandé aux femmes : « Où sont mes parents ? Quand les reverrai-je ? » Elles ont toutes éclaté de rire. « Espèce d'idiote, ils sont déjà dans la cheminée, à l'heure qu'il est ! » Nous nous sommes dit qu'elles étaient folles. Et elles pensaient la même chose à notre sujet.

Camp d'Auschwitz-Birkenau, déportés au travail, 1943.

Jan Hartman
Jeune Juif tchèque, Auschwitz-Birkenau

L'étape suivante, ce fut le tatouage de mon matricule. Deux jeunes esclaves – c'est ainsi que je les décrirai – s'approchèrent. L'un d'eux portait un livre. Un livre typiquement allemand, genre XIXe siècle, qui ne contenait rien d'autre que des chiffres. L'autre avait une plume et une bouteille d'encre. Très vite, très adroitement, il nous tatoua. À Terezin, personne ne vous appelait par votre nom, mais les garçons et d'autres gens savaient qui j'étais. À Auschwitz, en revanche, on devenait un numéro, on ne connaissait personne. La seule personne que je connaissais était mon frère, et nous restions soudés l'un à l'autre.

Ce qui me frappait dans le camp, c'était l'odeur. Nous savions déjà que c'était un camp d'extermination. Nous avions vu les cheminées, et le feu était très fort. « Tu vas passer par la cheminée », telle était la phrase que l'on répétait. Je n'avais jamais entendu parler des chambres à gaz, je ne savais donc pas comment les gens étaient assassinés. Mais nous apercevions les cheminées et nous pouvions associer les flammes aux transports qui arrivaient. Il y avait dans l'air cette odeur caractéristique de la chair humaine qu'on brûle. Et puis l'air était impur : on *respirait* les morts... Et les flaques d'eau... Certains jours, quand il avait plu, l'eau était recouverte d'une fine pellicule de cendres gris-vert. Je savais ce que c'était.

Michael Honey
Jeune Juif tchèque, Auschwitz-Birkenau

Le chef du *Sonderkommando* [une équipe spéciale de déportés juifs contraints de travailler aux chambres à gaz et aux fours crématoires] me dit un jour : « Nous devons vider la chambre à gaz et entasser les cadavres sur des chariots : des chariots sur rail, comme ceux qu'on utilise sur les chantiers de construction. Il faut les soulever, parce que ce ne sont pas des chariots à plate-forme, mais des bennes basculantes. On doit les soulever pour les mettre dans ces bennes, puis les pousser sur les rails jusqu'au four crématoire, où ils seront brûlés. Il y a plusieurs rangées de fours, chacun pouvant accueillir trois cadavres. On y met un homme corpulent (ou une femme corpulente), une personne plus petite et un enfant. C'est une manière d'économiser le combustible. La graisse du plus gros facilite la combustion des deux autres. » Il ajouta que le plus difficile était de brûler ceux qui venaient du camp et qui étaient morts de causes naturelles : ils étaient tellement maigres qu'ils n'avaient aucune graisse. Leur combustion nécessitait tellement de charbon que les Allemands l'interrompaient et laissaient les os sur la plaque. Ils brûlaient avec les « fournées » suivantes, jusqu'à ce qu'il ne reste que des cendres.

John Fink

Jeune Juif allemand, Buna-Monowitz, Auschwitz-Birkenau

Il y avait ce camp satellite d'Auschwitz, « Auschwitz III ». C'était en réalité un camp de travail. Je travaillais à Buna, où se situaient les usines d'IG Farben. On y fabriquait du savon et divers produits à partir du charbon, mais l'activité principale était la production d'essence artificielle. La firme devait payer aux SS la main-d'œuvre des ouvriers-esclaves. Bien entendu, ils ne voulaient que des gens capables de travailler. Ils les faisaient travailler à mort : comment aurions-nous pu tenir, avec le peu de nourriture qu'ils nous donnaient ? On m'avait affecté à un *Kommando* d'électriciens. Nous formions un groupe d'une vingtaine d'hommes. Il n'y avait parmi nous que deux véritables électriciens. Les autres étaient ce qu'on pourrait appeler des « électriciens des camps », des hommes assez malins pour prétendre connaître le métier afin d'avoir la vie sauve. J'avais été ouvrier, j'avais l'habitude des conditions difficiles. Mais il y avait parmi nous des bourgeois, des gens qui avaient fait l'université, des docteurs et des avocats qui avaient mené, en temps normal, une existence confortable. Et dans ces circonstances, ils étaient incapables de tenir le coup. Si vous n'étiez pas apte au travail, c'était une raison suffisante pour qu'on vous batte et qu'on vous emmène.

Premysl Dobias
Déporté, Sudète tchèque, Mauthausen

On nous rassembla sur la place d'appel et l'on nous dit à quel *Kommando* nous étions affectés. J'appris avec horreur que j'allais à la carrière de granit : le travail le plus difficile qui existait dans ce camp. Rien n'était pire que les carrières, sauf la *Strafkompanie* [compagnie disciplinaire]. Ses membres portaient un cercle rouge sous leur numéro, ce qui voulait dire que c'étaient des prisonniers très spéciaux. La plupart d'entre eux étaient tués au bout de quelques jours.

Déportés portant de grosses pierres en haut du Todesstiege *(Escalier de la mort), Mauthausen.*

Le lendemain matin, il fallut courir se mettre en rang, selon le numéro de notre baraque. On nous compta, et quand les nazis furent certains que nous étions au complet, que personne ne manquait, nous avons formé les *Kommando*, sous les ordres de certains Kapos, et on nous a conduits à la carrière de granit.

Nous étions les premiers à sortir du camp. Nous avons franchi le grand portail, pour tomber sur des groupes de SS stationnés sur la route de la carrière. En passant devant eux, nous avons reçu des coups de crosse. Nous aperçûmes bientôt la carrière en contrebas. Il fallait marcher si vite que nous perdions nos galoches, et nous devions courir pieds nus, en hurlant de douleur, sur des cailloux coupants. Nous avions les pieds en sang. À cause de la crasse, beaucoup contractèrent des infections mortelles. En arrivant au sommet des cent quatre-vingts marches, on a découvert que des SS nous attendaient, disposés à intervalles réguliers. Ils nous frappèrent au passage. Nous marchions à huit de front. Personne, bien entendu, ne voulait être sur les côtés. Descendant le plus vite possible, fuyant les coups, de nombreux déportés glissaient sur les marches irrégulières. Ils poussaient dans leur chute ceux qui se trouvaient devant eux, provoquant un mouvement en série semblable à celui d'un jeu de cartes ou de dominos. Ils dévalaient les marches en se télescopant mutuellement, sous le regard moqueur des SS.

Alfred Huberman
Jeune Juif polonais, Skarzysko-Kamienna

Dès notre arrivée, on nous a envoyés à l'atelier C. C'était une usine de munitions. Nous étions en juillet 1942, j'y suis resté jusqu'en octobre 1944. J'imagine que c'est un record, le temps de survie moyen étant de trois ou quatre mois. Je passai l'essentiel de cette période à percer des trous dans les obus. On faisait fondre le TNT (une matière jaune qui ressemble à de la semoule quand elle sèche) dans de grosses marmites, puis on l'emportait dans des seaux pour le verser dans les obus. Les femmes le remuaient avec des aiguilles de cuivre pour faire disparaître les bulles d'air. Puis les obus étaient placés dans de petites cabines où l'on forait les trous pour placer le détonateur. Je me tenais dans l'une de ces cabines. Dès que le TNT chaud se solidifiait, je perçais les trous avec un aléseur. La poussière couvrait les visages, pénétrait dans les poumons et vous donnait le teint jaune. Nous travaillions par périodes de douze heures. L'atelier C'était le pire endroit du camp, le taux de survie y était extrêmement bas. Des milliers de personnes y sont mortes.

Nous avions des gardes ukrainiens. Ils étaient abjects, pires que les Allemands. Ils s'amusaient à nous tirer dessus, du haut des miradors, comme au stand. L'un d'eux avait l'habitude, si vous aviez le malheur de lui déplaire, de vous poser le cou sur le rail de la voie ferrée et d'appuyer de tout son poids jusqu'à ce que vous cessiez de respirer. Ils étaient absolument libres de faire ce qu'ils voulaient. Ils avaient toujours été violemment antirusses et antisémites.

Abram « Adam » Bulwa
Jeune homme, Juif polonais, Dora

Plus de 30 000 personnes travaillaient à la production des missiles V2, à Dora. La nourriture était horrible. Deux onces de pain par jour et, le dimanche, exceptionnellement, un thé sans lait. C'était tout. Nous travaillions douze heures par jour (de sept heures du matin à sept heures du soir) et nous avions trois kilomètres à parcourir à pied, matin et soir, sous la surveillance des SS et de leurs chiens de garde. Tous les jours, en sortant du camp, nous pouvions voir cinquante hommes pendus de chaque côté du chemin, tandis qu'un orchestre jouait de la musique allemande. Ils prétendaient que c'était à cause des sabotages, mais nous savions que c'était une pratique banale. Matin et soir, nous passions devant le four crématoire. Nous apercevions les milliers de corps entassés à l'extérieur, qui attendaient d'être incinérés. C'était la routine. Si vous ne pouviez pas vous habituer aux conditions d'existence, vous étiez fichu. Dora était le pire endroit au monde. Je ne l'oublierai jamais. Aujourd'hui encore, je fais des cauchemars, je revois le camp dans mon sommeil.

© USHMM 66285

Entrée camouflée de l'usine
de munitions souterraine, Dora-Mittelbau.

Docteur Helmut Kübler
État-major de la Luftwaffe, Nordhausen

J'ai dû aller au camp de Nordhausen, où l'on construisait les V2. À notre arrivée, une équipe rentrait du travail et allait se reposer dans le bunker. J'ai eu l'impression qu'ils mangeaient à leur faim. Ils avaient l'air bien nourri. Ils avaient des couleurs. Certes, c'étaient des prisonniers, et ils devaient faire ce que les gardes leur ordonnaient. C'est ce qu'on attend des prisonniers, n'est-ce pas, surtout à une époque où ceux qui ne sont pas prisonniers n'ont rien à manger ! J'avais l'impression qu'ils allaient bien. J'ai lu un article, récemment... Je pense que la propagande qu'on fait maintenant est ridicule, les gens qui écrivent cela n'en savent strictement rien.

Premysl Dobias
Déporté, Sudète tchèque, Mauthausen

Peu d'entre nous ont survécu pour se souvenir de la cruauté avec laquelle on assassinait les déportés juifs, en 1942, dans cette carrière de granit. J'en ai été le témoin. Un jour, alors que nous étions au travail au fond de la carrière, nous avons remarqué la présence au-dessus de nous, sur un à-pic, d'un groupe de prisonniers. On nous ordonna de nous écarter. Nous apprendrions plus tard, en observant leurs cadavres de plus près, que ces hommes étaient des Juifs : ils portaient l'étoile de David sur leur veste.

Tout à coup, nous remarquons qu'un déporté est projeté en bas de l'à-pic. Il heurte la paroi, nous voyons le sang jaillir, et il tombe jusqu'au fond, là où il y a une sorte d'étang. Nous regardons la scène, horrifiés, et nous découvrons un groupe de SS, là-haut, derrière les prisonniers. On les voit faire avancer les détenus jusqu'au bord. Chaque prisonnier doit pousser dans le vide celui qui se trouve devant lui, en attendant son tour.

Cet à-pic avait une trentaine de mètres de haut, je dirais, et les malheureux se noyaient dans l'étang. On trouve aujourd'hui, au bord de cet étang, un monument rappelant le drame. Les nazis se moquaient de ces hommes qu'ils projetaient dans le vide en les appelant des « parachutistes ».

Taube Biber
Jeune femme, Juive polonaise, Plaszow

Amon Goeth, le *Kommandant*, n'était pas satisfait de notre travail dans les différents ateliers. Nous n'en faisions pas assez. C'était un monstre. Il nous fit rassembler pour l'*Appell*. Nous nous tenions en rang par cinq. Tout à coup, nous avons vu d'énormes tables, qu'entouraient les soldats. Goeth passa dans nos rangs et choisit vingt-cinq jeunes filles, qui reçurent chacune vingt-cinq coups de fouet sur le dos. À la fin, quand nous avons regagné nos baraquements et que nous avons vu ces filles couvertes de sang, le dos bleu et noir, nous nous sommes mises à hurler. Nous n'étions plus humaines – tous ces hurlements, ces cris, ces pleurs !

Les Allemands savaient que nous cachions des enfants dans le baraquement. Ils ont réglé le problème très gentiment : ils ont installé une garderie où les enfants pourraient rester pendant que leur mère travaillait. Un jour nous étions rassemblées pour l'*Appell*. Comme toujours dans les moments les plus tragiques, la musique braillait (cette fois, c'était *Tout passe*). Nous attendions, interminablement, debout depuis des heures. Soudain, nous vîmes passer un camion avec tous les enfants. La maman de jumelles de onze ans se tenait non loin de moi. On entendit ces fillettes qui criaient : « Maman, maman ! Ils nous emmènent ! » Ils les ont emmenées, en effet, et les enfants ont disparu.

Josef Perl
Jeune Juif tchèque, Plaszow

Le *Kommandant*, Amon Goeth, était un sadique. Il se tenait sur un balcon et son plus grand plaisir était de tirer sur les gens, de là-haut. S'il ne tuait pas vingt ou trente personnes avant le petit déjeuner, il n'appréciait pas son repas. Il ne parlait jamais aux déportés, il leur tirait dessus. Il avait un beau cheval blanc, soigné par un Juif qui savait s'occuper des chevaux. Il avait aussi deux grands chiens dressés pour mettre un homme en pièces en dix secondes, qui ne le quittaient pas d'une semelle. Un jour, j'étais en train de préparer du ciment. Je le mélangeais à du sable et le mettais dans un seau que je donnais au prisonnier qui bouchait les trous sous les cabanes. Je remplissais mon seau, lorsque je vis soudain deux grosses pattes blanches devant moi. Je levai les yeux. Goeth me frappa au visage avec sa baguette. « Personne ne me regarde ! » Après son départ, le Kapo est venu m'avertir : « Il t'a parlé, tu devrais être mort. » Je me suis dit qu'il fallait absolument m'enfuir de cet endroit.

Premysl Dobias
Déporté, Sudète tchèque, Mauthausen

Nous travaillions dans un autre *Kommando* quand deux SS armés de mitraillettes sont arrivés. Ils semblaient très cordiaux. Ils nous montrèrent une ferme peu éloignée. « Nous allons former un nouveau *Kommando* pour travailler dans cette ferme, là-bas, le travail consistera à nourrir des porcs. Il nous faut des gens qui, avant tout, doivent parler allemand. Et ils doivent être de la campagne. » Tout le monde voulait élever des porcs. J'ai tout de suite compris qu'une chance de survie se présentait. Je pourrais travailler à l'intérieur, et même manger avec les cochons. Je levai la main. Quelques déportés espagnols, qui parlaient allemand, étaient aussi volontaires. Le groupe se mit en rang et les SS nous passèrent en revue l'un après l'autre, en nous posant quelques questions. Je prétendis que j'étais né dans une ferme et que j'avais l'habitude de m'occuper de cochons. C'était faux, bien sûr, mais je mentis pour rester en vie.

Nous étions environ vingt-six. Il leur fallait vingt volontaires. Ils refirent le même trajet en sens inverse, écartant certains d'entre nous. Quand il arriva devant moi, le nazi me repoussa. Je levai immédiatement la main : « Je suis fort et je viens d'une ferme. » Le SS revint vers moi et me donna un coup de pied dans les parties génitales. Mais je vis le coup arriver et me détournai brusquement. Le coup me frappa de côté et me poussa en arrière. J'étais exclu. Ils ont compté vingt hommes. « Ordre de marche à droite, direction la ferme, vous commencez immédiatement. » Nous autres, qui n'avions pas été choisis, nous dûmes reprendre le travail.

J'avais les larmes aux yeux en pensant que ma chance de survie était passée, et je saignais à la suite du coup de pied du SS. Nous nous sommes soudain immobilisés, pétrifiés. Dès que le groupe de volontaires eut franchi la ligne invisible formant la limite du camp, ils avaient été fauchés par les mitrailleuses des miradors. Ils étaient tous allongés sur le sol, morts. J'aurais pu être des leurs. Les SS éclatèrent de rire et revinrent vers nous. « Il y en a d'autres parmi vous qui veulent nourrir les cochons ? »

Antonie Krokova
Petite fille, Tsigane tchèque, Lety

C'était la fin de l'après-midi. Nous nous promenions dans le camp, et mes sœurs étaient avec nous. Elles étaient plus âgées, elles avaient dix-huit, dix-neuf ans. Elles étaient toujours ensemble, les pauvres, parce que maman n'était plus de ce monde. On est tombées sur ces deux gardes qui étaient là, à l'écart, avec deux autres. Le premier s'est approché et a commencé à bavarder avec elles. Nous les regardions qui bavardaient...

Il regardait ma sœur. Soudain il l'a attrapée, et elle l'a repoussé. L'autre type s'y est mis à son tour, et mes sœurs se sont défendues mutuellement. Le troisième s'est approché et a séparé mes sœurs. Il était costaud, et on ne doit pas battre un costaud. C'était interdit, de toute façon. Il a giflé l'une de mes sœurs à plusieurs reprises et l'a jetée au sol. Ils essayaient de nous maintenir à distance, tout le monde pleurait et ils nous repoussaient. Alors on a couru, pour dire ce qui se passait, en criant le nom de nos sœurs. Notre père s'est précipité et il a attrapé l'un d'eux. Voyant cela, l'autre l'a tué d'un coup de pistolet. Mon frère est venu à son tour et ils l'ont tué, lui aussi. Il avait quatorze ans. C'est comme ça qu'ils les ont tués tous les quatre : mes sœurs, mon père et mon frère. Ils les ont traînés un peu plus loin, et ce fut tout. Ils nous ont obligés à nous tenir tranquilles. Nous n'avions pas le droit de pleurer, sans quoi ils menaçaient de nous tuer aussi.

Magdalena Kusserow Reuter
Petite fille allemande, Témoin de Jéhovah, Ravensbrück

À mon arrivée, j'ai rencontré une amie, elle aussi Témoin de Jéhovah à Bad Lippspringe. Nous étions contentes d'être ensemble. On m'a assigné le bloc 17, celui des Témoins de Jéhovah. Deux jours plus tard, on m'a fait venir chez le *Kommandant*. Il avait une grosse bible posée sur son bureau. Il l'ouvrit au chapitre « Romains ».

« Lis-moi ça. »

Le texte parlait du devoir d'obéissance.

« Pourquoi n'obéis-tu pas ?

— *Herr Kommandant*, lui dis-je, il faudrait lire le chapitre tout entier pour l'expliquer. Un seul verset isolé, je ne peux pas l'expliquer. »

Il m'a fait un sermon d'une demi-heure, dans son dialecte bavarois auquel je ne comprenais rien. Puis il m'a congédiée.

« Va rejoindre tes sœurs. Tu restes ici, au camp de concentration. »

Steven Frank
Écolier, Juif hollandais, Westerbork, Pays-Bas

En septembre 1943, l'armée allemande investit brusquement le camp de Barneveld. Nous avions une demi-heure pour rassembler nos affaires. On nous expédia à Westerbork. Le transport se fit dans des voitures normales. On arriva dans un endroit différent, au milieu d'une foule de gens de tous les horizons – surtout des Hollandais, et quelques Allemands. Le camp se trouvait à l'est du pays, dans la lande, un espace ouvert au milieu d'une région boisée. Il était entouré d'une clôture en fil de fer barbelé de deux mètres de haut et d'un fossé plein d'eau aux reflets turquoise sale. À l'extérieur de la clôture, des miradors avec des gardes allemands et des projecteurs. La voie ferrée venait jusqu'au centre du camp. Tout avait changé, brusquement. Nous avions quitté notre environnement privilégié. Nous connaissions maintenant la réalité de ce que les Allemands faisaient subir aux Juifs hollandais.

J'appris très vite à être dégourdi. Un jour, alors que je contournais un bâtiment en courant, je me trouvai face à face avec deux gardes et leur berger allemand. Ils lâchèrent le chien, qui bondit sur moi et se mit à me mordre. Je levai les bras pour me protéger, et il me mordit aux bras et aux jambes. J'entends encore leurs rires. Ils trouvaient cela excitant. Soudain, ils en eurent assez et rappelèrent le chien. Après cela, si je devais aller dans un coin invisible de l'extérieur, je regardais autour de moi avant de continuer. On apprend à faire attention.

Stanley Faull
Jeune Juif polonais, Majdanek

Quand nous entrâmes à Majdanek, j'eus l'impression que l'endroit était immense. Mais j'étais jeune. À mes yeux, cela ressemblait à un camp de vacances, avec tous ces bâtiments rangés autour d'une grande place. Je me rappelle avoir remarqué de très jeunes enfants avec leur mère. J'étais assez grand, en 1943, pour être sélectionné pour le travail. Et comme je possédais un certificat attestant de mes compétences d'« ingénieur », je devenais un personnage important aux yeux des autorités allemandes. C'était le premier camp où j'allais sans mes parents, et je me suis vite adapté. Mais j'avais beaucoup de chance : au bout de quelques jours, je fus affecté aux cuisines. Cela me sauva la vie, parce que je pouvais travailler et manger.

Mon travail consistait à sortir la soupe dans les grosses marmites, les rapporter quand elles étaient vidées et les nettoyer dans la cuisine. Je travaillais dix heures par jour, mais il faisait chaud, il y avait de la nourriture et j'étais suffisamment en bonne santé pour l'apprécier. Si vous tombiez malade, l'« hôpital » était l'antichambre de la chambre à gaz, car il n'y avait ni médecins ni infirmiers, et très peu de médicaments. C'est pourquoi il fallait rester en bonne santé si on voulait survivre. La nourriture venait en premier, les vêtements en deuxième, et il fallait se tenir à l'écart des ennuis.

Durant mon séjour à Majdanek, il y eut trois exécutions. Je compris que des gens avaient essayé de s'enfuir des groupes de travail à l'extérieur du camp, que le châtiment était la mort ; nous savions ce qui nous attendait si nous essayions de partir. C'est pourquoi ils étaient arrêtés et exécutés en public. C'était du conditionnement psychologique : « Ne cherchez pas à vous enfuir. » De toute façon, le camp se trouvait dans une région de marécages, il n'existait nul endroit où aller, et les Polonais recevaient une récompense s'ils arrêtaient les fuyards et les remettaient à la police.

Kitty Hart-Moxon
Jeune femme, Juive polonaise, Auschwitz-Birkenau

J'ai tout de suite compris que le camp avait sa propre langue. J'avais le privilège de la comprendre : c'était un mélange d'allemand, de yiddish et de polonais. Il fallait maîtriser la langue pour trouver sa place. Elle avait ses idiotismes. Le terme le plus important, c'était « s'organiser ». C'était un mot universel pour troquer, acheter, vendre, se procurer de la nourriture. Celui qui vivait selon ce principe apprenait comment contourner certaines situations. Essayer, par exemple, d'être envoyé à un meilleur poste de travail. Il fallait éviter ceux où vous n'aviez aucune chance de survie. Les meilleurs postes se trouvaient dans l'enceinte du camp. Ceux qui se trouvaient à l'extérieur étaient mortels. On y était exposé aux intempéries, on y était battu, il fallait marcher pour aller travailler par tous les temps, sous la pluie et la neige en hiver, la canicule en été. Mais si vous pouviez travailler à couvert, cela vous donnait un avantage. C'était le cas de ceux qui travaillaient aux cuisines ou qui étaient chargés de trier les vêtements. Si vous travailliez à l'hôpital, vous étiez privilégié. Il y avait aussi les gens dont il fallait s'écarter. La clé de la survie, c'était la capacité d'adaptation immédiate. Il fallait aussi posséder le sixième sens qui vous indiquait d'où allait venir le danger. Et trouver le moyen d'être totalement invisible, de rester caché dans la foule, de sorte que votre visage ne soit jamais connu des responsables – c'est-à-dire des gens dont il fallait absolument se méfier. Voilà tout ce qu'il fallait savoir très vite. Si vous ne compreniez pas dès les premiers jours, vous étiez fichu.

Maria Ossowski
Jeune femme polonaise, Auschwitz-Birkenau

Pour leur malheur, les déportées grecques ne parlaient que leur langue maternelle, et ne comprenaient ni le yiddish ni l'allemand. Cela leur rendait la vie deux fois plus misérable. Il fallait en effet comprendre les hurlements des gardes. Et ceux-ci ne savaient hurler qu'en allemand. Je me rappelle comme elles étaient jolies à leur arrivée, en mai 1943. Elles chantaient des chansons magnifiques. Elles n'ont pas tenu longtemps, non seulement à cause de la pénurie de nourriture et du travail forcé, mais aussi à cause du climat. Elles ont succombé très, très vite. Un jour, une de ces filles d'origine grecque, de retour du travail avec son *Kommando*, était si malade qu'elle était tombée quelque part dans le fossé. Personne ne l'avait vue. Tout le camp attendit, debout, pendant trois heures. S'il manquait une seule personne à l'*Appell*, une patrouille partait à sa recherche et ne revenait qu'après l'avoir récupérée. Ils ont fini par la retrouver. Ils l'ont traînée dans le camp et ont lâché les chiens sur elle. C'est ainsi qu'elle est morte. C'est ce jour-là que j'ai craché au visage de Dieu. Par la suite, je me suis ressaisie. Il faut espérer en quelque chose de mieux.

Josef Perl
Jeune Juif tchèque, Auschwitz-Birkenau

Quand nous arrivâmes à Auschwitz, nous étions des déportés aguerris, chevronnés, nous portions déjà nos uniformes rayés. J'étais grand, on me donnait dix-neuf ou vingt ans. Afin de rester en vie, je décidai de me porter volontaire pour toutes les corvées. Chaque fois qu'on demandait des volontaires, j'étais là. Pour aller chercher de la nourriture, transporter des cadavres, peu importait, j'étais là. Le problème, c'est qu'on ne pouvait pas se montrer trop longtemps. Si vous étiez trop en vue, vous étiez mort... Vous marchez dans le camp, et tout à coup vous restez collé dans la boue et vous perdez vos chaussures ! Si vous perdez vos chaussures, vous perdez la vie. Je ne puis expliquer la peur, le cœur qui s'affole...

Freddie Knoller
Jeune Juif autrichien, Auschwitz-Birkenau

J'ai toujours été – et je suis resté – un éternel optimiste. Quoi qu'il arrivât, je me disais : je sortirai de cet endroit. Je sortirai *vraiment* de cet enfer et j'irai dire au monde entier ce qui s'est passé ici. Je dois survivre, et je survivrai. Je crois que cet optimisme m'a sauvé. J'ai vu des gens renoncer. Ils ne se lavaient pas, ne prenaient pas soin d'eux-mêmes. En hiver, je me déshabillais en plein air, je me lavais chaque matin. Je pense que c'est cette attitude, alliée à mon optimisme éternel, qui m'a permis de survivre. Si vous renoncez, vous êtes fichu, vous êtes fini.

Michael Etkind
Jeune Juif polonais, Auschwitz-Birkenau

Tout le monde connaissait le mot *Muselmann*. Il qualifiait ceux qui avaient perdu toute volonté de vivre. La faim et le désespoir, le renoncement à l'espoir, quelque chose dans le regard, quelque chose dans la démarche, dans la manière dont ils traînaient les pieds, la tête basse. Si vous les regardiez dans les yeux, vous compreniez qu'ils n'avaient plus longtemps à vivre.

Freddie Knoller
Jeune Juif autrichien, Auschwitz-Birkenau

Planifier la nourriture, c'était le plus important. J'ai beaucoup appris des Juifs polonais, qui étaient les meilleurs planificateurs du camp. Il y avait une sorte de marché noir, où l'on échangeait des choses. Je vendais une tranche de pain pour un bol de soupe. Puis j'allais un peu plus loin avec mon bol de soupe, et je disais : « Allez, donne-moi deux tranches de pain contre ceci. » D'une manière ou d'une autre, c'est ainsi que nous nous organisions. Des détenus travaillant aux cuisines vendaient des pommes de terre au marché noir, pour lesquelles il fallait donner un morceau de pain... On dépensait une énergie considérable pour tout ce qui concernait la nourriture.

Ignacz Rüb
Électricien, Juif hongrois, Buna-Monowitz, Auschwitz-Birkenau

Nous recevions un pain pour quatre et il fallait le partager, mais nous ne possédions pas de couteau. Seulement des cuillers, dont on aiguisait un côté en le frottant sur la pierre. Il était difficile de répartir le pain équitablement, ce qui provoquait toujours des querelles, des rixes, des hurlements. Un jour, j'ai eu une idée. Il suffisait de fabriquer une balance avec des baguettes et du fil : cela permettait de peser le pain au plus juste. Tout le monde s'en servit, et les choses se passèrent plus calmement. Quelques semaines plus tard, deux SS vinrent me demander si c'était moi qui avais eu cette idée. J'acquiesçai. Je croyais qu'ils allaient me récompenser pour cette belle invention, au lieu de quoi ils m'ont battu au moyen d'un tuyau en caoutchouc, avec une telle violence que j'en ai gardé des douleurs. Mais l'idée est passée d'un camp à l'autre, et bientôt tout le monde l'utilisa. C'était si simple que n'importe qui pouvait le faire.

Alfred Huberman
Jeune Juif polonais, Skarzysko-Kamienna

C'était devenu la loi de la jungle. Personne ne pouvait se permettre d'être généreux avec autrui. Je me souviens d'avoir croisé trois frères, des Juifs grecs, qui passaient leur temps à se voler mutuellement leurs rations de pain. Il n'y avait plus aucune règle. On ne savait plus où étaient le bien et le mal. La seule chose qui comptait, c'était de s'occuper de soi-même, quand c'était possible.

Kurt Klappholz
Jeune Juif polonais, Blechhammer

Les cuisiniers distribuaient la soupe dans des barriques... plus on approchait du fond de la barrique, plus la soupe était épaisse. Certains jouaient donc au petit jeu consistant à choisir sa place dans la file de façon à recevoir de la soupe du fond... Puis chacun s'éloignait avec sa part. Était-elle épaisse ou était-elle claire ? Combien de morceaux de viande ? Certains Juifs religieux sortaient les morceaux de viande pour les donner à quelqu'un d'autre. Ce qui, du point de vue du rituel, était absurde : puisque la viande avait trempé dans la soupe, celle-ci n'était plus casher.

Clare Parker
Fillette, Juive hongroise, Mauthausen

À Mauthausen, on nous autorisait une pause au retour du travail. Les Allemands s'asseyaient, leurs chiens également, et nous, nous mangions de l'herbe... de l'herbe et du trèfle. [...] Autre chose : je sortais un morceau de papier broyé d'une des paillasses, je le lissais et je faisais des dessins. Je dessinais un plat avec de la nourriture, et quelqu'un me demandait : « Oh, tu peux me dessiner un bon pain en tranches ? » L'idée de nourriture nous rendait folles. Nous n'avions que cela en tête. Ce pouvait être une pomme, je dessinais ce qu'elles me demandaient. Nous pensions constamment à la nourriture.

Anna Bergman
Jeune femme, Juive tchèque, Auschwitz-Birkenau

Aller aux latrines ! Il y en avait deux rangées de vingt, toutes sous le même toit. Vous pouvez imaginer le spectacle... et l'odeur. Quand vous essayiez de faire vos besoins, les SS vous frappaient le derrière avec de longs bâtons, nous n'avions jamais le temps, c'était horrible. Et les défilés pour les sélections, devant le docteur Mengele et compagnie ! Nous étions nues. On ne savait jamais que faire de ses mains. Un jour, j'ai entendu quelqu'un prononcer ces mots : « De la très bonne marchandise, aujourd'hui ! » comme si nous étions du bétail que les gens de l'abattoir venaient admirer. On ne nous traitait pas comme des êtres humains. Nous n'étions plus humains.

Kitty Hart-Moxon
Jeune femme, Juive polonaise, Auschwitz-Birkenau

Les hommes avaient un énorme avantage. La plupart d'entre eux avaient entre vingt et quarante ans, et ils connaissaient des métiers. Les Allemands voulaient utiliser leurs compétences dans le camp. Ils étaient forgerons, charpentiers, maçons, tailleurs, etc., et les Allemands avaient besoin d'eux. Il y avait aussi des spécialistes, comme les médecins et les pharmaciens. Les femmes étaient pour la plupart des adolescentes. Les femmes plus âgées n'étaient pas admises dans le camp. Tout d'abord elles pouvaient être enceintes, et aucune femme enceinte n'était autorisée à vivre. Ensuite, beaucoup de femmes arrivaient avec leurs enfants. Et comme les enfants n'étaient pas autorisés à vivre, on les menait droit à la chambre à gaz. Les femmes entre vingt et quarante ans n'avaient en général aucune compétence particulière et n'étaient donc pas utiles aux Allemands : elles partaient d'emblée vers les chambres à gaz. Par conséquent, la plupart des femmes qui entraient dans le camp étaient des adolescentes sans spécialité – elles pouvaient être infirmières, mais il ne fallait pas beaucoup de talents particuliers pour être infirmière à Auschwitz. On utilisait ces jeunes filles pour des corvées manuelles où le taux de mortalité était très élevé. Cela dit, les filles étaient psychologiquement plus fortes, elles n'étaient pas enclines à la dépression comme pouvaient l'être, à mon avis, les hommes. Elles étaient solidaires, formaient des clans. Je suis persuadée qu'on ne pouvait survivre seule. On avait l'œil, on luttait pour ses amies avec la même énergie qu'on luttait pour sa propre vie. Les hommes avaient tendance à essayer de survivre seuls, ce qui était beaucoup plus difficile.

Anna Bergman
Jeune femme, Juive tchèque, Auschwitz-Birkenau

À Auschwitz, ils ne savaient pas que j'étais enceinte. C'était formidable, parce que, s'ils l'avaient su, c'était la fin. Mon petit garçon, mort à Terezin, m'a sauvé la vie, et il a sauvé celle de sa sœur, qui était encore dans mon ventre. Si j'étais arrivée à Auschwitz en le tenant dans mes bras, nous aurions été dirigés sur-le-champ, lui et moi, vers les chambres à gaz.

Helen Stone
Jeune femme, Juive polonaise, Auschwitz-Birkenau

À Auschwitz, nous cessions d'avoir nos règles. Je vais vous raconter comment les miennes sont revenues. Je travaillais au *Kommando* « couture ». Un jour, je marchais sur la Lagerstrasse, la rue principale du camp. Des déportés travaillaient sur les poteaux électriques. Devant moi, pas très loin, marchait une *Blockälteste* [chef de bloc]. Elles étaient toujours bien habillées, avec des robes qui venaient de femmes récemment arrivées. Celle-ci était très jolie. Les hommes, sur les poteaux, sifflèrent à son passage. Je me souviens que cela m'avait fait rire.

Brusquement, je me suis dit : « Pourquoi ne me regardent-ils pas ? » Je suis passée devant eux : pas un sifflet, pas un mot. Rien. Pourquoi étais-je à ce point vexée ? C'était une vexation plutôt agréable. C'était humain, après tout. C'était normal. Je suis retournée à mon bloc. J'occupais la couchette du haut. À hauteur de mes yeux, sous le toit, il y avait une petite fenêtre où je pouvais voir mon reflet. J'étais horrible. Mes cheveux de deux centimètres se dressaient comme les épines d'un hérisson. Je mis mon foulard et tirai un peu les cheveux sur mon front. J'arrachai un long fil à l'étoffe qui recouvrait ma paillasse, et je fis une ceinture pour ma robe noire, de cinq tailles trop grande pour moi. C'était beaucoup mieux. Quand je suis descendue, une des filles m'a dit : « Tu es jolie, dis donc ! »

Quelque chose s'éveilla en moi. Le soir même, j'avais mes règles. C'était la jalousic, provoquée par le fait que les hommes avaient sifflé la femme sans même m'adresser un regard. Comme si j'étais une pierre. L'émotion avait provoqué cette réaction. La jalousie, et le désir d'être plus jolie, comme une femme.

Martin Hoffman

Jeune homme, Juif tchèque, Buna-Monowitz, Auschwitz-Birkenau

J'étais de sortie avec un *Kommando*. Le Kapo était très gentil avec moi. En arrivant là-bas, il me dit : « Tu n'as pas besoin de faire le travail le plus dur, tu peux rester dans la cabane. » Un jour, il entre, verrouille la porte et commence à me déshabiller. Je résiste, je ne suis pas d'accord, et je me mets à hurler. On entend des coups très violents à la porte. Aussitôt, il me laisse me rhabiller, il ouvre la porte et tombe nez à nez avec un ingénieur polonais qui travaille à l'usine. J'avais trop peur pour en parler à quiconque.

Le lendemain, je suis tellement malheureux que je décide de ne pas aller à l'*Appell*, et je me faufile dans la baraque. L'alerte générale est déclenchée et on se met à fouiller partout. Ils finissent par me dénicher et m'amènent devant le chef du camp. On me pose des tas de questions. On me bat comme plâtre. J'avais le corps tout noir et je suis resté inconscient. J'avais des marques partout sur le corps.

Leon Greenman
Déporté, Juif britannique, Buna-Monowitz, Auschwitz-Birkenau

Nous avions un Kapo, un dénommé Schiller... une vraie brute. Il disposait d'un jeune garçon, de seize ans environ, qui travaillait avec nous. Celui-ci cessa de travailler ; on découvrit qu'il était mieux vêtu et qu'il avait l'air plus heureux. Il s'éloignait quand on s'approchait un peu trop de lui. Schiller se servait de lui. Je n'avais rien remarqué, jusqu'à un certain soir, après l'extinction des feux. J'entendis Schiller dire en allemand : « Pas comme ça... Comme ça, oui, c'est bon ! » Quelqu'un – sans doute un des autres Kapos – alluma la lumière, et je vis Schiller debout à la tête du lit, et le jeune type devant lui. Ce fut la seule fois. Je me dis : « Eh bien… »

Kitty Hart-Moxon
Jeune femme, Juive polonaise, Auschwitz-Birkenau

C'est sans doute parce que le Canada évoque un monde de richesses que notre *Kommando* avait été baptisé « Kanada Kommando » : à cause de l'abondance de toutes sortes de choses. Sa mission était de trier les biens personnels des déportés venus de toute l'Europe. Les valises abandonnées sur la rampe étaient rassemblées et vidées, et leur contenu entassé sur le sol. Nous, les filles, formions différents groupes. J'ai été d'équipe de nuit pendant les huit mois que j'ai passés là-bas. Mon travail consistait surtout à trier les vestes d'homme. Je devais les extraire du grand tas, les placer sur une table à tréteaux et en tâter les coutures, en quête d'objets cachés. Très souvent, il fallait ouvrir les coutures pour sortir ce qui s'y trouvait. À la fin de notre service, nous avions souvent un seau plein de bijoux ou de billets de banque, ou de tout ce qu'on avait dissimulé dans les vestes. Un jour, j'ai trié les gaines des femmes. Il ne m'a pas fallu longtemps pour remplir un seau de bijoux. Après cela, les vestes et les gaines devaient être pliées et rangées proprement. Chacune de nous devait atteindre un certain quota en un laps de temps déterminé. Nous n'introduisions dans le camp que les vêtements de dernière qualité que les nazis ne voulaient pas expédier en Allemagne. Mais en même temps, nous passions clandestinement des objets dont nous savions qu'ils pourraient servir pour faire du troc ou sauver des vies. Il m'arrivait souvent de retourner au camp avec cinq ou six épaisseurs de vêtements, plus divers objets épinglés dans le dos.

Anita Lasker-Wallfisch
Violoncelliste, Juive allemande, orchestre de femmes, Auschwitz-Birkenau

Ce dont je me souviens, quand je repense à mon arrivée à Auschwitz, en juin 1943, c'est d'un vacarme épouvantable : des chiens qui aboient, des hurlements, des cris, l'attente toute la nuit... sans savoir. Le matin, on vous pousse dans une autre baraque, et le rituel commence. On vous rase le crâne, on vous tatoue un numéro, on vous prend vos vêtements. Tout cela effectué par des prisonniers, pas par des SS. Auschwitz était géré par les déportés. Les SS étaient présents, mais le travail réel était effectué par les prisonniers. La femme qui s'occupait de moi me pressait de questions : Qu'est-ce qui se passe à l'extérieur ? Comment évolue la guerre ? D'où viens-tu ? Que fais-tu ?

Je lui ai dit d'où je venais, et pour je ne sais quelle raison, je lui ai dit que je jouais du violoncelle. « Oh, dit-elle, c'est fantastique ! Reste ici, mets-toi sur le côté. » Tout le monde avançait, et moi, je restais sur place. [...] J'ai attendu longtemps, sans comprendre pourquoi. Je savais que la chambre à gaz ressemblait à une salle de douches, et je me trouvais dans une salle de douches... Je me dis : c'est sans doute cela. Mais ce n'était pas cela. Une femme est arrivée, elle s'est présentée : Alma Rosé, qui dirigeait l'orchestre du camp. C'était la fille d'Arnold Rosé, un musicien très connu, et la nièce de Gustav Mahler. Elle était enchantée de voir arriver une violoncelliste, car ils n'en avaient pas. « C'est formidable que vous soyez ici ! me dit-elle. Où avez-vous appris le violoncelle ? »

La situation était grotesque. Je n'avais rien sur le dos, rien qu'une brosse à dents à la main – et j'étais en train d'expliquer où j'avais appris le violoncelle à quelqu'un qui était enchanté de me voir à Auschwitz ! Cela dit, je n'avais pas touché à un instrument depuis deux ans. Avant de lui jouer quelque chose, je lui ai demandé de me laisser cinq minutes pour répéter. Et j'ai été engagée dans le fameux orchestre. J'avais beaucoup de chance. Tout est relatif, dans la vie, mais c'était le paradis, comparé à l'existence normale dans le camp.

Alma Rosé était une femme remarquable, très digne, dotée d'une très forte personnalité. Celles d'entre nous qui ont survécu savent ce qu'elles lui doivent. L'orchestre devait être excellent – son père lui avait appris à viser très haut, et elle tenait à ce que nous jouions le mieux possible. Elle était très sévère, très autoritaire, et si vous faisiez une fausse note... que Dieu vous protège ! Nous étions souvent furieuses contre elle, mais mieux valait être furieux que de voir ce qui se passait autour de nous. Elle nous mettait des œillères, comme elle s'en était mis à elle-même. « Il faut jouer ces morceaux stupides assez bien pour les faire écouter à mon père », disait-elle. Ou, quand le résultat était correct : « C'est assez bon pour que mon père l'entende. » L'obligation de nous concentrer sur la musique nous empêchait de regarder par la fenêtre, vers les chambres à gaz.

Notre travail consistait à jouer des marches, matin et soir, à la porte du camp, pour accompagner le départ des équipes vers le travail forcé (il y avait beaucoup d'usines à proximité, de Buna et d'IG Farben). Des milliers de gens partaient au travail en marchant au rythme de la musique. Dans la journée, nous retournions dans notre bloc. Nous jouions toutes sortes de morceaux. Nous avions une équipe qui copiait la musique dès qu'elle était orchestrée. Nous avons ainsi sauvé un certain nombre de gens, grâce à leur travail de copiste. Nous apprenions aussi à jouer un certain répertoire à l'intention des Allemands, qui venaient écouter pour se détendre. Notamment ceux qui étaient épuisés par leur travail de sélection des condamnés à la chambre à gaz.

Edith Baneth
Jeune femme tchèque, Auschwitz-Birkenau

On nous amena devant l'entrée principale d'Auschwitz, avec son fameux « *Arbeit Macht Frei* » (« Le travail rend libre »). Devant nous, l'orchestre jouait un air célèbre de Strauss. Tous les SS nous regardaient. Nous sommes restés là assez longtemps, à écouter, et soudain notre humanité nous est revenue avec cette musique qui appartenait à notre vie normale. Nous nous sommes tous mis à pleurer, non pas parce que nous allions vers les chambres à gaz, mais à cause de l'émotion que provoquait la musique « normale ». Je n'oublierai jamais cette sensation. Ce n'était pas la peur d'aller à la mort – nous nous y étions préparés –, c'était plutôt le dernier moment de... Oui, il y avait une vie avant tout cela ! Et la musique nous y replongeait.

Harry Lowit
Petit garçon, Juif tchèque, Auschwitz-Birkenau

Kramer était le *Kommandant* SS du *Familienlager* [camp pour les familles tchèques] de Birkenau. Je devins son messager. J'étais un gamin assez avenant, c'est sans doute pour cela qu'il m'avait choisi. On me donna un uniforme spécial : une veste noire bien ajustée avec le brassard noir portant le mot *Läufer* [coursier], un pantalon d'équitation et des bottes toujours parfaitement cirées. On m'expliqua que je devais être agréable à regarder quand je travaillais pour les Allemands. Je n'avais aucun privilège particulier, mais on me traitait un peu mieux car Kramer m'envoyait porter des messages dans diverses parties des camps. J'étais un peu mieux nourri, et je pouvais prendre de la nourriture aux cuisines pour la donner à mes amis.

Quand on me transféra à Auschwitz, mon nouveau travail consista à lever et à baisser la barre qui se trouvait sous l'arche portant le slogan

«*Arbeit Macht Frei*». Je restais là par tous les temps, avec mon pantalon de cheval, ma veste moulante et le brassard noir portant *Läufer* en lettres d'argent. En même temps, je portais les messages pour Höss, mais j'avais beaucoup moins à faire qu'avec Kramer. J'ai porté des messages au docteur Mengele, et je l'ai vu effectuer ses sélections avec sa cigarette : un geste à droite pour vivre, un geste à gauche pour mourir. Il m'arrivait aussi d'aller aux fours crématoires : je suis donc l'une des très rares personnes qui en soient sorties vivantes. Ce furent des moments affreux, car c'est à cette époque que j'ai commencé à assister à des atrocités.

Alfred Huberman
Jeune Juif polonais, Rehmsdorf

De temps en temps, dans les baraques, les déportés parlaient de leur famille. Pour faire semblant ou pour essayer de se changer les idées, on se vantait beaucoup d'avoir été riche avant la guerre. Chacun essayait de surpasser son voisin. Pour moi, ça ne voulait rien dire. J'étais toujours parmi les plus jeunes. Quelqu'un disait qu'il possédait une grande maison, ou racontait combien son affaire était rentable, et un autre renchérissait aussitôt. Je me souviens d'un médecin, déporté à Skarzysko. Son truc, à lui, c'était de déclamer de la poésie polonaise, et c'était parfois vraiment nul. Autant de moyens de nier ce que nous subissions.

Josef Perl
Jeune Juif tchèque, Buchenwald

La moitié de notre bloc était réservée aux Hongrois et aux Tchèques, l'autre aux Polonais. Ceux-ci avaient toujours l'impression d'être plus raffinés que les Hongrois et les Tchèques. Nous étions tous dans la même galère, mais nous, nous étions la classe inférieure, et eux la classe supérieure.

Leon Greenman
Déporté, Juif britannique, Buna-Monowitz, Auschwitz-Birkenau

Quand personne ne me regardait, je donnais un coup de pelle dans un sac de ciment pour le déchirer. Je considérais cela comme un acte de sabotage. D'autres faisaient la même chose, de sorte qu'en arrivant au travail le lendemain matin on découvrait de multiples sacs délibérément éventrés. D'autres cassaient des briques, pour la même raison.

Alfred Huberman
Jeune Juif polonais, Skarzysko-Kamienna

Près de la machine sur laquelle je travaillais, à l'atelier C (l'usine de munitions), pour percer les deux trous dans les obus, il y avait deux boutons. Je découvris un jour par hasard que si je les actionnais très vite deux fois de suite – allumer, éteindre –, la machine se bloquait ; il fallait qu'un ingénieur vienne la réparer. Je pris l'habitude de le faire, jusqu'au jour où quelqu'un vint me dire de ne pas exagérer. Lorsque nous percions les deux trous dans les obus, nous mesurions avec un compas pour être sûrs que le détonateur se mettrait bien en place. Dans le cas contraire, les obus n'explosaient pas. Par ailleurs, si les femmes ne mélangeaient pas le liquide assez longtemps, ou mal, les bulles d'air affecteraient leur fonctionnement.

Freddie Knoller
Jeune Juif autrichien, Auschwitz-Birkenau

Les trois garçons sortirent du bunker, pâles, les mains attachées dans le dos. On les poussa vers l'échafaud, et nous dûmes nous mettre au garde-à-vous et les regarder monter les marches. Le plus étonnant, c'est que l'un d'eux eut le courage de crier, en nous regardant, juste avant que la trappe ne s'ouvre sous leurs pieds : « *Kamaraden, wir sind die Letzen !* Camarades, nous sommes les derniers ! » Le suivant s'exclama : « *Es lebe die Freiheit !* Vive la liberté ! » C'était là une attitude de défi que nous n'avions jamais vue chez les déportés. Le SS qui actionnait la trappe rougit, le *Kommandant* cria : « *Los !* », la trappe bascula et les trois garçons se balancèrent au bout de leur corde. Leur attitude nous donna du courage. Quelques-uns d'entre nous crièrent : « *Shalom !* », en violation de toutes les règles. Les SS levèrent immédiatement leurs fusils vers nous. Puis on nous fit passer en colonne devant les trois pendus. Nous étions fiers de ces trois héros qui avaient défié leurs meurtriers.

LA RÉSISTANCE

« On ne les menait pas comme des moutons à l'abattoir. On les emmenait comme des êtres humains qu'on va assassiner, et ils ne pouvaient rien y faire. »

On pose souvent une question, de manière agressive, aux survivants de l'Holocauste : Pourquoi n'ont-ils pas fait davantage pour résister aux nazis ? Pourquoi ont-ils enduré tant de cruauté, tant d'humiliations, sans se révolter ?

Les survivants ont expliqué à maintes reprises à quel point ces questions reflètent une méconnaissance totale de la réalité. Après l'invasion de l'ouest de l'URSS, la situation des Juifs dans l'Europe occupée est devenue désespérée, surtout à l'Est. Les Juifs constituent souvent des minorités isolées et ostracisées au sein des populations, et n'ont pas, ou presque pas, l'espoir d'obtenir un soutien moral ou des fournitures d'armes. Il faut rappeler en outre le pouvoir écrasant de la police d'État nazie, et son habileté à tromper les gens. Dans un tel contexte, des Juifs désarmés ont peu de possibilités de résister.

On relève cependant, en dépit de ces obstacles, de nombreux cas de résistance et de révolte. Bien que la malnutrition, la vulnérabilité et la maladie minent la force et la volonté des habitants des ghettos, les Juifs imaginent tout un éventail de moyens de résistance. Cela va du refus de se laisser déshumaniser, de se laisser dépouiller de son intégrité personnelle, jusqu'à des évasions audacieuses et à la fuite dans des cachettes, en passant par des soulèvements dans les ghettos et des révoltes organisées. Même dans les camps, on commet des actes de sabotage, on refuse d'obéir. La résistance juive prend donc de multiples formes, du défi passif et silencieux à l'action violente, armée. Étant donné l'extraordinaire faiblesse des Juifs sous la férule des nazis, on ne peut que s'émerveiller devant la variété et la détermination des actes de résistance.

Le premier type de résistance est le fait de ceux qui s'enfuient. Cela implique la complicité de centaines d'hommes et de femmes non juifs, dans tous les pays occupés par les Allemands, qui prendront des risques énormes pour les secourir. Une dénonciation à la Gestapo entraîne souvent la mise à mort des protagonistes. Les interventions de ces hommes et de ces femmes courageux sauveront des milliers de vies. Les motivations varient, des impératifs moraux ou religieux à l'appât du gain. D'autres agissent par patriotisme, parce qu'ils considèrent la Solution finale comme partie intégrante de l'occupation nazie contre laquelle ils luttent. En Europe occidentale, de telles activités sont nombreuses, particulièrement en Belgique, aux Pays-Bas et, surtout, au Danemark. Quelles que soient les raisons, des milliers d'enfants juifs, des adultes, voire des familles entières survivront grâce à ceux qui sont prêts à mettre en danger leur vie et celle de leurs familles.

Quand on se cache, les chances de survie dépendent de l'importance de la communauté juive et de son degré d'assimilation dans l'ensemble de la société. Le Danemark en fournit un exemple positif. À l'inverse, les masses de Juifs polonais, surtout à l'est du pays, se tiennent à l'écart de leurs voisins non juifs – que ce soit pour la religion, la culture, les coutumes ou la langue. On découvre une situation similaire dans les États baltes (Lituanie, Lettonie, Estonie) et dans l'ouest de l'Union soviétique, où les Juifs craignent autant, sinon plus, leurs voisins que les Allemands.

Nicole David
Petite fille, Juive polonaise, Saint-Servais (Namur), Belgique

Le 4 août 1942, mes parents m'ont cachée dans un orphelinat à Saint-Servais, près de Namur. Ils se sont dissimulés dans un grenier, dans un village des environs. L'orphelinat est le premier endroit où j'ai commencé à être quelqu'un de renfermé, en quête de solitude. Mes parents m'avaient pourtant expliqué que les déportations avaient commencé. Mais je ne comprenais pas pourquoi cette terrible séparation s'imposait. J'étais horriblement malheureuse. Quand mes parents sont venus me dire qu'à cause de mon angine chronique ils me ramenaient à Profondeville, le village où nous avions vécu tous ensemble auparavant, j'ai ressenti un immense bonheur.

Un jour, mon père et moi sommes sortis acheter le journal, pendant que maman préparait le déjeuner. Devant la boutique du marchand de journaux, nous avons croisé deux hommes de la Gestapo. Ils nous ont regardés et nous ont dit bonjour. Nous leur avons rendu leur salut. Puis nous nous sommes regardés, mon père et moi, en pensant : « Il se passe quelque chose. » Poursuivant notre promenade, nous sommes descendus vers la rivière. C'était une belle journée. Le 7 octobre 1942. Nous sommes entrés dans un café. Mon père a commandé un apéritif, dont il m'a permis de boire une gorgée. Après quoi nous sommes rentrés.

Notre maison se trouvait juste à côté de l'église de Profondeville. En approchant de la place, nous avons vu trois camions allemands stationnés devant chez nous. Quelqu'un qui appartenait à la Résistance nous a enjoints de ne pas aller plus loin. Un homme nous attendait devant un salon de coiffure. Il nous a conduits jusqu'à une maison sûre, dans une ruelle donnant sur la place. La famille italienne qui habitait là accepta de nous accueillir. Nous sommes restés jusqu'au soir. En quittant la place, je m'étais mise à pleurer. Mon père m'avait fait taire, car les Allemands risquaient de m'entendre. Je savais que je ne reverrais plus jamais maman.

Ce soir-là, les résistants sont venus nous chercher. Ils ont ramené mon père dans le grenier où il s'était caché un peu plus tôt avec ma mère. Moi, ils m'ont conduite chez la famille Champagne, à Saint-Servais. Sur les dix enfants de la famille, cinq habitaient encore là. Le plus jeune avait quinze ans. En raison de ses trente-deux pièces, on appelait la maison le « château ». J'y suis restée plus d'un an et demi, et on s'est occupé de moi comme si j'étais une enfant de la famille.

Nicole David, Anvers, 1938.

C'était un nouveau changement par rapport à ma famille et, surtout, par rapport à l'orphelinat. Les Champagne étaient une famille noble, des catholiques sévères, à cheval sur la discipline. Nous allions à l'église tous les jours. Paulette, dont je partageais la chambre, m'apprit à lire et à écrire. Le soir, elle me répétait : « N'oublie pas de dire tes prières juives. » Ma mère, qui avait tout organisé d'avance, leur avait dit qu'elle voulait que je reste juive.

Jerry Koenig
Enfant, Juif polonais, Kosow (Pologne)

Nous l'ignorions à l'époque où nous nous sommes réfugiés à Kosow : Treblinka, un tout petit village à huit kilomètres de cette ville, avait été choisi pour abriter un camp de la mort. Alors que nous vivions chez les Zylberman, en aidant aux travaux de la ferme, menant un semblant de vie normale, nous cessâmes brusquement de recevoir des lettres et des cartes postales de nos grands-parents, oncles, tantes et cousins du ghetto de Varsovie. On vit arriver des gens qui avaient sauté de trains en marche et qui nous racontaient une histoire atroce : des transports de Varsovie étaient dirigés sur ce camp de Treblinka. Un autre indice nous apprit qu'on brûlait des cadavres dans les champs : quand le vent soufflait dans la bonne direction, il émanait de cet endroit abject une odeur épouvantable. Alors les pièces du puzzle se mirent en place. Nous comprîmes pourquoi Kosow n'était pas traité comme le ghetto de Varsovie. Nous étions captifs, ils nous prendraient quand ça les arrangerait, et dans l'intervalle nous étions une réserve de main-d'œuvre très pratique. C'est à ce moment-là que papa a décidé que, si nous voulions survivre, la seule chose à faire était de nous cacher.

Lili Stern-Pohlmann

Petite fille, Juive polonaise, Lvov

[L'histoire de Lili Stern-Pohlmann montre à quel point l'expérience des Juifs qui se sont cachés peut sembler incroyable. La mère de Lili effectuait des travaux de couture pour Irmgard Wieth, une Allemande excentrique et naïve, mais compatissante, qui travaillait pour l'administration nazie à Lvov. Quand le ghetto fut fermé, elle supplia Mme Wieth de prendre la fillette avec elle, et la femme accepta. Plus tard, lors de la liquidation du ghetto, la mère parvint à s'échapper et Irmgard Wieth accepta de la cacher également. Mais elle hébergeait déjà un couple de Juifs, les Podoszyn. Les quatre fugitifs vivaient donc dans des conditions très précaires, car l'immeuble où se trouvait l'appartement d'Irmgard Wieth avait été réquisitionné pour des SS gradés et des membres importants de la Gestapo, dans un quartier qui leur était réservé... Ils se trouvaient dans la gueule du loup.]

Ma mère et moi, ainsi que M. et Mme Podoszyn, nous dormions tous les quatre sur le sol de la cuisine, toute proche de l'entrée de l'appartement de Mme Wieth. Nous avions l'ouïe et la vue acérées, à l'époque, et nous étions très attentifs à ce qui se passait autour de nous. Un matin, vers six heures et demie, alors que nous étions encore à moitié endormis, nous réalisâmes tout à coup qu'il y avait quelqu'un à l'entrée. En deux temps trois mouvements, nous avons plié notre literie et nous nous sommes entassés tous les quatre dans la petite arrière-cuisine. On entendit une clé tourner dans la serrure. Nous nous sommes dit que c'était un cambrioleur. Puis la porte s'ouvrit légèrement. Mais une chaîne la retenait.

Soudain quelqu'un se mit à hurler en allemand : « Ouvrez ! Ouvrez immédiatement, ou je tire ! Ouvrez ! » Mme Wieth ouvrit la porte. Un homme la repoussa brutalement et se mit à courir dans l'appartement en donnant des coups de pied et en criant : « Où est ce salaud, ton amant ? Où est ce porc ? » C'est alors que nous avons compris. Quelqu'un nous avait parlé du commandant de la Wehrmacht qui rendait visite une fois par semaine à Mme Wieth, passait la nuit avec elle et s'en allait aux petites heures. À l'époque, le commandant n'avait plus reparu. Le calme revint dans l'appartement.

Une heure plus tard, on entendit la porte d'entrée se refermer. Mme Wieth entra dans la cuisine. « Où êtes-vous ? » Nous sommes sortis de notre cachette. Elle nous expliqua que l'homme était Dieschner, son amant, l'officier SS dont elle occupait l'appartement. L'idée ne nous avait jamais effleurés qu'il en avait gardé les clés. On l'avait envoyé en Hollande pour superviser un camp de concentration. Nul ne s'attendait à son retour. « Il est en permission pour deux semaines, nous dit Mme Wieth. Comment allons-nous faire ? »

Ma mère et Mme Podoszyn faisaient mentir leur généalogie : ni l'une ni l'autre n'avaient l'air juif. Il fut donc décidé que maman serait couturière, et Mme Podoszyn bonne et cuisinière. M. Podoszyn et moi resterions cachés dans l'arrière-cuisine, tandis que la « couturière » et la « bonne-cuisinière » travailleraient ouvertement dans la cuisine. On raconterait qu'elles avaient toutes les deux les clés de la maison, ce qui leur permettrait d'aller et venir. Le soir, ma mère ferait semblant de partir et reviendrait discrètement se cacher dans un recoin protégé par un rideau (pour le cas où l'homme viendrait). Mme Podoszyn, après avoir préparé le repas du soir, serait autorisée à rester et à dormir dans la cuisine. La nuit venue, quand tout était calme, nous sortions de nos cachettes et dormions tous les quatre par terre dans la cuisine. Avec le recul, cela semble inimaginable, mais qu'aurions-nous pu faire d'autre ?

Quand Mme Wieth était au travail, Dieschner venait souvent dans la cuisine pour bavarder avec les deux femmes. Il adorait parler, leur expliquer comment l'Allemagne était en train de gagner la guerre, comment ils bombardaient l'Angleterre. Les deux femmes devaient faire semblant de ne pas comprendre l'allemand. Elles le parlaient pourtant parfaitement, toutes les deux, mais elles répétaient sans cesse : « *Nicht verstehen, nicht verstehen* » [« Pas comprendre »]. En entendant ces conversations, je devais me coller une main sur la bouche pour ne pas rire. Elles formaient un duo irrésistible ! L'arrière-cuisine était si étroite que je devais m'asseoir sur les genoux de M. Podoszyn.

Une fois, le dieu nordique poursuivit même Mme Podoszyn, qui s'écria : « Non, non, non ! Je le dirai à Madame, oh non, non, non ! » M. Podoszyn m'écrasa la bouche avec le bras, presque au point de m'étouffer. De l'autre côté de la porte, ma mère tremblait et priait, craignant que je n'éclate de rire. De temps en temps, quand il était parti, elles nous ouvraient pour nous permettre de respirer un peu et d'aller aux toilettes. Nous avons vécu ainsi pendant deux semaines. À six heures du matin, nous devions replier notre literie, M. Podoszyn et moi regagnions notre arrière-cuisine, ma mère feignait ostensiblement d'« entrer », et c'était reparti pour une journée. Je vous le demande : n'est-ce pas là un rôle digne d'un Oscar ?

Janine Ingram
Jeune femme, Juive grecque, Thessalonique

Un jour, un officier allemand est venu. Il voulait loger dans l'appartement de Maria, chez qui nous nous cachions. Elle était assise sur son porche quand elle vit approcher une voiture blindée. Les gens sortaient de chez eux et regardaient. Au lieu de nous enfermer dans la salle de bains, elle nous poussa vers la cuisine.

Il y avait là un réduit à charbon fermé par une petite porte. Elle nous serra tous les cinq làdedans. Le réduit n'était pas assez haut pour qu'on se tienne debout. Nous nous sommes accroupis, et elle a entassé quelques sacs de charbon sur nos têtes. « Pas un bruit, d'accord ? » L'Allemand frappa à la porte.

« Combien de personnes vivent ici ?

— Je suis veuve, je vis avec mon fils.

— Je veux inspecter toutes les pièces. Je veux savoir combien vous en avez, et combien vous pouvez m'en donner… Une seule salle de bains ?

— Oui, une seule. Je suis une pauvre femme. Je n'ai pas deux salles de bains.

— Montrez-moi la cuisine. »

Je découvris que la porte de notre réduit était entrouverte, là où le bois avait travaillé. Par l'entrebâillement, je voyais ses bottes qui allaient et venaient dans la cuisine. Je retenais mon souffle et priais pour que tout le monde dans le réduit en fasse autant, que le charbon ne fasse pas éternuer quelqu'un, par exemple. Je pense qu'il est resté là moins d'une minute, mais j'ai eu l'impression que cela durait deux heures. « L'hygiène est insuffisante par rapport à nos critères, dit-il enfin. Je ne veux pas de vos chambres. Gardez-les. » Et il partit, dégoûté. Nous étions tellement ankylosés que Maria dut nous sortir de là un par un, tout noirs. Elle était très généreuse. Il lui restait un peu de thé du consulat britannique, où elle avait travaillé avant guerre. « Buvons une tasse de thé tous ensemble, dit-elle. Il faut arroser cela. »

Nicole David

Petite fille, Juive polonaise, Saint-Servais (Namur), Belgique

Les Alliés commencèrent à bombarder un dépôt de munitions du voisinage, et mon père estima que c'était trop près de moi. Il trouva des paysans, dans le village où il se cachait, qui acceptèrent de s'occuper de moi. Inutile de préciser que j'étais terriblement excitée à l'idée de me trouver dans le même village que lui. Je n'y suis pas restée longtemps. Peu de temps après mon arrivée, je jouais dans la cour lorsque j'aperçus plusieurs voitures allemandes qui se dirigeaient vers la ferme. J'ai couru dans la maison, je me suis mise au lit, j'ai remonté les couvertures et j'ai fait semblant de tousser. Les Allemands sont entrés, ont à peine jeté un coup d'œil dans ma direction et sont repartis. À ce moment-là, ils ne cherchaient pas les Juifs, mais des jeunes gens en bonne condition physique pour les envoyer en Allemagne. Mon père a pris des arrangements pour que j'aille dans une autre famille, dans un autre village. La vie à la ferme était totalement différente de ce qu'elle était chez les Champagne. Dans les deux villages où je me suis cachée, la nourriture était abondante, au point que nous avions toujours plus que les rations imposées. Aucune des familles qui m'ont cachée n'a touché un seul centime pour cela.

Jerry Koenig
Enfant, Juif polonais, Kosow (Pologne)

Quand papa eut décidé que nous devions nous cacher, nous avons trouvé – avec l'aide de deux jeunes gens – une famille de paysans des environs de Kosow qui acceptait de prendre ce risque. La récompense de la famille Goral serait de récupérer notre ferme. Le plan consistait à creuser un abri à l'intérieur d'une grange. Cette petite ferme était le foyer d'une famille nombreuse : M. et Mme Goral, leur fils et sa femme, et trois filles adolescentes. L'abri serait assez grand pour héberger onze personnes. Les travaux de terrassement devaient être effectués de nuit, et la terre évacuée à la main vers les champs. Le résultat était incroyable. Il était impossible de deviner que cette grange cachait quelque chose d'anormal. Les parois de l'abri étaient tapissées de paille, le sol était recouvert de branches pour empêcher l'eau de monter, et une trappe était aménagée à l'intérieur de la grange. Nous nous sommes installés dans l'abri durant l'hiver 1942-1943. Nous y sommes restés vingt mois, jusqu'à la libération.

Une mère et sa fille sont venues se cacher avec nous. Quand elles sont arrivées, personne ne savait que la jeune femme était enceinte. Nous avons passé vingt mois dans ce bunker, et il faut neuf mois pour mettre un bébé au monde. Tout le monde savait ce que signifiait cette situation, mais personne ne voulait y penser. Mais la femme grossissait. Un jour, évidemment, elle fut prête à accoucher. À la même époque, la belle-fille de M. Goral était enceinte. Ce fut un accouchement difficile. Il fallut appeler une sage-femme, qui mit au monde un bébé mort-né.

Quelques jours plus tard, une petite fille naissait dans le bunker. Le bébé allait bien, l'accouchement s'était bien passé. Le seul problème, c'était qu'elle faisait comme tous les nourrissons : elle pleurait. Et la vie de onze personnes reposait sur notre obligation de maintenir le silence. Tout le monde se douta qu'il était impossible de laisser le bébé dans l'abri. L'idée nous vint de le substituer à celui de la belle-fille du fermier, mais la sage-femme était déjà au courant. D'autre part, il s'agissait d'un garçon. L'idée fut vite abandonnée.

La conclusion s'imposait : le bébé devait mourir. Mme Goral concocta une potion à base de coquelicots (contenant de l'extrait d'opium) que la maman fit avaler à sa fille, à la petite cuiller. Le bébé s'endormit doucement et ne se réveilla jamais. Tout cela traumatisa les occupants de l'abri. Mon frère et moi, en particulier, l'avons très mal vécu. Assister à cela, c'était insoutenable.

Martin Parker
Juif polonais, Otwock

Nous habitions à l'étage, tandis que ma femme et ma fille vivaient ouvertement au rez-de-chaussée. Pendant la journée, nous ne pouvions pas bouger. Je devais veiller à ce que ma famille garde le silence. Si quelqu'un faisait tomber une cuiller... Nous ne pouvions pas aller aux W.-C. Ma femme montait à l'étage toutes les deux ou trois heures. Nous avons aménagé une cachette secrète à l'étage, dans un coin assez spacieux pour nous accueillir en cas de danger.

Le jour des Morts, en 1943, les Polonais organisèrent une grande manifestation où ils chantèrent des chants patriotiques, drapeaux déployés. Je regardais par la fenêtre quand je vis des Allemands armés de fusils pénétrer dans la maison.

Je donnai le signal, et nous sommes tous allés dans la cachette. Halina, ma petite fille, malade, était alitée, à l'étage. Comme la maison semblait déserte, ils ont enfoncé la porte. Ils sont montés, ils ont démoli notre porte à la hache et sont entrés. Mon cœur battait à se rompre. Un soldat est allé dans les chambres. Il a trouvé ma fille au lit.

« Qu'est-ce que tu fais ici ?

— Je suis malade.

— Qui es-tu ?

— J'avais une famille, avant la guerre. Ma mère a disparu. Mon papa, qui était officier dans l'armée polonaise, a disparu lui aussi.

— Qui d'autre habite ici ?

— Ma tante. Elle est allée à l'église. »

Le soldat regarda sous le lit. Il y avait une valise. Il prit deux paires de chaussettes d'homme et un morceau de savon qu'il glissa dans sa poche, et fit son rapport à l'officier. « Rien à signaler, ici. »

Ils étaient depuis une éternité devant la porte de notre réduit. Soudain, ma belle-mère eut envie d'éternuer. Je fis un signe à ma belle-sœur, qui lui pinça le nez. Si elle avait éternué, je ne serais pas ici aujourd'hui. Après leur départ, il fallut rester cachés, car les voisins vinrent à leur tour, curieux de savoir quels étaient les locataires qui avaient provoqué l'irruption des Allemands. Mais ils ne virent que ma fille. Puis nous entendîmes ma femme chanter ; elle chantait toujours quand elle rentrait. C'était le signal que tout était en ordre.

Après cette peur, je demandai à M. Jaworski de construire un abri dans la cave. Nous y sommes descendus un peu plus tard. Nous y avons vécu quatre ou cinq semaines, jusqu'à ce que les Allemands quittent Varsovie.

Alicia Adams
Petite fille, Juive polonaise, Drohobycz

Un *Volksdeutsche* [Polonais d'origine allemande], qui s'était dit que cela jouerait en sa faveur quand les Russes arriveraient, s'il cachait quelques Juifs, nous fit venir chez lui. Il nous obligea à payer une fortune pour chacun d'entre nous et nous accueillit dans sa cave, où se trouvaient déjà quinze Juifs. Il nous surnommait ses « lapins ». Le soir, il nous faisait sortir et nous donnait à manger. Quand il sut que les Russes s'étaient arrêtés à la frontière polonaise, il prit peur et nous enferma dans l'abri où il gardait son foin. Puis les Allemands vinrent prendre le foin, et il dut nous renvoyer à la cave. Une nuit, nous l'entendîmes discuter avec sa femme.

« Comment vas-tu les tuer ? fit celle-ci.

— J'ai l'habitude de tuer des bêtes, répondit-il. Un mouton, une vache... Tuer un homme ne doit pas être tellement différent. »

Mais, pour une raison inconnue, il n'osa pas. Nous sommes restés cachés trois mois de plus, et les Russes sont enfin arrivés.

Adam Adams
Jeune Juif polonais, Lublin

Maria Cekalska occupait une petite maison dans un faubourg de Lublin. Elle vivait avec ses trois enfants : deux garçons de quinze et sept ans, et une fille de dix ans. Elle était catholique. Une femme ordinaire, qui avait bon cœur. Son bon cœur et sa foi en Dieu l'ont poussée à nous cacher. La police avait prévenu la population, après la liquidation du ghetto de Majdan Tatarski, que quiconque cacherait un Juif serait abattu. Elle avait peur. Lorsqu'un de ses cousins, un *Volksdeutsche*, est venu s'installer chez elle, nous avons creusé un trou dans la cave : un trou d'un mètre carré dans lequel nous nous entassions.

C'était comme un tombeau ouvert, mais avec un couvercle, pour le cas où les Allemands viendraient regarder dans la cave. Par terre, il y avait de la paille et un seau pour nos besoins, qu'un des garçons vidait le soir venu. Nous avons vécu là sept ou huit mois dans une obscurité totale, dévorés par les poux. Les premiers jours, nous pleurions toutes les larmes de notre corps, parce que nous avions perdu nos parents. Puis la faim est venue, et c'est alors que j'ai commencé à revivre. Nous étions affamés, parce que cette femme très pauvre devait nourrir ses trois enfants et le cousin *Volksdeutsche*. Elle faisait parfois des galettes de pommes de terre, et le petit garçon venait nous en jeter un peu. Nous avons vécu huit mois avec une faim atroce et une peur absolue parce que le *Volksdeutsche*, qui ignorait notre existence, se trouvait juste au-dessus de nos têtes.

Huit mois sans se laver, sans le moindre soin, dans l'obscurité totale… J'en ai perdu la notion du temps. Seul notre jeune âge nous a permis de survivre. Nous étions si affamés qu'un jour où nous avons reçu une pomme de terre cuite à l'eau, nous l'avons partagée et, persuadés l'un et l'autre d'avoir une part moins importante, nous nous sommes battus. Nous nous sommes griffés, jusqu'à maculer de sang la pomme de terre ! Nous avons vécu ainsi pendant huit mois, jusqu'à ce que l'armée russe approche de Lublin. Dès que les Allemands se retirèrent, nous sortîmes de notre trou, plus morts que vifs.

« Margot »
Petite fille, Juive allemande, en fuite vers la Suisse

Nous avons survécu en nous cachant à Berlin, de 1939 aux premiers jours d'octobre 1943. Arriva la date prévue pour notre départ en Suisse. Nous avons pris le train de nuit. Ce train, qui allait jusqu'à la frontière, était plein d'hommes de la Gestapo. Comme c'était la veille de la Toussaint – le jour où les gens vont fleurir les tombes de leurs proches –, nous étions vêtues de noir. Maman portait un chapeau noir et une voilette, ainsi qu'un brassard noir. J'étais habillée comme une fille de fermier.

Pendant le voyage, maman remarqua qu'un homme, dans le couloir, semblait l'observer. Son instinct lui souffla : « Gestapo ». Elle avait toujours pensé que, lorsqu'il y a du danger, il faut prendre le taureau par les cornes. Elle est sortie du compartiment et s'est dirigée vers lui. Ils se sont mis à bavarder. « Que faites-vous dans ce train ? lui demanda-t-il. Où allez-vous ? » Elle lui fit un boniment invraisemblable sur son travail, les bombardements de Berlin, et son patron qui lui avait dit : « Vous avez besoin de repos. Allez sur la tombe de vos parents et prenez quelques jours de congé à Constance. »

Elle parla tant et si bien qu'il en eut assez. Quand elle sentit qu'elle l'avait assommé de paroles, elle lui souhaita bon voyage et conclut : « Je crois que mon ami m'attend dans le compartiment. » Un peu plus tard, l'homme de la Gestapo entra dans le compartiment pour vérifier les papiers d'identité. Voyant que maman ouvrait laborieusement son sac, il lui dit : « Inutile de me montrer vos papiers, je vous ai assez entendue, je connais toute votre vie. C'est votre fille ? Je n'ai pas besoin non plus de ses papiers. »

À la frontière, le guide nous conduisit dans un champ. Nous nous sommes couchés par terre. « Vous voyez ce bâtiment, en face de vous ? C'est la frontière allemande. Au-delà, c'est le no man's land, puis le poste-frontière suisse. Après, vous êtes en Suisse. » Soudain, une lueur vive est apparue. Un projecteur, sur le toit du poste-frontière allemand, effectuait un mouvement circulaire pour couvrir la totalité du champ. Nous nous sommes écrasés dans l'herbe, immobiles, et nous avons compté les secondes. Il était là, il n'était plus là, et ainsi de suite. Une rotation, un rythme précis. L'homme nous a dit adieu et nous a plantées là. J'entendais battre le cœur de maman.

Nous rampions, et nous entendions jusqu'au moindre bruit – nous entendions les feuilles tomber des arbres. Nous avons traversé le champ à plat ventre, et sans savoir comment nous sommes allées jusqu'en Suisse. Maman est tombée dans une rivière. J'ai trébuché sur un câble. Nous avons cru entendre une cloche sonner dans le village. « J'ai une torche », a dit maman. « Ne t'avise pas de l'allumer ! » ai-je répliqué. Nous avons commencé à nous disputer.

Tout à coup, j'ai perçu un frottement. C'était un homme à vélo, armé d'un fusil, qui descendait la route principale, suivi d'un berger allemand. Mais nous étions trop près de la rivière, le chien ne nous a pas senties. Nous avons fini par sortir du champ. Il y avait un lampadaire. Nous n'avions pas vu de lampadaire allumé depuis des siècles (à cause du black-out général à Berlin) : nous avons alors compris que nous étions en Suisse. Nous sommes tombées dans les bras l'une de l'autre, juste sous la lampe. Ce fut le baiser le plus agréable de notre existence.

Preben Munch Nielsen
Étudiant danois, membre de la Résistance danoise, Copenhague

En 1943, quand on apprit que l'ordre était donné d'anéantir les Juifs danois, de nombreux habitants de Copenhague en furent informés, et ils allèrent d'une maison à l'autre pour prévenir les Juifs. Les Danois ont un sens pratique très développé. Ils levèrent des fonds, et la Torah fut mise à l'abri dans une église. Le seul endroit qu'il s'avéra impossible de protéger était la maison de

Preben Munch Nielsen, 1944.

retraite juive. C'est pourquoi la majorité des personnes qui ont été déportées à Terezin avaient plus de soixante ans. Mais la plupart des Juifs ont trouvé un endroit où se dissimuler. L'hôpital constituait une des meilleures planques. De nombreux réfugiés s'y sont dissimulés pour une nuit. Quelques-uns, parmi les plus âgés, se sont fait passer pour malades et y sont restés sous un faux nom jusqu'à la fin de la guerre. Une infirmière demanda à un médecin : « Pourquoi sont-ils ici ? » Et lui : « Oh, disons que c'est la rubéole ! » Parfois, un convoi funèbre partait de l'hôpital. Plusieurs voitures suivaient celle qui emportait le « cadavre », et de temps en temps l'une d'elles prenait un chemin de traverse. Voilà comment on évacuait les réfugiés de l'hôpital.

Jørgen von Führen Kieler
Étudiant danois, membre de la Résistance danoise, Copenhague

Organiser en quelques heures le sauvetage des Juifs n'aurait pas été possible sans le soutien massif du peuple danois. Cela aurait pu être le paradis des mouchards, car on négligeait toutes les mesures de sécurité. Le plus important était de contacter les Juifs et de les faire embarquer à bord d'un bateau en partance pour la Suède. Mon groupe de dix étudiants avait installé son quartier général dans notre appartement. À l'origine, nous étions un peu divisés. Mes sœurs, qui étaient pacifistes, refusaient de porter des armes. Mon frère et moi étions déjà engagés dans des entreprises de sabotage. Mais nous devions mettre de côté nos divergences parce qu'une seule chose comptait : sauver les Juifs.

Nous nous sommes réunis à l'appartement le 1er octobre 1943. Il fut décidé que ma sœur et l'un de nos amis essaieraient de rassembler les fonds dont nous avions besoin. C'était le fils d'un propriétaire immobilier du Sjælland, qui connaissait toutes les grosses fortunes de l'île. Ils ont pris un taxi, ont fait le tour des domaines et manoirs du Sjælland, et sont revenus le dimanche soir avec un million de couronnes danoises.

Une de nos amies, également membre du groupe, connaissait un pêcheur dont le bateau était à quai à Copenhague. Elle lui demanda de contacter ses collègues, car nous avions besoin de bateaux pour faire passer le Sound à des réfugiés juifs. Il accepta, mais nous devions lui promettre que les bateaux seraient remplacés s'ils étaient arraisonnés par la police ou les Allemands. Deux jours plus tard – grâce à la garantie de notre million de couronnes –, nous disposions d'une flottille de dix ou douze bateaux de pêche. C'est ainsi qu'à l'automne 1943 il nous fallut deux semaines pour faire passer le Sound à huit cents ou mille Juifs, sans qu'un seul soit tué.

Preben Munch Nielsen
Étudiant danois, membre de la Résistance danoise, Copenhague

Le plan consistait à cacher les Juifs dans des maisons privées, dans des villages proches de la côte – mais aussi à l'auberge que tenait Tomsen, notre chef. Tomsen était très astucieux. Un jour, il appela la Gestapo, sous prétexte qu'il soupçonnait l'un de ses clients d'être juif. La Gestapo arrêta le prétendu Juif… et découvrit qu'il s'agissait d'un des rares Danois possédant un certificat prouvant qu'il était « aryen ». C'est ainsi que notre chef sut se gagner la confiance de la Gestapo. Un jour, hommes de la Gestapo et résistants se trouvèrent côte à côte dans la salle de l'auberge, tandis que des réfugiés juifs logeaient à l'étage au-dessus !

Nous, les jeunes, étions chargés de les conduire à l'auberge. Nous savions exactement où les nazis n'oseraient pas aller. Tout le monde avait l'occasion de s'engager. La police faisait de son mieux. On lui donnait l'ordre d'arrêter les Juifs ? Elle les arrêtait et nous les livrait ! Vingt mille Danois se sont engagés dans la Résistance. Sept mille Juifs ont été évacués vers la Suède. Le sauvetage des Juifs était l'une des missions les plus importantes du mouvement de résistance.

Daniella Hausman
Jeune femme polonaise, Varsovie

J'étais en visite chez mon cousin, pas très loin de chez nous, lorsqu'il me présenta une fillette de quatre ou cinq ans, Marisha. Il prétendit que c'était une nièce de sa femme. Au bout d'un moment, il se décida à me demander si je connaissais un endroit où nous aurions pu placer cette petite fille. Je lui répondis que j'essaierais. Une de mes amies, qui vivait seule dans la banlieue de Varsovie, accepta de s'en occuper.

Quand le soulèvement de Varsovie éclata, j'ignorais ce qu'elle était devenue. J'appris par la suite que la petite Marie était juive. Elle était la fille d'amis de mon cousin, qui la lui avaient confiée avant de partir pour le ghetto. C'était très dangereux – surtout si les Allemands l'avaient découverte –, car les Polonais qui cachaient des Juifs étaient exécutés.

Christabel Bielenberg
Anglo-Irlandaise, Dahlem, Berlin

Ilse Liedke était une bonne amie de la famille. Elle collectait des bons de rationnement pour des Juifs qui n'en avaient pas. Nous avions l'habitude de lui donner autant de coupons que nous pouvions. Cette fois-là, elle m'annonça qu'elle était avec quelqu'un, qui attendait à la porte. Il s'agissait d'autre chose que de bons de rationnement. La femme qui l'accompagnait était juive. Elle avait teint ses cheveux en blond. Elle vivait avec son mari chez un prêtre, à Dahlem. Mais les paroissiens commençaient à se montrer soupçonneux, et le prêtre ne pouvait les garder plus longtemps. Est-ce que je pouvais les héberger ?

Notre voisin, Carl Langbehn (qui sera pendu par la suite, pour avoir participé au complot de Juillet contre Hitler), était un ami proche. Je déclarai à Ilse qu'en l'absence de Peter je devais lui en parler. Je me rendis à la maison voisine. « Tu ne peux pas faire ça, me dit Carl. Tu vas mettre Peter en danger, et les enfants sauront qu'il y a quelqu'un. Tu ne peux pas accepter. » Je me souviens que je suis repassé en rampant par le trou dans la haie. Il faisait nuit à cause du black-out, et je n'avais pas vu le visage du mari qui attendait. « Avez-vous décidé, *Gnädige Frau* [très chère madame] ? » me demanda-t-il. Je ne pouvais vraiment pas dire non. Je lui ai répondu que j'acceptais pour quelques jours.

Ils se sont installés dans notre cave. Je n'ai pas dit à Carl Langbehn qu'ils étaient là. Je me rappelle combien c'était dangereux. Nicky était responsable de la chaudière, qui se trouvait en bas, et les vélos étaient toujours rangés à l'endroit précis où l'homme dormait. Un ou deux jours plus tard, Nicky m'appelle : « Maman, pourquoi faut-il laisser les vélos dans le jardin ? Il pleut ! » Quand je lui ai dit qu'ils devaient rester là, j'ai vu qu'il était troublé. Puis ce fut autre chose : « Maman, pourquoi tu ne veux plus que je m'occupe du chauffage ? J'ai mal fait ? » Le troisième jour, je le vis le nez collé contre la petite vitre, en haut de la porte de la cave.

Un jour, à mon retour, ils étaient partis. Je suis descendue à la cave. Je leur avais donné quelques brins de forsythia, et ils étaient desséchés. Le lit était fait. Je compris qu'ils savaient qu'ils ne pouvaient pas rester plus longtemps. Plus tard, Ilse Liedke me raconta qu'on les avait arrêtés à la gare alors qu'ils achetaient des billets. Pour moi, ce fut le moment le plus douloureux. Je sentais que j'étais impliquée dans le destin de ce couple, et que j'étais entraînée dans cette horrible histoire.

LES JUSTES DES NATIONS

De nombreuses personnes se sont vu accorder par l'État d'Israël le titre de « Justes des Nations » pour avoir sauvé des Juifs. Parmi eux, Raoul Wallenberg occupe une place à part. Ce diplomate suédois travaillait à l'American War Refugee Board à Budapest. Avec l'aide de diplomates d'autres pays neutres, il a sauvé plus de 100 000 Juifs hongrois pendant la vague de déportation de 1944-1945.

John Dobai

Jeune garçon, Juif catholique hongrois, Budapest

Les rumeurs sur une rafle avaient atteint Budapest début 1944. Et c'est lors de l'occupation de la Hongrie par l'armée allemande que nous en avons subi les conséquences. C'est après l'arrivée des Allemands (et d'Eichmann) que les transports de Juifs ont commencé, d'abord à la campagne.

Vers la mi-novembre, mon père est revenu du travail forcé. Plus ou moins à cette époque, il a entendu parler, via un réseau d'amis, de Raoul Wallenberg. Les Juifs de Budapest quittaient la ville par la gare du Sud, qui se trouvait peut-être à une demi-heure de marche de l'endroit où nous étions. C'est là que Raoul Wallenberg distribuait les passeports suédois. Alors mon père a arraché son étoile jaune et il est allé soit à la gare du Sud, soit à l'ambassade de Suède. En tout cas, il a obtenu des passeports pour nous tous, et des instructions : il fallait que nous allions vivre dans une des maisons que Raoul Wallenberg et la légation de Suède avaient achetées. Nous avons donc déménagé une fois de plus, dans le 5e District, de l'autre côté du fleuve. Nous nous sommes installés au numéro 11, je crois, de la rue qui porte désormais le nom de Wallenberg, où l'on a mis une plaque à sa mémoire. C'était un quartier où habitaient traditionnellement beaucoup de Juifs, mais qui n'appartenait pas au ghetto.

Raoul Wallenberg nous a sauvé la vie, c'est indiscutable. Les Croix fléchées sillonnaient les rues et vidaient les maisons. Une semaine de plus, et nous aurions été pris. Pour moi, il ne fait aucun doute qu'il nous a sauvé la vie, et je lui en suis profondément reconnaissant. Je précise qu'il agissait pour des motifs absolument altruistes. Il n'était en quête ni de médailles ni de promotion, il était beau et jeune, il avait de l'argent, il connaissait beaucoup de monde, il avait tout ce qu'un homme de son âge pouvait désirer… ce qui ne l'a pas empêché de tout risquer pour des gens totalement inconnus, sans jamais les juger – il n'y avait pas que des Juifs, mais aussi des communistes et, dans certains cas, des criminels. « Si je peux faire quelque chose, disait-il, j'empêcherai des gens d'être assassinés. »

Dès que les autorités le leur permettaient, nombre de jeunes Juifs et Juives qui étaient parvenus à se réfugier à l'Ouest participèrent à la lutte contre le régime nazi en entrant dans les services alliés.

Stephen Dale
Jeune Juif allemand, interné, Pioneer Corps/SOE, Grande-Bretagne

Le gouvernement britannique nous envoya un homme, le commandant Layton, qui devait nous persuader de nous engager. Cela devait faciliter le retour d'Australie de ceux d'entre nous, les anciens du *Dunera*, qui s'étaient déjà portés volontaires. Le 2 janvier 1942, je prêtai serment. J'appartenais désormais au Pioneer Corps. Beaucoup, dans ma situation, pensaient qu'ils ne pouvaient pas rester les bras croisés sans rien faire contre la menace que les nazis faisaient peser sur le monde entier. De quelles options disposais-je si je voulais agir concrètement ? M'engager dans l'armée était la seule possibilité, et ça ne pouvait être que dans le Pioneer Corps. Le traitement qu'on nous avait réservé sur le chemin de l'Australie était moins le fait des pionniers que des officiers qui leur donnaient des instructions. Mais à partir du moment où je m'étais engagé, j'espérais en sortir. Cela m'a pris presque un an.

En février 1943, je suis entré au SOE [Special Operations Executive] et j'ai commencé l'entraînement. J'ai été parachuté par erreur à l'est de Tramonte (Italie), en 1944. J'ai été arrêté par les Allemands et les Cosaques, et interné jusqu'à la fin de la guerre.

Clive Teddern
Jeune Juif allemand, interné, Pioneer Corps/Royal Armoured Corps, Grande-Bretagne

Je voulais m'engager dans l'armée. J'avais l'impression que c'était la meilleure chose à faire. Je me disais que c'était une attitude plus positive, et il y avait à l'époque une vague très forte de patriotisme. Quand je vois ça aujourd'hui au cinéma, cela me semble plutôt banal, sentimental. Mais cette attitude sentimentale existait. C'était comme une aventure, si l'on veut. Nombre de mes amis avaient rejoint le Pioneer Corps, et je voulais faire comme eux. Je n'ai jamais éprouvé le moindre doute. Je ne me battais pas contre l'Allemagne. Je me battais contre le nazisme. À mes yeux, c'étaient deux choses différentes. Je n'ai jamais eu le sentiment de combattre mon propre pays. J'étais convaincu de me battre pour l'Allemagne, plutôt que contre elle. Pour moi comme pour tous les Allemands de ma connaissance – amis, parents et autres –, notre position était très claire. Nous savions précisément de quel côté nous étions, et il n'y a jamais eu le moindre doute dans notre esprit.

LES PARTISANS JUIFS

Dans toute l'Europe occupée par les nazis, on voit se constituer des groupes de partisans voués à la lutte contre les Allemands. La plupart d'entre eux seront soutenus plus tard par les forces alliées régulières. Les premiers signes d'une résistance juive apparaissent en Europe de l'Est – en réponse aux exactions des *Einsatzkommando* (commandos de la mort) –, lorsque des survivants aux massacres et des évadés se réfugient dans les forêts proches et s'organisent en unités de partisans. Celles-ci deviendront le principal outil de salut des Juifs. Les groupes de partisans pratiquent une guérilla de harcèlement. Ils sont de taille très variée et opèrent à travers l'Europe de l'Est : Lituanie, Biélorussie, Ukraine, sud-est de la Pologne. Un des réseaux les plus célèbres est celui du « Maquis familial Bielski », établi dans la forêt de Naliboki, entre la Lituanie et la Biélorussie. Dirigé par Tuvia Bielski, lui-même secondé par ses trois frères, son groupe de partisans, qui comptait moins de quarante personnes en 1942, en rassemble douze cents (hommes, femmes et enfants) à l'été 1944. Outre ses hauts faits dans la lutte contre les nazis, la Résistance Bielski est reconnue comme le groupe le plus important pour le sauvetage armé de Juifs « par les Juifs ». On estime que 20 000 à 30 000 Juifs ont combattu dans trente détachements de partisans, et que bien d'autres étaient engagés dans des groupes de partisans non juifs. En Yougoslavie, les partisans communistes menés par Josip Broz (« Tito ») constituèrent le groupe le plus nombreux, rassemblant près de 400 000 hommes et femmes.

Daniel « Danko » Ivin
Petit garçon, Juif yougoslave, avec les partisans en Croatie

C'est le 10 mai 1942 que j'ai rejoint officiellement les unités de partisans. J'étais le plus petit – je n'avais que dix ans. J'étais armé (j'avais un pistolet) et j'étais coursier. J'ai été blessé en 1943. Oui, je portais l'uniforme. Au début, toute sorte de haillons cousus entre eux. Plus tard, la section du vêtement m'en a fabriqué un vrai avec des morceaux d'uniformes anglais et américain, et m'a donné une bonne paire de bottes de montagne.

Les trois premiers mois, j'étais surtout à Dreznica, puis dans des villages, puis dans la forêt. En 1943, je travaillai de nouveau pour le comité central. On m'envoyait ici et là, comme les autres. Là où on avait besoin d'un coursier, ou de quelqu'un qui sache taper à la machine. C'était important de taper les lettres. En Yougoslavie, les partisans ont commencé la lutte en 1941. Des petits groupes, d'abord, peut-être des soulèvements dans les villages, surtout en Serbie et au Monténégro. À la fin, quatre ans plus tard, ils étaient devenus une très grande armée antifasciste. J'ai vu tout cela quand j'étais gosse. Je voyais cela se développer et changer très vite,

© Daniel Ivin

Daniel « Danko » Ivin (au centre, sur les marches) : le plus jeune des partisans de Tito.

mais je ne me rendais pas compte à quel point c'était extraordinaire. Pour moi, c'était normal : aujourd'hui nous sommes au village, demain nous serons devant la ville... C'était comme ça. C'était normal, parce que j'étais un enfant. Nous gagnons, nous sommes vivants, nous nous développons chaque jour. C'était ainsi.

À l'automne 1942, nous étions dans la forêt. C'était l'hôpital dans les bois, avec le commandement de la 5e région et d'autres unités, sans eau et sans sel. Des arbres pourris tombaient. Quand il pleuvait, le bois était gorgé d'eau, il fallait le presser et quelques gouttes s'en échappaient, brunes et amères. C'est tout ce que nous avons eu pendant dix à quinze jours, et c'était terrible pour les blessés. Nous n'avions rien à manger, non plus. On faisait cuire l'herbe que nous trouvions dans la forêt. Sans sel. Nous étions tellement affamés, et privés d'eau... Un jour, ma mère était là, assise, mon frère la regardait, et j'ai vu le chagrin dans ses yeux. Soudain, elle a pris je ne sais où quelques morceaux de sucre, elle y a versé une goutte d'alcool (elle appartenait à l'unité médicale)... Je me rappellerai toute ma vie combien une si petite quantité de solide et de liquide peut apaiser la faim et la soif. Elle nous a donné à chacun un de ces cubes de sucre. C'était fantastique. C'était la fête au village !

Joseph Harmatz
Jeune Juif lituanien, avec les partisans de la Brigade lituanienne, forêt de Rudnitski

On l'appelait la Brigade lituanienne, mais les Lituaniens n'y étaient pas très nombreux. Enfin, pour des raisons politiques, il fallait qu'on sache qu'il existait une brigade de partisans lituaniens luttant contre les Allemands. La brigade comptait environ 600 hommes, organisés en bataillons.

Au début, après nous être enfuis du ghetto de Vilnius en 1943, nous avons dû nous organiser. C'était difficile, nous n'avions aucun abri, rien au-dessus de nos têtes, et l'automne était froid et humide dans la région. Nous n'avions ni armes ni nourriture, et nous rendions visite aux paysans avec des morceaux de bois, la nuit, pour qu'ils croient que nous étions armés.

Voler de la nourriture aux paysans n'était pas chose facile, parce qu'ils n'en avaient pas assez pour eux, et ils la cachaient. Il fallait ensuite la transporter jusqu'au camp, la charger sur des chariots et à dos de cheval, les routes n'étaient pas goudronnées, le chemin était périlleux et le trajet durait des heures. En outre, les paysans prévenaient parfois les Allemands, qui nous attendaient. C'était le plus difficile : trouver de la nourriture pour tout le monde. Faire sauter un train, ça semble spectaculaire, mais c'était beaucoup plus facile que de trouver de quoi manger. Il fallait choisir l'endroit, et revenir. Cela demandait parfois deux nuits, si c'était loin, il pouvait y avoir des blessés ou des morts, et il fallait ramener les corps.

Plus l'Armée rouge avançait, plus les partisans étaient nombreux, il fallait être capable de reconnaître les amis et les ennemis. Nous n'avions pas de prisons. Le verdict, pour un prisonnier, c'était « il reste en vie », ou « il va... où il va ». Si vous avez dix-huit ans et que vous êtes l'officier de renseignement qui mène l'enquête, vous êtes mal parti. Si vous vous en sortez, et si vous n'êtes pas trop esquinté, cela vous procure une certaine satisfaction. Mais la vie était dure. Très, très dure.

La forêt était très épaisse. Nous cherchions de petites clairières sablonneuses et creusions des bunkers recouverts d'herbe, sur lesquels nous plantions des arbres. La seule chose qui risquait de nous faire repérer, c'était la fumée qui sortait des cheminées. Le froid nous obligeait à nous chauffer. C'était aussi très humide. Mais les Allemands avaient peur d'entrer dans la forêt. Il y avait des femmes parmi nous, chargées de missions diverses. Les plus âgées s'occupaient de la cuisine, par exemple. Les plus jeunes jouaient un rôle important dans les communications. Une fille pouvait se déplacer plus facilement qu'un garçon, et si elle était blonde, c'était l'idéal. Chacune d'elles était pour nous une vraie déesse. Elles étaient très courageuses, absolument merveilleuses. Elles allaient et venaient, elles se faisaient souvent prendre, mais elles avaient toujours assez de cran pour s'en sortir. Nous avions pour elles un respect illimité.

Oui, l'antisémitisme existait en certains endroits. Je n'en ai jamais fait l'expérience directe, mais je le savais par des partisans juifs d'autres unités, qui m'en avaient parlé.

Nous ne nous attendions pas à nous en sortir. Ceux qui partaient en mission ne revenaient jamais au complet. Comme à la guerre, les blessés constituaient un problème terrible. Nous n'avions ni médecins ni médicaments, et même si un docteur se trouvait parfois parmi nous, il ne disposait pas des instruments nécessaires. Comment opérer sans matériel ? Les hommes revenaient du combat avec un bras ou une jambe en moins, et il fallait les opérer, plusieurs fois.

Celui qui m'avait fait entrer dans la Résistance, par exemple, perdit un bras. Nous étions sortis pour faire sauter un train, et le détonateur avait explosé avant qu'il ait eu le temps de le mettre en place. L'explosion lui arracha trois doigts. Il fallut le ramener sur cinquante kilomètres, et il saignait sans arrêt. Nous avions un jeune docteur, qui lui a coupé l'avant-bras avec une scie ordinaire. Après la guerre, il a continué à passer d'un hôpital à l'autre, et quand il est mort, à plus de quatre-vingts ans, son bras lui faisait encore mal. Nous n'avions rien, pas d'anesthésiques, absolument rien. Pas de médicaments. C'était dur à tous points de vue : la nourriture, les hommes qui se faisaient tuer, les souffrances, l'angoisse quant au sort de nos familles. Tout cela s'ajoutait pour vous condamner au désespoir.

Jack Shepsman
Jeune Juif polonais, réseau Bielski, forêt de Naliboki

Les officiers de Bielski, dans le camp, ont accueilli les 190 fugitifs de Nowogrodek. Ils reçurent également des hommes venus d'ailleurs. Nous étions 1 500 dans ce groupe Bielski – hommes, femmes et enfants, tous juifs. Je n'aimais pas beaucoup cela. Nous n'avions pas d'armes. J'étais venu pour me battre, pour agir, et on m'a mis à la cuisine... Ce n'était pas pour cela que j'avais survécu ! Je voulais me venger de ce que les Allemands nous avaient fait. Un jour, un groupe de garçons très gentils et très beaux est arrivé à notre camp. Je leur ai expliqué que je n'avais aucun avenir avec Bielski si je voulais me venger, et que j'étais prêt à me joindre à eux, quelles que soient leurs intentions. Après s'être consultés, ils m'ont admis parmi eux. Ils s'étaient baptisés Orognekege. Ils étaient russes, juifs pour moitié d'entre eux. J'étais heureux d'être avec eux. Au moins, je faisais quelque chose.

Jack Kagan

Jeune Juif biélorusse, avec un groupe de partisans, forêt de Naliboki

Un groupe de partisans de Bielski était sorti pour intercepter une patrouille allemande. Sur le chemin du retour, épuisés, ils firent étape dans une ferme pour dormir un peu. Le paysan

Jack Kagan (à gauche) et son camarade résistant Tevele Niankovski, peu après la libération.

envoya son fils prévenir les Allemands que des partisans juifs se trouvaient chez lui. Les Allemands sont venus et les ont massacrés. Pendant quelque temps, le paysan n'entendit parler de rien. Personne ne savait ce qui était arrivé à ces dix garçons. Environ deux semaines plus tard, on finit par découvrir où ils s'étaient arrêtés – la maison était une planque. Un des Bielski se rendit chez le paysan avec quelques hommes et lui déclara qu'ils savaient ce qui s'était passé. Le paysan essaya de résister, mais ils le tuèrent et tuèrent toute sa famille. Bielski ordonna qu'on ne touche à rien dans la maison. Il ne voulait pas qu'on croie à un cambriolage. Il fallait qu'on sache qu'il s'agissait d'un châtiment.

Jack Shepsman
Jeune Juif polonais, partisans Orognekege, forêt de Naliboki

C'est avec eux que j'ai appris à faire sauter les trains de ravitaillement allemands. Ils m'ont enseigné comment poser l'oreille sur les rails. On entend un train arriver à des kilomètres de distance, surtout la nuit. D'abord un chuintement lointain, puis le bruit normal, de plus en plus proche. Des gardes allemands longeaient les voies, en amont et en aval, ce qui nous obligeait à attendre que le train soit au plus près avant de nous précipiter avec les explosifs. Quand le train sautait, il y avait des fusillades, et nous tuions beaucoup d'Allemands. Nous remplissions nos chariots de munitions et d'autres fournitures, et nous repartions dans la forêt. Mon chariot était tiré par un cheval qui savait où était la base, et qui retrouvait toujours le chemin pour rentrer. J'appris beaucoup en peu de temps, et j'étais très heureux avec ce groupe. Nous ne manquions pas de nourriture. Je savais comment les paysans enterraient leurs réserves pour que les Allemands ne les prennent pas. Je me débrouillais pour les retrouver, ce qui nous garantissait de la nourriture à profusion, ainsi que des vêtements et des chaussures. Nous chantions des chants russes autour du feu ; nous formions un groupe heureux, très joyeux. J'étais le seul Juif polonais de la bande. Nous étions tous en quête de vengeance. La punition la plus terrible était de ne pas avoir le droit d'aller en mission.

1944-1945

LES CAMPS II

« Auschwitz... Une partie de moi-même est morte là-bas, sans aucun doute. On était poursuivi vingt-quatre heures sur vingt-quatre par l'odeur abominable qui émanait des fours et des cheminées : vingt-quatre heures par jour dans cette puanteur délétère. Aujourd'hui encore, j'en ai le goût dans la bouche. »

En janvier 1944, les nazis ont été repoussés presque jusqu'à la frontière polonaise. L'été suivant, l'Armée rouge relance son offensive pour soutenir le débarquement allié en Normandie. Entre-temps, les camps d'extermination de Chelmno, Belzec, Sobibor et Treblinka ont achevé leur œuvre de mort. Auschwitz-Birkenau reste le principal centre d'extermination.

Devant le spectre de la défaite sur le front Est, la campagne pour déraciner les Juifs qui vivent encore sous la férule allemande s'intensifie. Après l'invasion de la Hongrie par les Allemands (mars 1944), 400 000 Juifs de ce pays sont déportés à Auschwitz. Les derniers Juifs de Slovaquie sont déportés, et les ultimes ghettos et camps de travail encore en activité à l'Est sont liquidés. On accélère également le rythme des déportations de Theresienstadt. Les transports continuent à affluer d'Europe de l'Ouest. En un peu plus de six mois – à partir du printemps 1944 –, plus de 600 000 personnes (dont 95 % de Juifs) arrivent à Auschwitz-Birkenau.

Dennis Avey
Prisonnier de guerre britannique, Buna-Monowitz, Auschwitz-Birkenau

En 1944, Auschwitz-Birkenau fut le théâtre de choses terrifiantes. Ils gazaient et brûlaient des milliers de personnes trop faibles pour travailler. Je savais quasiment tout ce qui se passait. Je savais qu'on déportait à Auschwitz-Birkenau des gens de presque tous les pays d'Europe, hommes, femmes et enfants. Puis ils étaient sélectionnés. Certains étaient gazés sur-le-champ. Il y avait des *montagnes* de vêtements, de lunettes, de chaussures – d'immenses entrepôts pleins des possessions volées à ces gens. Ils les envoyaient dans les chambres à gaz, où ils faisaient usage du zyklon B, et ils brûlaient les cadavres. Et cela se poursuivait vingt-quatre heures sur vingt-quatre.

Christabel Bielenberg
Anglo-Irlandaise, Dahlem, Berlin

La veuve de Schulenburg se rappelle que son mari lui avait dit, un soir, en rentrant :

« Tu sais qu'ils tuent les Juifs qu'ils envoient vers l'Est ?

Sélection de Juifs hongrois,
Auschwitz-Birkenau, printemps 1944.

— Quoi, tous les Juifs ?

— Oui. Je crois qu'il y en a des centaines de milliers. »

Schulenburg était un membre très énergique de l'opposition. Il a été pendu après le complot de Juillet, en 1944.

Else Baker

Petite fille allemande, à demi tsigane, Auschwitz-Birkenau

Quand je pense à mon arrivée au camp, en 1944, je sais que je n'aurais pas survécu si on m'avait laissée dans la grande baraque avec les Tsiganes. Wanda a été ma planche de salut. Elle vivait seule dans sa petite chambre. Je lui avais fabriqué un collier avec des pâquerettes, car j'avais trouvé, du côté du four crématoire, une étendue de mauvaises herbes, avec du trèfle et des pâquerettes. Vers la fin, j'allais souvent dans ces hautes herbes. On m'avait dit de ne pas m'approcher de la barrière électrifiée parce que cela me tuerait, mais j'allais tout de même assez près, dans la zone interdite. Je n'étais pas loin des déportés qui venaient de la gauche : de longues colonnes de gens bien habillés, en route vers le four crématoire. Si j'avais appelé, ils m'auraient entendue. Je découvris plus tard que c'étaient des Juifs. Les femmes portaient des manteaux de fourrure, elles avaient l'air de vedettes de cinéma avec leurs vêtements extravagants. J'ai dû me dire qu'elles portaient leurs plus beaux habits.

Gertrud « Trude » Levi
Jeune femme, Juive hongroise, Auschwitz-Birkenau

La déportation des Juifs hongrois commença à l'été 1944. Un wagon pouvait accueillir normalement 60 à 90 personnes, nous étions 120. Dès que les portes se refermèrent, on décida de faire face à la situation de manière civilisée. On se servit de nos bagages pour construire des sièges, de sorte qu'on put s'asseoir, serrés les uns contre les autres, dos à dos, les genoux remontés contre le menton.

Pour nos besoins, nous avions deux seaux. Il fallut surmonter nos inhibitions pour nous en servir – hommes, femmes, enfants –, mais on s'en est servi, et c'était loin d'être suffisant pour cent vingt personnes. De toute façon, les excréments coulaient sur le sol à chaque secousse du train, ce qui fait qu'au bout d'un moment nous nagions dedans, sans pouvoir y remédier. Nous étions en juin 1944, il faisait très chaud, et il y avait très peu d'air dans le wagon. Les deux ouvertures étaient obstruées par du barbelé. L'air devenait vraiment irrespirable. Nous mourions de soif. Chacun avait bu sa bouteille d'eau le premier jour, croyant qu'il pourrait la remplir par la suite, mais nous n'en avons pas eu l'occasion, et nous étions de plus en plus déshydratés.

Dans la vie normale, on dit souvent qu'on a soif. Là-bas, la soif, c'étaient des lèvres sèches, gercées, douloureuses. Vous aviez faim, vous aviez un morceau de pain dans la main mais vous ne pouviez pas le manger parce qu'il était impossible d'avaler. Les nerfs lâchaient, certains devenaient fous, avaient des crises cardiaques, mouraient. Au milieu des morts, des fous, des crises d'hystérie et des hurlements, nous étions impuissants, nous ne pouvions rien faire.

Hugo Gryn
Jeune Juif ruthène-slovaque, Auschwitz-Birkenau

Lorsque le train s'arrêta enfin, il faisait encore sombre, et ils attendirent l'aube pour ouvrir les portes. Je descendis du train, et il se passa quelque chose qui me sauva la vie. Je vis des gens bizarres dans leurs uniformes rayés. Je supposai qu'il s'agissait des pensionnaires d'un asile psychiatrique. Ils allaient et venaient, leur travail consistait à nettoyer les trains. Sauf que l'un d'eux, en passant devant moi, murmura en yiddish : « Tu as dix-huit ans et un métier, tu as dix-huit ans et un métier. » Mon père me dit alors : « Si on t'interroge, tu as dix-neuf ans, et tu es *Tischler und Zimmermann*. Menuisier et charpentier. » Mon frère, Gabriel, n'avait que onze ans. Un garçon extraordinairement beau et très, très brillant. Nous arrivons en haut de la file, on me demande mon âge, je réponds : « Dix-neuf ans. » « *Betreibst du ein Handwerk ?* Tu as un métier ? » « *Ja, Tischler und Zimmermann*. Oui. Menuisier et charpentier. »

Ils n'interrogent même pas mon frère. On l'envoie dans une direction avec mon grand-père et ma grand-mère. Mon père et moi allons dans une autre, ma mère plus ou moins dans la même. Ma mère ne veut pas laisser mon frère partir loin d'elle. La dernière image que j'ai d'elle : ils la ramènent brutalement en arrière et l'envoient vers nous, bien que les hommes et les femmes doivent être séparés.

Plus tard, dans les baraques, je demande comment les familles font pour se retrouver... L'homme à qui j'ai posé la question est là depuis un certain temps.

« Tu ne les reverras jamais, me dit-il.

— Pourquoi ça ?

— À l'heure qu'il est, ils sont déjà morts.

— Comment ça, ils sont déjà morts ? Écoute, j'ai déjà assez peur, ne me fais pas de blagues. »

Je n'arrivais pas à croire ce qui nous arrivait depuis vingt-quatre heures.

Maria Ossowski
Jeune femme polonaise, Auschwitz-Birkenau

En mai 1944, après l'arrivée des Juifs de Hongrie, les nazis brûlaient trois mille cadavres par jour. Birkenau se trouvait sur les terres basses au bord de la Sola, c'était au niveau de l'eau, terriblement humide. Alors l'air n'était jamais très sain, et si l'on y ajoutait la fumée que crachaient ces cinq cheminées jour et nuit, sans interruption, respirer était presque impossible, et il était encore plus difficile de travailler. J'ai honte de vous avouer que le jour où j'appris que j'allais rejoindre un autre *Kommando* de travail, à six kilomètres de Birkenau, je me suis dit : Dieu merci ! plus de fumée. Nous étions au milieu de l'extermination des Juifs hongrois.

Kitty Hart-Moxon
Jeune femme, Juive polonaise, Auschwitz-Birkenau

Au *Kanada Kommando,* nous pouvions voir les gens qu'on amenait dans le camp. De mai à septembre 1944, les nazis allaient déporter 750 000 Juifs hongrois. Il fallut créer un groupe de travail supplémentaire pour trier les effets des arrivants, toujours plus nombreux. J'étais de l'équipe de nuit, ce qui me permettait d'observer ce qui se passait durant la journée.

Les femmes et leurs enfants avaient été séparés des hommes. Elles attendaient dans le bois, juste en face de notre baraque. Les enfants cueillaient des fleurs, les femmes s'asseyaient par terre et pique-niquaient, partageant avec eux la nourriture et l'eau qui leur restaient. Puis un groupe partit vers le bâtiment de plain-pied qu'on savait être le crématoire IV. On entendit un bruit étouffé. De la fenêtre de notre baraque, je vis un homme portant un masque à gaz monter sur une échelle. Il vida le contenu d'une boîte métallique dans une ouverture – une sorte de lucarne s'ouvrant dans le toit –, et descendit très vite de son échelle.

À part le bruit étouffé, on n'entendait pas grand-chose. De temps en temps, des cris nous parvenaient. Au bout d'un moment, on voyait la fumée sortir de la cheminée du crématoire IV,

© IWM HU 9C295

Femmes et enfants hongrois
dans les bois d'Auschwitz-Birkenau, avant l'extermination.

puis on devinait une certaine animation à l'arrière du bâtiment. Ils jetaient des cendres dans l'étang, derrière. Ce que je ne comprenais pas, c'était que les gens assis dans le bois étaient d'un calme absolu, ils ignoraient que ceux qui étaient partis un peu plus tôt étaient déjà morts. Ils n'en avaient aucune idée.

Mais les capacités des fours crématoires, à ce stade, ne suffisaient pas pour répondre à l'afflux. Les nazis exécutèrent beaucoup de gens dans des fosses creusées au fond de la forêt. Nous pouvions voir des hommes rassembler du bois, là où ils devaient allumer de grands feux. Pendant très, très longtemps, nous n'avons pas compris. Mais nous sommes restées là huit mois, et nous avons vu la même chose, jour après jour. Et les énormes quantités de vêtements nous donnaient une idée du nombre de personnes assassinées.

Else Baker

Petite fille allemande, à demi tsigane, Auschwitz-Birkenau

Un soir, on nous ordonna de ne pas sortir de la baraque. Elle n'était pas éclairée, il faisait noir. Je ne connaissais personne. Nous avons entendu des hurlements, des hurlements terribles, des cris qui disaient : « À l'assassin ! » Un adulte décida de désobéir aux ordres et ouvrit la porte. Cela provoqua une confusion sans nom : par la porte entrebâillée, les adultes virent de grands feux brûler du côté des fours crématoires. Des feux à ciel ouvert. Et le bruit se répandit – j'étais une enfant, mais je tendais l'oreille : « Ils brûlent les gens vivants, ils brûlent les gens vivants ! » Chaos ! Panique ! Mon Dieu, c'était pire que toutes les descriptions de Dante : l'obscurité totale, la foule qui grouillait, la porte entrouverte, les lueurs rouges, les hurlements...

J'eus assez de courage pour demander à une femme, à côté de moi : « Qu'est-ce qui se passe ? » Elle se tourna vers moi en hurlant : « Les tiens sont en train de brûler vifs les gens de mon peuple ! »

« *Les tiens* »... parce qu'elle voyait bien que je n'étais pas cent pour cent tsigane. « On ne peut pas brûler les gens, lui ai-je répondu. On brûle du charbon, pas des *gens*. »

Antonie Krokova

Petite fille, Tsigane tchèque, Auschwitz-Birkenau

Je me trouvais devant la chambre à gaz. Les cent premiers entrèrent. Nous étions dans le deuxième groupe de cent. Puis les professeurs et les docteurs de Prague sont arrivés. Un professeur, qui connaissait très bien mon père, m'a reconnue. Il m'a demandé, en tchèque :

« Quel est ton numéro ? »

Stupéfaite, j'ai répondu en allemand :

« 8140.

— Tu parles tchèque ? »

J'ai fait oui de la tête.

« Alors quel est ton nom ? Quel est le nom de ton père ?

— Vrba...

Et je me suis mise à pleurer.

— Voilà Vrbova, a-t-il dit en allemand, en me

faisant sortir de la file. Elle ne doit pas être brûlée, sa famille doit être libérée. »

Mais ils avaient déjà brûlé maman. Et plusieurs de mes frères et sœurs étaient déjà morts.

Antonin Daniel
Jeune homme, Tsigane tchèque, Auschwitz-Birkenau

Ils nous ont conduits aux douches. « Vous allez récupérer l'or. » « Mais ils ne voudront pas nous le donner. » « Ils sont bien obligés ! » Ils avaient une sorte de liquide pour graisser les doigts quand les bagues ne glissaient pas. Et nous avions de petites pinces pour couper les boucles d'oreilles. Nous savions ce qui allait arriver à ces gens quand on leur aurait pris leur or, mais nous n'étions pas censés le leur dire. Je devais leur raconter qu'ils auraient les mêmes vêtements que moi, qu'ils devraient travailler et qu'ils iraient vivre dans les blocs. Nous prenions tout, nous les dépouillions de leurs vêtements, cela éveillait leurs soupçons.

Je leur disais : « Déshabillez-vous, et si vous avez des bagues, de l'or ou de l'argent, posez-les ici. » Certains obéissaient, d'autres refusaient. Puis ils partaient pour la chambre à gaz – un endroit semblable à une salle de douches –, on les y entassait jusqu'à ce que ce soit plein et on verrouillait les portes. Ils n'en savaient rien. On ouvrait le gaz et c'était la fin.

Il y avait une sorte de judas. Nous pouvions regarder. J'ai vu, *j'ai vu*. Mais si ce Kapo nous avait pris, il nous aurait battus à mort. Ils tombaient comme des mouches. Cela durait un quart d'heure, et quelques-uns... enfin, beaucoup d'entre eux étaient encore vivants, ils respiraient encore. On ouvrait pour évacuer le gaz, et on les tirait dehors. Ceux qui respiraient encore, ils les battaient à mort.

On cherchait surtout les femmes les plus légères. Celles qui étaient trop grosses, nous étions incapables de les déplacer – alors le Kapo nous battait (« *Schnell ! Schnell ! Schnell !* ») –, ce n'était pas bien, nous devions les porter également. Ils étaient deux ou trois cents dans la chambre à gaz, ce n'était pas toujours pareil. C'étaient des Juifs : des femmes, des enfants et des hommes... des familles entières. Ils n'y mettaient pas les Roms. Quand des Roms mouraient, ils les jetaient directement dans le four.

Un groupe de prisonniers tsiganes, camp de la mort de Belzec.

Après le gazage, nous sortions les cadavres. Ils nous donnaient des sortes de lanières, nous devions les attacher par la jambe et les tirer jusqu'au four crématoire. Seuls des Juifs étaient sélectionnés pour y travailler, c'étaient des jeunes, très costauds. On leur donnait un peu plus à manger. On les faisait travailler trois ou quatre mois maximum. Puis on se débarrassait d'eux, ils allaient à la chambre à gaz et d'autres prenaient leur place. J'avais déjà appris ma leçon. J'y étais habitué. Cela ne me faisait rien. Rien du tout. Cela ne heurtait absolument pas mes sentiments. J'étais immunisé.

Kurt Klappholz
Jeune Juif polonais, Blechhammer

En 1944, quand Blechhammer devint un camp annexe d'Auschwitz, nous avions un four crématoire. J'ai collaboré à l'incinération des cadavres de l'hôpital. Je me rappelle très clairement comment nous procédions. Quelqu'un devait entretenir la chaleur des fours, pour que les corps puissent brûler. Un autre m'aidait. Nous posions un ou deux corps sur une sorte de brancard métallique muni de roulettes à un bout : c'était le côté qu'on introduisait dans le four. À l'autre bout, deux poignées permettaient de pousser le brancard à l'intérieur du four. Pour retirer le brancard, il fallait soulever le corps à l'aide d'une longue fourche. La chaleur était telle que les corps commençaient immédiatement à bouger. On fermait alors la porte du four, et les corps se consumaient.

J'ai ressenti (c'est le moins qu'on puisse dire) un dégoût très prononcé. La vue des corps mouvants, en particulier, était une chose assez répugnante. Mais au bout d'un moment, on n'y faisait plus attention. Je préférais être à l'arrière et pousser le brancard, tellement le maniement de la fourche était une tâche désagréable. Le type avec qui je faisais équipe était un grand costaud. Il a contracté une maladie quelconque, et il est mort en quelques jours. C'est moi qui l'ai incinéré.

Albin « Alex » Ossowski
Déporté polonais, Auschwitz-Birkenau

Le contact le plus terrible, dans le camp, fut la rencontre avec les *Sonderkommando* [les unités spéciales composées de Juifs que l'on obligeait à travailler dans les chambres à gaz et les fours crématoires]. Ce qu'ils devaient faire, ce qu'ils nous ont raconté, c'était horrible. Un homme nous a dit qu'il avait brûlé un groupe où il avait reconnu les cadavres de sa femme et de ses enfants. Il a pleuré pendant des nuits entières, et personne ne pouvait rien pour l'aider. Les *Sonderkommando* vivaient sous une menace de mort permanente car les Allemands pensaient qu'ils deviendraient fous au bout de trois ou quatre mois, et ils les tuaient.

Dennis Avey
Prisonnier de guerre britannique, Buna-Monowitz, Auschwitz-Birkenau

Ils prétendaient que le peuple allemand ignorait ce qui se passait ! Les habitants d'Auschwitz eux-mêmes se plaignaient de l'odeur des fours crématoires. Et tous ces gens qui arrivaient quotidiennement ! Des centaines, des milliers d'Allemands les avaient vus, et ils affirmaient pourtant : « Oh non, nous ne savions pas ce qui se passait. » C'est insensé. C'est un fait avéré : les vieux et les enfants, en particulier, étaient assassinés. On gardait en vie les meilleurs pour les faire travailler. Les autres étaient brûlés, jour après jour, jour après jour…

John Fink
Jeune Juif allemand, Buna-Monowitz, Auschwitz-Birkenau

En 1944, des avions apparurent soudain au-dessus de nos têtes. Ce furent d'abord des vols de reconnaissance, qui n'avaient pas beaucoup d'importance pour nous. Mais un peu plus tard ils se mirent à nous bombarder. Nous saurions plus tard qu'il s'agissait d'avions américains. J'étais dans la centrale électrique. Nous nous sommes réfugiés au sous-sol, le bâtiment tremblait sur ses fondations. Lorsque nous sommes remontés après le raid aérien, il ne restait plus rien de l'usine de Buna. Une bombe était tombée sur le camp de prisonniers de guerre, des prisonniers anglais, une trentaine de personnes ont été tuées. Je crois que c'était un accident, parce qu'ils étaient très prudents avec les bombardements. Ils n'ont pas visé les fours crématoires, ni aucune partie du camp d'Auschwitz. Seule les intéressait l'usine de carburant artificiel. Nous avons cru que c'était la fin, parce que les nazis n'auraient plus besoin de nous, mais rien à faire ! Le lendemain matin, on nous obligea à sortir et à nettoyer les lieux. On rétablit l'approvisionnement en eau et en électricité, et une fois de plus les déportés se remirent au travail.

Antonie Krokova
Petite fille, Tsigane tchèque, Auschwitz-Birkenau

Il y avait cette femme avec ses quatre enfants. Le petit, âgé de deux ans, avait eu envie de faire ses besoins. Mais on n'avait pas le droit de faire du bruit, il fallait que le silence soit total. La femme prit une de ces gamelles rouges sans poignées dont on se servait pour la nourriture, et le petit se soulagea. Puis elle l'a glissée dehors et l'a camouflée avec une couverture. Elle se disait sans doute qu'elle pourrait s'en débarrasser dans les latrines après l'appel. Mais quelqu'un l'a vu et l'a rapporté. Après l'appel, un Allemand s'est dirigé vers elle. La gamelle était toujours cachée sous la couverture. « Qu'est-ce que c'est que ça ? » Livide de terreur, la femme était incapable de répondre. L'Allemand a ôté la couverture et a demandé : « *Haben sie Loffel ?* Tu as une cuiller ? » La femme acquiesça. « Va la chercher. » Eh bien, elle a dû manger le contenu de la gamelle. Elle est morte deux ou trois jours plus tard.

Harry Lowit
Petit garçon, Juif tchèque, Auschwitz-Birkenau

L'énorme différence entre les adultes et les enfants capables de survivre résidait dans le fait que les enfants étaient beaucoup plus enclins à s'adapter. Je vivais derrière une barrière électrifiée et je l'acceptais comme une situation normale. Le fait d'avoir accepté cet environnement, et de m'y être adapté, m'a épargné pas mal de troubles psychologiques. J'assistais presque chaque mois à des pendaisons innombrables, souvent au rythme de cinq ou six à la fois. J'ai vu des gens mourir de faim, d'autres battus à mort, on marchait à tout moment sur des cadavres. Cela arrivait quotidiennement. Alors on s'y habituait, et à l'âge impressionnable de treize ans, on donnait l'impression d'être devenu presque sadique.

Mon travail de *Läufer* [coursier] était un moyen de survie. D'un côté, je me sentais un peu coupable parce que cela me valait quelques privilèges. De l'autre, j'essayais de m'en servir pour aider autrui. Personne n'avait rien à gagner à ce que je sois mort. Aujourd'hui encore, j'ai un sentiment de culpabilité à l'idée d'avoir peut-être collaboré avec les Allemands, mais je l'ai fait pour ma propre survie et pour aider les autres. Et il y a cette histoire que m'a racontée mon oncle, qui est retourné à Prague juste après la guerre, en 1945. Plusieurs personnes lui ont dit : « Sans ton neveu Harry, qui nous donnait des rations supplémentaires de nourriture, nous n'aurions pas survécu. » Cela me fait chaud au cœur.

Anita Lasker-Wallfisch
Violoncelliste, Juive allemande, orchestre de femmes, Auschwitz-Birkenau

Un jour, en 1944, ils sont venus dans notre bloc. Le bloc des musiciens était le seul où Juifs et non-Juifs étaient mêlés. Le moment tant redouté est arrivé : « Les aryens d'un côté, les Juifs de l'autre ! » Nous nous sommes dit que nous partions pour la chambre à gaz. En fait, on nous envoyait à Bergen-Belsen.

SÉLECTIONNÉS POUR LE TRAVAIL FORCÉ

La guerre se prolongeant, l'Allemagne doit faire face à une pénurie aiguë de main-d'œuvre. Durant l'été et l'automne 1944, on assiste à des transferts de plus en plus importants de déportés d'Auschwitz vers les camps de travail. Cela vaut également pour des Juifs, les jeunes Hongroises en bonne santé constituant une proportion élevée des déportés. Ce besoin de main-d'œuvre, jusqu'à la fin de la guerre, expliquera le nombre de survivants d'Auschwitz, relativement élevé en comparaison de celui des autres camps de la mort.

Helen Pelc
Jeune femme, Juive polonaise, Auschwitz-Birkenau

Quand nous arrivâmes dans la baraque où Mengele faisait les sélections, nous étions au courant, pour les chambres à gaz, et nous nous sommes dit : Ça y est. Ma mère avait un minuscule bâton de rouge à lèvres. Elle a mis un peu de couleur sur mon visage et sur le sien. Comme nous n'étions pas trop décharnées, elle m'a poussée vers un groupe qui n'avait plus que la peau sur les os. Elle savait qu'on faisait la sélection entre les squelettes et ceux qui avaient encore figure humaine. Ma mère savait que ceux qui

L'intérieur d'un baraquement, Nordhausen (photo prise après la libération).

avaient meilleure mine pouvaient leur être utiles. Nous avons été embarquées dans un train puis, après une marche forcée, nous sommes arrivées au camp de travail de Kurzbach.

Barbara Stimler
Jeune femme, Juive polonaise, Auschwitz-Birkenau

Un jour, Mengele vient dans le bloc. Nous sommes toutes rassemblées d'un côté. Nous sommes un millier. Il se tient près de la porte, avec deux SS. On est en septembre 1944, le soleil brille. Nous devons nous déshabiller, nous tenons nos vêtements dans nos bras. Il nous prend par la main, nous fait pivoter, nous examine devant, derrière. Il envoie une femme à l'autre bout de la baraque. Une autre doit partir. On nous fait sortir, on regarde derrière soi pour savoir où on envoie les grosses, ce qu'on fait des maigres. On ne peut rien faire. Ils nous conduisent à la douche. Qu'est-ce qui va en sortir ? De l'eau ou du gaz ? Les mains jointes, nous prions Dieu. C'est de l'eau. Soupir de soulagement général. Ils nous donnent des vêtements : une robe, des bas, des sabots et un manteau, et ils nous expédient à Pirschcow, une ferme en Allemagne, pour creuser des tranchées antichars.

Roman Halter
Jeune Juif polonais, Auschwitz-Birkenau

Mengele et ses officiers viennent dans notre bloc. On déroule une corde qui coupe l'espace en deux. On nous dispose tous du même côté de la corde. Il faut qu'on se dirige vers la corde, bras tendus, et qu'à un signal on les retourne brusquement, paumes vers le haut. Tout le monde pense que les plus forts et les meilleurs seront choisis pour travailler, alors ils s'avancent au premier plan. Mengele longe la corde et examine les paumes : « Tu es vraiment métallo, avec des mains aussi douces ? Que faisais-tu, vraiment, dans le ghetto de Lodz ? Tu mens. »

Ils étaient marqués et on s'occupait d'eux. Derrière, on s'empressait de cracher dans nos mains et de les frotter par terre pour se salir les paumes, et on soupirait de soulagement quand on était déclarés O.K. Ceux qui étaient marqués se disaient qu'ils étaient promis à une mort rapide, mais rien n'arriva de tel. Il s'agissait simplement d'un jeu sadique auquel Mengele aimait se livrer pour manipuler les gens.

Jan Hartman

Jeune Juif tchèque, Czechowice

Un jour, en 1944, nous fûmes sélectionnés pour Czechowice. Nous crûmes avoir la vie sauve, parce que nous quittions Auschwitz, dont le nom était synonyme de mort. Nous étions près de 600. Czechowice était une raffinerie. Il y avait du pétrole partout. L'endroit avait été détruit par les bombardements, et le pétrole s'échappait des énormes cuves. Quand nous sommes arrivés là-bas, c'était l'hiver. Il y avait des *Appell* interminables, pendant des heures et des heures, au point que les gens tombaient d'épuisement. Un jour, j'ai vu un homme tomber parce qu'il était incapable de tenir debout. Un SS s'est précipité et s'est mis à lui marcher dessus comme pour l'enfoncer dans la boue. On nous interroge parfois à propos de la solidarité, mais elle était très limitée : chacun devait s'occuper de sa propre survie. Ce qui ne veut pas dire qu'on n'aidait pas les autres, mais ce n'était pas ce qui nous préoccupait le plus. Je dis cela parce que c'était l'hiver, il faisait très froid, et une aiguille et un bout de fil constituaient une grande richesse. À un moment donné, j'ai eu besoin de rapiécer mes vêtements, et un homme m'a prêté une aiguille et un morceau de fil. C'était exceptionnel. Je ne sais pas ce que j'aurais fait, moi, si quelqu'un m'avait demandé la même chose.

Hugo Gryn
Jeune Juif ruthène-slovaque, Auschwitz-Birkenau, Lieberose, Sachsenhausen, Mauthausen et Gunskirchen

Une forme de résistance, dans les camps, consistait à garder sa dignité. Le but de notre détention était, je crois, de nous dépouiller de notre humanité, afin de justifier le stéréotype nazi de l'*Untermensch,* du sous-homme. Beaucoup de déportés parvenaient à rester dignes. Mais un nombre aussi élevé de gens avaient atteint un certain degré d'insensibilité, voire de cruauté. Je connais des exemples dans les deux cas, et j'ai vécu les deux cas.

George Hartman
Jeune Juif tchèque, Czechowice

Un homme à Czechowice, un Tchèque, était devenu un ami très proche. Nous parlions de cuisine et des raisons pour lesquelles nous voulions survivre. Mon frère et moi nous imaginions des recettes de cuisine. Je disais par exemple : « Quand nous serons libres, nous couperons de fines tranches de pain avec de gros morceaux de beurre, nous nous ferons un petit déjeuner, avec des œufs et du bacon... »

Et mon camarade se mettait à crier :

« Pour l'amour de Dieu, arrêtez de parler de cuisine, je n'en peux plus.

— Mais il faut bien parler de quelque chose, d'un rêve, d'une chose que nous aurons quand nous sortirons de ce camp. »

Ce dialogue se répéta jour après jour, jusqu'à ce qu'il nous dise : « Je n'en peux plus. Je ne veux plus vivre. » Et il est tombé raide mort. C'est le désir de vivre qui vous maintient en vie. On est très fragile. Je crois que c'est la force psychologique et spirituelle qui soutient le corps. Le jour où elle vous abandonne, vous êtes mort.

Stanley Faull
Jeune Juif polonais, Skarzysko-Kamienna

Je me trouvais dans le camp-usine où des Polonais étaient payés en qualité de techniciens pour s'occuper des machines. Un demi-millier d'entre nous avaient été sélectionnés pour travailler dans ce camp. J'étais l'un des plus jeunes. J'étais le « préposé au savon », tâche très importante. Le savon était une monnaie d'échange de grande valeur. On ne pouvait jamais en obtenir et quiconque en volait était fusillé. Le Polonais pour qui je travaillais pesait un certain nombre de blocs de savon. Je les mettais dans des seaux que j'emportais dans les salles des chaudières. Là, on les faisait fondre dans de l'eau bouillante. Puis, sous son contrôle, je faisais le tour des différentes machines, que je graissais avec cette eau savonneuse – à la place de la graisse, dont nous manquions totalement.

J'avais de la chance de travailler dans cette partie du camp, et non à la fabrique de fusées. Ceux qui y travaillaient avaient la peau et les yeux jaunes à cause des produits chimiques qu'ils devaient manipuler. Ils devenaient de vrais robots, ils n'avaient plus rien d'humain. Ils mouraient au bout de quelques mois et une nouvelle équipe prenait leur place.

Alfred Huberman
Jeune Juif polonais, Skarzysko-Kamienna

Les Hongrois sont arrivés à Skarzysko. Comparés à nous, ils étaient naïfs. Nous étions en 1944. Ils étaient très naïfs, et nous, plus expérimentés, nous les volions. Ils ne croyaient pas à ce qui leur arrivait. Ils s'inquiétaient encore de leur apparence, ils étaient civilisés, et ils tombaient comme des mouches. Ils ne supportaient pas ce qu'on leur imposait. Dans ces conditions, on devient des animaux. C'est chacun pour soi, peu importe aux dépens de qui.

Roman Halter
Jeune Juif polonais, Stutthof

Stutthof était un camp de concentration épouvantable. La mer Baltique n'était pas loin, et au début de novembre 1944, il faisait un temps glacial. La seule façon de survivre lorsqu'on était dehors pour les *Appell*, dans ce froid et sous ce vent terribles, était de constituer une sorte de « four humain ». Nous formions un grand bloc, comme une meule de foin, et nous tournions une fois dans un sens, puis dans l'autre, et ceux qui se trouvaient à l'intérieur devaient sortir au bout de quelques minutes. Quiconque n'y participait pas finissait par contracter une pneumonie mortelle. Alors la solidarité existait entre nous. Les SS ordonnaient aux Kapos de nous disperser, mais nous formions très vite un autre four humain, puis un autre, et encore un autre, car c'était le seul moyen de survivre.

Margie Oppenheimer
Juive allemande, Stutthof

À notre arrivée à Stutthof, nous avons été soumis à une sélection. C'était le plus dur. Il fallut se déshabiller complètement et marcher en rond, dans une cour entourée par les gardes. C'était le pire, l'épreuve la plus humiliante. Ils faisaient des réflexions : s'ils voyaient une femme âgée qui avait tellement maigri que sa peau flottait, ils se moquaient d'elle. Si vous deviez vous baisser, ils criaient : « Regardez ses hémorroïdes ! » ou « Regardez ses varices ! »

Helen Pelc
Jeune femme, Juive polonaise, Kurzbach

La première fois que nous sommes sortis pour travailler, ils nous ont donné une couverture, puis une pelle, et nous avons marché jusqu'au champ, où on a reçu l'ordre de creuser des tranchées. Il y avait dix SS hommes, plus quelques femmes. L'un d'eux nous surveillait avec des jumelles, aucun mouvement ne lui échappait. Les tranchées étaient très profondes : près de deux mètres sur un mètre cinquante de large. C'était l'hiver 1944 : la terre était dure, le travail exténuant.

Un soir, ma mère est passée sous les barbelés, et elle est allée demander de la nourriture à un paysan. Celui-ci refusa de l'aider et elle revint bredouille. Le lendemain matin, avant le départ au travail, une femme SS nommée Erika nous interpella : « Quelqu'un est allé déranger les villageois, hier soir. Qui est-ce ? » Tout d'abord, personne ne répondit. « Je suis patiente, fit la SS. J'ai le temps. On restera là toute la journée s'il le faut, tant que la coupable ne se dénoncera pas. » Ma mère s'avança. « À plat ventre ! » cria Erika. Je me précipitai :

« Punissez-moi à sa place ! Épargnez ma mère !

— Si tu y tiens, tu pourras y passer après elle. Fous le camp ! »

Et elle se mit à battre ma mère (« Pourquoi tu es allée là-bas ? Pour quoi faire ? »), jusqu'à ce que celle-ci soit à peine capable de se relever. Elle a toujours marché courbée en avant, à partir de ce jour-là, et pourtant elle venait travailler comme les autres.

Roman Halter
Jeune Juif polonais, Stutthof

Un des SS avait un chien qui adorait mordre les gens. Un ancien habitant du ghetto de Lodz m'expliqua ceci : « Voici ce que tu dois faire. Si le chien vient vers toi et que le SS ne te voit pas, tiens-le fermement par la nuque de la main droite, puis enfonce l'autre main le plus profondément possible dans sa gueule, tout en lui donnant un coup de pied. Sans quoi il te mettra en charpie. » Un jour, le SS lança son chien contre moi. J'ai couru de l'autre côté et je lui ai mis la main au fond de la gueule – voici la cicatrice que m'ont laissée ses énormes dents –, puis je lui ai donné un coup de pied. Il m'a lâché, il s'est enfui et ne m'a plus jamais couru après. Personne ne m'avait vu, sans quoi j'aurais été abattu pour avoir frappé le chien d'un SS.

Jan Imich
Jeune Juif polonais, Dora

On nous avait ordonné de descendre au dépôt de charbon, et de monter le charbon pour alimenter le crématorium. Le camp de Dora était construit à flanc de colline, et les fours se trouvaient au sommet. Je me revois en train de pousser cette brouette pleine de charbon sur la côte menant au four. Au sommet, il fallait pénétrer dans l'enceinte du four, et on le voyait en activité. Les corps gisant sur le sol, qui attendaient qu'on les introduise dans les fours. Les corps déjà dans les fours, en train de se consumer. Je l'ai fait à plusieurs reprises. La troisième fois, j'étais très faible, épuisé. J'arrivais à mi-hauteur de la côte, avec cet énorme chargement de charbon. Tout à coup, je m'effondrai par terre et éclatai en sanglots. Un SS se trouvait à proximité. Au lieu de sortir son arme et de me tuer sur-le-champ, il me regarda, sourit, et ordonna au Kapo de me laisser aller. C'est drôle, non ? Il aurait pu me tuer.

Premysl Josef Dobias
Déporté, Sudète tchèque, Mauthausen

Un jour, un SS me fit appeler. Il n'était pas médecin, même s'il portait la blouse blanche des docteurs. Il me donna quelques fiches. « Convoque ces prisonniers. Tu les feras rentrer ici l'un après l'autre. » Je n'avais aucune idée de ce qui se passait, mais je fis entrer le premier déporté. Il reçut l'ordre de se déshabiller et de s'allonger. Je traduisis. « Ce que tu vas voir ici, me dit le SS, tu n'en parleras à personne. Un mot, et tu es mort. » Il ouvrit un placard et en sortit une grosse seringue d'un demi-litre, qu'il emplit d'essence. Il enfonça l'aiguille entre les côtes du prisonnier et lui injecta l'essence dans le cœur. Puis il attendit. Au bout d'un moment, il vérifia le pouls du prisonnier. Celui-ci était mort. Il appela ses assistants (des déportés, eux aussi) et leur ordonna d'évacuer le cadavre. Puis je dus faire entrer le suivant. Ce jour-là, il a tué une trentaine de personnes. J'en ai perdu le sommeil, tant j'étais bouleversé, terrifié, horrifié de voir comment un homme pouvait tuer ainsi de sang-froid. Ce SS était aussi nonchalant que s'il faisait cuire du pain – il s'en fichait totalement, il en plaisantait même : « Ça fera l'affaire pour aujourd'hui », disait-il.

Leon Greenman
Déporté, Juif britannique, Buna-Monowitz, Auschwitz-Birkenau

J'étais à l'hôpital quand un médecin est venu me chercher. On m'a attaché sur un fauteuil avec des sangles, les jambes écartées. On a éteint la lumière, seule une toute petite lampe brûlait. Ils ont apporté un tuyau du diamètre d'un stylo bille, mais d'environ cinquante centimètres de long. Les médecins ont commencé à pomper un liquide dans ma vessie. Ils prétendaient que c'était de l'eau.

« Ne l'évacue pas, me dirent-ils. Garde-la.

— Alors je n'ai pas de problème à la vessie ? »

Ils ont continué, sans répondre. Ils ont placé leur instrument devant moi, et ils ont tourné, tourné plusieurs fois, puis l'ont retiré et l'ont remis en place après avoir réglé quelque chose. J'étais très mal à l'aise, et ils commençaient à me faire mal. Je crois qu'ils ne parvenaient pas à faire ce qu'ils voulaient. Pendant une semaine, j'ai uriné du sang. Cinquante ou soixante hommes ont subi la même chose. Sans doute s'agissait-il d'une expérience.

Zdenka Ehrlich
Jeune femme tchèque, Auschwitz-Birkenau

Le gardien me fit sortir et m'emmena dans un autre bloc, désert. Il me poussa et m'ordonna de m'allonger. Il fallut que je me déshabille. Mais il ne se passa pas ce à quoi je m'attendais. Il voulait du sang. Il me piqua la veine avec une seringue et m'ordonna de pomper en serrant le poing. Comme j'étais forte et en bonne santé, car je venais de Theresienstadt, mon sang venait facilement, abondant. Au bout d'un moment, je cessai de « pomper ». Il me gifla. « Continue ! » Quand il eut fini, il me fit sortir. Je lui avais donné plusieurs pintes de sang. Après la guerre, j'appris qu'il était destiné aux soldats sur le front.

Dennis Avey
Prisonnier de guerre britannique, Buna-Monowitz, Auschwitz-Birkenau

Je dois admettre que nous étions bien mieux traités que les « tenues rayées ». Neuf fois sur dix, les SS nous tournaient le dos. La Wehrmacht nous traitait aussi bien qu'on pouvait l'espérer, même s'ils avaient leurs moments. Je travaillais autant avec des prisonniers politiques qu'avec des « tenues rayées ». Un jour, pour une raison inconnue, le rouleau du câble s'était bloqué et nous étions là, à attendre. L'un des SS s'est dirigé vers le prisonnier qui se trouvait juste au-dessus de moi. Celui-ci s'est mis au garde-à-vous (ils devaient ôter leur casquette et se mettre au garde-à-vous) ; le SS le frappa violemment au visage et le poussa dans la tranchée. En chutant, il a fait tomber le rouleau de câble et s'est tué.

Comme un idiot, j'ai protesté auprès du SS. Sans un mot, celui-ci a sauté dans la tranchée et m'a frappé à la volée avec son Lüger. C'est ainsi que j'ai perdu un œil. [...] Auschwitz... Une partie de moi-même est morte là-bas, sans aucun doute. On était poursuivi vingt-quatre heures sur vingt-quatre par l'odeur abominable qui émanait des fours et des cheminées : vingt-quatre heures par jour dans cette puanteur délétère. Aujourd'hui encore, j'en ai le goût dans la bouche.

Leon Greenman
Déporté, Juif britannique, Buna-Monowitz, Auschwitz-Birkenau

Les SS avaient installé un local où ils gardaient différents animaux. Un jour, en regardant par la fenêtre, je vis un SS en train de caresser un lapin. Je me suis dit : « Tu as vu, il caresse ce lapin, et il pourrait me tuer au même moment. » Voilà quel était l'état d'esprit.

Marsha Segall
Jeune femme, Juive lituanienne, Rendaels

Le dernier camp fut celui de Rendaels. C'était aussi le plus dur. C'est là que nous avons commencé à avoir des morts chaque jour. Nous étions en novembre-décembre 1944, le sol était gelé et il neigeait. Nous n'avions rien pour nous vêtir et très peu à manger. Nous étions loin de tout, au fin fond de nulle part. Même les SS souffraient du froid. Ils mettaient des journaux sous de gros pardessus pour se protéger. Mais s'ils nous voyaient faire la même chose, ils les arrachaient. Ils nous faisaient faire de l'exercice pour nous maintenir en forme et nous réchauffer, mais ça ne servait à rien, car nous n'étions pas assez vêtues. Puis ils nous ont donné des pelles et des pioches, et nous ont envoyées creuser de profondes tranchées. Ils allumaient des feux pour leur usage personnel et nous interdisaient de nous en approcher. Nous étions incapables de lutter contre le froid. À part une fine couverture, nous n'avions rien pour nous réchauffer. Nous dormions serrées les unes contre les autres pour essayer de nous réchauffer.

C'était le camp le plus misérable, parce que nous n'avions plus aucun espoir. La dysenterie était générale, et il y avait des excréments partout : certaines femmes n'avaient pas toujours le temps de se retenir et d'aller aux feuillées. Le lendemain matin, quand ils découvraient cette saleté, les SS battaient le camp tout entier. Nous avons commencé à être infestées par les poux. Jusque-là, nous nous étions efforcées de nous laver les cheveux avec l'eau du café, et nous faisions ce que nous pouvions pour être propres, mais il faisait trop froid, personne ne voulait ôter ses vêtements. Nous savions, en voyant quelqu'un avec des poux, ou une femme qui ne laçait pas ses chaussures, qu'elle était fichue – c'était un signe d'apathie, un signe qu'elle se moquait de tout désormais.

Helen Stone
Jeune femme, Juive polonaise, Auschwitz-Birkenau

J'étais en contact avec mon mari, par l'intermédiaire d'autres personnes. Il y avait une chose que je ne comprenais pas, parce qu'il n'existait pas de mari plus aimant que le mien. Or il disait qu'il voulait simplement quelques mots de ma main sur un morceau de papier, mais il ne voulait pas me voir. Il ne voulait pas me voir ! Il aurait pu se faire passer pour un électricien venant effectuer des réparations dans notre partie du camp. Il n'est jamais venu. Mon frère était venu une fois, et il avait dû dire à mon mari que j'avais l'air affreux. À l'époque, j'étais une *Muselmann* [au bord de la mort, dans l'argot des camps]. Après ma typhoïde, je ne pouvais plus marcher, je n'entendais plus, je n'avais que la peau et les os. Et des furoncles. Je savais que j'étais *Muselmann*. Je ne me lavais plus. C'était trop loin, je ne pouvais pas y aller avec ces engelures purulentes aux dix orteils. J'urinais dans le bol qui me servait pour manger. Comment en étais-je arrivée là ! Je ne tuais même plus mes poux, il y en avait trop. J'étais une *Muselmann*. J'aurais accepté la mort comme une bénédiction.

Michael Etkind
Jeune Juif polonais, Buchenwald

J'étais à Buchenwald, fin 1944, séparé de la plupart de mes amis. Je n'étais pas très inquiet, en fait c'était intéressant parce que je n'étais pas seulement avec des Juifs. Autour de moi, je voyais des prisonniers russes, allemands, plus tard je verrais des Américains, des Français, des Hollandais, des Belges – il y avait de tout – et cela me rendait un peu moins malheureux. « Je ne suis pas le seul à souffrir injustement », me disais-je. Le camp était désorganisé, peut-être parce que nous étions arrivés peu après les bombardements, et nous avions un peu plus de liberté. Je pouvais me promener. Il y avait un cinéma où tout le monde pouvait aller, les files d'attente s'allongeaient à l'extérieur, on disait même qu'on y voyait des images du Débarquement. C'était une structure en bois qui pouvait accueillir plus de 500 personnes à la fois. C'était très bizarre de voir ça à cet endroit. Il y avait aussi un bordel pour les SS, certains Kapos pouvaient en profiter si les SS les aimaient bien et les emmenaient avec eux. Il y avait apparemment des femmes de toute l'Europe.

Leon Greenman
Déporté, Juif britannique, Buna-Monowitz, Auschwitz-Birkenau

À Monowitz, on avait construit une nouvelle baraque. Le bruit courut qu'il y avait des femmes. Les Kapos et certains sous-Kapos pouvaient obtenir d'un de leurs chefs des billets afin de rendre visite à ces femmes. « Tu n'aimerais pas y aller voir, Leon ? » me demanda un jour un de mes voisins. « Non, j'espère simplement que ma femme n'y est pas. » J'avais toujours dans l'idée que ma femme était vivante. Durant les années passées au camp, je n'ai jamais cessé de penser à ma famille. Et j'étais beaucoup trop occupé à essayer de trouver une manière de m'enfuir, à rester en vie, à lutter contre la faim, pour penser au sexe. Ça ne me préoccupait pas du tout.

Michael Etkind
Jeune Juif polonais, Buchenwald

Buchenwald était un camp de transit. Des détenus de divers camps polonais y venaient pour une ou deux semaines, recevaient des piqûres et étaient renvoyés ailleurs. Cela voulait dire que quiconque ayant un compte à régler pouvait se plaindre aux dirigeants du camp (surtout les politiques). Il y avait une sorte de tribunal clandestin, on faisait un procès et l'accusé était exécuté s'il était déclaré coupable. J'ai assisté à un certain nombre de ces procès et de ces exécutions. Il y eut aussi cette histoire avec un SS. Il devait avoir assassiné quelqu'un qui n'était ni juif, ni russe ni polonais, et on l'avait envoyé à Buchenwald. Comme il était allemand, on lui avait donné le meilleur emploi, aux cuisines, et il avait de la nourriture à profusion. Un jour, un convoi de déportés russes est arrivé à Buchenwald. Ces détenus l'ont identifié : il avait assassiné un grand nombre de Russes, quelque part en Ukraine. C'était lui qui distribuait la soupe à ceux de notre camp. Ils ont envoyé un des leurs, qui parlait un peu l'allemand, se plaindre que la soupe était trop légère, qu'il n'y avait pas de pommes de terre, ni rien... Il s'agissait d'un prétexte pour l'attirer dans nos quartiers, et cela a marché. Il s'est mis en colère, mais le Russe insistait. « Non, ce n'est que de l'eau, venez voir. »

Je me trouvais sur la paillasse du haut, c'est de là que j'ai observé la scène. Quand il est arrivé au milieu du baraquement, il a pris la grosse louche et a examiné la soupe dans la marmite. Il s'apprêtait à sortir les pommes de terre pour les leur montrer, lorsqu'un Russe lui a frappé le sommet du crâne. Pas très fort. Il a levé la tête et découvert qu'il était au milieu d'un groupe de Russes, tout sourire. Il a pâli. Il a compris qu'il était en danger. Les Russes lui ont rafraîchi la

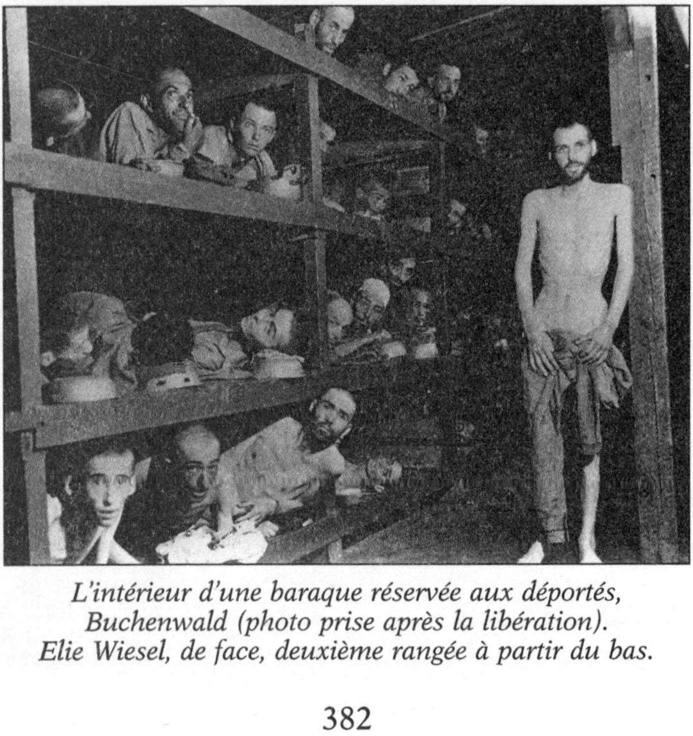

L'intérieur d'une baraque réservée aux déportés, Buchenwald (photo prise après la libération). Elie Wiesel, de face, deuxième rangée à partir du bas.

mémoire : « Tu te souviens, tel et tel camp ? Tu te souviens que tu as pendu tous ces gens ? Tu te souviens combien de nos amis tu as tués ? Maintenant, on va te juger. » Il se mit à hurler et à secouer la tête. « Non, non, non ! Laissez-moi partir ! »

Ils furent très rapides. On trouva une corde, et on lui fit part du verdict : « Pour ce que tu as fait, nous te condamnons à mort, sentence exécutée immédiatement. » Ils attachèrent la corde aux montants des lits – des piquets de bois de dix centimètres de section. Ils lui passèrent la corde au cou et l'attachèrent au montant du côté opposé. Deux hommes parmi les plus forts saisirent ses jambes et tirèrent. Ils le pendirent « à l'horizontale ». Puis ils détachèrent le cadavre et allèrent le jeter dans les latrines.

Anna Bergman
Jeune femme, Juive tchèque, travail forcé, Freiberg

Nous ne comprenions pas ce que nous faisions. Notre travail consistait à riveter ce qui aurait pu être des queues d'avion, mais en beaucoup plus petit. Le résultat était tel que nous nous disions : ils ne peuvent pas mettre un être vivant là-dedans, ça ne tiendra pas. Rétrospectivement, nous savons qu'il s'agissait de queues de V1, ces « bombes volantes » conçues pour effectuer un aller simple.

Ma grossesse commençait à être visible, et ils ne pouvaient pas me renvoyer à Auschwitz, parce que les Allemands avaient quitté les lieux le 18 janvier 1945. Nous étions debout douze heures d'affilée devant ces machines. Je travaillais juste devant mon amie. C'était un travail très difficile, mais nous n'avions pas à réfléchir beaucoup.

Nous nous occupions l'esprit en cuisinant mentalement – des gâteaux avec douze œufs et quatre livres de beurre ! Plus nous avions faim, plus les gâteaux étaient riches. Une de mes amies, qui, en temps normal, ne se préoccupait pas de nourriture, me dit un jour : « Maintenant que nous avons fait tous ces gâteaux, j'ai envie d'une banane avec de la confiture, recouverte de chocolat fondu. » Je devais être enceinte de cinq mois. Un squelette de femme enceinte, avec ce bébé qui remuait dans mon ventre. On me donna un travail plus léger : je devais balayer l'usine, trois étages, quatorze heures par jour. Un boulot facile, en comparaison, mais quatorze heures par jour avec un seau et un balai... ! Après le travail, nous devions traverser la ville à pied. Nous avions l'air de Dieu sait quoi, les gens criaient et nous crachaient dessus.

Gertrud « Trude » Levi
Jeune femme, Juive hongroise, camp de concentration de Hessich-Lichtenau

Nous travaillions dans l'usine de munitions. Nous étions employées à la production de grenades et de mines : des grenades en forme de poire, avec un manche rond et sept ailettes. Certaines d'entre nous ont mis sur pied un groupe de sabotage. Nous étions un millier de Hongroises. Ils connaissaient nos métiers respectifs. Ils avaient mis les chimistes là où se faisaient les mélanges de produits explosifs. Nous travaillions jour et nuit, en trois équipes : dix heures sur le poste, plus deux heures pour y aller et autant pour en revenir, plus le travail dans les camps et les appels ; il ne nous restait pas beaucoup de temps pour dormir.

Je travaillais devant un tapis roulant sur lequel défilaient les grenades. Je devais visser sur chacune, en serrant très fort, un couvercle en Bakélite. Quand personne ne me surveillait, je ne le serrais pas. Mais le sabotage commençait dès la salle des mélanges. Ils avaient multiplié par deux et demi le rythme de production normal. Les contremaîtres devaient se dire : « Ces Hongroises stupides ont tellement peur qu'elles travaillent dur, inutile de les surveiller de près. » Quand la surveillance se relâchait, elles pouvaient modifier les mélanges, de sorte que les grenades étaient inoffensives.

Hugo Gryn

Jeune Juif ruthène-slovaque, Lieberose

Une fois, à Lieberose, j'ai participé à l'assassinat d'un garde. C'était un Ukrainien, un homme très dangereux, très retors, une terrible menace. Il n'avait que dix-huit ou dix-neuf ans. Quatre d'entre nous s'étaient débrouillés pour aller en détachement chercher la soupe avec ce garde. Nous nous sommes arrêtés sous un prétexte quelconque, et il s'est penché, son arme à côté de lui. J'étais l'un des deux qui le tenaient pendant qu'un troisième le frappait à mort sur le crâne avec son fusil. Il ne portait pas de casque, rien qu'une casquette.

Nous l'avons enterré sur place. Nous avons pu regagner notre lieu de travail sans être repérés, et nous nous sommes mêlés aux autres. Personne n'a remarqué son absence avant la fin de la journée de travail. Ce soir-là, on nous a fait attendre dehors durant des heures. Nous savions pourquoi. Pendant des jours et des jours, j'ai été terrifié à l'idée que quelqu'un avoue ce que nous avions fait.

Abraham Zwirek
Jeune homme, Juif polonais, Skarzysko-Kamienna, Schlieben, Buchenwald et Theresienstadt

J'ignorais ce que nous réservaient les heures à venir, mais je fermais mon esprit à cette question. Il le fallait. Ceux qui ne le faisaient pas, qui vivaient avec la pensée que... à quoi bon vivre, ils vont nous tuer, ils vont nous fusiller tous... ils vivaient sans espoir. Moi, je vivais dans l'espoir, et nous nous réconfortions mutuellement chaque fois que c'était possible. Toute existence, aussi extrême, aussi dure et insupportable soit-elle, connaît des moments de bonheur. Quand le soir tombait, quand tout était calme, vous alliez chez un voisin ou un voisin venait chez vous. On s'asseyait, on bavardait, peut-être chantiez-vous une vieille chanson pour essayer d'oublier les mauvais moments, ce qui était une bonne chose. Nous savions ce qui se passait autour de nous, mais il fallait essayer de se réconforter, avec l'espoir que cela ne pouvait pas durer toujours, et ça nous était d'un grand secours. Cela m'a aidé tout au long de la guerre. Je croyais, et j'espérais, et je *voulais* survivre.

Roman Halter
Jeune Juif polonais, Stutthof

J'avais pris l'habitude d'invoquer, avant de m'endormir, tous les membres de ma famille qui avaient été assassinés. Je communiais avec eux. Je me disais que tout ce temps avait passé, et que j'étais encore vivant.

Michael Etkind
Jeune Juif polonais, Buchenwald et Sonneberg

Dans les camps, même quand la situation semblait désespérée, l'humour ne perdait pas ses droits. On plaisantait, on chantait. La nuit, quand nous étions sur nos lits, un de mes amis avait l'habitude de chanter. Je ne connaissais pas l'air, mais il avait une belle voix. Après la guerre, quand j'eus l'occasion d'entendre l'air de *Paillasse, Vesti la giubba*, je reconnus la mélodie, même si les paroles italiennes étaient différentes des polonaises. Il n'a pas survécu. Il y avait de l'amitié, de l'humour, il y avait des chants même dans les moments les plus terribles.

Leon Greenman
Déporté, Juif britannique, Buna-Monowitz, Auschwitz-Birkenau

J'ai eu l'occasion de chanter pour les Kapos, dans les baraques, pour un supplément de soupe. Je chantais des airs comme l'*Ave Maria*, *The Lambeth Walk* ou *Underneath the Arches*... quatre ou cinq chansons, du mieux que je pouvais. Un jour, je crois que c'était dans la baraque 14, il y avait un Kapo allemand, mais proanglais. Quand il m'entendit chanter, il me donna une portion de soupe.

« Chante le *God Save the King*, me dit-il.

— Je ne peux pas. Le garde SS est devant la porte.

— Chante ! » répéta-t-il.

Je me suis dit que ça pouvait me rapporter un morceau de pain ou un peu de soupe. Voici donc Leon debout sur une chaise, qui se met à chanter : « *God save our gracious King*... » Et tout le monde applaudit. Les prisonniers écoutaient aussi, bien sûr, comme les Kapos et les sous-Kapos. Je pensai : « Quel culot de m'avoir demandé ça ! »

Le Kapo me dit alors : « Tu viendras ici tous les soirs chercher une portion de soupe. Les chanteurs doivent manger, ils doivent être forts. Et à Noël, tu viendras chanter pour nous. » J'y suis donc allé chaque soir, et j'ai eu ma portion de soupe. À part cela, je continuais à chanter pour quatre ou cinq autres baraques.

Ezra Jurmann
Jeune Juif allemand, camp de travail de Burggraben

Un jour, vers la fin, un groupe de Jeunesses hitlériennes a débarqué au camp, pour se battre contre les Russes qui approchaient. Quand ils ont vu mon pyjama de déporté, alors que j'étais au travail, m'activant près du poêle, ils n'ont pu refréner leur curiosité. Qu'est-ce que je faisais là ? J'aurais bien pu être un des leurs.

« Pourquoi tu es là ? me demanda l'un d'eux.

— Je suis juif.

— Ce n'est pas possible.

— Et pourquoi ?

— Tu es trop jeune, me dit-il.

— Quoi, pour être juif ?

— Non, pour être prisonnier. Bon, en tout cas, viens manger avec nous ce soir, il y a longtemps que j'ai envie d'entendre le point de vue d'un Juif. »

Le soir, je les ai donc rejoints comme prévu, et nous avons partagé le pain et la confiture.

« Si je suis ici, c'est parce que je suis juif, c'est la seule raison.

— Tu dois avoir commis un crime.

— Quel âge me donnez-vous ? Quel crime aurais-je pu commettre ?

— Notre Führer ne ferait pas une chose pareille. »

C'était le genre de chose qu'on entendait tout le temps avant la guerre. Je suppose que c'était un mécanisme de défense comme un autre.

Ensuite, ce garçon passa derrière moi, m'examina, puis ajouta :

« Tu n'es pas juif, en tout cas, tu as une nuque de pur aryen. »

Or il avait un nez qui, selon les critères nazis, ne pouvait être que juif. Alors j'ai trouvé le courage nécessaire pour lui demander :

« Et ton nez, alors ?

— J'ai un nez aquilin.

— D'accord, c'est un nez aquilin. »

Je ne raconte cette histoire que pour évoquer l'ambiance surréaliste qui pouvait caractériser ce temps-là.

Stanley Faull
Jeune Juif polonais, Buchenwald

C'était un général en retraite de la Première Guerre mondiale, qui venait d'arriver au camp de Buchenwald. Il me désigna, ainsi que trois autres jeunes gens, et voulut nous emmener chez lui. Les gardiens refusèrent. « Si vous avez besoin de quelqu'un, prenez des prisonniers politiques allemands dans le même groupe. » Mais le général avait choisi quatre déportés juifs avec l'étoile de David. « Vous devez demander à l'officier supérieur », dirent les gardes. On appela donc l'officier supérieur, et ils se disputèrent. Le général lui montra ses galons, et nous eûmes la permission d'aller chez lui.

C'était un jour de grand froid, en février 1945. Il nous emmena dans une maison magnifique, à l'ancienne mode. Sur le manteau de la grande cheminée, il y avait trois photographies d'officiers de la Luftwaffe, ses trois fils, avec des rubans noirs. Sa femme pleurait. Elle nous expliqua qu'ils étaient morts au combat tous les trois, sur le front russe.

Rena Quint
Petite fille, Juive polonaise, Bergen-Belsen

Je n'ai pas beaucoup de souvenirs de mon séjour à Bergen-Belsen. Je ne me rappelle pas ce que nous faisions, à part voir tous ces cadavres. Quand je demandais à des gens : « Mais que faisaient les enfants ? », on me répondait : « Ils ne faisaient rien. Ils essayaient seulement de ne pas être dans le chemin. » Il y avait notamment deux gardiennes… chaque fois qu'elles arrivaient, tout le monde frissonnait, car elles étaient vraiment brutales avec leurs fouets.

Le spectacle des cadavres ne m'affectait pas beaucoup, à Bergen-Belsen il y en avait partout. Je crois que cela ne me dérangeait même pas. En fait, j'ignorais que ce n'était pas normal, car je n'avais quasiment connu rien d'autre. Je me rappelle que je me disais : « Je ne dois pas pleurer. Je ne dois pas appeler ma maman ou mon papa, parce qu'ils ne viendront pas. » Je pouvais appeler d'autres personnes, mais il y avait toujours de nouvelles têtes. Beaucoup de survivants disent que c'était chacun pour soi. Je ne me rappelle pas ça du tout. Il y a toujours eu quelqu'un pour prendre soin de moi. J'étais une petite fille, et s'il n'y avait pas eu quelqu'un pour m'aider, je n'aurais pas survécu.

Anita Lasker-Wallfisch
Jeune femme, Juive allemande, Bergen-Belsen

On ne peut pas comparer Belsen à Auschwitz. La différence entre les deux camps, c'est que Belsen est un endroit de *néant*. Ça se trouvait dans le Lüneberg, on nous a installés tout de suite dans des tentes. C'était un tout petit camp avec toutes sortes de fonctions. Cela n'a jamais été un camp d'extermination, il n'y avait aucune installation pour cela, mais ils n'en avaient pas besoin, car les conditions étaient telles que tout le monde mourait. À Auschwitz, on assassinait les gens. À Belsen, on les laissait mourir. Voilà peut-être la grande différence entre les deux. On était là, et on attendait de mourir.

Steven Frank
Jeune garçon, Juif hollandais, Theresienstadt

Un matin, je me rappelle, on vint nous chercher au bloc des enfants. Il fallut se lever et s'habiller, et on nous conduisit au crématorium souterrain de Theresienstadt. On nous ordonna de former une longue chaîne, au long de ce tunnel en brique éclairé seulement par des ampoules nues. On nous montra une petite boîte, assez légère pour qu'un enfant puisse la tenir. Il fallait se tourner vers la droite, prendre la boîte, puis se tourner à gauche et la tendre à l'enfant suivant, puis de nouveau à droite pour prendre la suivante, et ainsi de suite pendant très, très longtemps. Chaque boîte contenait les cendres d'un mort de Theresienstadt. Selon la tradition allemande, chacune portait le nom de la personne à qui appartenaient les cendres, ainsi que ses dates de naissance et de décès. Je me rappelle que de temps en temps, en amont ou en aval de la chaîne, on entendait un sanglot. Pas des pleurs hystériques comme lorsqu'on emmène des enfants, mais une douleur contrôlée. Cela voulait dire que quelqu'un tenait un instant entre ses mains les cendres d'un proche (une mère ou un père, un frère, une sœur ou un ami) avant de les passer au suivant. On apprit plus tard que toutes ces cendres avaient été jetées dans le fleuve, dans le cadre d'une entreprise de destruction générale des preuves, vers la fin de la guerre.

Anna Bergman
Jeune femme, Juive tchèque, Freiberg

Le bombardement de Dresde fut le spectacle le plus merveilleux que j'aie vu de ma vie. Nous nous trouvions à moins de vingt kilomètres de là, et nous vîmes les bombes incendiaires se déverser sur la ville, la lueur des incendies, et tout le reste. C'était de la musique pour nos yeux et nos oreilles. Les Allemands nous enfermèrent là où nous fabriquions les pièces pour les V1, et ils se cachèrent dans un abri. Nous priions pour que les bombes tombent sur nous. Nous mourrions de bon cœur. Le lendemain, quand les ouvriers revinrent en racontant des histoires horribles, nous étions tout sourire.

RÉVOLTES

Certaines organisations de la Résistance juive parvinrent à opérer dans un certain nombre de camps de concentration, de camps de travail et de camps de la mort, y compris Auschwitz-Birkenau. En 1943, avant la liquidation de Treblinka et de Sobibor, deux révoltes ont lieu dans ces deux camps. Les Juifs détenus à Treblinka, apprenant par les déportés qui arrivent au camp que le ghetto de Varsovie vient de se soulever, se révoltent le 2 août 1943. Pas moins de 200 prisonniers parviennent à s'enfuir dans la forêt voisine. Une vingtaine échapperont aux nazis lancés à leur poursuite. Le 14 octobre 1943, un soulèvement organisé a lieu à Sobibor : 300 prisonniers s'échappent, 11 nazis sont tués, dont le commandant du camp. Près de 200 évadés ne seront jamais repris. Le 7 octobre 1944, les hommes d'un *Sonderkommando* d'Auschwitz-Birkenau se lancent dans une entreprise désespérée. Grâce à la dynamite que la Résistance a volée dans une usine de munitions voisine, ils font sauter l'un des fours crématoires de Birkenau. 600 prisonniers s'évadent. Ils seront tous repris ou assassinés durant la traque.

Déportés malades et à demi morts de faim, Wöbbelin, à l'heure de la libération.

Kitty Hart-Moxon
Jeune femme, Juive polonaise, Auschwitz

À l'époque où je triais les vêtements au sein du *Kanada Kommando*, nous trouvions des quantités considérables de bijoux et d'argent. Pour nous, la monnaie n'avait aucune valeur. Nous nous en servions comme papier toilette. Mais nous avions compris que les bijoux pouvaient être utiles au mouvement de résistance du camp. Nous ignorions leur identité, mais nous nous disions que ce devaient être des hommes pour la plupart. Nous ne savions pas que certaines femmes y étaient engagées. Un jour, j'ai découvert un tas de diamants et de pierres précieuses que je décidai de ne pas remettre aux nazis. Il aurait été trop risqué de les introduire dans le camp principal. Sachant qu'un groupe d'hommes devait venir effectuer un travail quelconque, je m'arrangeai pour passer près d'eux et laisser tomber mon butin dans leur seau de soupe. En même temps, je m'efforçai de leur signaler qu'il y avait quelque chose dans le fond. Ils hochèrent la tête pour indiquer qu'ils avaient compris. Les bijoux étaient la seule monnaie d'échange pour acheter les explosifs dont la Résistance avait besoin, via les filles qui travaillaient à l'usine de munitions.

Puis il se passa quelque chose. Il n'y avait plus de nouveaux transports. La rumeur se répandit que toute la zone, en particulier celle qui entourait les fours crématoires, allait être rasée. Nous avons compris que nos jours étaient comptés. Les hommes des fours crématoires, les *Sonder-*

kommando, savaient que le moment était venu. D'ailleurs, ils étaient toujours exécutés quand un nouveau *Kommando* était formé. La nouvelle filtra que le front russe n'était pas loin.

L'événement eut lieu le 7 octobre 1944. Nous entendîmes un grondement. La première pensée qui nous vint à l'esprit fut qu'on nous bombardait, et nous nous jetâmes sur le sol. Mais quelques secondes plus tard, nous vîmes la cheminée du four crématoire n° 4 s'écrouler. Nous n'avons pas compris tout de suite. Il y eut des coups de feu dans tous les sens, et l'ordre retentit de rester couchées sur le sol, bras et jambes écartés.

Une division motorisée de SS fit irruption. C'est là que nous avons compris qu'il ne s'agissait pas d'un bombardement, mais d'un soulèvement. Cela sauva un grand nombre de vies humaines. Les nazis ne pouvaient pas poursuivre leur programme d'anéantissement, leur routine étant momentanément déréglée. Mais bien entendu, ils tuèrent tous ceux qui étaient impliqués dans le mouvement. Ils menèrent une enquête approfondie et interrogèrent tous les membres du *Kanada Kommando*. Quand on appela mon numéro, je crus qu'ils savaient que j'avais fait passer des bijoux à la Résistance. Mais ils m'informèrent simplement qu'on me renvoyait à Birkenau, et qu'on me mettait sur un transport avec ma mère.

Ignacz Rüb
Électricien, Juif hongrois, Buna-Monowitz, Auschwitz-Birkenau

Toutes les nuits, nous entendions des coups de feu. J'étais en contact avec un SS, qui vint voir ce que nous faisions.

« Le front russe n'est plus très loin, lui dis-je. Que va-t-il se passer maintenant ?

— Je suis désolé, mais le camp est miné. Quand nous devrons quitter les lieux, le camp sautera, avec tous les gens qui s'y trouvent. »

Avoir survécu pendant quatre ans et demi pour mourir comme cela, sans endroit où aller, sans cachette possible ! Je devais faire quelque chose pour compenser ce que j'avais subi. Les canons de la DCA étaient mus par des moteurs électriques. Je me suis dit que si je changeais les fusibles, ils ne pourraient pas s'en servir. J'ai ôté tous les chapeaux et les ai changés, de sorte que tout tombe en panne s'ils essayaient de lancer les moteurs.

Pendant les huit ou dix jours suivants, je n'ai pas dormi, tellement j'avais peur qu'ils découvrent ce que j'avais fait. Un jour, vers dix heures et demie du matin, les avions alliés sont arrivés. Il ne leur a fallu que quelques minutes pour détruire l'usine sous leurs bombes. Bien entendu, les Allemands ont compris ce qui s'était passé. J'ai trouvé une bonne explication : je leur ai dit que c'était ce qui arrivait lorsqu'on branchait tous les moteurs en même temps. Ils ont commencé à reconstruire l'usine. Mais elle avait été beaucoup trop endommagée par les bombardements. Ils ont dû s'enfuir avant l'arrivée des Russes, en janvier 1945.

John Fink
Juif allemand, Auschwitz-Birkenau

Quand arriva l'hiver 1944-1945, nous savions que les Russes avançaient. En janvier 1945, nous entendîmes le bombardement de Cracovie, à cinquante-cinq kilomètres d'Auschwitz-Birkenau. En entendant les bruits d'artillerie qui se rapprochaient, nous crûmes qu'ils allaient tourner les mitrailleuses contre nous. Mais, le 18 janvier, ils nous donnèrent l'ordre de ne pas rejoindre notre lieu de travail. Dans l'après-midi, on nous fit nous rassembler, et l'on nous ordonna de prendre la route, dans la glace et la neige. Ces marches sont appelées aujourd'hui les « marches de la mort ».

1945

LES MARCHES DE LA MORT

« Nous avions mis un système au point. Cinq d'entre nous soutenaient la fille qui se trouvait au milieu, et qui dormait littéralement debout, tout en bougeant les jambes et les pieds. On pouvait ainsi se détendre un peu. Nous changions régulièrement, de sorte que chacune, tour à tour, puisse dormir sans cesser de marcher. Une nouvelle version du somnambulisme. »

En août 1944, l'Armée rouge est aux portes de Varsovie. Au même moment, les forces anglo-américaines sont en train de libérer des territoires de plus en plus vastes en Europe de l'Ouest. Tout en s'efforçant de faire disparaître les preuves de leurs crimes dans l'ouest de l'Union soviétique et en Yougoslavie, les nazis s'assurent qu'ils ne laissent derrière eux aucun témoin susceptible de tomber entre les mains des Alliés. À mesure que les fronts approchent, les camps de concentration sont « liquidés », et les prisonniers emmenés dans des marches de la mort qui les entraînent dans les profondeurs du IIIe Reich. Au printemps et à l'été 1944, les camps d'Europe de l'Est sont les premiers à être démantelés. On conduit les déportés vers l'Ouest, pour fuir l'avancée de l'Armée rouge.

Tandis que l'étau se resserre sur le Reich, durant l'hiver 1944-1945, des milliers de déportés, juifs ou non, même à l'intérieur du *Grossdeutsches Reich*, doivent effectuer des marches forcées dans différentes directions, pour tenter de rejoindre les camps de Bergen-Belsen, Dachau, Buchenwald, Mauthausen, Sachsenhausen et Ravensbrück. Mais même alors, les nouveaux arrivés dans certains camps (Ravensbrück, Sachsenhausen et, enfin, Mauthausen) ne sont pas au bout de leur calvaire. On les oblige à reprendre la route quand approchent les troupes occidentales et soviétiques.

Sans provisions, privés de nourriture pendant des jours et des semaines, des centaines de prisonniers à peine vêtus, mal chaussés, meurent de froid dans les champs où on les force à passer la nuit, debout ou couchés sur le sol. D'autres s'entassent dans des granges exposées à tous les vents. Par milliers, ils meurent d'épuisement, de diphtérie, du typhus et d'autres maladies, et la plupart souffrent du froid qui les paralyse. Tout prisonnier qui s'attarde à l'arrière des colonnes ou qui tente de s'enfuir est abattu sur place. 15 000 personnes mourront sur les 66 000 évacuées d'Auschwitz à partir du 18 janvier 1945.

De longues cohortes de prisonniers venues des différents camps se traînent péniblement, fusionnent, se séparent, fusionnent à nouveau en des masses humaines que l'épuisement croissant empêche de progresser, et laissent dans leur sillage des routes jonchées de cadavres. De nombreux SS finiront par abandonner leurs pitoyables colonnes, laissant à leur triste sort ces hommes et ces femmes épuisés, gelés, affamés. Pendant les deux derniers mois du conflit, 250 000 déportés seront contraints à ces marches de la mort, qui se poursuivront jusqu'au dernier jour de la guerre en Europe, le 8 mai 1945.

© USHHM 48293

Détenus pendant une marche de la mort, dans la région de Dachau, avril 1945 (photo prise clandestinement par un civil allemand).

John Fink
Jeune Juif allemand, d'Auschwitz à Bergen-Belsen

En quittant Auschwitz-Birkenau, le 18 janvier 1945, nous ignorions où nous allions. Nous n'avions laissé derrière nous que les détenus malades – huit ou neuf cents personnes, dont Primo Levi. Nous pensions qu'ils seraient tous tués, parce qu'il était inimaginable que les Allemands laissent des survivants.

Nous marchions. Le temps était épouvantable, et ceux qui se laissaient distancer étaient tués d'une balle dans le dos par les SS. Ils étaient si nombreux... On les abandonnait là, sur le sol. Il y avait déjà des cadavres sur la route, laissés par les colonnes qui nous précédaient. Tous ceux qui étaient incapables de marcher. La plupart n'avaient même pas de chaussures. Ils ne possédaient que des galoches de bois, inutilisables dans ce gel et cette neige. J'avais une paire de chaussures dépareillées. Tant que vos pieds vous obéissaient, vous aviez une chance de rester en vie. Nombre d'entre nous sont morts à cause de leurs pieds. Beaucoup avaient de l'eau dans les genoux, et le pus coulait de leurs plaies.

En tout cas, nous avons marché toute la nuit. Au matin, ils nous ont entassés dans une usine de pneus abandonnée. Nous y sommes restés quelque temps, puis on nous a ordonné de reprendre la route. Dans le courant de l'après-midi, nous avons atteint l'ancienne frontière allemande. Nous avons emprunté les rues de Gleiwitz. Il y avait des tramways, des gens en civil. Les SS ne nous surveillaient pas. Nous avions tellement faim que nous demandions aux gens, dans la rue, où il y avait un camp de concentration... Vous imaginez notre état d'esprit ! Nous avons passé deux jours dans un camp surpeuplé. On ne nous a donné aucun ordre. Rien.

Au bout d'un jour ou deux, on nous mena au dépôt du chemin de fer. On nous embarqua à bord d'un train découvert. Chaque wagon était plein de prisonniers, au point qu'il était impossible de s'asseoir. Le voyage a duré des jours et des nuits, les bombardements nous obligeaient à nous arrêter souvent. Des gens mouraient. Nous jetions les cadavres hors des wagons à bestiaux pour faire de la place et nous asseoir enfin. Nous avons traversé la Tchécoslovaquie. Dans les gares, nous devions débarquer les malades et les laisser sur le quai, où la Gestapo les achevait sous les yeux des habitants tchécoslovaques et autrichiens. Ils nous ont conduits à Mauthausen.

Le camp était tellement surpeuplé que son *Kommandant* refusa de nous laisser débarquer. Notre train reprit sa route.

Tout à coup, nous arrivâmes à Berlin. Je connaissais Berlin. Je vis la célèbre tour de la radio. C'était le 28 janvier 1945. On nous fit débarquer dans le grand, le vieux camp de concentration de Sachsenhausen. Puis nous reprîmes le train jusqu'à Flossenburg, un autre camp surpeuplé. Les Américains avançaient d'un côté, les Russes de l'autre, et les Britanniques arrivaient par le nord : l'étau se resserrait. Mais ils ne se sont pas débarrassés de leurs prisonniers – sauf ceux qui étaient tués ou mouraient en route. J'ai embarqué sur un autre train. Cette fois nous étions assis sur les morts. Nous n'étions plus humains. En tout cas nous n'étions plus censés être humains. C'est dans cet état que j'arrivai à Belsen, vers le 8 mars 1945.

Helen Stone
Jeune femme, Juive polonaise, d'Auschwitz à Ravensbrück via Gross-Rosen

Cette marche, à partir d'Auschwitz, en janvier 1945… La moitié d'entre nous étaient nues. Que portions-nous ? *Une robe.* Certaines n'avaient pas de chaussures, et nous avons marché dans la neige pendant vingt et un jours ! J'avais une robe. Je marchais, j'avançais, et je *dormais* en marchant. Nous avons dépassé plusieurs camps. Ce que j'aimais, c'était la traversée des villages. Nous constations que la vie continuait. On avait oublié que des gens pouvaient mener une vie normale, dans des pièces éclairées à l'électricité.

En tout cas, nous sommes arrivées à Gross-Rosen. On ne pouvait pas nous laisser entrer. Plus de place. On nous a fait monter dans des trains – des wagons découverts, alors qu'il gelait à pierre fendre. Je me rappelle cette Italienne, non loin de moi : elle avait sans doute uriné, et cela avait gelé par terre. Elle ne pouvait plus se relever. En route, nous avons vu un autre train, chargé d'hommes. Ces hommes… ils avaient l'air affreux, affamé ! J'avais quelques miettes de pain dans mon foulard. Je les leur ai jetées, et ils se sont précipités dessus comme des animaux. Ils ressemblaient à des animaux, c'était pire pour eux que pour les femmes.

Nous étions calmes, nous parlions peu, pour économiser notre énergie. Toutes celles qui avaient un petit quelque chose le lançaient aux hommes, qui avaient l'air affreux, vraiment affreux. Nous buvions de la neige, et quand le train s'arrêtait, nous mangions des racines de betterave gelées arrachées dans les champs. Puis nous sommes arrivées à Ravensbrück. J'y passai deux semaines sur un seau, car j'avais la dysenterie.

Harry Lowit
Petit garçon, Juif tchèque, d'Auschwitz à Ebensee via Melk

Nous avons quitté Auschwitz à pied en janvier 1945. Il faisait froid, et beaucoup d'entre nous n'étaient pas assez vêtus. J'avais toujours mes bottes, mon pantalon d'équitation et ma veste, et j'avais sans doute plus chaud que la plupart. Je garde un vague souvenir de la première nuit, passée dans une ferme, dans des étables. Il y faisait chaud. Nous marchions en rang par cinq. Ceux qui restaient en arrière de leur groupe, parce qu'ils ne pouvaient pas marcher, étaient abattus sur place. Cela explique que nous n'étions plus que 3 000 en arrivant à Mauthausen, contre 10 000 au départ. Pour effectuer la dernière étape du voyage à Mauthausen, on nous chargea sur des wagons découverts. C'était l'hiver, nous n'avions pas de toit, et à cent par wagon nous devions rester debout. C'est sans doute le voyage le plus éprouvant que j'aie connu. J'ai survécu, une fois de plus, mais c'était difficile.

À Mauthausen, on m'a rasé le crâne. Je crois me souvenir que j'ai protesté, arguant que j'étais le coursier de Kramer et de Höss, qu'ils n'avaient pas le droit... Puis nous sommes allés à Melk, en Autriche, non loin de Vienne. La vie y était beaucoup plus détendue, sans doute parce que le camp était dirigé par la Wehrmacht, dont les hommes étaient moins sévères que les SS. J'y suis resté quelques mois. J'ai fait le coursier pour l'officier de la Wehrmacht. Enfin, nous sommes allés à Ebensee, un endroit peu éloigné de Salzbourg. C'est le dernier camp où j'ai séjourné, assez haut dans la montagne. C'est aussi là que j'ai vu des gens se livrer au cannibalisme. Oui, des hommes découpaient des morceaux de chair sur des cadavres. Une fois de plus, j'étais le coursier du *Kommandant*.

À l'époque où les SS étaient encore là, j'avais entendu dire qu'ils allaient liquider tout le monde : ils allaient nous enfermer dans les mines de sel et tout faire sauter. Je me suis dit que je n'avais pas lutté pendant trois ans pour finir ainsi. Un de mes amis était chauffeur. Il livrait des provisions de la ville d'Ebensee. Nous avons décidé d'aller à la ville ensemble et de disparaître pendant qu'on chargerait le charbon sur le camion. Et c'est ce que nous avons fait.

Fritz Moses
Jeune Allemand, Autriche, témoin de la marche de la mort depuis Melk

Nous avons quitté Strehlen vers le 16 février en direction de l'Autriche, pour rejoindre mon oncle, qui dirigeait une ferme d'État. En avril, il reçut l'ordre de déménager sa ferme dans la zone des bataillons alpins de forteresse. Nous conduisions le troupeau de vaches et de chevaux vers cette zone. Nous parcourions une vingtaine de kilomètres par jour à travers la campagne. Exactement comme les cow-boys dans les westerns ! En cours de route, nous avons vu quelque chose de terrible. Melk, un camp annexe de Mauthausen, se trouvait sur notre itinéraire. Un jour, alors que nous avions changé de route, les déportés de ce camp de concentration nous ont dépassés. Il faisait sombre, mais nous avons vu ces silhouettes décharnées, en uniforme rayé noir et bleu ou noir et blanc avec l'étoile juive. On entendit des coups de feu. Quand nous les avons rattrapés, nous avons aperçu, sur le bord de la route, des couvertures gris-bleu. Lorsque les Hongro-Allemands les ont soulevées, nous avons vu les cadavres.

Plus tard, après la guerre, un tribunal jugea un certain Kreischner, un SS accusé de crimes commis contre cette colonne de déportés. En d'autres termes, cet homme dut en répondre.

Ignacz Rüb
Juif hongrois, d'Auschwitz à Landeshut

Un soir, ils nous ont installés dans une usine évacuée depuis quelque temps. Il y avait des cuisines. Toujours en quête de quelque chose à manger, je suis tombé sur une réserve de légumes. Il restait des carottes à moitié pourries. J'en ai pris quelques-unes pour mes amis, là-haut. Sachant que j'étais toujours à la recherche de quelque chose, tout le monde me surveillait. Ils ont repéré mes allées et venues, m'ont suivi et les ont trouvées. Il ne leur a pas fallu une demi-heure pour avaler toutes ces carottes pourries. Le lendemain, tout le monde avait la dysenterie. Il faisait très froid. Quand nous avons repris notre marche, toute cette saleté a gelé dans nos pantalons. Cela faisait du bruit au rythme de nos pas, comme des clochettes au cou des vaches. Les SS riaient comme des bossus. Vous imaginez ? La diarrhée gelée ? C'était *ignoble*.

Helen Pelc
Jeune femme polonaise, de Kurzbach à Bergen-Belsen

Nous avons marché, marché, marché, et nous avons fini par arriver à Bergen-Belsen. Nous pleurions : « Mon Dieu, nous voulons un toit au-dessus de nos têtes. Nous voulons quelque chose à manger. » Quatre cents femmes – sur un millier au départ – ont survécu à cette marche forcée. Ma mère et moi, nous étions décidées à survivre, nous parlions de la manière dont nous nous y prendrions. Je me rappelle qu'elle me disait en yiddish : « Pour toi, mon enfant. Je suis toujours avec toi. Je m'occuperai de toi. » Quand je regarde une carte, aujourd'hui, je me dis : Comment est-ce possible ? De Kurzbach à Mauthausen, puis Gross-Rosen, enfin jusqu'à Bergen-Belsen !

Comme les gardes avaient besoin de se reposer, nous nous arrêtions de temps en temps. Mais pas de nourriture, pas de pain, uniquement ce que nous trouvions dans la neige. Rien à boire. Rien.

Marsha Segall
Jeune femme, Juive lituanienne, depuis Rendaels

Nous avons marché de la première grange à une autre, où ils ont décidé de s'arrêter. J'y ai connu un bonheur et une tragédie. Le bonheur, c'est que j'ai été désignée, avec quelques autres, pour faire cuire des pommes de terre, et que cela se passait à l'intérieur, près du four. On ne nous avait rien donné à manger depuis six ou sept jours. Je me trouvais donc au chaud, et j'ai pu récupérer quelques pommes de terre pour ma mère et ma sœur. Le drame, c'est que les deux femmes qui se trouvaient à proximité nous ont volé le peu de margarine que nous possédions et les gants que nous avions fabriqués. Cela signifiait la mort. Nous ne mangions pas la margarine, nous nous en enduisions les mains pour nous protéger. Et nous n'en avions plus.

Le lendemain, le blizzard s'était levé. Ils ont décidé de reprendre la marche. Les flocons vous blessent les yeux, vous ne sentez même pas le froid, tellement vous vous concentrez pour voir ce qu'il y a devant vous... Au bout de la marche, quand j'ai voulu aider ma mère, je me suis rendu compte que je ne pouvais plus plier les doigts, parce que je n'avais plus de margarine, et plus de gants. Maman avait elle aussi des engelures, nous en avions partout sur les mains et le visage.

La grange suivante... j'ai été frappée par ces gémissements... Les pleurs, les souffrances... c'était effroyable. J'étais persuadée que je ne survivrais pas un jour de plus. J'ai pourtant marché toute une journée avec les pieds et les mains gelés. Au début, c'est insensible, mais au bout d'un moment la chair noircit, elle sent le pourri, et la douleur s'installe. Le lendemain, une femme est venue me dire : « Je crois que nous devrions nous enfuir. Tu ne tiendras pas un jour de plus, tu n'as rien à perdre. » Ma mère et ma sœur me pressaient de partir. À quatre, nous nous sommes glissées à l'extérieur. Nous sommes passées dans une autre grange, où nous nous sommes cachées sous d'énormes tas de foin, jusqu'à ce que tout le monde soit parti. Ce jour-là, ils n'avaient pas pu faire l'appel, parce que les trois quarts des femmes avaient succombé. Après la guerre, j'ai appris que ma mère et ma sœur étaient mortes du typhus à l'issue de cette marche.

Par la suite, je suis parvenue à me faire passer pour une réfugiée allemande. À Gdynia, j'ai reçu des soins. La gangrène s'était installée et mes pieds commençaient à se recroqueviller. Quand les médecins sont venus les examiner, j'ai vu pour la première fois dans quel état ils se trouvaient. Ils les ont découverts un peu au bout, et un docteur a simplement gratté la chair, on aurait dit des morceaux de bois carbonisés... J'ai pensé que je ne marcherais plus jamais. Et mes mains... la peau se décollait toute seule de l'os... On me fit embarquer à bord d'un cuirassé, le *Deutschland* (rebaptisé *Lutzow* en 1941, il était toujours connu sous son nom d'origine en mer Baltique), puis sur un petit navire-hôpital, jusqu'à Bergen, sur l'île de Rügen, pour qu'on m'y opère. Ils ont fait un travail remarquable, et sauvé ce qui pouvait l'être.

Ignacz Rüb
Juif hongrois, d'Auschwitz à Landeshut

Nous sommes arrivés dans une ville. Ils nous ont enfermés pendant la nuit dans une galerie dépendant d'une carrière. Au bout de deux heures, nous avions consommé tout l'oxygène disponible. Je suis parvenu à me glisser à quelques mètres de la sortie. Beaucoup cognaient sur la porte, car nous commencions à suffoquer. J'ai vu ma vie défiler devant moi, j'ai cru que c'était la fin. Au matin, quand ils ont ouvert, nous avons découvert avec horreur le nombre de morts. Ils ont appelé les ambulances et commencé à évacuer les corps. Je n'étais pas tout à fait mort, et j'ai survécu. Mais je voudrais dire à quel point j'étais affamé. Je n'avais pas de couteau, rien qu'une gamelle, et j'ai cru que j'allais découper un morceau d'un cadavre. Il *fallait* que je trouve quelque chose à manger. Je me suis mis à avancer à quatre pattes, mais ils retiraient les cadavres. Je raconte cela pour montrer à quel point la faim était terrible. Si je l'avais fait, si j'avais découpé un morceau… de chair… d'un mort, je crois que je n'aurais pas pu continuer à vivre. Mais sur le moment… rien n'est plus terrible que la faim. On ne peut pas comprendre si on n'a pas connu cela. Elle peut pousser un homme à commettre les horreurs les plus incroyables.

Jan Hartman

Jeune Juif tchèque, de Czechowice à Buchenwald

La campagne polonaise était couverte de neige, il faisait un froid à pierre fendre, c'était en janvier, il devait faire trente degrés au-dessous de zéro ou encore moins. Si vous aviez glissé des morceaux de sacs à ciment sous votre pyjama, cela pouvait vous valoir une mort immédiate. Ils vous frappaient avec des bâtons, juste pour savoir si vous en aviez mis sous vos vêtements. Mon frère l'a fait plusieurs fois, mais pas moi. Tout au long de la route, nous apercevions des monceaux de morts des précédents transports. De temps en temps, nous entendions des coups de feu à l'arrière – ils tuaient ceux qui ne pouvaient plus avancer. Nous marchâmes une journée entière. Le soir, nous arrivâmes dans une grange. Il était tentant d'essayer de s'enfuir, car le foin était très épais. Mon frère et moi avons hésité : s'ils nous attrapaient, nous étions exécutés. Nous décidâmes de ne pas nous enfuir.

Le voyage continua ainsi, une autre journée complète avant d'arriver à Bielsko, qui était un carrefour énorme, très important. J'avais déjà vu beaucoup de morts, mais il suffit parfois d'en voir un seul, et ça vous marque. Il y avait un homme, entre les rails… du sang partout, il venait d'être tué, et cela me frappa, presque comme une plaisanterie : « Ça devient sérieux. » C'est à ce moment-là qu'on nous embarqua sur les wagons découverts qui nous conduiraient à Buchenwald. J'ignore combien de temps ça a duré. Trois jours, ou peut-être six, je ne sais pas. Il gelait. Je me rappelle qu'à un moment quelqu'un, à côté de moi, a essayé de me tuer. Un homme qu'on appelait Fischel. Un type très gentil, père d'un garçon que je connaissais. Il m'a saisi le nez, il a essayé de me l'arracher et de m'étrangler. Des gens étaient fous, ils perdaient l'esprit.

À un moment, le long de la voie, nous avons aperçu des petites maisons annonçant une ville. Des Allemands, devant les maisons, nous ont vus arriver, ils se sont approchés et nous ont jeté des cigarettes. Nous mourions de faim, mais c'était une bonne action. Puis il y eut un vide complet. Je me rappelle seulement m'être éveillé sur un tapis de cadavres, glacé comme la pierre – il y en avait plusieurs épaisseurs, trois, quatre, cinq couches entassées, et juste sous moi je vis le cadavre de Fischel. Mais « *Raus ! Raus ! Schnell ! Schnell !* » [« Descendez ! Vite ! Vite ! »] et je me retrouvai je ne sais trop comment dans ce *Grosslager* [grand camp] comme on l'appelait, la partie la plus récente de Buchenwald. Je fus séparé de mon frère George, qui, lui, se retrouva au *Kleinlager* [petit camp], le camp politique.

George Hartman
Jeune Juif tchèque, de Czechowice à Buchenwald

Je me rappelle d'autres détails de notre voyage en train. Un type s'est mis à me frapper avec sa gamelle métallique, j'ai toujours un creux, là, sur le crâne, à l'endroit où il me cognait avec le bord. Il m'aurait tué. J'ai dû m'asseoir sur lui, et j'y suis resté jusqu'à ce qu'il ne bouge plus. C'est grâce à cela que j'ai eu la vie sauve.

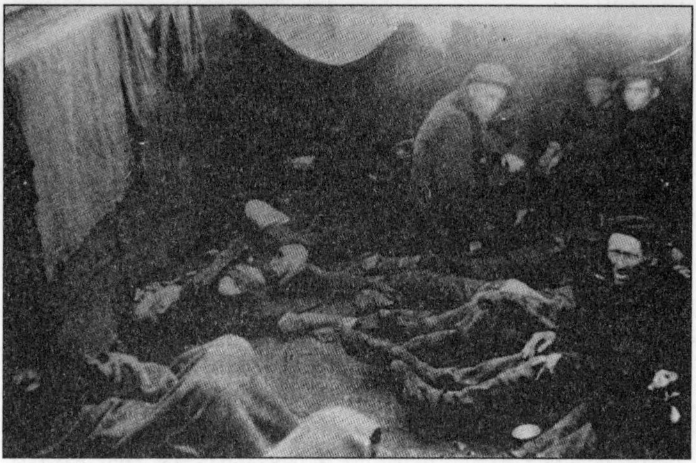

Juifs déportés de Buchenwald à Theresienstadt,
à l'issue d'un voyage de trois semaines
qui prendrait normalement une demi-journée.

Barbara Stimler

Jeune femme, Juive polonaise, de Pirschcow à Niederschlesien

Un jour, on s'arrête dans un village. Ils prennent deux wagons, embarquent les filles malades et nous ordonnent de pousser les wagons jusque dans la forêt, où ils les ont achevées. Cela valait mieux pour elles.

Zdenka Ehrlich

Jeune femme tchèque, de Kurzbach à Bergen-Belsen

Un jour, à notre retour du travail forcé dans les bois, à Kurzbach, nous n'avons pas eu le temps de rejoindre notre baraquement. Le commandant nous a dit : « Nous devons évacuer cet endroit. Ce soir, nous partons pour une longue marche. » C'était le 21 janvier 1945. Au bout d'une demi-heure de marche, nous avons entendu une violente explosion dans la direction du camp. La rumeur nous apprit que l'infirmerie avait été détruite, et que tous ceux qui s'y trouvaient étaient morts. Nous avons marché pendant deux semaines, jour et nuit, dans cette campagne sans relief, gelée et battue par les vents. Une nuit, la température est descendue à trente-cinq degrés au-dessous de zéro. Je n'avais jamais vu cela : nous avions tous le nez blanc, comme un glaçon, complètement gelé. Et nous avons appris à faire quelque chose que je n'aurais jamais cru possible : dormir en marchant. Nous avions mis un système au point. Cinq d'entre nous soutenaient la fille qui se trouvait au milieu, et qui dormait littéralement debout, tout en bougeant les jambes et les pieds. On pouvait ainsi se détendre un peu. Nous changions régulièrement, de sorte que chacune, tour à tour, puisse dormir sans cesser de marcher. Une nouvelle version du somnambulisme.

Barbara Stimler
Jeune femme, Juive polonaise, marche de Pirschcow à Niederschlesien

Un Polonais nous dit, à Irma et à moi : « Je vais vous cacher. » Il nous emmène dans un appartement, déclare qu'il va nous chercher de quoi manger, qu'il va nous aider. La nuit, deux soldats viennent, nous violent et nous expulsent de l'appartement. Nous devons recommencer à aller d'un endroit à l'autre.

Zdenka Ehrlich
Jeune femme tchèque, de Kurzbach à Bergen-Belsen

Il arrive toujours des histoires humaines, drôles. Avant notre départ, quelqu'un avait trouvé des pommes de terre crues. Nous les avions fourrées sous nos vêtements. Nous les savourions comme des fruits délicieux, l'amidon nous faisait du bien. Pendant la marche, une modiste de Prague se trouvait derrière moi. Un jour, elle me tapa sur l'épaule. « Excuse-moi... Est-ce que tu pourrais me prêter quelques patates ? Je te les rendrai après la guerre. » Ce genre de chose peut faire sourire aujourd'hui, mais ce n'était pas le cas à l'époque. Elle n'a pas survécu, même avec les patates.

Alfred Huberman
Jeune Juif polonais, de Rehmsdorf à Theresienstadt

Une anecdote mémorable : nous marchions en direction des Sudètes, où vivaient des Tchèques. Alors que nous arrivions en périphérie d'une ville quelconque, je n'en crus pas mes yeux. Quelqu'un avait disposé d'épaisses tranches de pain sur le bord de la route. Les Tchèques devaient nous avoir vus arriver, et ils avaient constaté notre maigreur. Il n'y avait personne en vue. Je me suis rué dessus. C'était dangereux, parce que j'aurais pu me faire tuer, mais j'en ai pris pour moi et pour un ami qui n'avait pas de chaussures, et était donc incapable de courir. Nous avons continué notre marche. Aux premières maisons, des mains nous donnèrent du pain, des gâteaux, des cigarettes... Pas de visages, juste des mains qui jetaient tout cela sur la route.

Zdenka Ehrlich
Jeune femme tchèque, de Kurzbach à Bergen-Belsen

Ils ont fini par nous faire monter dans des camions à charbon découverts. Le transport de la mort. Nous nous disions toujours que la situation ne pouvait que s'améliorer. Mais elle empirait toujours, un peu, beaucoup, toujours plus près de la mort. Nous avions le sentiment d'approcher de la fin. Nous étions si serrées qu'on devait se tenir sur une jambe. Je me suis accrochée pendant cinq jours et cinq nuits dans le camion. De temps en temps, une crise d'hystérie éclatait, celles qui étaient à bout de forces finissaient par tomber par terre, et la masse des corps se refermait sur elles. J'ai perdu l'équilibre et je suis tombée en arrière. J'ai passé une nuit entière assise sur le cadavre d'une femme, et le seul endroit où je pouvais poser la main pour me retenir de tomber, c'était sur sa bouche ouverte, sur ses dents.

Après cela nous avons fait étape à Mauthausen, puis on est reparties. Cette fois on a fait le voyage dans un train normal, absolument luxueux. Ce n'était pas un train pour les animaux, ni pour le charbon, ni pour les marchandises, mais pour les voyageurs, les êtres humains. Nous avons roulé vers l'Ouest, via Rokycany. L'arrêt suivant eut lieu à Pilzen, derrière les usines Skoda. Les ouvriers étaient fantastiques. Ils venaient tous à la barrière et criaient : « Enfuyez-vous ! Nous vous cacherons ! » Je suis descendue du train, presque hypnotisée, j'ai couru à la barrière. J'ai crié : « Vous avez du pain ? » Ils ont apporté deux énormes miches qu'ils ont jetées par-dessus la clôture. Je les ai apportées au train, et nous avons fait un véritable festin.

Ruth Foster

Jeune femme, Juive allemande, de Sophienwalde, Poméranie

Nous étions devenues des zombies. Nous n'avions rien à manger, rien à nous mettre sur le dos, nous avions froid, nous étions humiliées et nous ne nous inquiétions même plus de ce qui pouvait nous arriver. Nous avions tout perdu et la vie ne valait plus la peine d'être vécue. Nous marchions la nuit. Le jour, nous nous arrêtions dans la forêt ou dans de vieilles granges. À un moment donné, mes deux amies et moi, nous nous sommes trouvées incapables de faire un pas de plus. Il y avait un fossé au bord de la route. « Arrêtons-nous là, au moins serons-nous enterrées ensemble quand ils nous trouveront. » Un soldat allemand ou un SS nous dépassa. « Oh, fit-il, elles ne valent même pas la balle pour les tuer ! » Et il poursuivit son chemin.

Roman Halter
Jeune Juif polonais, de Pirnau à la région de Dresde

Après avoir quitté Pirnau, nous progressions très lentement. Peut-être huit ou neuf kilomètres par jour. Nous étions en février 1945. Nous portions notre tenue rayée, et avant le départ on nous avait tondu une bande de cheveux au milieu du crâne afin qu'on nous reconnaisse facilement en cas d'évasion. Nous étions les premiers punks ! Un jour, on s'arrêta quelque part et on reçut l'ordre de s'asseoir sur la place du marché. Les habitants allemands sortirent de chez eux et les SS décidèrent de leur montrer quels animaux nous étions. Ils se sont mis à couper des morceaux de navets et de carottes qu'ils lançaient au centre de notre groupe, afin que nous nous battions pour les attraper. Mais notre chef nous a dit : « Ne vous battez pas, restez dignes. » Nous l'avons regardé et nous avons obéi. Déçus, les SS commencèrent à assener des coups de pied à ceux d'entre nous qui se trouvaient à l'extérieur du groupe, mais nous ne nous sommes pas donnés en spectacle. La plupart des gens qui venaient nous contempler ne témoignaient pas la moindre compassion à notre égard. Ils criaient des insultes, nous reprochaient d'être responsables des bombardements. Ils soutenaient les SS. Et nous, pauvres hères affamés, on finit par nous installer dans un entrepôt de matériel agricole. Les SS étaient fatigués, eux aussi. Persuadés que nous ne tenterions pas de fuir, ils ne laissèrent que quatre gardes pour nous surveiller. C'est alors que je parvins à m'échapper, avec un petit groupe de ceux qui venaient d'Auschwitz...

Michael Etkind
Jeune Juif polonais, de Sonneberg

Nous vîmes un groupe de civils allemands, portant des brassards à croix gammée. C'étaient des Allemands plus âgés – peut-être des membres de la Défense passive –, armés de fusils. Ils avaient capturé un groupe de soldats américains qu'ils emmenaient dans la forêt. Les Américains nous faisaient des signes du bras en souriant, et en criant : « Hitler Kaput ! » On les conduisit dans un petit bois de bouleaux, et nous entendîmes des coups de feu : ils devaient avoir été tués. Nous avions vu sur les visages des Allemands ce qu'ils s'apprêtaient à faire. Mais les Américains ne s'étaient pas rendu compte de ce qui se passait – ce qui était démoralisant pour nous, parce que la libération était très proche.

Zdenka Ehrlich
Jeune femme tchèque, de Kurzbach à Bergen-Belsen

À l'étape suivante, nous avons fait l'expérience pour la première fois des raids aériens. Le sifflement des bombes au phosphore résonnait à nos oreilles comme de la musique douce. Nous nous disions que la guerre pouvait finir d'un jour à l'autre – nous étions en février 1945 : Ne perdons pas courage, continuons, ça ne peut plus durer longtemps, ce sera bientôt fini... Mais comme je l'ai déjà dit, chaque étape était pire que la précédente. Au bout de cinq jours environ, le train s'arrêta. Nous étions à Bergen-Belsen. Ma première impression, ce fut que l'endroit était magnifique. La forêt était partout, des arbres, des bouleaux, rien de menaçant, ni gardiens ni barbelés, rien que cette campagne sublime.

Kitty Hart-Moxon
Jeune femme, Juive polonaise, de la zone de Gross-Rosen à Salzwedel

J'ignore combien de temps a duré cette marche forcée, en février. Cela semblait interminable. Un jour, nous eûmes une grosse émotion : une charrette de pommes de terre passait par là. Je me jetai dessus. La seule chose dont je me souvienne, c'est d'avoir reçu un coup de crosse par-derrière. J'étais knock-out. Mes amies m'ont portée jusqu'à ce que je reprenne conscience. Le bruit courut que j'avais une fracture du crâne, mais dès le lendemain je repris ma marche de la mort.

À un moment donné, nous devions nous diriger vers une chaîne de montagnes. Le seul chemin accessible était un sentier très étroit qui franchissait un sommet avant de redescendre de l'autre côté. Nous devions être à mille mètres. Au sommet, un spectacle extraordinaire nous attendait. C'était un plateau. Il y avait là des centaines de civils allemands dans leurs carrioles. Ils dormaient encore parce que c'était le petit matin. Des saucisses et toutes sortes de choses débordaient des charrettes recouvertes de bâches. Il y avait quantité de vaches. Je me suis précipitée sur l'une d'elles pour la traire. Malheureusement, c'était un taureau, et l'animal m'a projetée sur le côté.

Mon souvenir suivant, c'est que nous nous sommes jetées sur ces Allemands. Ils ne savaient pas ce qui leur tombait dessus ! Près de dix mille femmes se sont brusquement ruées vers eux, et les soldats ne pouvaient pas tirer, car ils risquaient de blesser les civils. Nous sommes parvenues à nous emparer de beaucoup de nourriture. J'ai récupéré un seau accroché à l'une des charrettes. Il ne contenait que du saindoux. Mais ma mère était folle de joie, car nombre d'entre nous avions les orteils et les mains couverts d'engelures. Nous nous en sommes enduit les mains, le visage et le crâne, et l'avons fait circuler le long de la colonne. Il nous a protégées du froid.

On nous a menées d'un camp à l'autre, trimbalées d'un endroit à l'autre, et beaucoup sont mortes en chemin. Juste avant la libération, nous avons connu ce qui fut sans doute notre pire expérience de toute la guerre : on nous a enfermées dans un camion sans aération. Beaucoup de femmes s'évanouissaient. Je crois que ma mère et moi devons la vie au fait que j'avais un couteau : j'ai agrandi une fente dans le sol du camion, et nous nous y penchions à tour de rôle pour respirer.

Nous étions bouclées dans ces camions, sur

une voie de dégagement près de Belsen. Au début, des sons étouffés nous parvenaient des camions voisins du nôtre. Au bout d'un moment, on n'entendit plus rien, et nous comprîmes que tout le monde était mort. Soudain, des bruits de pas. Nous nous sommes mises à hurler et à cogner de toutes nos forces sur les portes du camion… qui se sont brusquement ouvertes. Nous sommes tombées sur les deux ou trois hommes qui venaient d'apparaître. L'un d'eux était officier. « Vous pouvez nous tuer sur place, leur dit ma mère, mais nous ne remonterons pas dans ce camion. Nous exigeons d'être conduites dans un camp. » Les hommes ont échangé quelques mots, puis l'un d'eux est parti à bicyclette. À son retour, il nous a déclaré : « Le *Kommandant* du camp un peu plus loin accepte de vous prendre. » C'est ainsi que je suis arrivée dans un endroit appelé Salzwedel.

Anna Bergman
Jeune femme, Juive tchèque, de Freiberg à Mauthausen

Le 4 avril, il fut décidé d'abandonner l'usine. On nous évacua dans des wagons à charbon découverts et pleins de suie. Il pleuvait. C'était apocalyptique. En traversant la frontière tchèque, nous espérions retourner à Terezin. Mais nous avons tourné vers le sud. Avant cela nous étions restées sur une voie de dégagement pendant une quinzaine de jours, sans aucun équipement sanitaire. Nous n'avions rien pour nous laver, alors que nous étions couvertes d'une suie que la pluie transformait en boue. Nous n'avions rien à manger. C'était une catastrophe. Terrible. Le train, qui progressait lentement vers le sud, en Bohême, s'arrêta un jour pour une raison quelconque. Alors que je me tenais devant l'ouverture du wagon – un squelette avec un ventre de femme enceinte –, un paysan tchèque me proposa un verre de lait. Un SS tout proche leva son fouet, comme s'il allait me frapper. Je n'avais jamais vu de visage comme celui de ce paysan quand il comprit ce que le SS s'apprêtait à faire ! Je crus qu'il allait mourir sur place. Mais il me donna le lait, et le SS ne me frappa pas.

Lorsque nous arrivâmes à Mauthausen, j'avais commencé le travail d'accouchement. Le camp se trouvant au sommet d'une colline, on m'a installée sur une charrette avec d'autres femmes. En arrivant au camp, j'ai dû changer de charrette, et c'est à ce moment précis que l'accouchement s'est déclenché : en passant d'une charrette à l'autre. Il y avait là un médecin russe. Je le suppliai de m'aider, mais en vain. Il a fallu redescendre la colline, avec les douleurs de l'accouchement, en compagnie d'une vingtaine de femmes au stade terminal de la typhoïde et couvertes de poux. Le bébé a commencé à sortir, et je dois avoir hurlé, car un SS m'a dit en passant : « Tu peux crier autant que tu veux ! » Je n'ai jamais su s'il parlait gentiment ou si c'était ironique. À mi-chemin du bas de la côte, le bébé est sorti. Il ne bougeait pas, ne pleurait pas. J'étais totalement indifférente à ces femmes agonisant sur la charrette, aux poux par millions, et à cette chose qui gisait entre mes jambes.

Pendant cinq minutes, nous avons descendu la côte et personne ne m'a aidée. Quand nous sommes arrivés au *Rivier* (l'hôpital du camp), ils ont appelé un médecin. Il était gynécologue à Belgrade. Il a claqué les fesses du bébé, qui s'est mis à pleurer. On m'a dit que c'était un garçon et on l'a enveloppé dans du papier parce qu'il n'y avait rien d'autre. J'étais très heureuse. On m'a donné un lit pour moi toute seule – un miracle ! Les Allemands s'étaient métamorphosés, ce n'étaient plus des assassins mais des gens très, très gentils – depuis qu'ils savaient qu'ils avaient perdu la guerre. Ils m'apportèrent du pain et des macaronis. J'avais assez de lait pour nourrir cinq bébés.

Michael Etkind
Jeune Juif polonais, du camp de Sonneberg

Vers la fin du mois d'avril, alors que nous nous étions arrêtés dans une grange, la rumeur nous parvint que Hitler était mort. Il devait être sept heures du soir, il ne faisait pas encore nuit, et nous étions couchés dans la paille. Les SS étaient à l'extérieur, devant les grandes doubles portes, les gardes étaient assis sur des tabourets dans l'entrée, ils avaient l'air défait. Soudain, quelqu'un murmura : « Hitler est mort ! Hitler est mort ! » L'ambiance était électrique. Hitler est *mort*. Brusquement, l'homme que nous appelions le Blagueur (parce qu'il avait toujours une histoire drôle en réserve) bondit sur ses pieds et sauta sur place en criant : « Hitler est mort, moi j'ai survécu, Hitler est mort, qu'est-ce qu'il me faut d'plus ? Je suis heureux. » Et il se mit à danser. C'était un type très grand, avec de longs bras et de longues jambes. Il franchit en courant les doubles portes, et continua à chanter et à danser dans le champ. Un Allemand a levé son fusil et a tiré. Nous l'avons tous vu : il a vaguement levé les bras, a tournoyé et s'est effondré comme une marionnette dont on aurait coupé les fils. C'était étrange. Le silence revint. Nous étions très tristes. Chacun se demandait : « La guerre est pratiquement finie, mais que va-t-il nous arriver, à nous ? »

Gertrud « Trude » Levi
Jeune femme, Juive hongroise, du camp de Tekla, près de Leipzig

Je me suis introduite dans cette grange. S'y trouvaient déjà deux de mes camarades de camp, une jeune fille et sa mère, originaires de la même ville que moi. Nous ignorions ce qui allait nous arriver. Au milieu de la nuit, la porte s'ouvrit. Cinq hommes entrèrent, munis de torches, de couteaux et de revolvers. Des Russes. Voyant qu'ils avaient affaire à des femmes, ils s'approchèrent et s'allongèrent près de nous, avec des intentions évidentes. Puis ils décidèrent que nous n'étions pas assez appétissantes et ils nous laissèrent. Ils avaient parfaitement compris qui nous étions, que nous n'étions pas tout à fait humaines. Deux ou trois restèrent dans la grange. Les autres revinrent avec un officier qui parlait allemand. Il nous regarda, et leur ordonna d'aller chercher des brancards et de nous emmener à la ferme. Ces hommes étaient d'anciens prisonniers de guerre. Ils étaient venus vers cette ferme en quête des paysans qui les avaient traités si cruellement. Ils avaient cru les trouver dans la grange, et ils étaient tombés sur nous.

Stanley Faull

Jeune Juif polonais, de Buchenwald à Theresienstadt

Le trajet de Buchenwald à Terezin, en avril 1945, a été le pire, pour moi, car j'étais au bout du rouleau. J'ignore combien d'entre nous ont survécu : froid de loup, pas de contrôle organisé, absence de nourriture et de sommeil, glace, aucune hygiène, pas d'eau potable sauf la pluie et la neige. Les gens mouraient. Les morts et les malades devaient rester sur place car il n'existait aucun moyen de les déplacer. Survivre relevait du *miracle*. Et ça a duré entre dix et quinze jours !

Nous n'avions aucune idée de notre destination. Nous nous arrêtions sur des voies de garage et d'autres trains nous dépassaient. Personne ne nous surveillait, mais nous n'avions nulle part où aller. Je me rappelais ce que mon père m'avait dit : « Maintenant que l'Amérique est entrée en guerre et que la Grande-Bretagne est de notre côté, nous allons détruire cet homme. Tout ce que nous avons à faire, c'est de tenir le coup et de survivre jusque-là. » Cela m'avait marqué, j'y pensais sans arrêt. C'était une époque anormale, mais elle passerait, même si cela devait prendre des semaines ou des années. Je pense aujourd'hui que quelqu'un devait veiller sur moi, me diriger pour être sûr que je survivrais. Aujourd'hui encore, j'ai l'impression qu'un autre être était là, qui veillait sur moi. Pourquoi j'ai été choisi, je l'ignore. Mais c'est ce qui s'est passé. La preuve, c'est que je vais vers mes soixante-dix ans, et que je suis toujours là.

1945

LA LIBÉRATION

« La liberté provoque des sensations très étranges. Se réveiller le matin et se dire qu'on peut sortir du périmètre où l'on se trouve sans que quelqu'un vous tombe dessus et vous demande : "Où tu vas ?" Voilà la sensation la plus *formidable* de toutes… La liberté ! »

La libération des camps est d'abord le fait de l'Armée rouge, à l'Est. Les Soviétiques pénètrent dans Majdanek le 24 juillet 1944, Auschwitz le 27 janvier 1945, Stutthof le 1er mai 1945. Ils découvrent que les SS se sont enfuis avant leur arrivée, abandonnant les derniers survivants – à peine vivants – de la population des camps. Très peu auront assez de forces pour survivre à leur libération. L'armée soviétique continue sa progression : Sachsenhausen le 27 avril, Ravensbrück le 29 avril, Gross-Rosen le 8 mai.

À l'Ouest, les Alliés libèrent un certain nombre de camps durant l'été et l'automne 1944. Mais il faut attendre le 4 avril 1945, avec l'entrée dans le petit camp d'Ohrdruf et la découverte de ses monceaux de cadavres, pour que l'horreur de la situation les frappe. Buchenwald et Nordhausen sont libérés le 11 avril, Dachau le 29 avril, Mauthausen et Ebensee les 5 et 6 mai. Les Britanniques sont à Belsen le 15 avril 1945. Theresienstadt sera le dernier camp libéré, avec l'arrivée de l'Armée rouge le 9 mai. Un spectacle effarant accueille les jeunes soldats alliés, qui réagissent avec horreur et indignation. Presque toujours, les libérateurs obligent les habitants allemands du voisinage à visiter les sites.

Parallèlement à ces camps célèbres, juste avant la chute définitive du nazisme, des centaines d'autres – qui retiennent encore des dizaines de milliers de victimes de toutes nationalités, races et religions – sont libérés par les

Crématorium où étaient brûlés les corps des prisonniers, Mauthausen.

forces alliées. Tandis que les armées venues de l'Est et de l'Ouest se déploient à travers l'Europe, les Juifs qui s'étaient cachés sortent de leurs abris.

Jerry Koenig
Enfant, Juif polonais, Kosow (Pologne)

La ligne de front Est se déplaçait dans la bonne direction. J'avais entendu, venant de l'est, le bruit de l'artillerie, les bombes et les détonations. Un jour, on eut l'impression que ça tournait, que ça venait de l'ouest. M. Goral ouvrit la trappe. « Ils sont partis. » C'était le jour de la libération. Nous sommes sortis du bunker. Nous étions tellement reconnaissants envers les troupes soviétiques ! C'était la fin de l'été, le début de l'automne 1944. Il faisait très chaud. Nous sommes restés là, abasourdis, à regarder passer tous ces soldats. Et ils nous regardaient, peut-être encore plus stupéfaits que nous. Nous qui n'avions pas vu le soleil depuis plus d'un an et demi...

Lili Stern-Pohlmann
Petite fille, Juive polonaise, Lvov

Quand les Russes sont revenus occuper Lvov, nous étions toujours cachés. C'était en juillet 1944. Je me trouvais dans un orphelinat ukrainien (grâce à l'aide de l'Institut métropolite Andreï Sheptytsky), et ma mère dans un couvent proche. Pendant un jour ou deux, Lvov fut totalement désert, il y régna un silence absolu, angoissant. Pas de coups de feu, pas de bombardements, rien ne bougeait, tout le monde restait à couvert. Polonais et Ukrainiens avaient peur des Russes, et si des Juifs étaient cachés quelque part, ils y restaient, encore incertains de leur sort. Un beau jour, un soldat russe à cheval apparut soudain dans notre partie de la ville, suivi par un tank. Les gens se ruèrent dehors et baisèrent ses bottes. Un Juif sortit de sa cachette en courant, et s'écria : « Merci, merci de venir nous sauver la vie. » Il fut tué sur place par la milice ukrainienne. Il était sorti trop tôt.

La ville se trouva alors envahie par le désordre et la confusion. Mais nous, nous étions *libres*. Dans les jours qui suivirent, nous pûmes sortir et remercier ceux qui nous avaient aidés et sauvés. *Tout le monde* cherchait sa famille. On créa un Comité juif. Mais en réalité, il restait très peu de Juifs.

Halina Kahn

Jeune femme, Juive polonaise, ghetto de Lodz

Après le départ du dernier transport, en 1944, nous n'étions plus que 700 personnes dans le ghetto. Nous y avons travaillé d'août 1944 au 18 janvier 1945 (arrivée de l'Armée rouge). Juste avant la fin, quand l'ordre nous parvint de gagner la place d'appel, tout le monde courut se cacher, dans les caves, où on pouvait. Mon mari, qui venait d'Allemagne, ne connaissait pas de cachettes. Nous allâmes sur la place d'appel déserte. Nous n'étions que vingt-neuf, des Juifs d'Allemagne pour la plupart. Ils nous enfermèrent dans la cave de la prison.

Au bout de vingt-quatre heures terribles, sans eau ni nourriture, on cogna à la porte. « N'ouvrez pas, dit l'un de nous. Ce sont probablement les SS, et ils sont saouls. » Mais les coups à la porte étaient de plus en plus forts. Quelqu'un fit sauter les serrures. Des Polonais firent irruption : « Nous sommes libres, la guerre est finie, l'armée russe est là. » L'Armée rouge arrivait, en effet. Ce fut une horreur. C'étaient des Cosaques, qui venaient de passer trois ou quatre ans sur le front, ils étaient sales, noirs, et ils n'avaient pas vu de femmes depuis longtemps. Ils emmenaient les femmes et les filles dans les baraques. Ils violaient ces femmes affamées et les abandonnaient comme des tas d'immondices.

Nous nous sommes cachés. Je n'avais pas de cheveux. J'avais sur la tête un foulard rouge et je portais des vêtements d'homme. Mon mari nous a peints de diverses couleurs pour faire croire que nous étions malades. Quand ils sont arrivés, nous leur avons crié en russe que nous étions gravement malades, que c'était dangereux, et ils sont repartis.

Ezra Jurmann
Jeune Juif allemand, Burggraben

On entendait le tonnerre des canons, la nuit : une sorte de roulement, un grondement continu à l'arrière-plan. Quand la nuit était sombre, on voyait la lueur des incendies à l'horizon. Dès lors, je restai dans la cave. Un jour, en début de soirée, un cri retentit soudain : « *Russki ! Russki ! Russki !* » Je remontai quatre à quatre les marches de la cave. Le camp était plein de Russes. Je regagnai mon tas de foin et pleurai pendant au moins deux heures.

Cela se passait juste avant mon seizième anniversaire, le 20 mai 1945. Dans les romans, quand quelqu'un sort de prison, les portes se referment derrière lui dans un claquement. Là, le portail pendait selon un angle bizarre, et nous sommes simplement sortis du camp. Au bout d'un moment, les deux filles qui m'accompagnaient durent me soutenir. Je ne pouvais plus marcher sans aide. Nous avons été pris en charge par un poste de secours russe. Avant toute chose, ils ont essayé de nous nourrir. Je ne pouvais rien avaler. C'était mon premier repas en liberté, et je ne pouvais rien manger ! Ces Russes étaient très gentils. C'étaient des jeunes officiers et des infirmiers.

John Chillag
Jeune Juif tchèque, Buchenwald

Je me trouvais à l'« infirmerie ». J'ignore comment certains d'entre eux étaient parvenus à se glisser aux deux niveaux supérieurs, où se trouvaient les plus faibles, mais il était évident qu'une fois là-haut il était impossible de descendre chercher de la nourriture. J'étais au deuxième niveau, ce qui n'était pas si mal, sauf qu'on recevait les excréments et tout ce qui venait du haut. J'étais d'une faiblesse extrême, proche de l'agonie. Nous étions allongés sur nos paillasses, trop faibles pour faire quoi que ce soit. En principe, je n'aurais pas dû survivre plus d'un jour ou deux.

Le camp a été libéré de deux manières différentes. Certains des prisonniers les plus anciens s'étaient fabriqué – ou avaient acheté – des armes et des munitions, et quand les Américains furent à un ou deux kilomètres du camp, ils ont entrepris de se libérer eux-mêmes. Ils se sont servis d'une radio clandestine pour encourager les Américains à accélérer le mouvement. Ceux-ci ont fait leur apparition une demi-heure plus tard. Les Russes avaient déjà libéré Auschwitz et d'autres camps polonais. Buchenwald fut le premier camp libéré par les forces alliées occidentales (11 avril 1945). Les soldats américains n'avaient jamais vu pareil spectacle. Ils voulurent nous donner tout ce qu'ils possédaient – chewing-gum, corned-beef – et ce faisant, bien entendu, ils ont causé sans le vouloir la mort de nombreux déportés. Une semaine après la libération, je pesais trente kilos.

Jan Hartman
Jeune Juif tchèque, Buchenwald

À mon arrivée à Buchenwald, j'étais un vrai *Muselmann*. On m'envoya au *Rivier*, l'hôpital du « petit camp », où l'on coupa mes orteils gelés comme si c'étaient des champignons. Je dus retourner au « grand camp », où je me retrouvai surtout avec des prisonniers de guerre russes qui mouraient comme des mouches. Ils étaient complètement affamés. J'ai conservé un souvenir très net : un jour, un homme qui agonisait, seul, avait reçu un peu de porridge. On le vit cracher du sang dans sa gamelle. Je ne me rappelle pas si c'est moi ou quelqu'un d'autre qui a fini le plat plein de sang...

Les baraques étaient plongées dans l'obscurité. Un jour, se découpant dans le rayon de soleil au bout du bâtiment, est apparu un soldat américain bien habillé. C'était la libération.

Je me revois ensuite dans ce lieu ensoleillé avec les Américains. Ils s'intéressaient à mon frère et à moi parce que nous parlions anglais et que nous pouvions leur fournir des explications. C'était merveilleux, autant pour eux que pour nous. Je n'oublierai jamais ce qu'on nous a donné à manger. Il y avait notamment de la compote de pêches. Un vrai miracle. C'est tout ce que je me rappellerai de Buchenwald, à l'exception d'une chose : même à Auschwitz, je n'avais pas vu autant de morts. À Buchenwald, ils s'entassaient partout, des tas de plusieurs mètres de haut, ce n'étaient même plus des êtres humains, rien que des os desséchés. Voilà ce que je me rappelle de Buchenwald, libéré le 11 avril. Je crois que Roosevelt est mort le lendemain.

George Hartman
Jeune Juif tchèque, Buchenwald

J'avais entendu dire que les Américains allaient libérer Buchenwald, mais que le camp serait dynamité et rasé avant leur arrivée. Je me suis demandé quoi faire. Rien du tout. Les gardes étaient encore là. Puis, brusquement, ce fut la libération. C'était le chaos, tout à coup, des gens couraient en tous sens pour en rassembler d'autres. Je me suis retrouvé à la piscine des officiers. L'eau était couverte de cendres (on brûlait des gens, à Buchenwald, et l'air vomissait des cendres), je vis pourtant que plusieurs SS se trouvaient dans l'eau. Les prisonniers qui les y avaient jetés les repoussaient du pied dès qu'ils s'approchaient du bord, jusqu'à ce qu'ils se noient. Aucun d'eux ne survécut. Nous ne les avons pas noyés. Nous les avons simplement empêchés de sortir de l'eau.

Le chaos était total. On brisa les barrières, et tout le monde courut à l'extérieur du camp. Malgré mon état déplorable, je suivis cette foule en mouvement. Je suis allé à la maison d'Ilse Koch. Les gens prenaient des objets – meubles, lampes... Moi, non. J'étais trop malade, je voulais en finir avec tout cela, je ne le supportais plus parce que j'allais être piétiné à mort – c'était une obsession. Je décidai de m'éloigner du camp. J'arrivai à une ferme. Il y avait là une paysanne allemande, terrifiée à ma vue. Elle m'affirma qu'elle n'avait rien fait, qu'elle ne savait pas qu'il y avait un camp (alors qu'elle habitait à moins de un kilomètre !), que son mari était mort au front. Elle m'a donné un œuf cru. C'était mon premier aliment – j'ai failli en mourir, je trouvai cela absolument infect.

Je m'en allai en trébuchant. Si j'avais été un peu plus vivant, j'aurais sans doute violé cette femme, mais il ne se passa rien de tel. J'avais tout fait pour ne pas mourir avant d'avoir fait l'amour – moi qui étais vierge –, et voilà que je me trouvais avec une femme seule, elle n'avait même pas trente ans, et aucun désir ne m'était venu. Je songeai que je pouvais survivre plus longtemps, que ma seule chance était de regagner le camp, alors j'y retournai. J'ai oublié les détails, mais j'ai retrouvé mon frère.

Josef Perl
Jeune Juif tchèque, Buchenwald

Quand les Américains sont entrés dans le camp, j'étais aux trois quarts mort. J'ouvris les yeux. Tout tournait autour de moi, je voyais trouble. Puis, tout à coup, un visage souriant. L'homme me prit la main et m'aida à me lever. Je regardai autour de moi en me disant que je rêvais. Il me tendit une barre de chocolat. Tous les jeunes déportés de notre bloc et de certains blocs voisins s'installèrent dans les quartiers des SS. Nous avions du bois, je faisais la cuisine, nous partagions.

Peu à peu, je me suis retapé. Nous, les jeunes, avions une autre perception de la vie. Notre désir de vivre était très fort. Il nous fallait seulement un peu d'espace. Il y avait plein de champs avec des choux, des carottes et des betteraves. Si quelqu'un faisait mine de nous empêcher de nous servir, on le menaçait de mort.

Des petits Allemands vinrent nous dire que quatre SS se cachaient dans une ferme du voisinage. Nous y sommes allés, armés, et nous leur avons mis la main dessus. Nous avions l'intention de les conduire aux Américains, mais un officier russe nous a arrêtés. « Qu'est-ce que vous faites ? » Nous lui expliquons que nous conduisons ces SS aux Américains. Il nous demande si nos armes sont chargées. Oui, bien sûr. Le Russe prend le fusil de l'un de nous et pan ! pan ! pan ! pan ! « Vous êtes dingues ? Vous savez ce que les Américains vont faire ? Ils vont leur taper sur l'épaule en les traitant de mauvais garçons. » Il les a tués tous les quatre, sans hésitation.

Stephen Dale
Réfugié, Juif allemand, SOE, prisonnier de guerre, Oflag 79, Querum (Allemagne)

Le 12 avril 1945, les Américains sont entrés dans le camp. Ils étaient très déprimés, car Roosevelt était mort ce jour-là. Ce fut tout de même un moment extraordinaire, ils ont été formidables avec nous. Ils étaient vainqueurs, se

Des prisonniers de Mauthausen acclament les soldats américains qui viennent de les libérer.

conduisaient en grands seigneurs, ils nous donnèrent tout ce qu'ils pouvaient.

La peur dans laquelle je vivais en permanence depuis que j'avais été pris avait disparu d'un coup. Je ressentais un soulagement *inimaginable*.

Helen Stone

Jeune femme, Juive polonaise, Zwodau

Ils nous avaient enfermées dans une cave – six filles juives sans eau ni nourriture. Un jour d'avril, nous entendîmes un bruit formidable à l'extérieur, mais nous étions toujours dans cette cave obscure. Finalement quelqu'un vint ouvrir la porte et la lumière est entrée. Le soleil était si violent que nous ne pouvions pas garder les yeux ouverts. « Il y a des soldats, nous dit quelqu'un, et les Allemands sont en fuite. » Nous sommes sorties, d'abord en fermant les yeux – mais je voulais savoir qui étaient ces soldats. Je vis des tanks avec une étoile, mais je ne savais pas trop s'il s'agissait des Américains ou des Russes.

J'avais une ceinture, que j'avais trouvée à Auschwitz. Elle portait une inscription en hébreu. J'ôtai le bout de chiffon dans lequel j'avais enveloppé la boucle. Comme je me tenais face au soleil, son reflet avait dû éblouir l'un des soldats, qui s'approcha de moi. « Vous savez ce que c'est ? » me demanda-t-il dans un très mauvais allemand, en montrant l'étoile jaune qui ornait la boucle. Je répondis par une question :

« Et vous, vous savez ce que c'est ?

— Oui, c'est l'étoile de David. »

Je murmurai très, très doucement :

« Je suis juive.

— Moi aussi », dit-il.

À partir de cet instant, ils ont vraiment pris soin de nous.

Antonie Krokova
Petite fille, Tsigane tchèque, Wittenberg

Les Russes sont arrivés. Ils avaient des vaches et des chevaux. Ils ont installé les vieux et les enfants sur des charrettes. Je ne pouvais pas marcher, moi non plus. Nous avions les jambes gonflées, enflammées. Un Russe me porta sur son dos pendant presque trois kilomètres. Il m'appelait « Bonne fille ». Arrivés dans un village, ils nous demandèrent : « Quelle maison voulez-vous ? » Les femmes répondaient : « Celle-ci, c'est une belle maison. » Alors ils en chassaient les occupants allemands et nous nous y installions. « Prenez ce dont vous avez besoin, disaient les soldats russes. Habillez-vous. » Nous y sommes restés près d'un mois, car nous avions des malades, et les vieux étaient faibles et souffraient de malnutrition. Les Russes tuaient tout ce qu'ils pouvaient – porcs, poulets, oies, tout ce qui leur tombait sous la main. C'était l'abondance. Mais il arrivait que certains mangent trop et en meurent. Ils avaient l'estomac trop faible et ne le supportaient pas.

Jan Imich
Jeune Juif polonais, Nordhausen

Le camp se trouvait dans le quartier industriel de Nordhausen. Quand la première vague de bombardiers est passée, nous avons fui. La clôture étant détruite, nous avons couru à travers champs en cherchant une cachette. Les pilotes américains nous ont vus, évidemment, mais ils nous ont pris pour des Allemands et se sont mis à nous mitrailler. Nous n'avons pas pu aller loin, car les Allemands nous ont encerclés. Ils ont fini par nous ramener dans les hangars et nous ont laissés là. C'était comme dans *L'Enfer* de Dante – tout brûlait autour de nous, le sol était parsemé de cadavres carbonisés. À l'intérieur du camp, des centaines de personnes avaient été tuées par les balles, les bombes et les shrapnells.

Tout recommença le lendemain, les Américains revinrent en force et bombardèrent tout ce qu'ils voyaient. J'ai survécu, sans une écorchure ; c'était un miracle, car il y eut des centaines, des milliers de victimes.

Pendant les deux ou trois jours qui suivirent, les Allemands se démenèrent. Ils étaient partout, criant, hurlant, et tout le monde restait à terre, feignant d'être mort. Et durant tout ce temps, on entendait les bruits de la bataille – l'artillerie – qui s'approchaient…

Un jour, le silence enveloppa le camp. Nous n'entendions plus rien. Pas le moindre coup de feu, rien, juste le silence. Nous étions quelques-uns, couchés dans la paille. Tout à coup, nous avons entendu des bruits de course, au loin, très

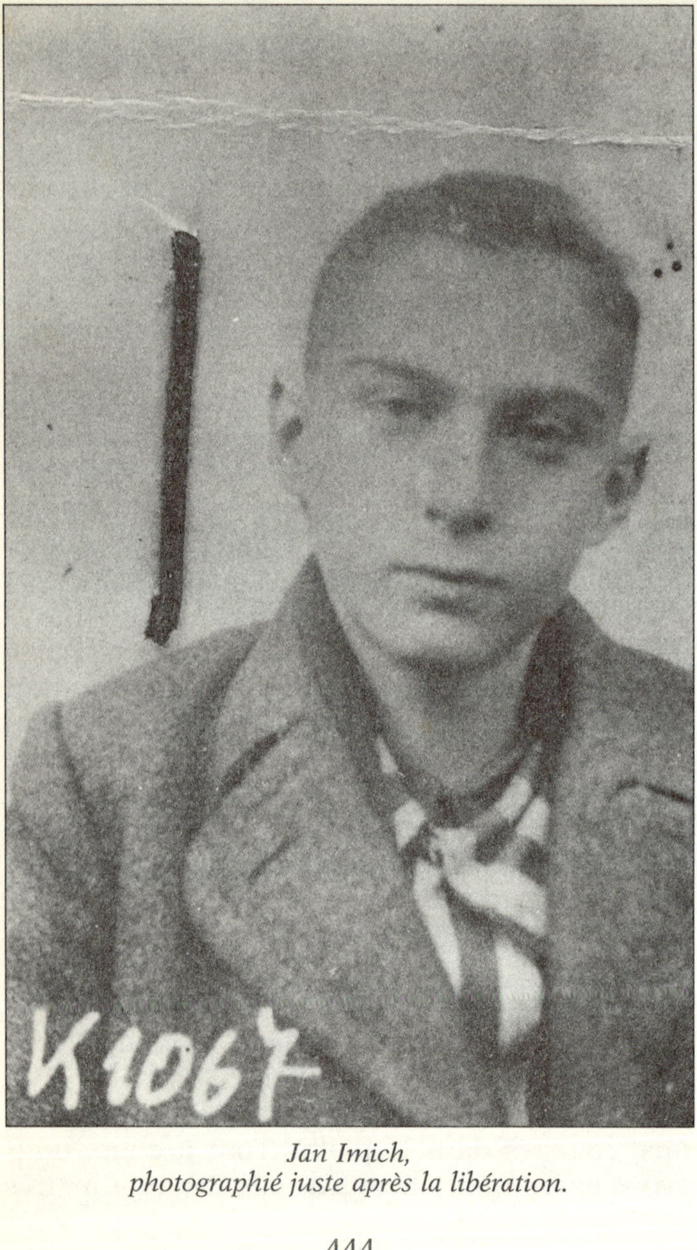

Jan Imich,
photographié juste après la libération.

distinctement malgré la distance, sur des sols de béton. Des soldats, sans le moindre doute. Tout le monde se figea : les Allemands étaient peut-être de retour ! Nous restions allongés, très calmes, faux cadavres immobiles, et les bruits de pas approchaient toujours. Puis ils s'interrompirent brusquement. Quelques secondes plus tard, levant la tête pour voir ce qui se passait, nous avons aperçu cet homme dans l'encadrement de la porte – un homme très grand, ou en tout cas qui paraissait très grand – dans un uniforme inconnu, et sur son casque une grande croix rouge. Nous avons compris qu'il était américain.

Vous n'imaginez pas quelle fut notre émotion. Nous nous sommes tous mis à crier, dans toutes les langues : « Hourra ! Vive l'Amérique ! » Le soldat était stupéfait. Il regarda autour de lui, sourit et nous ordonna de rester où nous étions. Au bout d'un moment, peut-être une demi-heure, peut-être deux heures, nous entendîmes le bruit des camions, et il y eut d'un seul coup un essaim d'Américains et d'employés de la Croix-Rouge. Il y avait aussi une équipe de cinéma. Avant de nous déplacer, on nous a filmés devant les baraques du camp de Nordhausen ; c'était le 11 avril 1945.

À leur arrivée à Bergen-Belsen, le 15 avril 1945, les soldats du 63e régiment antichars de l'Artillerie royale britannique sont horrifiés par les conditions épouvantables qui règnent dans le camp. Pendant les dix premiers jours, les Britanniques enterrent des milliers de cadavres. En dépit des efforts du personnel médical de l'armée et d'un groupe d'étudiants en médecine bénévoles, venus des hôpitaux londoniens, une épidémie de typhus éclate entre le 19 avril et le 5 mai. Près de 11 000 des 60 985 prisonniers qui étaient vivants à la libération sont fauchés par la maladie. Une équipe de sept femmes et cinq hommes du Friends Relief Service (RT100) se rend à Belsen peu après la libération, sous les auspices de la Croix-Rouge internationale. Elle y passera six semaines pour nettoyer le camp, rapatrier les survivants encore valides, fournir l'aide humanitaire.

Michael Lewis

Juif britannique, cameraman NCO, Unité Ciné-Photo de l'armée, Bergen-Belsen

Le capitaine Evans avait appris l'existence d'un camp, un peu plus loin, où les Allemands gardaient ce qu'ils appelaient des « prisonniers politiques ». Il y avait un risque d'épidémie, et ils voulaient nous passer le relais. Evans nous demanda d'y aller. Cela nous semblait un peu vague et assez ennuyeux, mais sûrement moins dangereux que de remonter la ligne de front. Nous avons traversé en Jeep une épaisse forêt de pins, jusqu'à une clôture grillagée. C'était Belsen. Des prisonniers se pressaient derrière la clôture, près du portail d'entrée, le visage contre le grillage, nous dévorant des yeux. Ce n'étaient pas des prisonniers politiques. Il s'agissait d'un camp de concentration. Devant nos uniformes kaki et notre accent anglais, ils n'en croyaient ni leurs yeux ni leurs oreilles. Nous avons parlé. Je connaissais quelques mots d'allemand. J'ai dit que j'étais juif. L'un d'entre eux m'a demandé, d'une voix stupéfaite : « Vous êtes juif, et vous êtes *libre* ? »

John Fink
Jeune Juif allemand, Bergen-Belsen

La confusion s'installa pour de bon, parce que les SS avaient disparu. Seules certaines troupes étaient restées en arrière. Les Kapos et les prisonniers privilégiés avaient disparu également. C'était le 13 ou le 14 avril. À l'époque, j'étais squelettique, je pesais moins de quarante kilos. Il n'y avait rien d'autre que la poussière, la crasse, les poux et les punaises. Le 15, dans le courant de l'après-midi – le soleil brillait, je crois que c'était un dimanche –, divers véhicules militaires, puis une voiture munie de haut-parleurs, et enfin une ambulance de campagne tirée par un camion pénétrèrent dans Bergen-Belsen, et l'on nous informa que nous étions libres.

Les troupes anglaises ont fait leur entrée. C'étaient de simples soldats – certains de ceux avec qui j'ai parlé ne savaient même pas écrire –, mais ils nous ont donné *toutes* leurs rations. La Croix-Rouge britannique n'existait pas encore, il n'y avait que des soldats, et ils faisaient de leur mieux. Ils nous ont donné leur lait, leur chocolat, leurs rations d'urgence. Et on acceptait, on mangeait et on vomissait aussitôt parce que notre corps était incapable de garder la moindre nourriture. Les détenus tombaient à genoux devant les soldats, leur baisaient les mains, et ceux qui parlaient anglais leur expliquaient ce qui se passait. Les Britanniques comprirent la situation, ils firent beaucoup d'efforts, mais ils n'étaient pas préparés à cela. C'était le premier camp qu'ils voyaient, leur première expérience, et ils faisaient de leur mieux.

Anita Lasker-Wallfisch
Jeune femme, Juive allemande, Bergen-Belsen

Je me rappelle la libération de Belsen. Je n'allais pas très bien, à l'époque. J'entendais des grondements. Nous avons appris qu'il se passait quelque chose. Nombre d'entre nous pensaient que ce pouvait être la libération. Cela m'énervait beaucoup, car je ne voulais pas y croire. J'étais folle de colère quand j'entendais quelqu'un s'exclamer : « Je crois que les tanks britanniques sont là. » Je ne voulais pas le savoir. Mais je me souviens... je revois ce tank maintenant, avec le haut-parleur, et quelqu'un qui disait qu'il fallait rester calmes, que nous étions libérés mais que nous devions rester où nous étions. Nous étions incroyablement nombreux. Les Britanniques ne savaient que faire de nous : comment nous nourrir, quelle serait la prochaine étape... Ce devait être une situation très difficile à gérer, pour eux, sans oublier l'horreur de ce qu'ils découvraient. Il régnait une puanteur infecte – nous ne la sentions pas, mais elle frappait les narines des arrivants –, il n'y avait jamais *rien* eu de semblable à ce qu'ils ont trouvé à Belsen.

À l'époque, j'y étais depuis presque six mois. Je me rappelle que beaucoup de gens succombèrent parce qu'ils s'étaient remis trop vite à manger. J'ignore comment j'y ai échappé, je suis parvenue d'une manière ou d'une autre à ne pas tomber dans le piège. Je me souviens que Patrick Gordon Walker est arrivé avec le camion de la BBC. On m'a fait venir pour parler à la radio, comme je vous parle maintenant, mais en allemand. Ils voulaient envoyer des messages, afin de savoir si quelqu'un avait encore de la famille quelque part. En Angleterre, cela passait sur les ondes de la BBC. J'avais une sœur en Angleterre, un oncle en Amérique, et je sais que mon message a été diffusé : « Je m'appelle Anita Lasker. J'ai une sœur. Je suis vivante. » C'est ainsi que ma sœur a appris que j'avais survécu.

Rena Quint
Petite fille, Juive polonaise, Bergen-Belsen

Quand les Britanniques ont libéré le camp, on m'a emmenée avec les autres enfants. On m'a donné du lait et du pain. On m'a installée dans ce qui ressemblait à une tente. Je crois que c'était un hôpital. On s'est occupé de moi, on m'a soignée, il y avait de vrais lits, avec des draps. C'était une existence tout à fait nouvelle. Étonnant, la manière dont les gens peuvent s'adapter. La vie avait changé, et nous l'acceptions. J'étais malade pendant tout ce temps-là. Cela a peut-être été une chance : grâce à cela, j'ai été l'une des premières personnes à être emmenées en Suède.

Leslie Hardman
Juif britannique, aumônier au 8e Corps, 2e Armée, Bergen-Belsen, avril 1945

Nous avons avancé. Nous sommes arrivés au quartier général, à Celle. Je vais au mess. On dirait une morgue. Personne ne me regarde. Je m'adresse à l'officier instructeur, un lieutenant.

« Qu'est-ce qui se passe ?

— Allez voir le colonel, Hardman. »

Je vais chez le colonel. Il a un air... vert, jaune, *misérable*.

« Que se passe-t-il, mon colonel ? Vous êtes malade ?

— Asseyez-vous, prenez un verre.

— Non, merci. Qu'est-ce qui ne va pas ?

— Nous venons de découvrir un camp de concentration. C'est l'enfer, c'est épouvantable, abject. Je crois que la plupart des prisonniers sont des Juifs. Vous devriez aller jeter un coup d'œil.

— J'y vais maintenant, mon colonel ?

— Non, vous irez demain matin. »

J'y suis donc allé, le 16 au matin. Je me présente

au portail. Tout d'abord, les soldats refusent de me laisser passer. Je crois qu'ils étaient terrifiés, les pauvres types. Je finis par entrer. À la barrière, j'avise une jeune femme. En voyant l'étoile de David sur mon uniforme, elle comprend que je suis juif. Elle se rue vers moi pour me serrer dans ses bras. Elle est vraiment repoussante. Mais je sais que si je recule au moment où elle avance, elle risque de tomber. Je parviens à me contrôler, et je la maintiens sur pied. Quelques mètres plus loin, je vois un groupe de huit ou dix personnes allongées par terre.

« Pourquoi ne sont-ils pas dans les cabanes ?

— Ils sont morts, répond-elle. Et nous serons tous morts si vous ne vous dépêchez pas. »

Alors j'ai commencé à prendre conscience des horreurs commises par les nazis.

Bill Essex

Soldat britannique, Royal Engineers, Bergen-Belsen

Ma première image de Belsen, c'est cette grande baraque allemande, d'une propreté immaculée. Nous nous sommes dit : Merde alors, ils vivent dans le luxe ! Mais ce n'était que le premier camp. Il y en avait trois autres, derrière, là où se trouvaient tous les morts. Nous sommes allés dans les camps numéros 2 et 3. Il y avait peut-être quatorze ou quinze mille cadavres. Nous avons dû les enterrer. Nous creusions des fosses à proximité des monceaux de corps. Des fosses de deux mètres cinquante à trois mètres de profondeur, sur deux mètres cinquante de large.

Nous aurions voulu coucher les corps correctement, leur donner un semblant d'enterrement convenable. Mais il était impossible de les manipuler. Si vous souleviez un corps par un bras, celui-ci se détachait et vous restait dans la main. Ils étaient tellement décomposés que nous nous sommes servis du bulldozer pour les amener sur la place centrale et les pousser dans les fosses. Ce n'était pas facile, et une ignoble puanteur se répandait chaque fois qu'on dérangeait les corps. Nous devions porter des masques et nous changions de vêtements tous les soirs. Je travaillais quand la BBC est venue, et ils m'ont filmé sur ce bulldozer, dans le camp. Ce travail a duré trois semaines.

Michael Lewis

Juif britannique, cameraman NCO, Unité Ciné-Photo de l'armée, Bergen-Belsen

La puanteur était terrible. Je trempai un mouchoir dans l'essence et me le collai sur la bouche pour filmer le bulldozer. L'odeur d'essence était insoutenable. Je ne savais pas s'il valait mieux cela, ou ôter le mouchoir et essayer de supporter l'odeur de mort.

J'avais entendu des histoires de cannibalisme. Les prisonniers affamés auraient découpé le foie des cadavres pour le manger. Une image me revient, à propos de cette masse de cadavres. Une bêche était plantée là, avec son petit support horizontal au bout du manche. Elle se trouvait juste à l'endroit où les corps étaient inhumés. C'était gris, sinistre... Je me suis rendu compte tout à coup que cette bêche ressemblait à la Croix. Je l'ai placée au premier plan de plusieurs photos. Je crois qu'elle servait à ça.

Leslie William Clarke
Étudiant en médecine britannique, Bergen-Belsen

La plupart des gardiens étaient tombés dans les fosses communes alors qu'ils y jetaient les cadavres. Il me semble qu'ils enterraient les morts au pas de course, et que nombre d'entre eux sont tombés avec les corps et n'ont pas pu en sortir. Je crois que personne n'a essayé de les aider à remonter. Personne ne les a poussés délibérément dans les trous. Épuisés, ils sont tombés du bord des fosses, sur les tas de cadavres. On a continué à larguer d'autres cadavres sur eux, voilà tout.

Bill Essex
Soldat britannique, Royal Engineers, Bergen-Belsen

Nous avons trouvé une femme vivante. Elle était enfouie sous un bon mètre de cadavres. Comment était-elle restée en vie, comment l'avons-nous trouvée, je l'ignore. Nous avions coupé le moteur du tracteur pour une raison quelconque, quand nous avons entendu un murmure. Tout d'abord, on s'est demandé d'où venait le bruit. Nous avons tendu l'oreille et nous l'avons sortie de là. Elle était à l'agonie, mais nous sommes parvenus à la sauver. Quand nous sommes partis, elle était sur pied.

© IWM BU 4058

À Belsen, un bulldozer de l'armée britannique pousse les cadavres dans une fosse commune.

Jane Levy

Juive britannique, équipe RT100, Friends Relief Service, Bergen-Belsen

Leslie Hardman a récité à maintes reprises le *Kaddish* [la prière des morts juive] autour des fosses communes. Ce devait être terrible, pour lui comme pour les prêtres anglican et catholique qui l'accompagnaient. Le plus effrayant peut-être, c'est que personne ne connaissait l'identité de ceux qui étaient enterrés là.

John Roger Dixey
Étudiant en médecine britannique, civil, Bergen-Belsen

Après avoir disposé des morts, il fallait faire notre possible pour aider ceux qui restaient. La plupart étaient atteints de dysenterie. Tous avaient une toux épouvantable et d'horribles maladies de peau. Ils étaient d'une saleté repoussante, et leur maigreur dépassait l'imagination. Que pouvions-nous faire ? Nos stocks de pharmacie ne contenaient guère plus que de l'aspirine et du laudanum. Nous n'avions aucun remède contre la toux. Nous distribuions généreusement nos cachets. Si vous donniez un cachet à quelqu'un, il fallait en donner un au suivant, sans quoi on vous soupçonnait de favoritisme. Nous n'avons pas été très efficaces, au plan médical. Nous savions tous contre quoi nous luttions : la malnutrition et la tuberculose – de nombreux prisonniers crachaient le sang. Mais l'agent le plus mortel était le typhus. Nous ne pouvions donc pas grand-chose pour les soigner. Espérons au moins que nous avons pu leur donner l'impression que quelqu'un s'intéressait à eux.

Jane Levy
Juive britannique, équipe RT100, Friends Relief Service, Bergen-Belsen

La « blanchisserie humaine » offrait un spectacle extraordinaire : des rangées d'infirmières du Queen Alexandra's Corps, alignées le long des lavabos, lavaient les détenus du camp de concentration avant qu'on les conduise à l'hôpital. C'étaient des squelettes, ils avaient l'air tout petits, comme des enfants. Ces infirmières merveilleuses les lavaient avec une extrême douceur, les séchaient et les enveloppaient dans des couvertures. Après quoi on les portait aux ambulances qui les conduisaient aux blocs médicaux.

Norna Alexander
Membre de la Croix-Rouge britannique, Bergen-Belsen

L'un des médecins a voulu pratiquer une autopsie et je l'ai assisté. Je m'occupais du matériel pendant l'opération, et je me souviens de ce que j'ai vu. Vous connaissez cette fleur, la monnaie-du-pape, qui est comme du papier argenté ? Eh bien, l'intestin ressemblait à cela. Il était presque transparent. Le médecin l'a sorti. Il tombait presque en morceaux. Il était totalement déshydraté, parce que cette personne n'avait rien absorbé, ni bu ni mangé, depuis trop longtemps.

Jim Wheeler
Soldat britannique, 11e « Ambulance de campagne », corps médical de l'armée britannique, Bergen-Belsen

Un peu après l'arrivée de la Croix-Rouge britannique, nous avons reçu un énorme stock de rouge à lèvres. Ce n'était pas vraiment ce dont on avait besoin en priorité – tout le monde réclamait des centaines, des milliers de choses plus urgentes. Personne ne sait qui avait commandé ce rouge à lèvres, mais ce fut en tout cas un coup de génie. Il est évident que rien ne faisait plus plaisir aux déportées. Ces femmes gisaient sur leurs paillasses, sans draps ni chemises de nuit, mais elles avaient les lèvres écarlates. On les voyait errer dans le camp, démunies de tout sauf d'une couverture sur les épaules, mais avec les lèvres écarlates. Quelqu'un a vu le cadavre d'une femme, sur la table d'autopsie : ses doigts serraient encore un bâton de rouge. C'était peut-être une tentative, chez beaucoup d'entre elles, pour se sentir différentes des autres.

Charles Salt
Soldat juif britannique, police militaire, Bergen-Belsen

Être juif faisait toute la différence. Personne ne voulait parler allemand, c'était une langue taboue. La plupart d'entre eux s'exprimaient en polonais. La seule autre langue, c'était le yiddish, et j'étais le seul à la connaître. Quand ils voulaient quelque chose, je pouvais leur répondre.

Jane Levy
Juive britannique, équipe RT100, Friends Relief Service, Bergen-Belsen

Ils étaient frénétiques devant l'étoile de David que je portais sur mon uniforme. Ils se pressaient autour de moi, criaient leur joie, me pinçaient les joues en disant leur plaisir de voir une fille si jolie et si potelée.

Leslie William Clarke
Étudiant en médecine britannique, Bergen-Belsen

Les quakers ont fait encore plus que nous pour le bien des déportés. Ils ont installé l'eau courante à Belsen. Ils semblaient n'avoir peur de rien. Rien ne les gênait, et ils travaillaient très dur. J'éprouvais pour eux un immense respect. L'eau, bien entendu, était plus importante que la nourriture, et elle contribuait dans une certaine mesure à l'assainissement. Les déportés pouvaient se laver aux arrivées d'eau fraîche.

Zdenka Ehrlich
Jeune femme tchèque, Bergen-Belsen

Ma sœur était morte, tous mes proches étaient morts. J'étais l'une des trois cents personnes allongées sur le sol. Certaines vivaient, d'autres étaient mortes. Impossible de faire la différence entre celles qui respiraient et celles qui ne respiraient plus. Personne n'est venu dans le bloc. Ils nous ont laissées livrées à nous-mêmes. Mourir. Déchets humains. Qui s'en souciait ?

Une rumeur circulait. L'armée anglaise était arrivée. Comment nous nous sentions ? Comme d'habitude. Cela aurait pu être un ange venu du ciel. C'était trop tard. Nous n'avions même plus la force de comprendre les nouvelles. Rien n'avait plus la moindre importance. Une quinzaine de jours a passé, jusqu'à la fin avril, et je ne me rappelle aucune amélioration notable. Peut-être a-t-on augmenté nos rations. Tout ce que je sais, c'est que j'étais à demi morte. Je pesais vingt-neuf kilos et mes intestins pendaient, parce que mes muscles n'avaient plus assez de force. J'étais comme un animal en train de crever par terre, livré à lui-même. Mes lèvres déshydratées étaient bleues. Je délirais.

J'étais aussi près de la mort qu'on peut l'être. Incapable de me tenir debout. Je n'avais plus de muscles, mes bras se balançaient en tous sens, comme du papier agité par le vent. Je n'avais plus que mes yeux et mes dents, le reste avait disparu. Vingt-neuf kilos, une femme adulte !

John Roger Dixey
Étudiant en médecine britannique, civil, Bergen-Belsen

Ils étaient couchés par terre, simplement. Voici un des souvenirs qui me reviennent régulièrement : plusieurs corps agglutinés les uns contre les autres – un groupe de quatre ou cinq. Lorsqu'on essayait de tirer les deux ou trois, déjà morts, les survivants n'avaient aucune réaction. Vous les dégagiez, et ils se contentaient de s'accrocher aux lambeaux de vêtements des morts, pour en avoir un peu plus pour eux. Ils étaient totalement, absolument apathiques. Le jour de la victoire, nous sommes allés dans la baraque, où les choses commençaient à s'organiser, et nous leur avons annoncé dans toutes les langues imaginables : « Vous serez heureux d'apprendre que la guerre est finie. L'Allemagne est vaincue. *La guerre est finie !* » Eh bien, cela ne provoqua pratiquement aucune réaction. Pas d'acclamations, pas de gestes du bras, pas le moindre bravo. Ils nous regardaient sans rien dire. La guerre était finie, mais pas pour eux. Je crois qu'ils savaient qu'ils avaient peu de chances de s'en sortir.

J'ai demandé son âge à une jeune fille, un squelette ambulant. Les yeux pleins de larmes, elle m'a répondu qu'elle avait vingt-six ans. Et moi, j'en avais combien... ? Vingt-quatre. Elle avait mon âge, et elle en paraissait quatre-vingts ! Je me rappelle aussi cette vieille Polonaise – quand j'y pense, elle n'était peut-être pas si vieille – qui n'avait rien d'autre qu'une couverture posée sur ses épaules. Elle sortit de l'hôpital et décréta qu'elle retournait en Pologne. Elle voulait rentrer chez elle, c'était pathétique. Dieu sait ce qu'elle est devenue.

Charles Salt
Soldat juif britannique, police militaire, Bergen-Belsen

Il y avait là quelques femmes qui ne semblaient pas affamées. Elles étaient maquillées, elles portaient une robe et des chaussures. Je leur ai demandé pourquoi elles paraissaient si différentes. « On n'avait pas le choix, m'ont-elles expliqué. Si on vivait avec un officier SS, on avait au moins de quoi manger et quelque chose à se mettre sur le dos. » Ainsi, ils prenaient quand même des Juives pour maîtresses.

Ryvka « Rene » Salt
Petite fille, Juive polonaise, Bergen-Belsen

Quand ils nous donnèrent à manger... mon premier repas consista en un quart de tranche de pain blanc et une cuillerée à café de compote de pommes. J'en ai encore le goût dans la bouche. Je n'oublierai jamais ce repas. Jamais ! Fort heureusement, les Britanniques avaient compris que, s'ils nous donnaient trop, cela pouvait nous être fatal. Ils ont augmenté progressivement les doses, jusqu'à ce que nous allions mieux.

Edith Baneth
Jeune femme tchèque, Bergen-Belsen

Je me rappelle la première fois que je suis sortie avec ma mère, après la libération. Il y avait une forêt magnifique à Belsen, qui existe toujours. Nous avons pris la route principale, nous nous sommes enfoncées dans la forêt. C'était la première fois que je me sentais un peu mieux après avoir lutté pendant trois semaines contre la typhoïde. Nous nous sommes assises dans une clairière, nous avons contemplé la nature, avec toutes ces marguerites qui nous entouraient. Ma mère en a cueilli une et l'a effeuillée.

À cet instant précis, nous avons compris que nous étions libres. Assises côte à côte dans cette prairie, nous regardions les fleurs et nous faisions ce dont nous avions envie. C'est alors que cela nous a frappées. Nous sommes tombées dans les bras l'une de l'autre. « Nous avons réussi, nous sommes ici, nous avons survécu, nous sommes vivantes et nous serons bientôt chez nous ! » J'avais survécu à la typhoïde, ma mère ne l'avait pas eue, et nous étions pleines d'espoir, car tout cela était fini. Le lendemain, ma mère fut prise d'une forte fièvre. Elle a été l'une des dernières à contracter la typhoïde. On l'hospitalisa.

Elle est morte le 15 juin 1945, deux mois après avoir été libérée. Nous étions censées rentrer chez nous une ou deux semaines plus tard, et repartir de zéro toutes les deux. Après tout ce que nous avions traversé, c'était le pire qui puisse arriver. Elle avait quarante ans, elle aurait dû vivre encore au moins trente ans.

Jane Levy
Juive britannique, équipe RT100, Friends Relief Service, Bergen-Belsen

J'ai eu un petit problème à Belsen. Quand les infirmières du poste d'urgence ont quitté le camp, celles de l'armée britannique les ont remplacées. L'une d'elles est venue me dire, ce qui m'a rendue folle furieuse : « Je ne sais pas ce que je fais ici. J'ai quitté l'Angleterre pour soigner les valeureux soldats britanniques, pas pour m'occuper de cette racaille. » J'étais horrifiée. Mais la plupart de ces infirmières étaient parfaites et soignaient ceux qui en avaient besoin.

Le SS Hauptsturmführer *Joseph Kramer, commandant de camp.*

Charles Salt
Soldat juif britannique, police militaire, Bergen-Belsen

L'officier SS Irma Grese était venue d'Auschwitz avec Kramer, le commandant du camp. Quand Kramer avait été pris, elle s'était débrouillée pour passer entre les mailles du filet.

Un jour, je me trouvais au service d'information lorsqu'une déportée est entrée.

« Une femme officier SS, en civil, s'apprête à sortir du camp.

— Qu'est-ce qu'elle a fait ? demandai-je.

— Elle faisait les sélections, à Auschwitz. Et elle battait cruellement les déportés.

— Vous l'avez vue faire ? Il faut des témoins,

Irma Grese, gardienne SS à Ravensbrück, Auschwitz-Birkenau et Bergen-Belsen.

sans quoi l'accusation ne tiendra pas devant un tribunal.

— Je vous en supplie ! fit-elle en se jetant à mes pieds. Vous êtes juif, vous aussi… »

Je demandai à un ami de prendre une Jeep et une escorte armée, et d'amener la femme au bureau.

« Ça ne sert à rien, me dit-il. Tu peux l'arrêter, mais si tu n'as pas de témoins, elle s'en tirera à bon compte, et personne ne pourra l'inculper. »

J'ai tout de même insisté. *Quelqu'un* devait l'avoir vue commettre ce qu'on lui reprochait. Ils l'ont amenée. Très jeune, vêtue avec élégance. Elle m'a montré le sauf-conduit que lui avait délivré le commandant du camp britannique et qui permettait d'aller à Celle, ainsi que son laissez-passer SS. Je dis à la femme qu'elle devait absolument trouver des témoins, car nous ne pouvions pas garder Irma Grese plus de quarante-huit heures. Le premier jour, rien. Le deuxième, rien non plus.

« On la garde encore un jour, dis-je au sergent, et si rien n'arrive avant quatre heures et demie, tant pis. »

Ce jour-là, mon service prenait fin à cinq heures. L'Allemande avait été autorisée à quitter le bunker. Comme personne ne s'était présenté, elle poussait son avantage. Elle s'était attardée et prenait le thé en bavardant avec quelques-uns de nos hommes. Elle se disait que personne ne témoignerait contre elle.

À cinq heures moins cinq, je venais de discuter d'un problème avec deux sœurs qui parlaient l'anglais. Je les ai invitées à monter au mess pour boire un thé. Les seules places libres se trouvaient juste à côté d'Irma Grese.

« Nous ne pouvons pas nous asseoir ici, dit l'une d'elles.

— Je ne peux pas vous offrir les services de l'hôtel Adlon !

— Vous ne voulez tout de même pas qu'on s'assoie à côté d'un officier SS ? »

Je leur expliquai ce que je savais, en ajoutant que nous n'avions pas de témoins.

« Eh bien, moi je l'ai vue. Je jouais dans l'orchestre à Auschwitz, j'ai vu ce qu'elle faisait. »

Sa sœur m'expliqua qu'elle l'avait vue, elle aussi, quand elle officiait comme interprète. J'ai donc arrêté Irma Grese, je l'ai fait enfermer, j'ai rempli un formulaire d'accusation et l'ai expédiée à Celle.

L'une de ces deux jeunes femmes a témoigné à son procès. Irma Grese a été pendue avec Kramer. Elle aurait pu s'en sortir libre : cinq minutes plus tard, je n'aurais plus été là.

Freddie Knoller
Jeune Juif autrichien, Bergen-Belsen

Alors que je cherchais de la nourriture dans une ferme du voisinage, je vis quelque chose tomber derrière une armoire. C'était un portrait encadré d'Adolf Hitler. J'ai pris un couteau et j'ai tailladé la photo devant le vieux paysan. Il s'est rué vers moi en criant : « *Du sau Jude !* Espèce de cochon juif ! » Je tenais encore le couteau. Je le lui ai enfoncé dans le ventre. J'ignore si je l'ai tué. « Allons, rentrons au camp », m'a dit le soldat britannique. Il ne voulait pas être mêlé à cette histoire. Dans des circonstances normales, je n'aurais jamais fait une chose pareille. Mais nous venions d'être libérés, et cet Allemand continuait à nous traiter de « *sau Jude* »...

John Fink
Jeune Juif allemand, Bergen-Belsen

J'étais là, le jour où a été prise la célèbre photo du camp brûlé au lance-flammes. Je me trouvais juste derrière les officiers et les soldats britanniques. Ce n'est qu'après avoir incendié le dernier baraquement qu'ils ont hissé le drapeau britannique. C'était symbolique. Et très émouvant. J'en ai encore les larmes aux yeux quand j'en parle aujourd'hui.

Leslie William Clarke
Étudiant en médecine britannique, Bergen-Belsen

Quelques types de la RAF avaient été désignés pour faire le tour et chercher les gens soupçonnés de crimes de guerre. L'un d'eux a vu la « blanchisserie humaine » et m'a interrogé à ce sujet. « On m'a confié ce boulot, me dit-il. Trouver les criminels de guerre. Au début, je n'étais pas très enthousiaste. Je dois avouer que je n'étais pas vraiment motivé. Mais, bon Dieu, maintenant je le suis ! »

Bill Essex
Soldat britannique, Royal Engineers, Bergen-Belsen

Je n'ai jamais vu un seul oiseau, là-bas.

© IWM BU 6673

La dernière baraque est détruite par le feu, Belsen.

Harry Miller
Britannique, NCO, 12e section sanitaire, Royal Army Medical Corps, libération du camp de prisonniers de guerre de Sandbostel, section « camp de concentration »

Ils ne voulaient que des cigarettes. Ils ne voulaient pas de nourriture, parce que, dans leur état, ils ne pouvaient pas manger. Quand j'entends dire aujourd'hui que le tabac est nocif, je repense à ces hommes qui aspiraient une bonne bouffée avant de mourir. C'était la dernière chose qu'ils faisaient : jouir d'une bonne cigarette. Ils ne voulaient rien manger. Quand vous avez souffert si longtemps de la faim, vous ne pouvez pas manger.

Harry Lowit
Jeune Juif tchèque, libéré après s'être enfui du camp de concentration d'Ebensee

C'était fabuleux de se sentir libre... Pour la première fois depuis des années. La liberté est le bien le plus précieux ! Je suis un grand défenseur de la liberté. Je n'ai pas beaucoup joui de la bienveillance de l'humanité, entre 1940 et 1945... Cinq ans à se sentir coupable d'être juif ! Non seulement de la part des Allemands, mais aussi des Tchèques, ce qui est difficilement pardonnable. La liberté provoque des sensations très étranges. Se réveiller le matin et se dire qu'on peut sortir du périmètre où l'on se trouve sans que quelqu'un vous tombe dessus et vous demande : « Où tu vas ? » Voilà la sensation la plus *formidable* de toutes... La liberté !

Kitty Hart-Moxon
Jeune femme, Juive polonaise, camp de concentration de Salzwedel

Tous ceux qui étaient encore capables de courir ou de marcher sortirent du camp et se ruèrent vers la petite ville de Salzwedel. La première chose à faire était de courir pour trouver de la nourriture. Malheureusement, nous arrivions un peu tard : un groupe important de victimes du travail forcé (y compris des prisonniers de guerre) avait été libéré quelques jours plus tôt. Ils avaient déjà pillé et saccagé la ville. À notre arrivée, il ne restait plus grand-chose. Je me rappelle tout de même que nous sommes entrés dans une crémerie, nous avons renversé toutes les barattes pleines de lait, nous avons laissé le lait nous éclabousser, nous l'avons bu à pleines paumes… nous avons pris un bain de lait. Nous avons forcé l'entrée des maisons, soi-disant pour chercher de la nourriture, mais aussi pour regarder à quoi ressemblait l'intérieur d'un foyer : il y avait si longtemps que nous n'avions pas vu cela… Nous passions d'une maison à l'autre, juste pour nous allonger sur les lits… Nous avons même mis le feu dans certaines d'entre elles. Nous ouvrions les robinets en grand… Tout ce que nous voulions, c'était *détruire*… Nous ne voulions prendre rien d'autre que la nourriture. Nous étions en haillons, pieds nus, et nous cherchions simplement de quoi manger. Nous avons arraché une baignoire, quelque part, nous l'avons remplie de provisions de toute sorte, et nous l'avons traînée jusqu'au camp.

Frank Gilliard
Correspondant de guerre de la BBC, camp de Regensburg

Regensburg venait d'être libéré. Deux ou trois mille prisonniers étaient encore en vie. C'étaient des victimes du travail forcé, qu'on avait fait venir d'Europe de l'Est et du front russe. Ils étaient d'une maigreur inimaginable. Un peu partout dans le camp, d'énormes tas de cadavres, empilés comme des planches. Ils ne se décomposaient pas, ils ne sentaient pas, parce qu'il ne restait rien qui puisse se décomposer. Il n'y avait que de la peau et des os. Ces hommes avaient travaillé jusqu'à la mort. Des déportés venaient vers nous, ils ne pouvaient parler à cause de la barrière des langues, mais ils nous montraient qu'on les avait castrés. Nous allions chercher un interprète, ces hommes nous racontaient ce qu'ils avaient traversé, et l'interprète traduisait les histoires les plus atroces.

On les obligeait à dormir dans des tranchées fermées avec des toits en chaume, à la fois pour éviter d'être observés de l'extérieur et pour se protéger vaguement de la pluie. Apprenant l'arrivée prochaine des forces américaines, les gardiens avaient simplement versé des bidons d'essence sur le chaume alors que les prisonniers se trouvaient dans les tranchées, et ils y avaient mis le feu. Chacune de ces tranchées était pleine de corps humains carbonisés.

Anna Bergman
Jeune femme, Juive tchèque, Mauthausen

Trois ou quatre jours plus tard, nous avons été libérées par les Américains. J'ai supplié une infirmière de me donner de quoi préparer un bain à mon petit garçon. « Comment cela, un garçon ? fit-elle. Mais c'est une petite fille ! » J'étais ravie, parce que j'avais désiré une fille. Elle était belle comme un ange. Je lui réchauffai les pieds avec mes mains. Durant tout le temps passé à

Mauthausen, elle avait été enveloppée dans du papier. Dans la première ville tchèque où je me suis arrêtée sur le chemin de Prague, les gens qui la voyaient m'ont donné tellement de vêtements qu'en arrivant à Prague elle avait un trousseau complet et magnifique.

Steven Frank

Jeune garcon, Juif hollandais, Theresienstadt

La situation était désespérée. La nourriture était rarissime, le typhus avait explosé. Tout le monde avait peur – le soulagement à l'idée que la guerre allait bientôt finir se mêlait à l'angoisse d'être gazés. Un jour, au mois de mai, ma mère fut approchée par des prisonniers de guerre russes qui savaient qu'elle parlait anglais. Ils lui demandèrent de venir dans leur baraque, à six heures, le soir même. Elle accepta. Ils la firent monter dans le grenier, où, par miracle, ils avaient pu dissimuler un poste de radio. Elle transcrivit sur un morceau de papier (qui se trouve maintenant à l'Imperial War Museum) le discours de Winston Churchill à la station outre-mer de la BBC, annonçant que la guerre prendrait fin ce soir-là à minuit. Ma mère fut sans doute la première personne, à Theresienstadt, à savoir que la guerre allait finir six heures plus tard.

Les Allemands disparurent durant la nuit, et l'Armée rouge entra dans le camp. Je me rappelle qu'ils ne ressemblaient en rien à l'idée que je me faisais des Russes. C'étaient des Mongols dans des uniformes russes, incroyablement sous-équipés : ils avaient des chevaux, des chariots et des armes datant de la Première Guerre mondiale. Plus tard, les forces mécanisées sont arrivées. Les soldats nous lançaient des choses par les vitres des voitures, et nous nous jetions par terre pour les ramasser.

Une confusion totale s'empara du camp. Les Russes étaient là, mais les détenus continuaient à mourir comme des mouches. Les vétérans du camp, parmi lesquels Leo Baeck, publièrent une déclaration : le camp était en train d'être libéré et la Croix-Rouge internationale [CRI] allait le prendre en charge. Le texte appelait au calme et évoquait divers points. La Croix-Rouge arriva, le camp tout entier fut bouclé, ce qui provoqua autant d'euphorie que de soulagement – surtout et d'abord parce que nous ne serions pas gazés. La première tâche de la CRI fut de nous décontaminer et de contenir l'épidémie de typhus. J'appris que le gaz utilisé pour exterminer les poux dans les quartiers d'habitation n'était autre que du zyklon B – le gaz qui avait tué mon père. Le camp où nous étions fut le dernier à être libéré, le 9 mai 1945.

Alfred Huberman
Jeune Juif polonais, Theresienstadt

Par la fenêtre, je vis une estafette russe sur un vélo, et nous lui criâmes : « *Tovaritch* ! Camarade ! » Il a disparu. Et nous avons vu arriver les tanks russes. Les gens se précipitaient dans la rue. Les tanks furent bientôt assaillis de passants qui venaient applaudir les Russes. Je n'allais pas très bien, mais j'avais envie de descendre, pour voir quel effet ça faisait de marcher librement. J'ai franchi le grand portail et j'ai marché dans la rue. Les tanks russes se dirigeaient vers la Tchécoslovaquie. Ils conduisaient les prisonniers allemands en Russie. En quelques jours à peine, les nazis avaient cessé d'être arrogants et héroïques. Ils étaient opprimés, débraillés. Je me suis penché sur le cadavre d'un Allemand pour lui prendre son ceinturon. Sur la boucle, ces mots étaient écrits : « *Gott mit uns* »… « Dieu est avec nous. »

Stanley Faull
Jeune Juif polonais, Theresienstadt

En sortant du camp la première fois, après la libération, j'ai vu cette armée gigantesque en mouvement. Ces tanks, ces camions, ces cuisines et ces hôpitaux sur roues, tous ces véhicules qui se déplaçaient – je vis un camion tomber en panne, et un tracteur dégager le chemin – composaient un tableau fantastique. C'était l'Armée rouge en route pour Berlin. Nous leur demandions de s'arrêter, car nous comprenions le russe. Ils nous jetaient des cigarettes et des barres de chocolat, mais ils ne pouvaient pas s'arrêter – ils étaient comme une ville en mouvement, ils devaient avancer jour et nuit. Mais ils nous ont dit que l'administration civile allait arriver. Elle est arrivée, en effet, et a pris les choses en main. Ils avaient leurs propres réserves de nourriture, leurs propres médecins, on nous a enregistrés. C'était la première fois qu'on nous traitait normalement. On nous a dit que tous les hommes de plus de seize ans devaient rejoindre les rangs de l'armée russe. Par bonheur, j'avais un peu moins de seize ans. La plupart des jeunes gens voulaient simplement rentrer chez eux. Pour ma part, je savais que je n'avais plus personne. Je savais que j'étais seul. Mais je savais aussi que mon frère était en Angleterre, alors j'inscrivis sous mon nom que je voulais aller en Angleterre.

Michael Etkind
Jeune Juif polonais, après la libération

Les Russes m'avaient récupéré, et je marchais vers Prague dans une colonne de Russes et de prisonniers de guerre allemands. Tout à coup, je me suis évanoui, et ils ont dû me hisser sur un chariot tiré par un cheval. Une heure plus tard, j'ai vaguement repris conscience. J'écoutai la conversation entre deux Russes – le cocher et un prisonnier qui avait perdu ses deux jambes. À un moment, il y eut un silence, j'en profitai pour m'introduire dans la conversation. « Je suis un Juif polonais, leur dis-je. J'ai vécu dans le ghetto, puis j'ai été déporté dans les camps. Pourquoi m'emmenez-vous, où allons-nous ? » Il y eut un bref silence, puis le cocher, un homme d'un certain âge, me dit en russe, sans me regarder : « Pourquoi les Allemands ne vous ont-ils pas brûlé ? »

Clive Teddern
Soldat, Juif allemand, Royal Armoured Corps, Allemagne

En mai 1945, mon unité se dirigeait vers Hambourg. En fait, nous nous trouvions dans une région que je connaissais bien. Nous sommes entrés à Hambourg le 8 mai, le jour où la guerre a pris fin. Immédiatement, j'ai enquêté sur le sort de mes parents. J'ai découvert que certains déportés étaient revenus des camps. Nous avons remonté vers la frontière danoise. C'est alors que j'appris qu'un transport reviendrait de Theresienstadt (où mes parents avaient été déportés) à une certaine date. Mon commandant et les autres officiers de mon unité se montrèrent très compréhensifs. On m'accorda une permission, et l'on me fournit même un moyen de transport pour me rendre à Hambourg afin d'accueillir le convoi en question. Je suis allé à l'endroit prévu. Les camions sont enfin arrivés, sur une longue période de temps. Sur 3 000 personnes, 600 étaient revenues.

Bien entendu, je demandai aux gens s'ils connaissaient mes parents et s'ils savaient ce qui leur était arrivé. Les anciens de Theresienstadt me répondirent : « Vos parents ont été transférés de Theresienstadt à Auschwitz, aux chambres à gaz. Ils ne reviendront pas. » C'est comme cela que j'ai su. Je me souviens qu'un de mes amis m'avait accompagné, un sergent gallois pour qui tout cela était très... disons « très lointain ». Eh bien, je crois qu'après ce jour-là, cela ne lui sortira plus jamais de l'esprit. Ce fut un vrai traumatisme. Il m'a fallu longtemps pour surmonter cela.

Stephen Dale
Juif allemand, SOE, Londres

À notre arrivée à Kidlington, en Angleterre, après avoir été libérés du camp de prisonniers de guerre, je n'ai pas baisé le sol comme l'aurait fait le pape, mais je l'ai tapoté très affectueusement. J'étais de retour à la maison.

Le 8 mai 1945, on nous annonça que tout était signé. Il y eut une explosion de joie – pas vraiment spontanée, car tout le monde s'y était préparé. Des millions de personnes se pressaient autour de Piccadilly et de Leicester Square, une foule exubérante qui grimpait aux lampadaires et se juchait sur les arrêts de bus. Tout le monde était très amical, tout le monde s'embrassait dans la joie. Plusieurs personnes m'ont reproché de marcher tête baissée et de faire grise mine. Elles avaient raison. J'étais très heureux, naturellement, que la guerre soit finie. Mais dans un sens, c'était aussi un moment propice à la réflexion. Il était extraordinaire qu'on cesse de s'entre-tuer dans toute l'Europe. Mais je ressentais soudain le poids de ce qui m'était arrivé, à moi et à ma famille. Tout remontait à la surface. C'est pourquoi j'avais du mal à m'associer à ces festivités, qui étaient, bien entendu, parfaitement justifiées.

LE CONTRECOUP

« Lorsque nous sommes arrivés à la gare centrale, à Prague, c'était le soir. Il faisait sombre, il n'y avait pas d'électricité, personne ne nous attendait, il n'y avait personne nulle part. C'est alors que nous avons compris ce qui nous avait frappés. Pendant toutes ces années, il suffisait de lutter, pas besoin de s'inquiéter, rien à penser. Et vous réalisez tout à coup qu'il n'y a personne, qu'il n'y a plus rien : que faites-vous ? »

La guerre s'achève, et avec elle l'extermination des Juifs. Dans l'immédiat, les puissances alliées doivent faire face à un problème énorme : le sort de sept ou huit millions de personnes déracinées par les nazis. Ceux qu'on appelle alors les « personnes déplacées » comprennent des déportés dans les camps de concentration, des condamnés au travail forcé et des prisonniers de guerre. En septembre 1945, plus de six millions de personnes ont regagné leur pays d'origine. Beaucoup ont dû se frayer un chemin dans une Europe en proie au chaos de l'après-guerre. Durant cette période, près de 50 000 Juifs, surtout issus d'Europe de l'Est, ont été libérés sur le territoire allemand et autrichien. Pour nombre de survivants, la libération des camps ne coïncide pas avec cette liberté qu'ils ont espérée pendant tant d'années. Beaucoup parleront de la déception qu'ils ont éprouvée après la fin de la terreur nazie.

Dans l'ensemble, les Juifs d'Europe de l'Ouest désirent retourner dans leur pays d'origine. En dépit de quelques problèmes initiaux, ils parviennent à réintégrer leurs communautés respectives. À l'Est, la situation est nettement moins exaltante. Avant l'agression nazie, la Pologne abritait la plus importante communauté juive d'Europe. Entre 1939 et 1945, au moins 90 % des Juifs polonais ont été exterminés, parallèlement à la destruction de centaines de communautés. Même si l'on a recensé pendant la guerre de nombreux actes d'héroïsme où des Polonais risquaient leur vie pour sauver des Juifs, l'antisémitisme de ce peuple, qui a été un aspect fondamental de la guerre à l'Est, n'a pas disparu avec la libération. Les survivants juifs sont la cible de nombreux pogromes. Entre novembre 1944 et octobre 1945, 350 Juifs au moins sont assassinés en Pologne par les partisans anticommunistes.

Mais c'est le pogrome du 4 juillet 1946, à Kielce, au cours duquel 42 Juifs sont assassinés, qui va persuader des milliers de Juifs de quitter la Pologne. Beaucoup rejoindront les camps de « personnes déplacées » en Allemagne. D'autres rejoindront la *Briha* (le mouvement qui prône le départ pour la Palestine). Fin 1946, on estime que 250 000 Juifs vivent en Allemagne, en

Autriche et en Italie, surtout dans les zones d'occupation contrôlées par les Américains. Ce sont pour la plupart des gens de vingt à quarante ans.

Michael Etkind
Survivant, Juif polonais, Pilsen (Tchécoslovaquie)

Je sortis de Pilsen à pied. La campagne n'était pas loin. Je suis incapable de décrire ce que je ressentais. Une sensation d'apesanteur, de bonheur total. J'ai marché pendant une demi-heure, puis je me suis allongé par terre. C'était une journée

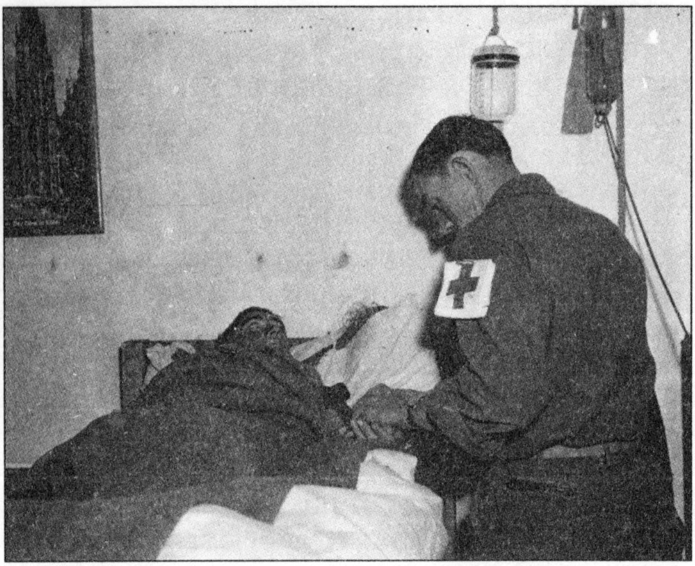

Un survivant d'une marche de la mort est soigné par un infirmier militaire de la 5e division d'infanterie, 3e armée américaine, Volary (Tchécoslovaquie).

superbe. Le soleil brillait, les oiseaux chantaient. Nous étions à la mi-mai, le ciel était d'un bleu parfait, le temps n'aurait pu être plus magnifique.

J'escaladai le flanc d'une colline et me laissai tomber sur l'herbe. Il y avait quelques bouleaux argentés. J'avais une impression très étrange. Je me disais que j'allais mourir, et j'étais heureux. J'ignore combien de temps je suis resté allongé sur le sol. Tout à coup, j'ai entendu une moto rugir sur la route proche, et cela m'arracha brusquement à ce sentiment indescriptible. Je n'ai jamais rien ressenti de tel, ni avant, ni depuis. Ma maladie devait y être pour quelque chose. Mais pourquoi l'épuisement devrait-il entraîner cette sensation de bonheur absolu, de légèreté et d'euphorie ?

Maria Ossowski
Survivante polonaise, Pologne

Quand j'ai rencontré mon mari et que je suis tombée enceinte, j'étais aux anges. Nous avions encore une vie devant nous. Je n'ai jamais pensé à notre fils, ou à son existence, en fonction de ce qui s'était produit pendant la guerre. C'était le passé et il était loin derrière nous. Ce qui se présentait devant nous, c'était une nouvelle vie. Ce pouvait être mon fils. Cela aurait pu être les enfants d'autres personnes. Maintenant que je suis vieille et sage, je me dis que c'était une nécessité biologique absolue. C'était la chose la plus normale à faire.

George Hartman
Survivant, Juif tchèque, Prague

La raison principale pour laquelle je devais survivre, c'est que j'étais puceau. Je n'imaginais pas que je pouvais mourir sans savoir ce qu'étaient l'amour et le sexe. On ne pouvait survivre que si l'on en avait envie. Et vous n'aviez ce désir que si un objectif exigeait que vous viviez pour l'atteindre un jour. Dans mon cas, il y en avait trois. Numéro un, je n'avais jamais fait l'amour. Numéro deux, je voulais manger. Numéro trois, je voulais revoir mes parents… Ça, c'était le numéro trois.

Alicia Adams
Survivante, Juive polonaise, Londres

Adam, mon mari, parlait sans arrêt de l'Holocauste. Il avait lu des livres là-dessus. Moi, je n'en parlais jamais. Je voulais vivre. Je m'étais rendu compte, à un certain stade, que la vie s'écoulait, que je vivais dans le chagrin, que je continuais à souffrir et que je ne profitais pas de l'existence. J'ai lu les *Ruba'iyat*, d'Omar Khayyam, j'ai compris que chaque minute a son importance, et que le temps passe très vite.

Roman Halter
Survivant, Juif polonais, Theresienstadt

Un jour, dans Theresienstadt libéré, je me trouvais avec le groupe de jeunes survivants qui partiront plus tard pour l'Angleterre, et qu'on appelait les « boys ». Je leur dis que j'avais appris à nager chez moi, dans le lac, à Chodecz, et que nous pourrions aller nous baigner dans l'Elbe. Nous avons franchi une clôture gardée par des Russes et cherché un endroit où personne ne pouvait nous voir. Moi seul je savais nager, les autres pataugeaient. Nous avons passé un moment formidable. Le soleil brillait, je me laissais emporter par le courant et je revenais. Quand nous en avons eu assez, nous nous sommes rhabillés. Sur le chemin du retour, nous avons traversé un champ de fraises. Nous nous sommes vautrés dans les fraises, je me disais : « Cette fois, nous sommes vraiment libres. » Nous mangions des fraises comme des fous. Dans ma mémoire, la libération reste associée à ce champ de fraises.

Rena Quint
Petite fille, survivante, Juive polonaise, New York

Personne ne parlait de la guerre. Personne ne m'interrogeait, personne n'y faisait la moindre allusion ; je suis pourtant sûre que tout le quartier savait qui était cette petite fille qui venait d'arriver. Le sujet était tabou. Je crois que je n'avais pas envie d'en parler. Je voulais surtout qu'on m'accepte. Je voulais qu'on m'aime. S'ils savaient… auraient-ils envie de s'asseoir à côté de moi, de jouer avec moi ? Alors je ne voulais surtout pas qu'ils sachent. Je voulais faire du vélo, jouer à la poupée, courir. Un jour, je me rappelle, j'ai vu cette fillette – elle s'appelait Rita –, elle avait des cheveux blonds, elle escaladait une « cage à poules » et le vent agitait ses cheveux. Je devais avoir dix ans et demi. Je me suis dit : Comme c'est merveilleux d'escalader une cage à poules, d'avoir les cheveux agités par le vent et d'être si libre !

Leon Greenman
Survivant, Juif britannique, Pays-Bas

Je suis allé à la Croix-Rouge, à La Haye. On m'a montré un document attestant que ma femme et mon petit garçon, Barney, avaient été assassinés dans les chambres à gaz d'Auschwitz. Je leur demandai combien étaient revenus vivants de ce transport (de 800 personnes) allant de Westerbork à Auschwitz. « Deux hommes sont revenus, en tout et pour tout. Vous êtes l'un des deux. » Mais je gardais l'espoir de revoir ma femme et mon fils. Peut-être avaient-ils été libérés par les Russes. Peut-être avaient-ils été envoyés ailleurs, allaient-ils réapparaître. Mais le temps passant, je compris qu'ils avaient raison.

Halina Kahn
Survivante, Juive polonaise, Berlin

À Berlin, mon mari a dû aller à l'hôpital car il s'était brisé la cheville. Le foyer abandonné des Jeunesses hitlériennes se trouvait devant l'hôpital. Nous y sommes allés, à deux pas d'Alexanderplatz. Il y avait des incendies partout. Les femmes ramassaient les pierres pour dégager les rues. À intervalles réguliers, on voyait arriver des convois de survivants allemands d'Auschwitz et d'autres camps. Ils restaient là, dans le jardin, autour d'un feu. Ils avaient le crâne rasé et portaient leur tenue rayée.

Des Allemands m'abordaient.

« Vous êtes juive ?

— Oui.

— Vous n'avez pas de cornes, pas de barbe... Vous êtes censés ressembler au diable, vous savez... »

Ils ignoraient que les Juifs avaient l'air normal. Certains nous apportaient de la nourriture. Ils nous expliquaient qu'ils étaient juifs, ou à moitié juifs, et qu'ils avaient dû se cacher pour survivre. Ils venaient nous dire qu'ils étaient heureux de nous voir. C'était très émouvant.

Josef Perl
Survivant, Juif tchèque, Buchenwald

Ce Russe avait un camion, et il se rendait à Prague. Je lui demandai s'il pouvait m'emmener. Il me répondit en yiddish : « Monte. » J'étais allé au consulat américain mis en place à Buchenwald. On m'avait donné un bout de papier où j'avais écrit mon lieu de naissance, la date, des informations sur mon père. Cela me permettrait d'obtenir un repas quotidien de l'UNRRA [Administration des Nations unies pour les secours et la reconstruction], qui avait une cuisine dans toutes les gares. Quand j'eus ce document... comment expliquer ? Cela signifiait que le monde m'appartenait. Je réalisai que j'étais un être humain. J'étais né. C'était mon certificat de naissance. Dix-sept jours avant mon dix-septième anniversaire, et j'avais un certificat de naissance !

Josef Perl après la libération.

J'ai dû m'asseoir et me frotter les yeux : on avait reconnu ma qualité d'être humain. Lorsque je suis arrivé à Prague, je vis combien les gens étaient gentils avec les survivants. On nous donnait de l'argent, de la nourriture et des vêtements. Mais il fallait que je me remue, parce que je cherchais toujours mes parents.

Joseph Harmatz
Survivant, Juif lituanien, Lublin

Nous avons décidé de quitter la Lituanie, après la libération, parce que, contre tout espoir, nous n'avons retrouvé *personne* en sortant de la forêt. Ce fut un choc énorme. Quand les sionistes s'en allèrent, avec leur rêve de rejoindre la Méditerranée, les amitiés qui s'étaient nouées dans la Résistance étaient si fortes que nous les avons rejoints. Ce fut le début de la fuite, ce que nous appelions la *Briha*. Nous sommes arrivés à Lublin, en Pologne, juste après la libération de Varsovie. C'est là que quelque chose se déclencha. Nous faisions la connaissance de gens qui venaient d'autres réseaux de résistance, en Biélorussie et en Ukraine, et nous échangions nos témoignages, jour et nuit, et chaque histoire était plus dramatique que la précédente. Nous ne savions que faire de notre vie, et nous avons commencé à parler de vengeance.

C'est alors que nous avons trouvé des rescapés des camps, et que nous avons entendu ce qui s'y était passé. Comme nous, nous en avions fini avec les Allemands en quittant le ghetto, nous ne savions pas que des gens étaient gazés, brûlés : des familles, des enfants... Nous ignorions l'ampleur de la catastrophe. Quand nous l'avons sue, nous étions révoltés. Nous avions un objectif : aller vers le sud. Mais plus nous rencontrions les rescapés, plus nous entendions leurs récits, plus cela renforçait notre conviction que nous ne pouvions pas quitter l'Europe sans faire quelque chose.

Jan Hartman
Survivant, Juif tchèque, Prague

Nous sommes allés à Prague en tramway, toujours avec nos calots rayés sur la tête. Nous sommes descendus près de chez nous. Nous voulions savoir si nos parents étaient encore en vie. En descendant du tramway, avec nos calots qui nous désignaient comme des déportés revenant d'un camp de concentration, nous sommes tombés sur un homme charmant qui vivait dans une de nos maisons. « Savez-vous si nos parents sont rentrés ? » lui avons-nous demandé. « Non, mais je suis très content de vous voir. Il y a une infiltration d'eau dans mon plafond. »

Voilà comment s'est passé notre retour à la maison.

Anna Bergman
Survivante, Juive tchèque, Prague

Lorsque nous sommes arrivés à la gare centrale, à Prague, c'était le soir. Il faisait sombre, il n'y avait pas d'électricité, personne ne nous attendait, il n'y avait personne nulle part. C'est alors que nous avons compris ce qui nous frappait. Pendant toutes ces années, il suffisait de lutter, pas besoin de s'inquiéter, rien à penser. Et vous réalisez tout à coup qu'il n'y a personne, qu'il n'y a plus rien : que faites-vous ? Nous sommes descendus dans un hôtel proche de la gare, et le lendemain matin j'ai trouvé de l'argent pour prendre le tram. Je suis allée chez un cousin dont j'espérais qu'il était toujours à Prague avec sa famille. Ils étaient bien là. Ils m'ont ouvert la porte comme si j'étais la reine, et je suis restée trois ans et demi avec eux.

Groupe de « personnes déplacées »
attendant leur transfert vers un autre camp.

Quand l'été arriva, ils sont partis en vacances, et j'ai décidé d'aller voir la maison de ma famille, à Trebechovice. Les gens qui s'y trouvaient ont été ignobles à mon égard. Ils s'étaient emparés de tous nos biens. Mais ils devaient mettre un logement à ma disposition. Ils m'ont donné une chambre dans la maison de ma sœur, sans la moindre commodité. Avec les Allemands, il fallait se résigner, mais je ne m'attendais pas à cela de la part des Tchèques – de la part de ces gens avec qui j'étais allée à l'école... C'était inhumain... Avec d'autres, cela s'est passé autrement. Je n'avais pas la moindre idée de ce que mes parents avaient fait de leurs objets de valeur. Mes amis m'ont retrouvée et me les ont rendus : bijoux, porcelaine et argenterie... J'ai pratiquement tout récupéré.

Josef Perl
Survivant, Juif tchèque, Veliky Bochkov (Tchécoslovaquie)

Je finis par rejoindre ma ville natale. Notre maison était toujours là, au bord de la grand-route. Quand je la vis, une flamme s'alluma au fond de moi. J'étais chez moi. J'avais retrouvé la sécurité. Et l'espoir de revoir vivants quelques membres de ma famille. J'ouvris le portail et entrai. Avant même d'atteindre la porte de la maison, je rencontrai un homme que je connaissais depuis l'enfance. Il tenait un fusil.

« Quoi ! Tu es revenu ! Tu es vivant ! Va-t'en !

— Mais c'est chez moi, ici !

— Plus maintenant, c'est chez moi maintenant. »

Je le suppliai de me laisser dormir dans l'étable, mais il me répéta de m'en aller. J'étais armé, moi aussi.

« Tu crois que ceci est un pistolet à plombs ? Si tu approches, tu vas me trouver. »

Il s'approcha, en effet. Je me dis que je ne voulais pas mourir pour une maison. Je tournai les talons et m'en allai. Je me suis assis par terre devant le portail, j'ai pleuré toutes les larmes de mon corps. Puis je verrouillai mon arme et retournai à la gare. Je me rendis à Budapest, où l'on m'avait dit que je recevrais de l'aide.

Jerry Koenig
Survivant, Juif polonais, Kosow (Pologne)

Juste après que les Russes nous ont libérés, un homme qui était avec nous dans le bunker, un natif de Kosow, a été abattu dans la rue, à son retour dans sa ville. Son assassin voulait l'empêcher de réclamer la restitution de sa maison et de ses biens. À nouveau, cet homme était victime de la cupidité, et probablement de l'antisémitisme. Le 4 juillet 1946, des survivants – je pense qu'ils étaient 42 – de retour dans leur ville de Kielce ont été massacrés. La guerre était finie depuis plus d'un an. C'était le signe que nous n'avions aucun avenir dans notre ville, Kosow, ni dans notre pays, la Pologne, et que nous devions partir. Si ce genre de chose arrivait encore, après ce que nous avions vécu pendant la Seconde Guerre mondiale, c'est que nous n'étions pas en sécurité. De nombreux survivants reçurent le message et prirent la même décision.

La plupart n'attendirent pas pour plier bagage. Beaucoup émigrèrent vers ce qui deviendrait un peu plus tard l'État d'Israël, d'autres encore vers les États-Unis, le Canada ou l'Amérique du Sud. Quant à nous, nous avons simplement pris un train qui nous a menés à la frontière. Après divers épisodes, nous sommes arrivés dans l'Iowa, aux États-Unis, en février 1951.

Zygmunt Sikora
Photographe polonais, Kielce (Pologne)

Oui, je me trouvais à Kielce ce jour-là. Le Juif qui travaillait pour moi est arrivé au magasin. Nous avions beaucoup à faire dans la journée. Au bout d'un moment, il me dit : « Monsieur Zygmunt, il se passe quelque chose. On dirait que la foule se rassemble. » Nous avons entendu des coups de feu. Plus tard, on racontera que les Juifs étaient accusés d'avoir pris un garçon (chrétien) en otage.

Je vis des policiers en uniforme et d'autres en civil se diriger vers la rue Buczka. Plus tard, j'ai vu ce qui se passait depuis mon balcon. J'ai entendu des hurlements, j'ai vu qu'on brisait des vitrines, qu'on détruisait des clôtures. Quelqu'un a dit qu'on avait jeté une femme par la fenêtre. Après la pause de midi, d'autres hommes sont arrivés de l'usine de Ludwiks, armés de gourdins. Ils tuaient des gens. On aurait pu éviter cela, il suffisait de faire intervenir deux ou trois policiers, mais ils n'ont rien fait.

Après coup, je vis deux cadavres gisant dans la rue, mais le nombre de personnes assassinées était beaucoup plus élevé. Quand ils sont sortis de l'immeuble, les Juifs ont été lapidés. Aucun individu en particulier ne peut être tenu pour responsable de ce crime. Tous ceux qui ont participé étaient responsables. C'était la foule.

Des gens de ma connaissance sont entrés dans mon magasin et ont exigé que je leur livre mon employé juif. J'ai refusé. Je leur ai dit que cela ne pouvait qu'amener une nouvelle tragédie, que j'avais survécu à Auschwitz et qu'ils ne toucheraient pas à un seul de ses cheveux. Je leur ai dit d'aller se faire foutre.

Daniella Hausman
Jeune femme polonaise, Varsovie

J'étais bouleversée par ce qui était arrivé au peuple juif. D'un autre côté, il est choquant de lire aujourd'hui dans les journaux que certains Juifs accusent les Polonais de ne pas les avoir assez aidés, qu'ils essaient de faire croire que le peuple juif est le seul à avoir souffert, parce que ce n'est pas vrai. De nombreuses religieuses et de nombreux prêtres ont aidé les Juifs. À Auschwitz et dans d'autres camps, on a déporté des milliers et des milliers de personnes de diverses nationalités. Mon cousin a été arrêté et a fini à Majdanek. Un autre cousin y est mort. Il y a eu des milliers, des milliers de victimes. Les Juifs étaient probablement plus nombreux que les autres, mais ceux-ci ont souffert également.

Marsha Segall
Survivante, Juive lituanienne, sur le chemin de Munich

J'étais dans le train qui partait pour Munich via Hanovre. Un Américain est apparu à la vitre de ce compartiment bondé, plein de personnes déplacées, et nous a annoncé que nous devions faire de la place pour un Allemand. Quelqu'un répondit qu'il n'y avait même pas de place pour un nouveau-né. L'Américain a sauté à la fenêtre et a frappé l'homme qui venait de répondre, en s'écriant : « Espèce de salaud de Juif ! »

Ce fut un choc terrible. C'était notre premier contact avec la zone sous contrôle américain, en Allemagne, fin décembre 1945. Tout le monde était choqué. Cela faisait mal. « Il y a toutes sortes de gens dans l'armée, a dit quelqu'un. Ne prenons pas cela trop au sérieux. » Mais ça a quand même été mon premier choc après la guerre. Je m'y suis réhabituée petit à petit.

Nicole David
Petite fille juive, cachée, Belgique

De nombreux Belges de tous les horizons ont aidé des Juifs. Les cheminots belges ont commencé à saboter les trains qui quittaient le camp de transit de Malines pour aller à Auschwitz. Dès que les nazis s'en sont rendu compte, ils les ont remplacés par des gardes allemands. Les postiers, soupçonnant que certaines lettres pouvaient contenir des dénonciations, les ouvraient à la vapeur, prévenaient les personnes dénoncées, puis recollaient les enveloppes et les envoyaient à leur destinataire deux ou trois jours plus tard.

Jan Imich
Survivant, Juif polonais, Nordhausen

Je ne doute pas une seule seconde que les habitants des environs des camps savaient exactement ce qui se passait. Je ne vois pas comment ils auraient pu ne pas être au courant. Cette opinion est d'ailleurs celle des gens avec qui j'ai eu l'occasion d'en parler au camp, en particulier après la libération, quand nous en avons beaucoup discuté. Les civils *devaient* être au courant. Oh, peut-être qu'au milieu de nulle part, dans tel ou tel village à cent ou deux cents kilomètres du camp le plus proche, les habitants ne savaient pas... Mais d'une manière générale, disons à Nordhausen, à proximité de Dora et de plusieurs autres camps satellites, il était impossible de ne pas savoir. Pourtant, après la libération, on ne trouva pas le moindre civil allemand capable d'admettre qu'il soupçonnait quelque chose. A fortiori qu'il *savait*.

Certes, les autorités s'étaient efforcées de garder leurs activités secrètes. Mais nous avions beaucoup trop de contacts avec la population civile (pour diverses raisons) pour qu'elle ne comprenne pas qu'il se passait quelque chose. Et nous avions l'air différent, bien sûr. D'abord, nous portions l'habit caractéristique des camps – vestes, pantalons et bonnets rayés – et nous avions le sommet du crâne rasé (avec cette bande au milieu de la tête, un évadé ne pouvait pas aller bien loin). Et puis la plupart des déportés étaient reconnaissables à leur maigreur.

Fritz Moses
Civil allemand, Munich

Nous ne savions rien de l'ampleur des massacres. Nous savions seulement qu'il s'était passé quelque chose. Mais cette sélection, cette perfection... je ne pense pas que la masse des gens était au courant. Seuls quelques-uns savaient. Un certain nombre de choses pourraient faire penser qu'on était au courant. Nous avions par exemple une sorte de savon, de la taille d'un paquet de cigarettes – une savonnette d'un horrible gris-vert où étaient gravées les lettres « RIF ». Beaucoup de gens croyaient que ça voulait dire *Ruhe in Frieden* (« Repose en paix »), parce que le savon était fait avec la graisse des Juifs. Quand on raconte ce genre de chose, c'est qu'il y a du vrai là-dessous. Aujourd'hui, les gens sont censés dire qu'ils ne savaient pas, non ? C'est la preuve... très macabre.

Hannah Hyde
Jeune femme allemande, Hambourg

Même avant 1938, j'avais entendu parler des camps de concentration. Mais ni ma mère ni quiconque de nos connaissances n'avaient entendu parler de Bergen-Belsen, qui, à vol d'oiseau, devait se trouver à trente ou quarante minutes de notre ville. Et malgré nos randonnées, nos balades à vélo dans la région, nous n'avons jamais rien su. [Après la libération du camp] la population locale en a été officiellement avisée. Les gens ont nié. « Non, non, disaient-ils, l'Allemagne n'a pas fait cela. » Parce que beaucoup de gens entendaient parler pour la première fois des camps de concentration. « Non, ce n'est pas vrai, disaient-ils. Et certainement pas dans notre région. Oh non, non, non... » Ma mère contacta l'officier britannique qui s'occupait de la ville. Elle lui dit qu'elle voulait aller à Belsen pour communiquer ses impressions aux autres gens. Une femme déclara qu'elle irait avec elle.

Une date a été arrêtée. Le jour dit, une voiture s'est présentée à la porte et les a conduites pour voir ces horreurs. Entre-temps les cadavres avaient été enlevés, ou l'on s'en était occupé, et ma mère vit l'étendue du site et ses occupants. À son retour, elle était paralysée par l'horreur. Elle était à peine capable de parler à cause de ce qu'elle avait vu. Elle avait perdu tout appétit. Elle rédigea dûment son rapport et essaya de transmettre à d'autres ce qu'elle savait. Mais personne ne s'y intéressait vraiment, et son rapport ne fut jamais rendu public, au sens strict du terme.

Inga Haag
Allemande, membre de la Résistance anti-hitlérienne

Je ne reproche rien aux gens qui n'ont rien fait. Mais prétendre qu'ils ignoraient ce qui se passait... foutaises, rien d'autre. À l'école, à l'université, on *savait*... Oh, nous ne savions pas exactement ce qui arrivait, mais nous savions que les Juifs avaient disparu. Nous craignions le pire car, comme disait mon mari : « S'ils étaient encore en vie, on entendrait parler d'eux. » Mais c'était un fait : ils avaient disparu. Ils n'étaient plus là, tout simplement. Ce qui, pour ma famille, comme pour tous les amis qui étaient contre Hitler, était le plus grand encouragement à résister : le fait que des citoyens puissent disparaître comme cela. Comme le disait mon père : « L'Allemagne était un pays sans loi. »

Joseph Harmatz
Survivant, Juif lituanien

Au début, on nous avait dit que nous devions frapper le plus fort possible, et nous cherchions des moyens et du matériel. Nous voulions agir dans cinq villes allemandes. On me confia la tête du groupe de Nuremberg ; c'est ce que je désirais, cette ville ayant été le berceau du nazisme. Nous étions très amers, très durs, à l'époque, et très jeunes. Nous avions prévu de trafiquer le réseau de distribution d'eau potable, en isolant les endroits où logeaient les Américains, les autres soldats et tous ceux qui n'étaient pas allemands. Mais cela n'a pas abouti.

Le plan que nous avons arrêté finalement consistait à introduire un « produit » (je n'en dirai pas le nom) dans le pain. Puis nous avons découvert que la chaleur des fours diminuait les effets de ce produit. Nous sommes arrivés à la conclusion que nous pouvions en enduire le dessous des miches de pain, mais il fallait le mélanger à de la colle pour qu'il ait la bonne couleur. Le chimiste qui travaillait pour notre groupe fit de son mieux. Nous décidâmes d'opérer le 13 avril 1946 – dans la nuit du samedi au dimanche, parce que les gardiens américains du stalag 13, où étaient détenus des SS, ne mangeaient que du pain blanc le dimanche, et nous n'étalions notre truc que sur le pain noir. Les Allemands n'avaient droit qu'au pain noir.

Tout était bien organisé, mais sans aucune aide de la Palestine – sauf le soutien moral de quelques amis. Nous avons préparé trois mille miches, censément distribuées à 12 000 SS. Nous savons que de nombreux SS en sont morts. Le problème n'est pas la quantité. Le problème, si je puis dire, c'est qu'un groupe de résistants juifs qui avaient combattu les Allemands, pendant la guerre, criait vengeance parce que nous étions allés dans les ghettos, dans les camps de concentration, dans les bunkers et toutes les forteresses où ils enfermaient les Juifs, et nous avions vu, sur les murs : « Vengeance, vengeance, vengeance ! » parfois écrit en lettres de sang. Nous nous étions dit que c'étaient leurs dernières volontés, et que c'était notre dernier devoir à l'égard de ces gens, pour nous qui avions survécu.

Antonie Krokova

Jeune femme, Tsigane tchèque, Beroun (Tchécoslovaquie)

Il y avait un Allemand, au camp, qui aimait jouer avec les enfants. Voici ce qu'il nous faisait faire. Nous formions un cercle autour de lui, en nous tenant la main comme pour la ronde, et lui s'asseyait sur une vieille gamelle posée sur une planche, une baguette à la main. Quand il aimait bien quelqu'un, il lui attrapait le cou avec sa baguette, le tirait vers lui et le faisait asseoir sur ses genoux. Il lui arrivait de jouer avec nous de la sorte pendant une demi-heure. Moi, il m'a choisie plusieurs fois. Chaque fois, il me mettait sur ses genoux et me caressait.

Croyez-le ou non, je l'ai reconnu après la guerre en voyant sa photo dans le journal. Il travaillait à Prague, où il attribuait des dédommagements à ceux qui avaient été déportés en camp de concentration. Ils l'ont jugé et pendu. Je leur ai dit qu'ils avaient été trop tendres, qu'ils auraient dû nous attendre, mon amie et moi. Ils ont ri et m'ont demandé pourquoi. « J'aurais voulu m'en charger moi-même. » J'aurais aimé qu'on le torture comme ils nous ont torturés. Je lui aurais infligé un châtiment bien plus sévère. Je lui aurais fait sauter les dents et d'autres choses encore. Les nazis tuaient des gens, les assommaient sous nos yeux à coups de pied. Ils leur rasaient le crâne et leur cognaient la tête jusqu'à ce que la cervelle jaillisse. Et on s'est contenté de le pendre... Pour avoir souffert tout cela, je n'ai eu qu'une médaille et une mention honorable !

RÉFUGIÉS EN GRANDE-BRETAGNE APRÈS LA GUERRE

Bien que les règles sur l'immigration soient toujours en vigueur sur le territoire britannique (comme aux États-Unis et dans certains pays d'Europe occidentale), le gouvernement déclare son intention d'accueillir 1 000 orphelins survivants. Les « boys », comme on les appelle, seront finalement au nombre de 732 (garçons et filles). Ils viennent de Prague et de Munich, et sont disséminés, en 1945 et 1946, sous les auspices d'une organisation juive – le Central British Fund – dans différentes régions du pays. Une autre opération, organisée en 1946 par le rabbin Solomon Schonfeld, permet de faire venir trois bateaux d'enfants juifs qui avaient été cachés pendant la guerre. Malgré les recherches acharnées qu'on mènera pour atteindre le chiffre de 1 000 « boys » approuvé par le Home Office, on ne trouvera pas assez de jeunes survivants pour y parvenir.

À côté de tels groupes organisés, un nombre considérable de survivants demandent et obtiennent les visas leur permettant d'émigrer en Europe de l'Ouest et aux États-Unis. La plupart devront lutter pendant des années et affronter des difficultés de toute sorte pour s'intégrer dans leur nouvel univers – souvent sans parler la langue de leur pays d'accueil –, dans un après-guerre dominé par l'austérité économique et l'absence de services sociaux. Tout cela accentué par le sentiment de deuil général.

Un traumatisme supplémentaire attend les réfugiés et les enfants cachés lorsque des parents survivants les réclament, souvent après huit ans de séparation. Même si on assiste à des retrouvailles heureuses, beaucoup se voient réunis à de parfaits inconnus, parfois même l'absence d'une langue commune ne facilite pas les choses.

Steven Frank
Survivant, jeune Juif hollandais, Londres

Nous avons pris l'avion pour traverser la Manche et nous avons atterri à Croydon, l'aéroport principal de Londres. Il n'y avait que le pilote, ma mère, mes frères et moi. Nous avons débarqué, ils ont refermé les portes et l'avion est reparti. Et nous sommes restés là, ma mère et nous trois, au milieu de la piste, sur le premier aéroport britannique. Tout a l'air très, très lointain quand vous mesurez un mètre de haut et que la piste est si longue. Ma mère se demandait ce que nous allions faire, et ce qu'allaient nous dire les services de l'Immigration.

La chance nous sourit une fois de plus. Un autre avion a atterri et des tas de gens en sont descendus. Nous les avons suivis jusqu'à ce qui ressemblait à une cabane préfabriquée, où nous fûmes accueillis par un homme debout sur une chaise, qui s'exprimait dans une langue que nous ne comprenions pas. Le groupe que nous avions suivi était constitué, semble-t-il, de Britanniques qui avaient été capturés derrière les lignes ennemies après le début de la guerre et qui, de retour chez eux, étaient reçus avec tous les honneurs. Les adultes eurent des cigarettes, les enfants des bonbons, puis on nous embarqua dans un autocar et on nous fit visiter Londres. Bizarre, n'est-ce pas ? Nous avons traversé le sud de Londres, jusqu'au pont de Westminster. « Voici l'abbaye de Westminster, là le Parlement, ici le palais de Buckingham... » Nous pûmes constater que beaucoup d'immeubles avaient été bombardés.

On finit par arriver à Canons Park, au nord-ouest de Londres. Tout le monde descendit, on nous fit entrer dans le bâtiment, et on entreprit de nous briefer. Alors que nous étions là, un policier qui avait dépassé depuis longtemps l'âge de la retraite vit ces trois gamins décharnés, dépenaillés, et il nous adopta tout de suite. C'est lui qui nous apprit, avec un accent inimitable, nos sept premiers mots d'anglais : le nom des jours de la semaine. Après quoi il nous donna à chacun six pence. Deux d'entre nous reçurent la petite pièce d'argent de six pence, et le troisième une pièce de trois pence, deux d'un penny et deux demi-pence. Je m'en souviens comme si c'était hier. C'était la première fois qu'un homme que nous ne connaissions pas était gentil avec nous.

Nous nous sommes lancés dans cette entreprise complexe qu'on appelle les examens médicaux. Nous sommes partis à l'hôpital pour enfants de Great Ormond Street. Nous avions les pieds aussi plats que des chameaux. On plaça des morceaux de métal dans nos chaussures pour reconstruire notre voûte plantaire. On m'envoya dans un autre hôpital pour me débarrasser de mes vers. Nous avons connu la gloire à Great Ormond Street : nous nous sommes déchaînés dans le laboratoire d'analyses, au point qu'on a dû nous éjecter manu militari. Il faut se rappeler que nous n'avions aucune idée de ce qu'étaient les bonnes manières. Nous étions des animaux sauvages qu'on avait importés en Angleterre dans une cage.

Kitty Hart-Moxon
Survivante, Juive polonaise, Birmingham

Mon oncle est venu nous accueillir à Douvres. Il nous a conduites à Londres et emmenées à l'hôtel. Sur le chemin, nous ne savions pas quoi dire à cet homme que nous ne connaissions pas. Nous gardions donc le silence. Ce n'est qu'au dîner, à l'hôtel, que l'oncle a pris la parole : « Avant que nous ne partions pour Birmingham, je tiens à vous demander quelque chose. Rappelez-vous que je ne veux pas entendre un mot, chez moi, sur ce que vous avez vécu pendant la guerre. Je ne veux rien entendre. Je ne veux rien savoir. Je ne veux pas que mes filles soient perturbées. Je ne veux pas vous entendre parler de cela chez moi. » Ma mère et moi avons échangé un regard horrifié : nous étions incapables de parler d'autre chose ! C'est ainsi qu'un fossé s'est creusé entre nous, au moment même où nous faisions connaissance. Plus tard, chaque fois que j'essayais de parler de ce qui s'était passé, je sentais que les gens étaient gênés, qu'ils ne voulaient rien entendre. Il arrivait même qu'on me dise : « Nous ne voulons pas entendre des horreurs pareilles. »

J'ai donc appris à ne pas en parler.

Kurt Klappholz
Survivant, Juif polonais, Londres

Dès mon arrivée à Londres, en 1946, j'ai découvert une ignorance quasi générale de ce qui s'était passé en Europe, notamment de ce qui était arrivé aux Juifs. Un incident révélateur s'est déroulé à la London School of Economics, où je m'étais inscrit. À l'époque, vous pouviez passer un examen intermédiaire à l'université, ou bien obtenir un certificat d'enseignement secondaire. J'avais choisi l'examen intermédiaire. Pour se spécialiser en économie, il fallait avoir le niveau requis. Il ne me manquait que cela. Je suis donc allé voir le responsable des études, Lionel Robbins (le futur lord Robbins). Je lui ai expliqué que j'avais manqué mes études secondaires, pour la simple raison que j'étais dans un camp de concentration. Il m'a regardé bien en face. « Quelle éducation vous donnait-on dans les camps ? »

J'avais devant moi un homme qui avait passé la guerre au sein du Bureau économique du cabinet, et il était difficile d'être plus favorable aux Juifs que lui. J'étais tout bonnement stupéfait en entendant sa question. Je lui racontai brièvement ce qui s'était passé. Quand je m'en allai, il avait les larmes aux yeux. Je suis certain que c'est à lui que je dois ma carrière à la London School of Economics.

Lili Stern-Pohlmann
Survivante, fillette, Juive polonaise, Londres

J'ai quitté Gdynia à bord d'un navire suédois, le *Ragne,* dans le premier transport du docteur Solomon Schonfeld, qui emmenait plus de 123 enfants, grâce à un visa collectif. Le rabbin Schonfeld était le chef d'une communauté ultra-orthodoxe, qui se moquait de savoir si les aliments qu'on nous donnait étaient casher. Ma connaissance de l'allemand me valait une situation privilégiée. Je faisais l'interprète entre le rabbin et les autres enfants. Il voulait que nous apprenions un peu d'anglais, et il nous enseigna des chansons anglaises comme *Daisy, Daisy* et des airs patriotiques comme *Land of Hope and Glory*. Quand nous avons débarqué à Londres, nous les chantions à la perfection.

Nous sommes arrivés le jour de mon anniversaire, le 29 mars 1946. Quel beau cadeau d'anniversaire ! Un vrai conte de fées. Et lorsque le Tower Bridge s'est levé pour nous laisser passer, quel spectacle ! Sur le quai, nous avons été accueillis par une foule de journalistes et de photographes. On vit un père, incorporé dans l'armée du général Anders, qui venait attendre son enfant. Il y avait aussi des gens qui acceptaient d'accueillir un enfant dans leur famille. C'était le résultat des prouesses du docteur Schonfeld. Nous étions fin mars et le temps n'était pas formidable, mais pour nous le soleil brillait sans interruption.

Roman Halter
Survivant, Juif polonais, Windermere

Notre petit groupe, qu'on appelait les « boys », a gagné l'Angleterre par avion, au départ de l'aérodrome de Prague. On nous a embarqués. Quand j'ai vu cet officier, démesurément grand, qui parlait à toute vitesse du coin de la bouche, je me suis dit : « Je ne parlerai jamais cette langue, on dirait qu'il mange des patates bouillies. » Il avait une pipe au coin des lèvres, une moustache, et il parlait horriblement vite, mais il était très gentil. Il demanda aux hommes de son équipage d'ôter leurs casquettes et de nous les poser sur la tête, et nous avions l'impression d'être des pilotes. On servit le thé, sans la moindre tranche de pain noir. Rien que du pain merveilleusement blanc. Nous n'avions jamais vu cela. Je me suis dit que nous étions dans un pays de lait et de miel. Et toutes ces dames adorables qui s'affairaient autour de nous, et nous servaient du pain avec du miel et de la confiture… Tout le monde nous souriait. Nous avions l'impression d'avoir atterri sur une autre planète. Puis on nous conduisit à Windermere.

Kitty Hart-Moxon
Survivante, Juive polonaise, Birmingham

Je me souviendrai toujours de Noël 1947. Dans l'hôpital qui m'employait, le règlement exigeait que vous libériez votre chambre pendant les congés. Bien entendu, je n'avais aucun point de chute. Ma mère travaillait pour un couple qui passait Noël dans sa maison du pays de Galles. Mon oncle, ma tante et leurs enfants étaient tous partis pour les fêtes. Je marchai donc dans les rues, sans endroit où aller, pratiquement sans argent. Je me dirigeai vers la gare. C'est là que je passai Noël, dans la salle d'attente, avec les clochards.

Je n'ai jamais été aussi déprimée. Je me sentais abandonnée. Ma famille m'avait abandonnée, l'hôpital m'abandonnait, je ne pouvais aller nulle part, je ne pouvais même pas acheter à manger. Je ne pouvais dormir nulle part. Et pourtant j'étais en Angleterre... De quoi pouvais-je m'inquiéter ? J'étais libre ! Ce fut pourtant le moment le plus désespéré de mon existence. Beaucoup plus désespéré que pendant la guerre : là-bas, au moins, je me trouvais avec des gens qui comprenaient, et j'avais des amis. Je marchai en rond dans les rues, toutes les maisons étaient éclairées, les gens chantaient des psaumes... Et c'est lors de ce Noël-là que j'ai vraiment pleuré pour la première fois.

Bertha Leverton
Réfugiée, Juive allemande, Londres

Les Juifs britanniques n'ont pas été aussi solidaires qu'ils l'auraient pu. Ils ne se sont pas présentés en nombre suffisant pour nous accueillir chez eux. À maints égards ils n'ont pas pris conscience, avant qu'il ne soit trop tard, de ce qui arrivait à leurs frères à l'étranger. Certains furent remarquablement généreux, mais dans l'ensemble ils auraient pu faire mieux. Et les gens qui accueillaient des réfugiés juifs les traitèrent souvent comme des parents de second rang, inférieurs à leurs propres enfants. Une dame déclara par exemple à un jeune réfugié, brillant pianiste : « Ce piano est réservé à mes enfants, je ne veux pas que tu t'en serves. » La jalousie... Mais certains parents adoptifs furent très bons pour les enfants réfugiés, et certains réfugiés devinrent comme des frères et sœurs pour les enfants des parents adoptifs.

Roman Halter
Survivant, Juif polonais, Londres

J'avais une soif illimitée d'apprendre. Pendant la guerre, l'expérience du ghetto et des camps avait été le plus horrible des apprentissages : celui où l'on apprend à lire la brutalité et le sadisme sur les visages. On devait aussi « désapprendre » beaucoup de choses. La religion nous enseigne que la bonté, la charité et l'innocence sont récompensées, mais ce n'était pas vrai. On découvrait que, quoi qu'on fasse, on était désigné à la vindicte des assassins. On était en proie à la terreur, parce que chaque situation était inédite, parce qu'on était comme l'oiseau qui regarde derrière lui pour savoir qui est là, et qui regarde devant lui en se disant : « Comment vais-je survivre à cette minute, à cette heure, à ce jour ? » Alors la leçon des camps de concentration, des ghettos, du travail forcé est une chose si peu normale qu'elle n'a rien à voir avec la vie que nous menons maintenant. C'est pourquoi il était si important de tout réapprendre ici [en Grande-Bretagne]. Bien que j'aie décidé d'étudier l'architecture, j'avais une telle énergie pour lire et pour apprendre que le monde est devenu un monde de lumière plutôt que d'obscurité.

Beate « Bea » Green
Survivante, Juive polonaise, Londres

Quand je vivais en Angleterre, mon père m'a rendu visite à Londres. Il est venu d'Amérique du Sud, où ma mère et lui s'étaient enfuis en 1940. Beaucoup de temps avait passé depuis le jour de 1933 où un photographe du groupe Hearst l'avait pris en photo – le jour où il parcourait les rues de Munich avec une pancarte au cou, après avoir été passé à tabac. Un jour, pendant le repas, mon fils cadet lui dit :

« Grand-père, ta photo est dans mon livre d'histoire.

— Voyons cela », lui dit mon père.

Nous étions tous un peu inquiets en attendant sa réaction. Il regarda la photo.

« *Ja, ja, sehr interessant*, dit-il. Oui, oui, très intéressant. »

Mon mari lui demanda à quoi il pensait à ce moment-là.

« Très facile, répondit mon père. Je peux vous dire qu'à partir du moment où ils ont commencé à me taper dessus, je n'avais qu'une pensée en tête : “Je vous survivrai, à tous.” »

Et il avait tenu parole.

Hedy Epstein
Survivante, Juive allemande, Londres

Un mythe que je n'avais jamais remis en question, durant toutes ces années, a été anéanti quand j'ai entendu les histoires de gens qui, comme moi, étaient venus en Angleterre alors qu'ils étaient enfants mais qui (contrairement à moi) ont fini par retrouver leurs familles. Je m'étais toujours dit que mes retrouvailles avec mes parents seraient une chose formidable. Je leur expliquerais que j'avais toujours essayé d'être la bonne petite fille qu'ils voulaient, et ce serait émouvant. Je n'en avais jamais douté. Or ces réunions n'étaient pas toujours heureuses. Les jeunes gens retrouvaient une vie difficile et des parents devenus des étrangers. On m'a raconté que les parents les considéraient comme les petits enfants qu'ils étaient à leur départ, et qu'ils continuaient à les traiter comme tels. Cela a fait voler mon mythe en éclats. Peut-être que cela n'aurait pas été aussi formidable que je l'avais cru, finalement.

Ingeborg Sadan
Réfugiée, Juive allemande, Oldham, Angleterre

Ils arrivaient par le train que prenaient tous mes amis de l'Oldham High School pour rentrer au village. Ces retrouvailles étaient trop importantes. Je ne pouvais pas revoir mes parents, après toutes ces années, en présence de tiers. C'est pourquoi, quand l'heure du train approcha, Bertha et Theo descendirent les chercher à la gare. « Je reste pour mettre la bouilloire sur le feu », leur ai-je dit – car j'étais devenue très anglaise. Que fait-on, en Angleterre, quand une crise se profile à l'horizon ? On place la bouilloire sur le feu. En tout cas, ils ont mis un siècle à revenir. Quand je les ai entendus monter la côte menant à la maison, j'ai descendu les marches quatre à quatre pour les accueillir. Et je me suis rendu compte que je ne pouvais pas leur parler. J'avais oublié tout l'allemand que je savais, et ils ne parlaient guère l'anglais. Ils étaient là, nos parents, mais c'étaient des étrangers.

Margareta Burkill
Civile britannique, Cambridge

La réunion de ces enfants avec leurs parents fut une chose déchirante. Les enfants étaient ici depuis six ou huit ans. À leur arrivée, ils avaient entre dix et quinze ans. Ils s'étaient totalement anglicisés. Ils avaient passé les années de guerre du côté britannique et on les renvoyait dans une Vienne dévastée, à des parents qui s'attendaient à ce qu'ils réagissent comme des enfants autrichiens – alors qu'ils étaient devenus britanniques et ne parlaient pas allemand. Beaucoup de ces enfants sont d'ailleurs revenus en Angleterre dès qu'ils en ont eu la possibilité.

J'étais radicalement opposée à leur retour sur le continent. C'était beaucoup trop tôt, en 1946, avant qu'ils aient eu le moindre contact préalable avec les parents, avant que Vienne et d'autres villes aient eu le temps de renaître de leurs cendres. Mais je ne pouvais rien faire pour les en empêcher. C'était aussi un drame pour les

Anglais qui s'occupaient de ces enfants. Ma conception de l'existence, en ce qui concerne le travail que j'ai effectué avec les enfants réfugiés, pourrait se résumer à ceci : l'eau est plus épaisse que le sang. J'ai vu la même chose se répéter maintes fois. Les parents adoptifs avaient été formidables, ils leur avaient donné tout leur amour et toute leur compréhension. Alors que très souvent les vrais parents ignoraient comment se comporter avec l'adolescent qui revenait vers eux.

Agnes Sassoon
Survivante, fillette juive tchèque

J'étais tellement ébahie, tellement saisie que j'étais incapable de bouger du lit où j'étais allongée. Je l'aimais d'un amour si intense, si profond... Et ses yeux bleus si magnifiques... Il n'était ni grand ni costaud. C'était un homme assez petit, mais avec ce sourire adorable... Je me souvenais parfaitement de lui, bien que je n'aie pas beaucoup vécu avec eux. Je l'ai vu, il avait les larmes aux yeux, j'étais incapable de produire le moindre son, le moindre mot. Quelques instants plus tard, enfin, j'éclatai : « Papa, papa, *papa* ! »

Helen Stone
Jeune femme, Juive polonaise, Londres

Je suis allée à Croydon en avion. Je voulais être belle pour mon mari, j'avais mis du mascara. Mais quand je l'ai vu, j'ai éclaté en sanglots et le mascara a coulé sur mon visage. Je n'avais jamais, jamais pleuré dans le camp. Jamais ! Je n'avais pas versé une seule larme, jusqu'à l'instant où j'ai revu mon mari.

Stanley Faull
Survivant, Juif polonais, Windermere

À notre arrivée en Angleterre avec les « boys », on nous a conduits à Windermere, dans le Lake District. Il y avait là des choses formidables, à commencer par les abris avec des chambres individuelles. Chacun avait un lit à soi et, pour la première fois depuis longtemps, nous avions une couverture et un matelas de plume, une table et une baignoire, et d'autres commodités, sans oublier le réfectoire et la cuisine, où l'on nous servait des triples rations. C'est là que mon frère me demanda, la première fois qu'il me vit :

« Qu'est-ce que tu as dans ta poche ?

— Un peu de pain, répondis-je.

— On ne t'a pas donné à manger ?

— Oh si, le petit déjeuner était délicieux, mais supposons que la nourriture vienne à manquer ? Je devrais m'en sortir avec ce que j'ai mis de côté. »

Il avait du mal à comprendre cela. C'était devenu un réflexe. Il fallait faire des réserves pour être sûr de survivre.

Alors mon frère me demanda : « Maintenant, raconte-moi exactement ce qui s'est passé depuis la dernière fois que nous nous sommes vus. »

J'ai entrepris de lui raconter dans l'ordre chronologique ce qui m'était arrivé depuis le jour de 1937 où je lui avais dit au revoir. Ma mère en train de pleurer. Les événements pendant les deux années qui avaient précédé la guerre. Le début de la guerre, l'organisation du ghetto, comment la plus grande partie de ma famille était partie vers l'Est avec des dizaines de milliers d'autres, droit vers les camps d'extermination, comment j'avais perdu le contact avec mon père et ma sœur. J'ai parlé pendant deux heures. Son commandant, qui était présent, a fini par sortir. Et aux trois quarts de mon récit, tandis que je racontais ce que j'avais vu – ma mère, les horreurs que j'avais vécues, la maladie, les traitements barbares infligés à des êtres humains, au point que j'avais fini par croire que c'était normal –, je vis cet homme en uniforme, ce pilote, mon frère aîné, se mettre à pleurer de manière irrépressible.

C'est alors que je me fis le serment de ne plus jamais parler de cela à quiconque. Mon propre frère était si bouleversé par mon histoire que je me promis : « Je ne raconterai plus jamais cela, je n'en parlerai plus. » J'ai découvert que nous ne pouvions en parler qu'entre nous, tant tout cela est incroyable pour les gens normaux. Les traitements inhumains perpétrés par les gardiens – qui, la plupart du temps, n'étaient pas allemands –, si barbares et si sadiques, étaient difficiles à croire. Aujourd'hui encore, je me dis que cela a dû être un cauchemar. Comment une nation comme l'Allemagne, une nation civilisée, beaucoup plus cultivée que les Polonais, a-t-elle pu décider d'exterminer de manière systématique un peuple entier – les Juifs, mais aussi les Tsiganes, les infirmes, leur propre peuple, leurs propres prisonniers politiques... ? À mes yeux, aujourd'hui encore, c'est incompréhensible.

ÉPILOGUE

« Tant de questions reviennent nous hanter... La douleur d'avoir perdu notre famille, nos parents, d'avoir tout perdu. J'ai beaucoup de mal à retrouver mentalement le visage de mes parents et de mes sœurs. En vieillissant, nous devenons plus sensibles à ce qui nous est arrivé pendant notre jeunesse. Cela revient vous tourmenter, on a le temps d'y penser, on ne se préoccupe pas seulement de l'avenir. Quand j'étais jeune, je ne pleurais jamais. Les émotions que je ressens aujourd'hui doivent donc avoir un rapport avec mon âge. L'Holocauste est l'événement le plus important de notre vie. Il représente notre jeunesse, notre jeunesse perdue. Nous ne nous en débarrasserons jamais. Nous mourrons avec lui. »

Hedy Epstein
Survivante, Juive allemande, États-Unis

Ce n'est qu'en 1980, quand je me suis trouvée sur la rampe, à Auschwitz, que j'ai compris qu'il était impossible que mes parents aient survécu. Je le savais. Je devais l'accepter. Mais j'ai encore du mal. Je sais qu'ils ne sont plus en vie. Je crois qu'il est très important d'avoir des rituels. Nous voyons les corps, nous les enterrons, nous pouvons leur rendre visite au cimetière, voir leur tombe. Nous devons voir nos morts, connaître l'endroit où nous pouvons leur rendre visite. Je n'ai jamais vu mes parents morts. Je ne sais pas s'ils ont une tombe quelque part. Personne ne peut me dire qu'il a vu mes parents après leur mort, ni où ils sont enterrés.

Joseph Harmatz
Survivant, Juif lituanien, Israël

Prenez le cas de ma mère. Lors de la liquidation du ghetto, elle a été déportée à Riga, en Lettonie, et, de là, à Kaiserwald. On l'a expédiée à Stutthof, dans le nord de l'Allemagne, où elle a travaillé comme les autres, et on lui a imposé une marche de la mort. Elle a fini par s'échapper et elle a survécu. Mais ma mère était orpheline, ses parents ayant été assassinés. Elle était veuve, car son mari a été tué. Elle a perdu deux fils, mes frères, elle n'a jamais rien su de ce que j'étais devenu. Et elle a survécu. Mais quelle survie ? Une femme d'une quarantaine d'années ?

J'ai vu beaucoup de massacres, il est difficile d'y repenser : la vue des cadavres étalés sur le sol, les cervelles coulant hors des crânes, les jeunes couples enlacés dans la mort, les mamans avec leurs bébés. Autant d'images qu'on n'oublie pas. Elles vous accompagnent durant toute votre vie. Vous avez beau les fuir, ne pas vouloir vous les rappeler, elles reviennent toujours. Impossible d'expliquer ce qu'on a vu, ce qu'on a vécu. C'est impossible. Vous imaginez ce que cela signifiait pour une mère ? Ce n'est qu'après la naissance de mes enfants que j'ai compris ce que représentait pour ma mère le fait d'être séparée des siens. Et si quelqu'un me demande si je hais toujours les Allemands… oui, je les hais encore plus, maintenant que je comprends tout cela.

Judith Konrad
Survivante, Juive hongroise, Royaume-Uni

Mon père avait quatre sœurs. Elles sont mortes toutes les quatre dans les chambres à gaz. Ma grand-mère est la seule qui ait pu échapper aux chambres à gaz. Elle a eu une crise cardiaque dans le train, elle est morte avant d'arriver à Auschwitz. J'avais de jeunes cousines. L'une d'elles n'avait que six ans. Deux autres, des sœurs, avaient quinze et quatorze ans. Elles ont été séparées, parce que la cadette avait l'air plus mûr que sa sœur. L'aînée a été envoyée à la chambre à gaz avec sa mère, mon grand-père et mes autres tantes. Mon autre cousine, celle qui avait quatorze ans et l'air plus mûr, a été emmenée et les soldats allemands ont profité d'elle, très durement. On s'est servi d'elle pour certaines expériences, et elle a fini par survivre à Auschwitz. Nous ignorons ce qui lui est arrivé. Nous savons seulement par une de leurs voisines qu'elle a décidé de ne plus jamais revenir en Hongrie : après ce qu'elle avait vécu, elle était incapable de faire face aux membres de sa famille. Elle ne pouvait pas en parler.

Alicia Adams
Survivante, Juive polonaise, Royaume-Uni

Non seulement mes parents, mes oncles et tantes et mon frère, mais tous mes amis d'enfance, tous les gens que j'ai connus quand j'étais petite… *toute la population* de Drohobycz a été balayée. Près de 30 000 personnes. Tout le monde a été assassiné. Ce ne sont pas seulement mes proches qui ont été tués, j'ai vu tout le monde se faire tuer, chaque jour. Cela faisait partie de mon enfance.

Roman Halter
Survivant, Juif polonais, Royaume-Uni

La communauté juive de Chodecz comptait 800 personnes. Quatre ont survécu.

Edith Baneth
Survivante, Juive tchèque, Royaume-Uni

Quand nous parlons ensemble au Holocaust Center, à Hendon, on se rend compte que tous nos récits de souffrance diffèrent. Certains sont brefs, d'autres plus longs. Certains d'entre nous s'étaient cachés, d'autres avaient été évacués et élevés par des familles catholiques. J'ai écouté ces récits, chacun si différent des autres. Ce que nous avons en commun, c'est le chagrin. Dimanche dernier, nous nous sommes souvenus de tous ceux que nous avons perdus, nous avons fait brûler des cierges pour ceux qui sont morts.

S'agissant des parents que nous avons perdus, impossible d'oublier. Ils sont irremplaçables. Les descendants de la deuxième et de la troisième génération ressentent encore cette perte. Aux mariages et aux bar-mitsvas, il peut y avoir cinquante ou soixante personnes des autres familles. À la bar-mitsva de mon fils, comme à son mariage, il n'y avait pas de famille. Voilà ce que représente l'Holocauste pour la deuxième et la troisième génération. Leur famille leur manque. Mon fils n'a pas eu de vie de famille. Il ignore ce que c'est que d'avoir des oncles, des tantes, des grand-mères et des grands-pères. Il n'y a qu'un grand *trou*.

Comment des gens peuvent-ils dire aujourd'hui que ce n'est pas vrai, qu'il n'y a pas eu six millions de morts, cela dépasse l'entendement. Où sont tous ces Juifs qui vivaient jadis dans tous ces pays d'Europe ? Voilà ce que les survivants ont en commun.

Ils vous diront tous la même chose. Ils vous parleront de ce grand trou, aux mariages et aux bar-mitsvas.

Clare Parker
Survivante, Juive hongroise, Royaume-Uni

À cause de l'Holocauste, je suis restée une enfant... parce que je n'ai pas eu d'enfance... la période où l'on grandit, où l'on est un *enfant*. Ma vie s'est interrompue quand je suis arrivée là-bas. Et tout à coup je me retrouve adulte, sans avoir connu les années intermédiaires, celles où l'on grandit. Et puis j'ai ce sentiment terrible, quand je vois des gens qui ont l'âge de ma mère. Je me demande pourquoi elle n'est pas là, en train de marcher, de parler, d'être parmi nous... comme tous les gens de son âge. C'est très dur. Et j'ai une pensée injuste. Je me dis que cette personne, là, qui a l'âge que ma mère devrait avoir, est privilégiée.

Adam Adams
Survivant, Juif polonais, Royaume-Uni

Paris était en proie à un vrai remue-ménage. La ville était pleine de survivants de la guerre, et nous avons découvert que nous étions tous égaux. Ici, en Angleterre, tout le monde a un foyer, une famille, un endroit pour vivre. J'ai trouvé que la vie y était très difficile, surtout quand on ignore la langue. D'une manière ou d'une autre, nous nous rapprochions surtout de gens dans la même situation que nous, des survivants. Ceux qui ont épousé une Anglaise, et quelques-uns qui étaient dans l'armée pendant la guerre, se sont intégrés plus rapidement. Les Juifs anglais nous étaient étrangers. Ils étaient incapables de nous comprendre, parce qu'ils étaient des gens normaux. Nous, nous sommes anormaux, parce que tout ce que nous avons subi nous revient à l'esprit.

Tant de questions reviennent nous hanter... La douleur d'avoir perdu notre famille, nos parents, d'avoir tout perdu. J'ai beaucoup de mal à retrouver mentalement le visage de mes parents et de mes sœurs. En vieillissant, nous devenons plus sensibles à ce qui nous est arrivé pendant notre jeunesse. Cela revient vous tourmenter, on a le temps d'y penser, on ne se préoccupe pas seulement de

Helen Stone (au fond, 2e à partir de la gauche) avec les Szenberg et les Buchwajc, de Bedzin (Pologne). Seuls cinq membres de cette grande famille survivront.

l'avenir. Quand j'étais jeune, je ne pleurais jamais. Les émotions que je ressens aujourd'hui doivent donc avoir un rapport avec mon âge. L'Holocauste est l'événement le plus important de notre vie. Cette tragédie représente notre jeunesse, notre jeunesse perdue. Nous ne nous en débarrasserons jamais. Nous mourrons avec cela.

VOIX OUBLIÉES

Anne Karpf

Journaliste et écrivain, Juive britannique, fille de survivants, Royaume-Uni

Ce qui ressort des conversations avec ma mère, c'est que personne dans ce pays n'avait conscience de l'Holocauste. Cela semble extraordinaire aujourd'hui, alors qu'on sait beaucoup mieux ce qui se passe. Mais il y a cinquante ans, les gens n'avaient pas envie d'aborder le sujet. J'ai entendu de nombreux survivants raconter que lorsqu'ils essayaient d'en parler, on leur répondait : « Oh, ne nous parlez pas de ça ! Nous, nous avons eu le Blitz. » Ma mère m'a dit qu'un jour, lors d'une soirée, une femme s'est approchée d'elle et lui a demandé :

« Qu'avez-vous sur le bras ? Votre numéro de téléphone ?

— Oui, lui a-t-elle répondu, le numéro de téléphone d'Auschwitz. »

Jan Imich
Survivant, Juif polonais, Royaume-Uni

Je n'ai jamais parlé à quiconque de ce que j'ai vécu. Jean, ma femme, n'a su que j'étais juif que quatre ou cinq ans après notre mariage. Sans l'aide de la psychanalyse, je ne serais jamais sorti de la coquille où je m'étais enfermé. Je nous revois encore, à cet instant précis. Nous étions assis sur l'herbe, pendant nos vacances au bord de la mer, quand j'ai enfin craché le morceau. Et Jean a été formidable. Mais ce n'est que des années plus tard que d'autres personnes ont été au courant. C'est seulement depuis une dizaine d'années que je me sens assez à l'aise pour en parler à mes meilleurs amis. Je suppose que j'avais peur que les gens se retournent contre moi. Peut-être avais-je honte d'être juif. Et quand j'y pense aujourd'hui, je me demande bien pourquoi ! C'était peut-être aussi le résultat de l'antisémitisme nazi. Je sais qu'aujourd'hui, par exemple, un peu moins de 200 Juifs vivent à Cracovie. Mais il y en a cinq ou six fois plus qui cachent qu'ils sont juifs – au point, parfois, d'avoir changé de nom. Ils sont là, je le sais car un grand nombre de mes amis et connaissances, à Cracovie, sont juifs à l'insu de tous.

George Hartman
Survivant, Juif tchèque, États-Unis

Mon frère Jan m'a dit un jour qu'il avait été libéré deux fois. Une fois le 11 avril 1945 à Buchenwald, la seconde par l'Imperial War

Museum. C'est là qu'il a pu s'ouvrir vraiment pour la première fois, parler de ce qu'il avait toujours refusé d'évoquer – soit parce qu'il ne pouvait pas, soit parce qu'il ne voulait pas. Discuter de son expérience était pour lui une torture.

Steven Frank
Survivant, Juif hollandais, Royaume-Uni

Nous ne parlions jamais des camps. Personne n'en parlait beaucoup, à l'époque. C'était une chose qu'on avait laissée derrière nous. C'était fini. On allait commencer une nouvelle vie, pleine de joies et de bonheur.

Un jour, je dînais avec quelques amis. Une des invitées de la soirée était une Tchèque qui avait grandi à Prague et s'était enfuie pendant l'ère Dubček. Elle nous parla de son enfance et de l'endoctrinement auquel les communistes soumettaient les écoliers, en opposant cette chose merveilleuse qu'est le communisme à l'horreur du fascisme.

« Vous ne me croirez pas, mais on nous emmenait, tout petits, dans un ancien camp de concentration, à Terezin, près de Prague, et on nous expliquait la cruauté des nazis à l'égard des Juifs, dans ce camp… Vous n'avez aucune idée, poursuivit-elle, de l'impact que ça peut avoir sur un enfant de neuf ans ! »

— Si, lui dis-je (c'était la première fois que j'intervenais en public). Je sais très bien quel impact ça peut avoir, puisque j'y étais. »

Ça a jeté un froid. C'était la première fois que

j'avouais publiquement que j'avais été victime de l'Holocauste...

J'avais été très actif dans le domaine du théâtre amateur. On essayait de rassembler des fonds au profit d'un nouveau centre pour l'église du quartier, et je les aidais. Grâce au théâtre, je connaissais des tas de gens. « Steve, me dit un jour le curé, je veux te demander un service. Tu vas peut-être me fusiller, mais dans six semaines, à la grand-messe, nous allons rendre hommage à Amnesty International et dire des prières. Nous installerons près de l'autel un cierge entouré d'un morceau de fil de fer barbelé, avec leur logo. Je voudrais que ce soit toi qui l'allumes. Et je voudrais que tu dises à nos paroissiens quelques mots sur ton passé. Est-ce que tu serais prêt à faire ça ? »

« Mon Dieu, pensai-je, devant tous ces gens... ! » Puis je me suis dit : « Messager de l'enfer, tout ce qu'on te demande, c'est d'aller dans cette église, de te tourner vers eux et de leur dire que tu as survécu à l'Holocauste. Ce n'est pas grand-chose, comparé à l'immense privilège d'avoir survécu. Pendant toutes ces années, de 1945 à 1995, tu as vécu, tu as connu les joies du mariage, les joies de la famille, tout ce qui a été refusé à tant de tes contemporains, dans toute l'Europe. Tout ce qu'ils te demandent, c'est cette petite chose. »

« Bien sûr, je vais le faire », répondis-je.

C'était la grand-messe, à onze heures du matin, beaucoup de gens de ma connaissance étaient venus. « Salut, Steve, qu'est-ce que tu fais là ? » On a dit la messe, j'ai allumé le cierge et nous avons prononcé une petite prière, puis nous avons bavardé devant une tasse de thé. Les gens n'ont pas été très exubérants, ils disaient simplement : « C'était bien que tu fasses ça, Steve. » Et les portes se sont ouvertes brusquement. Cette partie interdite de moi-même s'est ouverte, et cela m'a libéré.

Lili Stern-Pohlmann
Survivante, Juive polonaise, Royaume-Uni

Il n'est pas facile de parler, ça fait du mal après coup. C'est un sujet incroyablement douloureux, mais je crois que c'est nécessaire. Si nous, la dernière génération, n'en parlons pas, c'est fini. C'est un témoignage. Même si le mien est peut-être négligeable comparé à celui de personnes qui ont vécu une expérience plus horrible. Mais je sens que je dois à la postérité de raconter ce qui nous est arrivé, à moi et à ma famille. Je le dois aux enfants, aux enfants des enfants, et à l'histoire. Ces événements ont eu lieu. Quand on entend parler des gens qui nient la réalité de l'Holocauste, n'est-il pas de notre devoir de témoigner ? Après nous il n'y aura plus de témoin, seuls les écrits resteront.

Leon Greenman
Survivant, Juif britannique, Royaume-Uni

Quand je vous en parle, je me retrouve là-bas. J'avance, je le revois, et ça sort de ma bouche. C'est toujours là, dans mon esprit. Si quelqu'un, n'importe qui, a envie de savoir, j'en parle. J'en ai fait la promesse à Dieu : le monde doit savoir ce qui s'est passé. Je ne veux pas que des gens, des enfants, soient assassinés simplement parce que leurs croyances sont différentes.

Kurt Klappholz
Survivant, Juif polonais, Royaume-Uni

Cela ne m'a jamais dérangé de parler de ce que j'avais vécu pendant l'Holocauste. Dès ma sortie du camp, je pouvais en parler librement. Mais je connais des gens qui refusent d'en parler. Cela dit, j'en parle toujours de manière plutôt théorique, comme un sociologue, un observateur. J'avais déjà adopté cette attitude dans le camp. Je regardais les choses avec une certaine distance.

Halina Kahn
Survivante, Juive polonaise, Royaume-Uni

Mes enfants savent ce que j'ai traversé, mais ils ne veulent pas en parler. Ils sont très tristes, ils voient tout cela dans les films, et ils savent combien j'ai souffert. Ils en souffrent à leur tour. Quand j'y fais allusion, mon fils me dit : « J'ai grandi avec les camps de concentration. Je sais tout, arrête, ne parle pas de ça, parle d'autre chose. » Mes petits-enfants savent que je viens de Pologne, mais ils ignorent les circonstances, car leurs parents ne leur en parlent pas. Ils me demandent parfois : « Tu étais dans un camp ? Qu'est-ce que tu as fait ? » Je suis incapable de leur répondre. Comment décrire la mort lente provoquée par la faim et le travail ?

Barbara Stimler
Survivante, Juive polonaise, Royaume-Uni

Je ne crois pas qu'on puisse comprendre ce qu'était l'Holocauste si on n'y était pas. Même les Juifs ne comprennent pas.

Anne Karpf
Journaliste et écrivain, Juive britannique, fille de survivants, Royaume-Uni

Nous avions l'impression que nous devions être gais et heureux en permanence. Ce qui n'était pas le cas, évidemment. Nous étions souvent malheureux, dans un état d'esprit épouvantable, et je crois que cela nous donnait un sentiment de culpabilité. Tout se ramenait à l'Holocauste. Si ma sœur, par exemple, nous disait en rentrant de l'école qu'une de ses amies était déprimée (ce n'était jamais elle qui était déprimée : nous ne pouvions pas aller *jusque-là*), mon père rétorquait : « Déprimée ? Qu'est-ce que ça veut dire, *déprimée* ? Elle n'est pas dans un camp de concentration. Elle mange à sa faim. » C'était le mètre étalon.

Je comprends leur point de vue. Si vous avez subi quelque chose d'aussi atroce, tout le reste semble pâle en comparaison. Mais pour un enfant, cela implique que son expérience n'est pas valable en soi, qu'elle ne possède pas sa propre authenticité : elle est confrontée en permanence aux pires choses qu'on puisse imaginer, ce qui la déprécie et l'amoindrit. L'enfant a donc le sentiment que son expérience personnelle n'a aucune valeur. Je crois que je n'ai pu ressentir qu'un éventail d'émotions très étroit. Or, si vous n'êtes pas capable de ressentir des émotions négatives, celles qui sont positives ne valent pas grand-chose. Il y a toujours de la mort dans la vie, il faut être capable de faire le deuil. Nous ne le pouvions pas, c'était trop dangereux.

Josef Perl
Survivant, Juif tchèque, Royaume-Uni

J'ai élevé mes enfants pour en faire des enfants normaux. Je n'avais aucun complexe et je n'allais pas leur en donner. Ils savaient que j'avais été déporté dans un camp de concentration, et ils le savaient grâce aux livres. Ma fille avait douze ans et mon fils sept ans quand nous sommes allés en Israël. Nous avons visité Yad Vashem. Je n'avais pas trop envie de revoir le camp et les cadavres, mais les enfants sont entrés. « Quel imbécile je fais ! ai-je dit à ma femme. Je n'ai pas préparé les enfants. » En sortant de là, ils n'ont pas prononcé un mot. Ils sont venus vers moi, m'ont pris chacun une main et nous avons descendu l'allée en silence. Ils n'ont pas dit un mot, et nous n'en avons jamais discuté. Mes enfants n'ont aucun complexe. Ils sont heureux, bien dans leur peau, ils sont allés à l'université et ils ont réussi.

Gertrud « Trude » Levi
Survivante, Juive hongroise, Royaume-Uni

Depuis deux ans et demi, j'ai prononcé cinquante-huit conférences devant des écoliers ou des étudiants d'université. Je le fais à cause de ce qui se passe aujourd'hui dans le monde. Je pense que tous les moyens sont bons pour combattre les discriminations raciales. Je rappelle toujours que d'autres ont été victimes des persécutions nazies. Les Témoins de Jéhovah et les communistes l'ont été également. Mais les Juifs ont toujours constitué la catégorie la plus vile. Et nous mourons les uns après les autres. Nous sommes la dernière génération capable de parler. Je reçois des étudiants des réactions extraordinaires. Ils m'envoient des lettres formidables. Une jeune fille, par exemple, m'a écrit ces mots : « Je vous promets que si quelque chose de semblable arrivait là où je me trouve, je ne resterais pas les bras croisés, même si ça devait me coûter la vie. »

L'HÉRITAGE

Lili Stern-Pohlmann
Survivante, Juive polonaise, Royaume-Uni

Peut-être que d'une certaine manière, notre système nerveux est détérioré. Plus chez certains que chez d'autres. Ma mère, par exemple, ne pleure jamais lors d'une crise grave. Mais elle pleure facilement en pensant à son petit garçon qui a péri. Il ne s'est pas passé un seul jour, pendant plus de soixante ans, sans qu'elle parle de son enfant disparu. Peut-être parce que j'étais plus jeune, je n'ai jamais ressenti une telle douleur – un enfant a toute la vie devant lui. Je n'ai jamais eu l'impression, même aux pires moments, aux instants les plus dangereux, qu'il pouvait m'arriver quelque chose. Nous, les enfants, n'avons pas été autant brisés par le fait qu'on avait dépouillé notre peuple de sa fierté, par la perte de la dignité humaine – c'était ce que les Allemands avaient si bien obtenu : priver les gens de leur dignité. Pour un enfant c'est trop tôt, parce qu'il n'a pas encore développé ce sentiment.

Marsha Segall
Survivante, Juive lituanienne, Royaume-Uni

Les dégâts que le gel a infligés à mes mains et à mes pieds, pendant la marche de la mort, m'ont laissé des séquelles très profondes, dont je souffre encore aujourd'hui. Je n'ai plus que quatre doigts, dont le pouce, à la main gauche, et rien que le pouce à la main droite. Au pied gauche, j'ai perdu la moitié de mes orteils, et tous ceux du pied droit. Et j'ai aux plantes des pieds des ulcères encore ouverts. Certaines personnes peuvent surmonter ce genre de choses, d'autres non. J'appartiens à la seconde catégorie. Je crois que les mains, surtout pour une femme, sont très importantes. Elles constituent un moyen d'expression. Elles sont essentielles. Je ne sais pas ce que mon mari a ressenti, il n'en a jamais parlé. Pas plus que mes enfants – je suppose qu'ils m'ont acceptée comme j'étais, ils ne m'ont jamais connue autrement, contrairement à John. Certaines personnes ne peuvent pas se retenir. J'entends encore cette réflexion, chez des gens qui me connaissaient bien, que je n'ai pas vus depuis quarante ans : « Mon Dieu ! Mais qu'est-ce qu'ils t'ont fait ? » Je découvre qu'il est très difficile de rencontrer des gens qui ne savent rien de moi.

Rena Quint
Survivante, Juive polonaise, Israël

Parfois, vous ne voulez pas penser à tout ce que vous avez subi, et vous vous dites que vous êtes normale, comme tout le monde. Et un jour vous consultez un médecin, qui vous interroge :

« Parlez-moi de vos antécédents médicaux. Quelqu'un dans votre famille a-t-il eu des problèmes cardiaques ?

— Je ne sais pas.

— Quelqu'un est mort du cancer ?

— Je ne sais pas.

— Du diabète ?

— Je ne sais pas.

— Comment cela, “ Je ne sais pas ” ? Vous avez l'air d'être une femme qui devrait savoir ces choses-là. »

Et vous avez envie d'en rester là, mais vous ne pouvez pas, et vous lui dites : « Écoutez, je n'ai pas d'antécédents familiaux parce qu'ils sont tous morts avant d'avoir eu le temps d'attraper toutes ces maladies. » Ce genre de choses arrivent très souvent, et vous devez les expliquer.

Jan Hartman
Survivant, Juif tchèque, France

Oui, mon expérience m'a laissé des séquelles physiques. Mon dos, à cause d'un violent passage à tabac. Mes orteils, à cause du gel. Mais les conséquences psychologiques sont bien pires. Elles sont pires, parce qu'elles se reflètent dans l'éducation de mes enfants. Je me disais qu'ils auraient à affronter un SS, à un moment quelconque de leur vie, et qu'ils devraient pouvoir s'en sortir mieux que moi. Alors j'ai joué le rôle du SS, et j'ai traité mes enfants très durement. Je l'ai fait avec les meilleures intentions du monde, mais aujourd'hui, avec le recul, j'y vois un reflet de ce que m'ont légué les SS et les Allemands.

Je n'ai jamais parlé à mes enfants de ce que j'avais vécu. Avant tout, c'était une expérience honteuse, je continuais à le voir comme cela. Tout ce qu'ils savent, ils le tiennent de ma femme, et ma femme ne sait pas grand-chose. Je ne crois pas que cela m'embarrasserait d'en parler à mes petits-enfants, car tout cela est très loin, pour eux. Je n'ai jamais eu d'autre objectif que de protéger mes enfants. Je ne veux pas qu'ils soient vulnérables. Je crois qu'ils soupçonnent qu'il y a quelque part un héritage trop lourd à porter et qu'il vaudrait mieux qu'ils entendent la vérité.

Ce fut un voyage en enfer, et s'il est une chose que l'on pouvait comprendre, c'est que nous *devions* survivre parce que personne ne pouvait *imaginer* cela. Je considère que ce qui s'est passé est unique au sens où pour la première fois dans l'histoire de l'humanité – exception faite du génocide arménien – on a opéré à l'échelle industrielle. Non pas simplement parce que c'était dirigé contre les Juifs (car j'ai vu de nombreux Tsiganes). Le caractère *unique* de ce qu'ont fait les Allemands vient de ce qu'ils l'ont fait à l'échelle industrielle.

Clare Parker
Survivante, Juive hongroise, Royaume-Uni

Quand je suis venue en Angleterre pour m'installer à Birmingham, nous habitions à côté d'une école juive. C'est là que j'avais inscrit ma fille. Les élèves portaient l'étoile de David – sous toutes les formes et dans toutes les tailles possibles –, et elle m'en a demandé une. Je lui en ai acheté une, avec une petite chaîne d'argent. Mais je lui ai dit : « Je ne veux pas que tu la portes ailleurs, ni dans l'autobus, ni dans aucun lieu public. » La pauvre petite, à cinq ans, ne comprenait pas où était le problème. Même quand elle a grandi, je n'ai pas pu lui expliquer ce qui m'était arrivé. J'avais l'impression que quiconque portant l'étoile de David pouvait être en danger. Ce n'est que récemment que je me suis débarrassée de cette sensation.

Adam Adams
Survivant, Juif polonais, Royaume-Uni

La faim et la peur sont les armes les plus efficaces que Hitler ait eues à sa disposition. Avoir faim, lentement… Pas seulement manquer le petit déjeuner, ou jeûner pendant un jour... mais avoir vraiment faim, avoir de moins en moins à manger, jour après jour, mois après mois. À la fin, vous ne pensez qu'à une chose : trouver de la nourriture. La peur, c'est pareil. La dernière chose qu'ils peuvent vous faire, c'est vous tuer. À l'exception de la douleur, la peur, c'est le pire. Vous pouvez obtenir tout ce que vous voulez de quelqu'un si vous utilisez ces deux armes. Et ils s'en servaient pour torturer une nation.

Taube Biber
Survivante, Juive polonaise, Royaume-Uni

Les gens lisent des choses sur l'Holocauste, mais cela ne peut pas avoir le même impact que l'expérience directe. Ce n'est imaginable que jusqu'à un certain point. Vous viviez en permanence dans la peur. Je dirais que la peur ne m'a jamais quittée. Je n'aime pas les endroits isolés. Je ne supporte pas le silence. Mon poste de radio est allumé en permanence. Je n'aime pas me trouver à des endroits où je ne peux pas voir des maisons et des gens. Je dois me trouver avec quelqu'un. Comme pour la nourriture : je ne supporte pas qu'on perde un morceau de pain ou une pomme de terre. Tous mes restes, je les garde pour le lendemain.

Helen Stone
Survivante, Juive polonaise, Royaume-Uni

Pour moi, le pain est la chose la plus importante du monde. Le pain, c'est sacré. Vous voyez, si je laisse tomber un morceau de pain, je le ramasse et je l'embrasse. C'est comme le rite juif : si vous laissez tomber votre livre de prières, vous l'embrassez. Moi, c'est le pain que j'embrasse. Je suis capable de traverser la rue si je vois un morceau de pain sur le trottoir d'en face. Je le ramasse, et je le pose sur une clôture pour que les oiseaux le mangent et que les gens ne marchent pas dessus. Le Pain est Sacré.

Alicia Adams
Survivante, Juive polonaise, Royaume-Uni

Mon expérience de l'Holocauste a affecté en profondeur mon travail de peintre, surtout au début. Mes tableaux étaient très sombres, très bleus. Ils exprimaient surtout l'émotion. J'ai toujours peint avec mon émotion plus qu'avec la technique, même si j'ai reçu à St. Martin's une formation remarquable. Ce qui importe avant tout, dans l'art, c'est la communication, et je ne voulais pas exprimer mes sentiments avec des mots. Peindre était beaucoup plus facile. Poser sur la toile ce que je ne voulais pas dire avec des mots. La perte de ma famille, de mon frère. De ce frère merveilleux. Je ne pardonnerai jamais sa mort aux Allemands.

Marsha Segall
Survivante, Juive lituanienne, Royaume-Uni

Cette expérience a bouleversé mon existence. Pour commencer, j'avais beaucoup d'ambition pour mes études, mes diplômes, pour ce que j'allais faire de ma vie. J'avais une vie formidable, tout était devant moi, et tout a été *fracassé*. Ma foi en la vie a été fracassée, comme le reste. À vrai dire, je n'ai plus jamais eu de racines. Je n'ai pas de racines. Parfois, je me demande où se trouve mon foyer. Même aujourd'hui, je peux aller en Israël, où je me sens bien, c'est parfait pour les vacances – pour un ou deux mois – mais pourrais-je y vivre ? Je ne sais pas si je pourrais changer comme cela. On peut changer un certain nombre de fois, mais pas plus. L'âge n'y fait rien. Avec l'âge, aujourd'hui, je me sens brisée. Et plus je vieillis, plus cela empire.

George Hartman
Survivant, Juif tchèque, États-Unis

Je dirais qu'en un sens, j'ai eu de la chance d'aller dans un camp de concentration, car cela a changé ma vie. Cela a changé mes perspectives. J'ai vécu une période incroyable de trois années durant lesquelles j'ai été confronté à la vie et la mort, à l'issue desquelles j'étais un homme différent. Si tout cela n'était pas arrivé, j'aurais peut-être été architecte en Tchécoslovaquie. J'aurais sans doute été gâté, j'aurais l'esprit étroit. J'aurais vécu dans un autre monde. Avec le recul, je crois que le prix – très élevé – que j'ai payé a eu de bons côtés : je mène aujourd'hui une vie beaucoup plus riche, et je sais ce qui est important et ce qui ne l'est pas. J'ai essayé de mener une vie aussi normale que possible, ce qui était, selon moi, une attitude très saine. Car, si ce passé ignoble revient vous préoccuper, vous ne pouvez pas mener une vie normale. Aussi la seule manière de placer cela dans une vie normale, c'est sous la forme d'une maxime optimiste : cela ne peut pas être aussi mauvais qu'un camp de concentration.

Alfred Huberman
Survivant, Juif polonais, Royaume-Uni

La souffrance m'a appris une chose. Quand cela va mal, il faut se dire que ça pourrait être pire. Je pourrais dormir n'importe où. Les gens ignorent ce qu'est vraiment l'inconfort, ce que peuvent vous faire la faim, l'insécurité et l'humiliation. Là-bas, vous n'aviez aucune valeur, vous étiez un objet jetable, ils pouvaient faire de vous ce qu'ils voulaient.

Bertha Leverton
Survivante, Juive allemande, Royaume-Uni

Des gens merveilleux se sont occupés de ceux d'entre nous qui étaient venus en Grande-Bretagne grâce au *Kindertransport*. Des Juifs et des non-Juifs, des Églises, des groupes en très grand nombre, et nous leur sommes très reconnaissants. Mais je crois que nous avons nous aussi donné quelque chose aux gens qui nous ont offert un abri. Nous leur avons beaucoup donné de nous-mêmes, et apporté notre contribution dans de nombreux domaines : l'éducation, la médecine, et tant d'autres. Il faut souligner également que beaucoup de ces garçons, dès qu'ils furent en âge de le faire, s'engagèrent dans l'armée britannique, tandis que les filles entraient dans la Land Army et autres services. Et après la guerre, beaucoup devinrent interprètes en Allemagne lorsque commencèrent les procès des crimes de guerre.

Sir Hans Krebs
Survivant, Juif allemand, Royaume-Uni

Je suis redevable à la Grande-Bretagne de m'avoir permis de venir ici. J'en ai conscience chaque jour. J'ai eu l'occasion de montrer quelle était ma dette à l'égard de ce pays. Cela se passait dans les années 1960. Une organisation de réfugiés avait levé des fonds qu'elle destinait à la British Academy pour financer des bourses d'études et autres projets, en modeste témoignage de gratitude de la part des réfugiés. On me demanda de remettre le chèque – je pense qu'il s'agissait d'environ 90 000 livres sterling. Je prononçai un bref discours, où j'exprimai un sentiment partagé par beaucoup (comme ils me l'ont dit par la suite). Ce n'était pas simplement le fait qu'on nous ait offert un abri. Mais qu'on nous ait donné un nouveau foyer. Le foyer n'est pas nécessairement l'endroit où l'on est né, où l'on a grandi, c'est aussi celui où l'on plonge ses racines. Nous avions plongé nos racines en Grande-Bretagne, et c'est là que nous avons pu nous réaliser en faisant ce dont nous avions envie.

Edith Baneth
Survivante, Juive tchèque, Royaume-Uni

Le Holocaust Center de Hendon est le seul endroit où j'aie le sentiment d'être chez moi, et la plupart des gens qui viennent ici vous diront la même chose. Même si nous avons perdu notre sentiment d'appartenance à nos pays respectifs, nous ne sommes pas vraiment chez nous, ici. Nous ne sommes pas vraiment anglais, même si nous vivons comme les autres. Les réfugiés du *Kindertransport*, qui sont arrivés ici pendant l'enfance et qui parlent l'anglais sans accent, ils sont absolument anglais, ils ont simplement cette amertume de n'avoir pas grandi chez eux, et d'être orphelins. Mais ce sont de vrais Britanniques. Les survivants, en revanche, ont gardé l'accent de leur langue maternelle. Au Centre, ça n'a aucune importance. Personne ne vous demande : « De quel pays venez-vous ? Pourquoi êtes-vous venu en Angleterre ? » Parce que nous sommes tous dans la même situation.

Bertha Leverton
Survivante, Juive allemande, Royaume-Uni

Une question se pose à propos des victimes de l'Holocauste. Nous, les *Kinder*, les enfants réfugiés, nous pensons que d'une certaine manière nous n'avons pas vraiment notre place au Survivor Center à Hendon, et eux-mêmes sont de cet avis. Leurs souffrances ont atteint un niveau que nous n'avons jamais connu. Ils ont vécu l'Holocauste, et ceux qui fréquentent le Centre aujourd'hui n'avaient pas plus de seize ou dix-sept ans à l'époque ; ils ont vécu une expérience tellement atroce que nous ne pouvons la partager avec eux. C'est pourquoi nous avons le sentiment d'être différents d'eux, parce que nous avons eu le bonheur de vivre ici, en Angleterre, ce dont nous sommes immensément reconnaissants envers le peuple britannique.

Nicole David
Survivante, Juive polonaise, Royaume-Uni

Quand je parle de la guerre – de la faim, des bombardements –, il y a toujours des gens pour me dire : « Qu'est-ce que tu en sais, de la guerre ? Tu as de la chance, tu as survécu. Et puis tu étais trop jeune, tu ne te souviens sans doute de rien. » Nous, les enfants cachés, nous avons eu de la chance. Nous n'avons pas connu les camps de concentration et, bien sûr, comment pourrait-on comparer ? Nous ne pouvons pas nous inscrire dans une hiérarchie de la souffrance. Mais je réponds toujours à ces gens : « Le problème n'est pas là. Le problème, c'est de comprendre comment on a survécu pendant la guerre. De comprendre toute l'histoire de l'Holocauste. Qu'à côté des camps, il y avait la peur de devoir trouver un lieu où se cacher, la peur de savoir comment se cacher, d'être séparé de ses parents, de ne pas avoir d'enfance, de n'avoir même pas eu de jeunesse. » Il est important pour nous, les enfants cachés, de valider notre histoire, de vous faire reconnaître que nous avons été marqués par la guerre, que nous avons souffert. Il est important aussi de le dire à la nouvelle génération. Nous sommes les plus jeunes survivants de l'Holocauste, notre histoire fait partie de la grande Histoire. Il est important qu'on la connaisse autant que l'histoire des survivants des camps. Nous devons parler à la génération du futur, dans l'espoir que cela ne se reproduira jamais.

John Richards
Survivant, Juif autrichien, Royaume-Uni

La seule personne qui se soit souciée de moi, en Angleterre, c'est cette gentille dame quaker. Je me rends compte maintenant que partout où j'allais, j'étais le vilain petit canard. La plupart des Juifs qui débarquaient recevaient de l'attention. Les autres garçons et filles qui étaient allés dans des familles avaient été adoptés et traités avec gentillesse. Moi, je suis resté seul et il n'y avait personne pour regarder ce que je faisais. Jusqu'au jour où je suis allé à Londres – où j'ai rencontré cette dame qui m'a aidé plus tard dans ma vie –, je ne connaissais personne. Je n'étais en contact avec aucune organisation juive ou de réfugiés. J'ai raté beaucoup de choses.

J'ai souvent pensé qu'en Angleterre j'aurais préféré qu'on m'élève dans la foi juive et qu'on me laisse faire ma bar-mitsva. Mais on m'a imposé la foi catholique. On a fait de moi un catholique, et ce n'est pas ce que je voulais. Je n'ai rien contre la foi, mais l'obligation d'aller à l'église m'a monté contre elle. Je me pose toujours la question : S'il y a un Dieu là-haut, pourquoi les a-t-il laissés persécuter et assassiner ma mère et mon père, mon frère et ma sœur ? Je crois en l'au-delà. Après ma mort, quelque part dans le vaste univers, je retrouverai maman et papa, mon frère et ma sœur, mon grand-père et ma grand-mère. C'est ce que je crois.

George Hartman
Survivant, Juif tchèque, États-Unis

Au début, mon frère et moi pensions que nos origines, le regard que les gens posent sur nous et celui que nous posons sur nous-mêmes, nous empêcheraient de nous éloigner de notre judéité. Mais nous nous sommes dit que nos enfants devaient s'en éloigner, qu'ils ne devraient pas épouser une personne d'origine juive – que nous devions diluer notre judéité grâce à leurs enfants, et les enfants de leurs enfants. Nous étions prêts l'un et l'autre à sacrifier cette tradition et cette culture pour être à l'abri des persécutions qui, j'en suis toujours convaincu, ne manqueront pas de se reproduire.

Roman Halter
Survivant, Juif polonais, Royaume-Uni

Quant à ma conscience d'être juif... les persécutions n'y ont rien changé. C'est comme l'oiseau noir qui ne peut pas avoir de plumes blanches. Nous étions juifs. D'autres oiseaux magnifiques volaient autour de nous. Nous, nous étions juifs, c'est aussi simple que ça. Pendant la guerre, l'instinct de survie passait en premier, notre judéité était reléguée loin derrière. La foi dépendait de l'importance que chacun voulait lui donner, mais il n'y avait pas de prières, pas de rituels, pas de célébrations des jours fériés... chaque jour était semblable aux autres.

Les Juifs orthodoxes nous disaient : « Dis-moi, si tu devais choisir entre devenir goy ou renoncer à la vie, tu préférerais perdre la vie, n'est-ce pas ? » Je répondais : « Oh non ! Je choisirais *la vie,* dans tous les cas. »

C'est ce sentiment qui dominait autour de moi, même s'il y avait quelques exceptions. Ils portaient en eux la lumière divine, mais ils se sont rendu compte qu'ils étaient impuissants contre les brutalités.

Jacob Pesate
Survivant, Juif roumain, Royaume-Uni

J'ai su la tragédie du peuple juif dès que j'ai quitté l'Union soviétique à la fin de la guerre, et ce qui était arrivé à nos familles et à nos amis. Pour moi, personnellement, la religion se résume à un conflit interne. Mon père considérait qu'elle lui avait permis de survivre en Transnistrie. Mais après ce qui s'est passé – Dieu aurait laissé tant de millions de pauvres gens se faire tuer sans raison –, j'ai beaucoup remis en question la religion, et je ne m'y suis plus retrouvé.

Helen Stone
Survivante, Juive polonaise, Royaume-Uni

La foi en Dieu ? C'est une question difficile. Il est difficile, pour qui a été déporté à Auschwitz, de croire en Dieu. Pourquoi ai-je survécu, alors que mon père, qui avait tant fait pour le bien d'autrui, n'a pas eu la moindre chance ? Il est allé droit à la chambre à gaz. Nous avions l'habitude de dire : « Si nous sommes Son peuple élu, pourquoi n'a-t-Il pas élu quelqu'un d'autre ? » Mais je suis très juive. Je suis fière d'être juive, toutefois je ne suis pas pieuse.

Taube Biber
Survivante, Juive polonaise, Royaume-Uni

Ma foi n'a pas été affectée par mon expérience. Je suis toujours croyante. Tout ce que je puis dire, c'est que je dois ma survie au destin. Nous pouvons poser des questions, mais nous n'obtenons pas de réponses. Comme disait feu le rabbin Hugo Gryn : « Les gens demandaient : "Où est Dieu ?" Mais Dieu, lui demandait : "Où étiez-vous ?" » Oui, il y a beaucoup de questions, mais pas de réponses.

Juozas Aleksynas
Lituanie

Non, je n'ai jamais parlé de cela (l'assassinat des Juifs) après la guerre. Il était honteux d'en parler. Tout semblait si dégoûtant. Je ne reproche rien à personne, sauf à Dieu, s'il existe… Pourquoi aurait-il permis que de telles horreurs se passent sur cette Terre. Pourquoi aurait-il laissé assassiner tous ces innocents ?

Rena Quint
Survivante, Juive polonaise, Israël

Je suis allée en Pologne avec mon mari pour la « Marche pour les vivants », où des délégations de jeunes gens, en dernière année de collège, se rendent dans les différents camps de concentration. Majdanek était un camp très dur. Je me suis répété : « Tu ne dois pas pleurer, tu ne dois pas pleurer », et nous nous sommes accrochés l'un à l'autre. Quand nous sommes sortis, nous avons vu dans le champ des jeunes gens qui agitaient des drapeaux israéliens, des drapeaux *juifs*. J'ai éclaté en sanglots. « Hitler a cru qu'il allait nous exterminer, mais regarde : Voici notre jeunesse, ils portent ces drapeaux, ils sont fiers d'être juifs. Hitler, vous n'avez pas gagné ! »

Dieu merci, nous avons Israël, maintenant. Nous avons un endroit à nous, et si Israël était né quelques années plus tôt, pour que les Juifs aient un endroit où se réfugier, comme les choses auraient été différentes pour les survivants ! Comme les choses auraient été différentes pour les victimes qui auraient eu la chance de survivre... Malheureusement, il n'existait pas. C'est pourquoi j'ai tellement envie qu'Israël soit un endroit sûr, qu'il soit libre, qu'il soit un refuge pour tous ceux qui en ont besoin.

Hedy Epstein
Survivante, Juive allemande, États-Unis

J'ai honte de ce qui se passe aujourd'hui en Israël, à l'égard des Palestiniens. Très souvent, les gens ne font pas la différence entre le gouvernement israélien et les Juifs. Je me retrouve moi-même sur la défensive, quand je dis : « Je ne suis pas comme cela. » Et ce n'est pas une position confortable. J'appartiens au New Jewish Agenda, une organisation juive progressiste qui, depuis sa création en 1980, affirme que l'existence de deux États, juif et palestinien, est la seule manière d'imposer la paix dans la région.

OUBLIER ET PARDONNER

Roman Halter
Survivant, Juif polonais, Royaume-Uni

Les Juifs qui dirigeaient le ghetto de Lodz étaient soumis à une pression terrible. Il est important de ne pas accuser Rumkowski et les autres dirigeants, sans voir le contexte global et l'ensemble des ordres de Hitler et de Himmler jusqu'en bas de la hiérarchie des SS. Ils exploitaient les Juifs, ils les dépouillaient de tout ce qu'ils possédaient. La hiérarchie allemande était parfaitement satisfaite que le ghetto de Lodz, jusqu'à la mi-1944, continue à rapporter gros, tant du côté des usines fabriquant des produits pour les besoins de la Wehrmacht, que pour les richesses personnelles qu'ils dérobaient à tout Juif arrivant dans le ghetto. Je n'en veux pas vraiment à Rumkowski ni aux autres chefs du ghetto. Il était choquant de l'entendre dire de son plein gré : « Donnez-moi vos enfants », mais l'époque était si déréglée que personne ne peut analyser la manière dont les gens se comportaient, ce qu'ils ont fait, au regard de la manière dont nous vivons aujourd'hui.

Kurt Klappholz
Survivant, Juif polonais, Royaume-Uni

Quand je repense à tout cela aujourd'hui, je me trouve devant une énigme. Comment cette politique – l'anéantissement des Juifs – peut-elle avoir été menée à bicn ? Il cst inimaginable qu'elle ait soutenu l'effort de guerre allemand. C'est impossible. Je veux bien croire qu'une poignée de dirigeants nazis étaient obsédés par cette question, qu'ils étaient tout simplement fous. Mais on ne peut pas croire que tous ceux qui ont participé à la réalisation de l'Holocauste étaient aussi fous. Par ailleurs, Hitler ne traitait pas les dirigeants allemands comme Staline en Russie. Ils n'avaient pas les mêmcs raisons dc lc craindre que leurs homologues russes de craindre Staline. Alors je continue à m'interroger. Est-ce qu'il n'y avait pas des gens, quelque part, qui voyaient les rapports atterrir sur leur bureau et les contemplaient avec horreur ? Est-ce que personne ne se disait : « Sommes-nous devenus complètement fous ? Nous sommes embarqués dans une guerre à l'usure, et l'on nous demande de gaspiller une partie de nos ressources pour cette politique insensée » ? Pour moi, c'est une véritable énigme – même pas du point de vue humanitaire, ni d'un point de vue moral. Si vous étiez un haut fonctionnaire, ou un membre de l'état-major, vous deviez vous dire : « C'est de la folie. » Je n'ai toujours pas de réponse à cette question.

Michael Lewis
Juif britannique, NCO, Royaume-Uni

Ce que j'ai vu au camp de Belsen m'a profondément changé. J'avais pourtant vu pas mal d'horreurs pendant toute la guerre. Comment peut-on traiter ainsi des êtres humains ordinaires ? Et toutes ces théories pour tenter de comprendre qui était responsable... Tout le monde avait l'air de désigner quelqu'un du doigt, jusqu'à ce que le doigt fasse un tour complet. Cela m'a fait beaucoup réfléchir. Pourquoi les Allemands ? C'était un peuple de culture, de civilisation, ils avaient produit Beethoven, des tas de grands savants... Comment cela avait-il été possible ? Puis j'ai eu une révélation. En laissant ces images terribles me pénétrer, j'ai repensé à toutes les histoires de persécutions que mon père et ma mère m'avaient racontées. Elles étaient là, pour de bon. Mais la mort était une mort bureaucratique, impersonnelle. Tant de milliers de personnes, tant de wagons par train... Et pourquoi les Allemands seraient-ils les seuls responsables ? Pourquoi n'a-t-on pas bombardé les voies ferrées menant aux camps ? Où étaient les institutions religieuses du monde entier ? Ils savaient ce qui se passait. Nous avions entendu les rumeurs, nous savions. Il est évident qu'ils savaient mieux que nous, les gens ordinaires. Et ils n'ont rien dit.

Hedy Epstein
Survivante, Juive allemande, États-Unis

J'ai continué à haïr les Allemands, à l'exception de ceux qui étaient trop jeunes à l'époque. Je n'achetais pas de produits allemands. Quand je rencontrais des Allemands âgés, je leur demandais agressivement : « Où étiez-vous ? Que faisiez-vous ? » Début mai 1970, nous avons appris que dans le cadre de la guerre au Vietnam (à laquelle j'avais toujours été opposée), les États-Unis bombardaient le Cambodge. J'étais furieuse d'apprendre que nous faisions cela, et j'ai manifesté mon opposition. Cela a déclenché quelque chose dans mon esprit, par-delà les océans, par-delà les années. Je me suis dit : Si les Allemands avaient fait ce que je suis en train de faire en ce moment – manifester dans les rues, envoyer des télégrammes de protestation au Président et aux députés –, on les aurait envoyés dans des camps de concentration, on les aurait durement réprimés, ils seraient morts. Comment, dans ce cas, puis-je condamner une nation pour n'avoir pas été héroïque ? Aurais-je été héroïque si ma propre vie, celle des membres de ma famille, avaient été en jeu ? Brusquement, cette haine que j'avais trop longtemps portée en moi a disparu.

Aliza Shapiro
Survivante, Juive allemande, Royaume-Uni

Je crois qu'il est très important que nous, les Juifs, nous comprenions les enfants, la nouvelle génération allemande. Que nous sachions de quoi est faite leur honte. Ce qu'ils doivent comprendre de leur système. Parce que ce ne sont pas *eux*, les coupables. Ils portent en eux la culpabilité comme la seconde génération de l'Holocauste porte en elle la honte.

Warren Mitchell
Acteur, Juif britannique, Royaume-Uni

Comment un pays qui nous a donné Beethoven, Schiller, Heine, Goethe... quelques-uns des plus grands artistes du monde, peut-il engendrer de telles horreurs ? C'est pour moi le plus grand des mystères. Je ne suis retourné en Allemagne qu'une fois depuis la guerre, pour voir une pièce. J'étais très mal à l'aise, parce que je ne pouvais m'empêcher de voir un SS ou un homme de la Gestapo dans tous les gens de mon âge. Mais une nouvelle génération... plusieurs nouvelles générations sont apparues depuis la guerre. Nous espérons que personne n'oubliera jamais l'Holocauste. Nous espérons que l'Union européenne parviendra à surmonter ces problèmes.

Michael Etkind
Survivant, Juif polonais, Royaume-Uni

J'ai lu des articles sur le procès de Nuremberg, et j'ai suivi ce qui se passait. Mais j'avais le sentiment que des *millions* d'Autrichiens et d'Allemands étaient complices des meurtres. Pas des milliers, je dis bien : des millions. Et l'on en jugeait à peine quelques dizaines, à Nuremberg. Cela me fit ressentir toute la futilité de la situation. Je me demandais à quoi cela rimait de punir moins d'un millième des coupables. Ce n'était pas de la justice, c'était de l'ordre du symbole, et cela m'empêchait d'y accorder beaucoup d'importance. Mais le *Picture Post* publia pendant des semaines des lettres de lecteurs. Elles disaient : « Nous sommes chrétiens, nous devrions pardonner les crimes qui ont été commis », et le tout à l'avenant. Puis il y eut une lettre d'un professeur : « De quel droit pourrions-nous pardonner ? Seuls Dieu et les morts ont le droit de pardonner. » D'une certaine façon, cette lettre exprimait ce que j'aurais aimé dire moi-même.

Bertha Leverton
Survivante, Juive allemande, Royaume-Uni

Je dois pourtant souligner un point : tout le monde, partout, a fermé ses portes. Jusqu'en octobre 1941, l'Allemagne nous laissait partir et le monde nous fermait ses portes. S'il les avait ouvertes, il aurait pu sauver les Juifs d'Europe. Après tout ce ne sont pas les endroits qui manquent, en Amérique ou au Brésil, en Australie ou au Canada, assez vastes pour accueillir des communautés juives. Le monde entier doit assumer cette culpabilité, au même titre que l'Allemagne. Et si la Grande-Bretagne avait fait ce qu'elle pouvait faire – ouvrir les portes de ce qui était encore la Palestine –, elle aurait sauvé les Juifs d'Europe. Mais les Britanniques ont fait plus pour sauver les Juifs que tout autre pays du monde, et ce fait demeure.

Sir Hans Krebs
Survivant, Juif allemand, Royaume-Uni

Beaucoup de Britanniques ont été extrêmement généreux quand les réfugiés sont arrivés, dans les années 1930. Au début, le Home Office imposa de nombreuses restrictions, que je trouve exagérément sévères. Il y était poussé par le chômage qui sévissait dans le pays, tandis qu'une partie de l'opinion publique, notamment dans la classe ouvrière durement touchée par le sous-emploi, prétendait que tous ces gens qui débarquaient en Angleterre leur prendraient leur travail. Mais je pense que dans l'ensemble, c'était un point de vue très étroit, car ces réfugiés créèrent au contraire des emplois et amenèrent de nouvelles industries.

Kurt Klappholz
Survivant, Juif polonais, Royaume-Uni

Quant à faire des reproches aux témoins… Tout dépend de qui on parle. Les dirigeants politiques ? Je pense que Roosevelt et Churchill, par exemple, méritent des reproches, et je suis prêt à leur en adresser. Ce qui ne veut pas dire que les actes par omission méritent la même réprobation morale que les actes commis réellement, mais c'est pourtant ce qui s'est passé. S'agissant des individus, c'est différent. Qu'ai-je fait par exemple pour aider les Cambodgiens quand un génocide se perpétrait dans leur pays ? Qu'ai-je fait pour venir en aide aux habitants du Biafra ? Les individus agissant en tant que tels sont incapables de contribuer à améliorer de telles situations. Ce n'est pas en leur pouvoir, tout simplement. Pour ce qui concerne les Allemands, il me semble donc futile de leur reprocher quoi que ce soit à titre individuel – à l'exception des sadiques. C'est pourquoi je considère que la culpabilité collective de l'Allemagne est une notion moralement erronée.

Josef Perl
Survivant, Juif tchèque, Royaume-Uni

Quand je regarde ce qu'a été ma vie, c'est toujours de l'extérieur. J'ai vu le monde sortir momentanément de ses gonds, et quand je m'éveille de mes cauchemars, je m'interroge : « Suis-je vraiment le petit garçon qui a vu tout cela ? » Je m'éveille tout à fait : je suis en nage. Je sais que je suis sain et sauf, mais mon inconscient me travaille, et avec l'âge ça empire, cela me dévore. Parfois, je ne veux pas aller me coucher – c'est quelque chose qui ne disparaîtra jamais, c'est ma vie. Mais chaque jour je fais le compte de mes bienfaits : sois positif, sois heureux, jouis de l'existence. Jamais, dans mes rêves les plus fous, je n'avais espéré avoir des enfants et des petits-enfants, qui m'aiment et que j'aime.

Steven Frank
Survivant, Juif hollandais, Royaume-Uni

Une des questions que me posent souvent les enfants quand je donne des conférences dans les écoles est la suivante : « Quelle est la pire chose qui vous soit arrivée dans les camps ? » Je leur réponds toujours que le pire, c'est qu'on m'a appris à haïr.

Ignacz Rüb
Survivant, Juif hongrois, Royaume-Uni

Un de mes professeurs d'université avait connu les camps, lui aussi. Il n'était pas juif, mais social-démocrate. Un jour, il m'appelle. « Je sais ce que ça représente, pour vous, d'étudier en allemand. J'étais dans les camps, moi aussi, je sais ce que c'est. Je sais ce que vous ressentez. Mais si vous haïssez quelqu'un, dites-vous que vous ne lui faites aucun mal, il n'en sait rien et il s'en fiche. Quand vous haïssez, c'est à vous que vous faites du mal. Et quand vous haïssez, vous êtes incapable de porter un jugement correct sur les choses. Essayez de ne pas haïr. N'essayez pas d'oublier, ce n'est pas possible, mais ne haïssez pas. » Je n'ai jamais oublié les paroles de cet homme. Plus tard, j'ai travaillé avec du matériel qui venait d'Allemagne, j'ai eu des amis allemands. Je n'ai aucune haine. La seule chose qui me mette vraiment mal à l'aise, c'est lorsque je vois un Allemand âgé. Je ne peux m'empêcher de lui demander mentalement : « Que faisiez-vous, pendant la guerre ? »

Magdalena Kusserow Reuter
Survivante allemande, Témoin de Jéhovah, Espagne

Nous avons pardonné, oui. Nous ne haïssons personne, seulement les choses mauvaises, les mauvaises actions. Après la guerre, j'ai épousé un homme qui avait été membre des Jeunesses hitlériennes, et qui avait servi sous l'uniforme allemand. J'ai fait sa connaissance après qu'il fut devenu un Témoin de Jéhovah.

Max Dessau
Survivant, Juif polonais, Royaume-Uni

On peut pardonner, mais non pas oublier. Je fais encore des cauchemars aujourd'hui, ma femme peut en témoigner. Elle doit me réveiller au milieu de la nuit. Je fais des cauchemars terribles. Comment oublier ? On ne peut pas. Il est impossible d'oublier.

Kurt Klappholz
Survivant, Juif polonais, Royaume-Uni

Je voudrais souligner une chose avec toute mon énergie. Même si j'ai été privé de liberté – dans des conditions monstrueuses, on en conviendra –, avec le recul mon expérience personnelle ne me perturbe pas beaucoup. Ces deux années et dix mois – j'ai été interné dans quatorze camps différents – ne furent pas une période agréable, il serait absurde d'affirmer le contraire. Mais je ne me remettrai jamais de ce qui est arrivé à mes parents et aux autres membres de ma famille. Voilà une blessure qui ne guérira pas avec le temps. Je suis incapable, aujourd'hui encore, de penser à la manière dont ils sont morts. Il semble que cela a été une politique menée par des fous, et ses conséquences sur les victimes... eh bien, il est impossible d'y penser.

John Richards
Survivant, Juif autrichien, Royaume-Uni

Tout l'or du monde ne suffirait pas à compenser la perte de ma famille, la perte de mon foyer. Non, je n'accepterai *jamais* la perte de ma famille. Je passe des nuits entières sans dormir. Vient ensuite une période de calme. Puis vous lisez des articles où l'on vous apprend que depuis la chute du Mur, les néonazis brûlent des gens chez eux et profanent des cimetières juifs. Vous vous réveillez la nuit en vous disant : Est-ce qu'ils vont être assez stupides pour permettre que tout cela recommence ? Le passé vous envahit, vous êtes au lit, vous pensez aux vôtres, à tous ceux que vous avez perdus, et vous vous mettez à pleurer. Vous vous dites encore : J'ai eu six enfants. Que dirait mon père s'il voyait ma famille, maintenant ? Comment réagirait-il ? Qu'est-ce que mon petit-fils dirait à son arrière-grand-père ? En quoi la vie serait-elle différente de ce qu'elle est aujourd'hui ? Une fois de plus, vous retrouvez votre calme. Et tout à coup, on vous parle du nettoyage ethnique en Bosnie, et tout recommence. Vous êtes là, sur votre lit, à vous demander : Que puis-je faire, à titre individuel ? Je voudrais être haut placé dans la politique, ou être beaucoup plus jeune pour pouvoir aller aider les gens. Vous pensez à tout cela sans arrêt… Le passé immonde relève la tête.

Anne Karpf
Journaliste et écrivain, Juive britannique, fille de survivants, Royaume-Uni

Cracovie est une ville magnifique. J'en suis tombée amoureuse. J'adore la grand-place, tous ces cafés... J'ai eu le sentiment que nous avions perdu tout cela. Cela appartenait à l'histoire et à la culture de ma famille, et nous l'avions perdu. Je ne me suis jamais sentie anglaise. J'ai parlé à d'innombrables fils et filles de survivants et réfugiés, et ils m'ont dit la même chose. Notre rapport à la culture de nos origines est trop fort. En termes de nourriture, de musique, de langue... Nous avons parlé polonais avant de parler anglais. C'est pourquoi, à cet égard, aller en Pologne a été pour moi une expérience si forte. C'est là que j'ai commencé à parler polonais, ça me semblait familier. Il y avait quelque chose de si fort dans cette culture, et il fallait déplorer ce sentiment de rupture que je ressentais de manière si aiguë. Voilà ce que nous avions perdu : la continuité. Peut-être que tout cela aurait fini par mourir. Mais elle a été assassinée avec le peuple. La culture a été assassinée.

Kurt Klappholz
Survivant, Juif polonais, Royaume-Uni

On a un sentiment très bizarre quand on retourne dans une ville et que l'on constate que personne ne vous connaît. Une seule fois, j'ai craqué : lorsque j'ai visité le cimetière juif. Les Juifs qui, de retour de Russie, étaient revenus à

Bielsko Biala avaient fait graver les noms des leurs – ceux qui avaient été tués par les Allemands – sur les pierres tombales, à côté de ceux qui étaient morts « normalement », avant la guerre. Ainsi on peut voir toutes ces stèles recouvertes de Dieu sait combien de noms. Ce n'était pas faute de le savoir, pourtant. Mais en voyant cet alignement interminable de pierres avec ces séries de noms, je me suis soudain écarté et j'ai pleuré.

L'autre découverte qui m'a impressionné, c'est qu'aucun des bâtiments qui a joué un rôle pour la communauté juive n'est identifié comme tel. Rien n'indique qu'une communauté juive a vécu là. Le temple a été incendié le 4 septembre 1939, le lendemain de l'arrivée des Allemands. Il y a aujourd'hui un petit jardin au sol pavé, mais aucune plaque ne signale qu'une synagogue s'était dressée là. Je trouvais très triste qu'on ait effacé aussi radicalement la présence de notre communauté.

Halina Kahn
Survivante, Juive polonaise, Royaume-Uni

Nous sommes les derniers survivants. Nous sommes vieux, maintenant. Qui pourra raconter, après nous ? C'est pourquoi nous témoignons. Nous parlons de quelque chose qui n'aurait pas dû arriver au XXe siècle. Le massacre absolu, systématique.

Ruth Foster
Survivante, Juive allemande, Royaume-Uni

En m'entendant raconter mon histoire, on m'a souvent demandé : « Est-ce que vous pourrez oublier un jour ? » Voici ma réponse : « Vous êtes au bord d'un lac, et vous jetez une pierre dans l'eau. Vous voyez se former de grandes ondulations, qui diminuent peu à peu jusqu'au moment où la surface du lac est à nouveau calme. Mais la pierre est toujours au fond de l'eau. Pour moi, c'est un peu la même chose, et cela résume mon état d'esprit. Je ressemble à un être humain normal. Mais ce que j'ai vécu se trouve toujours au fond de mon cœur. »

INDEX

Levy, Jane
Lewis, Michael
Liedke, Ilse
Lotte
Lowit, Harry
Mahler, Gustav
Margot
Mengele, Josef
Miller, Harry
Mitchell, Eva
Mitchell, Warren
Moses, Fritz
Moses, Konrad
Nielsen, Preben Munch
Nizie, Aleksandra
Oppenheimer, Margie
Ossowski, Albin « Alex »
Ossowski, Maria
Parker, Clare
Parker, Halina
Parker, Martin
Pelc, Helen
Perl, Josef
Pesate, Jacob
Pilsudski
Quint, Rena
Rath, Ernst von
Reuter, Hildegard Kusserow
Reuter, Magdalena Kusserow
Reuter, Siegfried Kusserow
Reuter, Wilhelm
Reuter, Wolfgang
Richards, Heini
Richards, John
Ringelbaum, Emanuel
Robbins, Lionel
Roosevelt, Franklin D.
Rosé, Alma
Rosé, Arnold
Rüb, Ignacz
Rumkowski, Chaim
Sadan, Ingeborg
Salt, Charles
Salt, Ryvka « Rene »
Sand, Halina
Sassoon, Agnes
Scheibe, docteur Friedrich Carl
Schiller (Kapo)
Schonfeld, Solomon (rabbin)
Segall, Marsha
Shapiro, Aliza
Shepsman, Jack
Siegel, docteur
Sikora, Zygmunt
Silberman, John
Sinclair, Susan
Speer, Albert
Staline, Joseph
Stern-Pohlmann, Lili
Stimler, Barbara
Stone, Helen
Strauss, Johann
Streicher, Julius
Svenk, Karel
Teddern, Clive
Tomsen
Wagner, Richard
Walker, Patrick Gordon
Wallenberg, Raoul
Wheeler, Jim
Wieth, Irmgard
Williams, Gerda
Zwirek, Abraham
Zylberman (famille)

8996 John Roger Dixey
17291 John Dobai
10623 Premysl Dobias
8942 Zdenka Ehrlich
14763 Gisela Eisner
16484 Herbert Elliott
12397 Hedy Epstein
21610 Bill Essex
10406 Michael Etkind
19783 Danny Falkner
18272 Stanley Faull
16594 John Fink
19782 Ruth Foster
22600 Steven Frank
10589 Frank Gilliard
10348 Szmulek Gontarz
16784 Beate « Bea » Green
9274 Leon Greenman
9280 Hugo Gryn (rabbin)
4644 Sergei Hackel
16632 Kitty Hart-Moxon
17183 Roman Halter
17636 Leslie Hardman
18221 Joseph Harmatz
19984 George Hartman
18557 Jan Hartman
18488 Daniella Hausman
9091 Martin Hoffman
16825 Michael Honey
18050 Alfred Huberman
10380 Hannah Hyde
16821 Jan Imich
18671 Janine Ingram

18437 Daniel « Danko » Ivin
16838 Ezra Jurmann
19857 Halina Kahn
17428 Anne Karpf
13913 Jürgen von Führen Kieler
9425 Kurt Klappholz
17602 Edyta Klein-Smith
9092 Freddie Knoller
22577 Jerry Koenig
4498 Hans Krebs, sir
19946 Peter Kronberg
11914 Anita Lasker-Wallfisch
20998 John Lawrence
17310 Bertha Leverton
17558 Gertrud « Trude » Levi
15626 Jane Levy
4833 Michael Lewis
16785 Harry Lowit
Margot (anonyme)
18682 Harry Miller
16636 Eva Mitchell
19856 Warren Mitchell
17184 Preben Munch Nielsen
17759 Margie Oppenheimer
19795 Albin « Alex » Ossowski
19794 Maria Ossowski
14864 Clare Parker
12597 Martin Parker
2049 Helen Pelc
17883 Josef Perl
19025 Jacob Pesate
16703 Rena Quint
19793 Magdalena Kusserow Reuter

17355 John Richards
17974 Ignacz Rüb
17290 Ingeborg Sadan
15623 Charles Salt
15622 Ryvka Salt
12526 Halina Sand
9093 Agnes Sassoon
9164 Marsha Segall
18222 Aliza Shapiro
17885 Jack Shepsman
18672 John Silberman
17177 Susan Sinclair
17340 Lili Stern-Pohlmann
17475 Barbara Stimler
19675 Helen Stone
3839 Clive Teddern
15442 Jim Wheeler
10110 Gerda Williams
9192 Abraham Zwirek

UNITED STATES HOLOCAUST MEMORIAL MUSEUM, DÉPARTEMENT D'HISTOIRE ORALE

LISTE DES CONTRIBUTEURS

RG-50-444-011 Antonie Krokova
RG-50-444-022 Antonin Daniel
RG-50-473-010 Juozas Aleksynas
RG-50-486-0009 Gudrun Kübler
RG-50-486-0010 Helmut Kübler, docteur

RG-50-486-0011 Fritz Moses
RG-50-486-0013 Friedrich Carl Scheibe, docteur
RG-50-488-006 Stefan Kucharek
RG-50-488-017 Aleksandra Nizie
RG-50-488-068 Zygmunt Sikora

BIBLIOGRAPHIE SÉLECTIVE

Browning C. R., *The Path to Genocide : Essays in the Launching of the Final Solution*, Cambridge University Press, Cambridge et New York, 1992.

Dwork D., *Children With A Star : Jewish Youth in Nazi Europe*, Yale University Press, 1991.

Edelheit A. J., et Edelheit H., *History of the Holocaust : A Handbook and Dictionary*, Westview Press, Boulder, Oxford, 1994.

Friedlander A. H., *Riders Towards the Dawn : from ultimate suffering to tempered hope*, Constable, Londres, 1993.

Gilbert, M., *The Boys : Triumph over Adversity*, Weidenfeld & Nicolson, Londres 1996.

Gilbert, M., *The Holocaust : the Jewish Tragedy*, Fontana Press, Grande-Bretagne, 1987.

Gillman P. et A., *« Collar the Lot », How Britain Interned and Expelled its Wartime Refugees*, Quartet Books Ltd, Londres, 1980.

Hassan J., *A House Next Door to Trauma : Learning from Holocaust Survivors How to Respond to Atrocity*, Jessica Kingsley Publishers, Londres et New York, 2003.

Hoffman E., *After Such Knowledge*, Public Affairs, New York, 2004.

Karpf, A., *The War After : Living With the Holocaust*, Heinemann, Londres, 1996.

Lancaster J., McDonough R., *Holocaust : Sound Archive*

Oral History Recordings, Trustees of the Imperial War Museum, 2000.
LANGBEIN, H., *Against All Hope : Resistance in the Nazi Concentration Camps 1938-1945*, Paragon House, New York, 1994.
LAQUEUR W., *The Holocaust Encyclopedia*, Yale University Press, New Haven et Londres, 2001.
LEVERTON B., LOWENSOHN S. (éd.), *I Came Alone : the Stories of the Kindertransports*, the Book Guild Ltd, Sussex (Angleterre), 1990.
MARKS J., *The Hidden Children : The Secret Survivors of the Holocaust*, Fawcett Columbine, New York, 1995.
OFER D. et WEITZMAN L. J., *Women in the Holocaust*, Yale University Press, New Haven et Londres, 1998.
REES L., *Auschwitz : The Nazis and the « Final Solution »*, BBC Books, 2005.
SERENY G., *Into That Darkness : An Examination of Conscience*, McGraw Hill, New York, 1974.

NORVÈGE
FINLANDE
SUÈDE
ESTONIE
IRLANDE
DANEMARK
LETTONIE
GRANDE-
BRETAGNE
LITUANIE
KOVNO
NEUENGAMME
PRUSSE
OCCIDENTALE
RAVENSBRÜCK
PAYS-BAS
BERGEN-BELSEN
SACHSENHAUSEN
Berlin
TREBLINKA
BELGIQUE
DORA-MITTELBAU
CHELMNO
Varsovie
POLOGNE
UNION
SOVIÉTIQUE
ALLEMAGNE
BUCHENWALD
GROSS-ROSEN
SOBIBOR
MAÏDANEK
THERESIENSTADT
BELZEC
NATZWEILER
FLOSSENBÜRG
AUSCHWITZ
PLASZOW
TCHÉCOSLOVAQUIE
DACHAU
FRANCE
MAUTHAUSEN
AUTRICHE
HONGRIE
SUISSE
ROUMANIE
Camp de concentration
et d'extermination nazi
Ville
Frontières en décembre 1937

Achevé d'imprimer
en mars 2007
par Printer Industria Gráfica
pour le compte de France Loisirs, Paris

Numéro d'éditeur : 48495
Dépôt légal : février 2007
Imprimé en Espagne